COLLECTION FOLIO

Michel Déon
de l'Académie française

La Carotte et le Bâton

Nouvelle édition

La Table Ronde

Michel Déon est né le 4 août 1919 à Paris. Après avoir longtemps séjourné en Grèce, il vit en Irlande, dans le comté de Galway. Il a reçu le prix Interallié en 1970 pour *Les Poneys sauvages,* le Grand Prix du Roman de l'Académie française pour *Un taxi mauve* en 1974 et le Prix Européen de l'Album pour enfants avec *Thomas et l'infini* en 1977. Il est membre de l'Académie française depuis 1978.

Aux imprudents qui meurent pour rien, en croyant mourir pour tous.

M. D.
1980.

En avertissement à la réédition de La Corrida, *j'ai cru bon de préciser que ce roman datait de trente ans et que l'expérience m'avait dicté des corrections de forme et des nuances qui m'échappaient lorsque je commençai de l'écrire à San Francisco en 1950.* La Carotte et le Bâton *(qui n'en est pas vraiment la suite, mais qui utilise certains des personnages de* La Corrida*) méritait aussi des corrections de forme et quelques explications. Dans la première édition, en effet, j'avais pris soin de mettre en exergue : «* La Carotte et le Bâton *n'est pas un roman à clé. Toute ressemblance avec des personnages ayant vécu ou vivant encore, toute similitude de noms, de lieux, de détails ne peuvent être que l'effet d'une pure coïncidence dont l'auteur décline la responsabilité au nom des droits sacrés de l'imagination. »*

Aujourd'hui je serais tenté d'altérer cet avertissement et de dire : « La Carotte et le Bâton *est en grande partie un roman à clé. Toute ressemblance avec des personnages ayant vécu ou vivant encore, toute similitude de noms, de lieux, de détails ne sont certainement pas l'effet d'une simple coïncidence et l'auteur en réclame la responsabilité au nom des droits sacrés de la réalité lorsqu'elle dépasse la fiction. »*

Ce qui serait à la fois vrai et faux. Faux parce que je ne racontais pas du passé, et vrai parce que j'inventais du futur. Non sans fierté, je revendique l'idée d'avoir demandé à mon éditeur d'alors de mettre sur la bande qui présentait ce livre à la devanture des libraires : politique-fiction. Depuis, ces mots ont été largement utilisés, ce qui me fait d'ailleurs fort plaisir.

Mais enfin, qu'on se reporte à l'année où l'action est censée se dérouler et où ce livre a été écrit dans le calme jardin de la petite maison de Sintra au Portugal : 1959. L'Algérie était française et sur le terrain l'armée avait gagné la guerre révolutionnaire. Certes elle était encore menacée par des armées extérieures campées derrière les barrages dans les deux États voisins du Maghreb. Mais bien plus la menaçait la désagrégation intérieure de la métropole. De cette situation paradoxale devait naître une organisation secrète qui tenterait de renverser le fameux et mythique « sens de l'Histoire ». Il était intéressant sinon de le rêver, du moins de l'imaginer avec cette liberté qu'offre la forme romanesque. Un an après la sortie en librairie (début 1960) de La Carotte et le Bâton, *naquit l'O.A.S. qui, à son tour, tenta — en vain, comme il était facile de le prévoir — de changer le cours des choses.*

Il faut également resituer dans son contexte historique de 1959 l'action de ce roman. Nasser dominait l'Égypte et il apparaissait comme le grand éveilleur du panarabisme auquel il insuffla son ambition et sa volonté fanatique. Ses discours, sa foi illuminée sortirent le monde arabe de la torpeur. Si l'Histoire n'était pas ingrate, elle lui reconnaîtrait ce mérite-là plutôt que de se souvenir de ses cinglantes défaites militaires. Il sema. D'autres récoltèrent, et l'Égypte a, depuis, trouvé sa vraie vocation, une vocation de paix. On a vite enterré aussi un rêve de Nasser : la République Arabe Unie, la R.A.U. qui, avec la Syrie, prenait Israël en tenaille. La situation a évolué, échappant aux apprentis sorciers. De nouveaux venus ont brouillé les cartes, notamment les Palestiniens et les Libyens, et l'Occident fidèle à son gribouillisme habituel a chaleureusement applaudi le départ du Shah d'Iran pour s'en mordre les doigts huit jours après. De même verra-t-on dans ce roman *(c'est moi qui souligne) une synarchie secrète, la Jaimir, qui eut sans nul doute, à un moment donné, une influence encore mal mesurée sur l'affaire d'Algérie et la confiscation du pétrole trouvé par les Français. Le dossier des multinationales n'était pas ouvert en 1959 comme il l'est aujourd'hui. Je rappelle ces faits pour mémoire et non pour prétendre que ce roman est vrai ou pour polémiquer alors que la page est tournée depuis longtemps. Ce récit est historiquement possible, et je n'ai pas cédé à d'autre impulsion que cette « possibilité » en l'écrivant, en laissant libre cours à mon imagination servie par une bonne connaissance des problèmes maghrébins.*

Ce n'est pas à moi de dire si La Carotte et le Bâton *a bien ou mal vieilli en vingt ans et si les caractères qu'on y voit évoluer ont un intérêt, mais ce dont je suis sûr c'est d'avoir écrit ce roman au pas gymnastique comme pour m'entraîner avant de galoper dix ans plus tard avec* Les Poneys sauvages *où l'on retrouve beaucoup des mêmes thèmes, cette fois, amplifiés, personnalisés et mûris par l'expérience, et non plus projetés arbitrairement dans l'avenir, mais racontés dans le passé. Je n'avais plus besoin d'inventer un pays imaginaire, la Chirfanie, un dictateur, Ben Akbir, déchiré entre ses propres inclinations occidentales et l'impossibilité de gouverner sans recourir à l'hystérie et à la démagogie, des ministres tortueux et des conspirateurs à l'intelligence diabolique (ou machiavélique) servie par la chance. Peut-être est-ce le signe qu'il y a vingt ans des aventures individuelles étaient encore dans le domaine du possible. On sait que le temps d'une génération a suffi pour que l'Occident perde l'initiative et en soit réduit à un espace-peau-de-chagrin. Ce n'est pas la moins amère constatation de ce roman que je me suis contenté d'épousseter en lui laissant son caractère. S'il était permis de tricher, je changerais son titre et l'intitulerais :* Une cause perdue d'avance. *Même en espérant me tromper.*

M. D.
Tynagh, février 1980.

PREMIÈRE PARTIE

Pierre Gauthier

Une Chevrolet jaune, décapotée, aux coussins bleus, immatriculée en Suisse avec un numéro originaire du canton de Vaud, roulait le long des quais. Les docks A, B et C avaient leurs grilles d'entrée fermées. Seuls les docks D, E et F étaient occupés par des cargos, deux minéraliers battant pavillon de la République Arabe Unie dans le premier, un pétrolier panaméen et un pétrolier italien dans le second à côté des grandes cuves de la Shell, un paquebot français, le *Ville de Chirfa,* dans le dernier. Les grilles de ces trois docks étaient aussi fermées, mais là, des douaniers en uniforme bleu et rouge, assis à l'ombre de leurs guérites de béton, montaient la garde. Entre les boggies des wagons abandonnés sur les voies de garage, les débardeurs, la tête couverte d'un sac, dormaient, anéantis par la chaleur. La voiture ralentit à la hauteur du dock F d'où l'on apercevait, entre la gare des voyageurs et le *Ville de Chirfa,* l'entrée du port. Un cargo à vapeur venait de doubler le phare rouge et glissait sur son erre. Sa haute cheminée crachait des boules de fumée noirâtre qui formaient chapelet dans l'air trop lourd pour les disperser. Le canot du pilote avançait à la rencontre du vapeur, dessinant un grand V moulé dans l'eau huileuse de la darse. Lentement, le cargo vira et on put voir distinctement son pavillon espagnol, ses superstructures et ses flancs rongés par la rouille, les marins qui couraient vers le gaillard d'avant pour déployer une échelle de corde. La Chevrolet accéléra et, abandonnant les quais, s'engagea dans la direction des faubourgs est. A deux heures de l'après-midi Chirfa sommeillait derrière ses persiennes closes, ses stores tendus, ses rideaux baissés. Le thermomètre marquait 39 degrés depuis le début de la matinée. De la mer on apercevait la ville noyée dans une vapeur d'eau qui effaçait les distances comme un mirage. Les avenues trop larges du quartier européen, chauffées à blanc, étaient désertes. De rares trolleybus, circulant à vide, stoppaient devant les arrêts obligatoires, ouvraient leurs portes dans un grincement de ferraille, et repartaient en miaulant. Soufflant depuis trois jours, le chergui avait brûlé l'herbe des squares et couvert d'une poussière blanche et tenace les platanes de l'avenue du Président Akbir. La ville manquait d'eau et les jardins publics que l'on n'arrosait plus depuis un mois se fendillaient de crevasses. La casbah était tout aussi silencieuse bien que ses ruelles fussent protégées du soleil par leur étroitesse et la hauteur des maisons. Des hommes dormaient dans les coins d'ombre, des mouches aux commissures des yeux, les lèvres ouvertes sur leurs dents jaunes. Les radios des cafés maures s'étaient tues. Quelques joueurs, au plus profond des tavernes poisseuses, tripotaient des dominos ou échangeaient mollement leurs tarots en buvant de la limonade. Aux étals des épiciers, les pastèques ouvertes, le ventre à l'air, laissaient couler un filet de jus rose qui se desséchait avant d'atteindre la rigole. A proximité des marchés, malgré les bandes de gaze humide dont les bouchers entouraient les moutons écorchés ou les quartiers de bœuf, une odeur de sang caillé, de viande morte sautait à la gorge. Quelque chose de malsain traînait dans la sommnolence, dans l'hébétude de

Chirfa. On eût dit d'une bête endormie avec sa faim, sa soif, sa crasse. Un an plus tôt, juste avant le départ des dernières troupes françaises, même en plein mois de juillet, la ville bruissait, grouillait, parlait. La première excitation passée, la torpeur était lentement tombée. La casbah, retournée à ses contemplations d'avant la conquête, réduite à son propre troc, ne s'agitait que les jours où le président Ahmed Ben Akbir prononçait un discours sur la place de l'Indépendance. Mais depuis deux mois Ben Akbir se taisait. Les journaux donnaient chaque matin le bulletin de santé de ses cordes vocales atteintes d'une douloureuse affection que d'aucuns disaient surtout politique.

La Chevrolet après avoir longé le parc municipal passait devant le *Méditerranée-Palace*. La chaussée et le trottoir d'en face restaient libres, mais, devant l'hôtel, des chevaux de frise écartaient les piétons. Une chicane de sacs de sable remplaçait la porte-tambour et au lieu du superbe concierge en uniforme de caïd, qui recevait autrefois les touristes, deux miliciens en survêtement kaki, coiffés de casquettes de toile, montaient la garde, mitraillettes sous le bras, quatre grenades à la ceinture. Au-dessus de l'entrée, pendait à sa hampe le drapeau vert à étoile d'or de l'Organisation extérieure. L.'O.E., on le sait, était cette armée de fellaga algériens qui campaient en Chirfanie, attendant que la politique leur ouvrît la frontière trop bien gardée, à laquelle ils ne se frottaient plus. Encouragée par Ben Akbir au début, l'O.E. n'avait pas tardé à devenir un des éléments troubles de la vie chirfanienne, la seule force militaire de ce pays plutôt pacifique par nature et qui, ne demandant qu'à se laisser vivre, aurait bien préféré ne pas être mêlé à la guerre d'Algérie.

Les miliciens suivirent des yeux la voiture qui passait lentement à leur hauteur, et l'homme qui la conduisait, un bras pendant hors de la portière, une main posée sur le volant chromé. Rares étaient les voitures, et plus rares encore les piétons qui empruntaient cette avenue. Le *Méditerranée-Palace,* depuis que le Comité central de l'Organisation extérieure l'occupait, avait créé autour de son bâtiment principal et des annexes où logeaient les éléments de protection, un *no man's land* que l'on n'approchait pas pour rien. Les miliciens attendirent que la voiture eût roulé plus d'une centaine de mètres pour relâcher leur attention. Plus loin, la Chevrolet passa en contrebas du bidonville d'Ahieddine aux carcasses de tôle et de bois écrasées par le soleil. Des enfants jouaient au football dans le terrain vague, pieds nus, en loques. L'un d'eux s'arrêta pour lancer un caillou contre la voiture, mais la manqua. Il cracha, puis s'essuya la bouche d'un revers de main avant de reprendre le jeu. Le conducteur avait vu le geste et la pierre, mais n'avait ni accéléré ni baissé la tête. Fréquemment les voitures servaient de cibles aux voyous des bidonvilles, la Chevrolet comme les autos françaises malgré ses plaques de la Confédération helvétique. Les maisons — toutes de hideuses constructions européennes à deux ou trois étages, déjà lépreuses — s'espaçaient avant le départ de l'autoroute qui filait droit vers l'aérodrome. Les pneus chantèrent sur le revêtement de ciment armé. La Chevrolet prit de la vitesse. Il avait suffi de ces trois jours de chergui pour tuer la haie de lauriers-roses plantés deux ans auparavant lors de l'inauguration. Sur dix kilomètres, il n'y avait pas d'autre espoir d'ombre que les stations-service ultra-modernes avec leurs hangars propres comme des salles de bains et leurs pompes d'un rouge vermeil ou d'un vert Véronèse aveuglants. Une buée de chaleur flottait au-dessus de la route et on croyait toujours foncer vers une chaussée trempée, miroitante au soleil. Les nouveaux panneaux bilingues, en français et en arabe, remplaçaient les anciens. Une marque de boisson rafraîchissante américaine avait même poussé l'adaptation assez loin en figurant sur ses affiches, au lieu de sa célèbre baigneuse vernissée, une musulmane en haïk buvant à même la bouteille avec une paille sous son voile. Un D.C. 3 volant très bas, à moins de cent mètres, passa au-dessus de la voiture. Pendant un instant son ombre courut devant la Chevrolet, puis obliqua vers les champs à droite et une pinède qui protégeait la gare aérienne. La vitesse plaquait sur le conducteur de la voiture jaune un masque d'air brûlant. Ouvrir la bouche, c'était risquer l'asphyxie. Rien ne secouerait cette impression de cuisson à l'étouffée. A gauche, la mer apparut de nouveau, et la côte aux calanques pourpres et aux affreux cabanons du dimanche où les commerçants européens s'enfermaient avec leur marmaille pour jouer aux cartes. L'horizon laiteux était vide.

La Chevrolet ralentit aux panneaux de limitation de vitesse : 80 kilomètres, puis 60, puis 30. L'aérogare surgit derrière la pinède, clinquante, rose, avec les grandes initiales au néon des compagnies internationales. L'horloge marquait 2 h 30. La voiture se gara sous un auvent. L'homme qui en descendit portait un costume de tussor beige, des chaussures claires. Ni grand, ni petit, environ 1 m 75, mais les épaules assez larges et la taille mince. Le visage était cuit par le soleil, avec des rides blanches au coin des yeux. Les cheveux gris avaient été coupés court, accusant la maigreur de la nuque. Les dents, le nez, les lèvres étaient très réguliers. De profil on l'aurait facilement pris pour un Grec classique, mais de face la mâchoire forte le trahissait. Ces maxillaires puissants dont on devinait les muscles sous la peau des joues creuses, les yeux d'un bleu lavé donnaient au masque de cet homme un air de force calme et de cruauté froide que démentaient l'aisance des gestes, l'indifférence de l'allure. Après avoir claqué la portière, il se dirigea vers le hall de la gare dont les portes vitrées s'ouvraient en grand pour créer d'illusoires courants d'air. Une vingtaine de personnes étaient affalées sur les banquettes et dans les larges fauteuils de moleskine. Des douaniers et des policiers arabes gardaient le portillon des départs à côté de l'affiche des arrivées qui occupait un panneau entier : l'avion de la Sabena, en provenance de Bruxelles, aurait un quart d'heure de retard. Un escalier conduisait du hall au restaurant en terrasse d'où un balcon donnait sur la piste d'atterrissage. L'homme en tussor s'assit à une table et commanda un café que l'on apporta avec un verre d'eau. Au pied du balcon, un Constellation d'Air France faisait le plein sous la surveillance de son chef mécanicien. Un biplan d'école venait de s'engager sur la piste de décollage, mais son moteur cafouillait et l'appareil ne se cabrait pas. Il finit par caler et une jeep le remorqua. On voyait encore, à droite de la grande piste, une large tache noire circulaire. Une semaine auparavant, en pleine nuit, un Tupolev s'était écrasé à l'atterrissage avec quarante passagers. En quelques secondes le kérosène des réacteurs avait pris feu, et une flamme de cinquante mètres de haut, visible la nuit depuis Chirfa, s'était élevée dans le ciel. Il avait fallu trois jours pour savoir le nom des passagers non russes qui avaient péri carbonisés : Omar Barek, un Algérien chef des relations internationales à l'O.E., et deux étudiants sénégalais de Dakar qui revenaient d'un congrès universitaire à Moscou. Un cordon de troupes avait interdit toute approche des débris fumants pendant vingt-quatre heures jusqu'à l'arrivée de plusieurs camions de la légation d'U.R.S.S. qui avaient récupéré les cadavres identifiables et le matériel de bord. A cette tache près, l'aérodrome n'offrait à l'œil qu'une vaste surface uniformément pelée. Trois ou quatre kilomètres plus loin, la plaine se heurtait aux premiers contreforts du djebel Hassouan dont les crêtes d'un bleu vaporeux se profilaient sur le ciel blanc. Quelques Arabes étaient attablés à la terrasse, la plupart habillés à l'européenne. Deux seulement, deux gaillards assez gras, les doigts bagués d'or, avaient passé sur leurs complets-vestons de riches djellabas brodées. Ils parlaient français entre eux et se moquaient d'une famille vêtue de noir qui avait déballé des provisions et mâchonnait sous l'œil horrifié du serveur. La femme — presque une naine — avait serré ses cheveux blancs sous un fichu noir. L'homme coupait dans un jambonneau avec un couteau de poche et gardait sur la tête son feutre à longs poils qui le désignait comme un Italien. Une enfant de dix ans, affligée de strabisme, buvait sa bière en tenant le bock à deux mains. Les trois avaient ce teint terreux, presque jaune qui dénonce la vie dans le bled. Un bruit de moteur fit se lever plusieurs tablées et ils se précipitèrent sur le balcon. L'homme avait les jambes incroyablement arquées et la vieille marchait sur des talons éculés. La petite fille s'agrippait à la jupe de sa grand-mère. Quand l'appareil se présenta sur la piste, ils se hissèrent sur la pointe des pieds et commencèrent d'agiter des mouchoirs. Le D.C. 4 d'Air-Italia atterrit sans bavures et emballa ses moteurs pour rouler vers le bâtiment de la gare. La famille italienne rassembla ses papiers gras, des moitiés de sandwiches et des oranges qui disparurent dans un cabas. Le garçon dut courir après eux pour encaisser les consommations. Quelques minutes après, le haut-parleur annonçait l'arrivée du Vickers Viscount de la Sabena. Les moteurs ronronnèrent dans l'ouate du ciel. A contre-jour l'avion demeurait invisible. Il fallut attendre qu'il fût à moins de cent mètres d'altitude pour voir son empennage argenté et la cocarde de sa queue. L'homme en tussor paya son café et s'approcha du balcon. Le Vickers venait de quitter la piste et, de la démarche maladroite d'un canard, gagnait sa place juste à côté du D.C. 4. Les manœuvres de l'aéroport se trompèrent deux fois avant d'apporter la bonne passerelle. La porte du flanc s'ouvrit, et les premiers passagers descendirent : quelques hommes coiffés du fez, deux autres de chapeaux gris, puis une femme, une femme seule tenant à la main une mallette. L'atroce lumière blanche éblouissait ces taupes qui venaient de passer six heures à l'ombre et au frais. Se protégeant les yeux d'une main, ils cherchaient à deviner qui, derrière les barrières de l'aérogare, leur faisait signe. L'homme au costume de tussor redescendit dans le hall et s'assit sur le bras d'un des fauteuils de moleskine, face au portillon de sortie. Les derniers passagers du D.C. 4 italien ramassaient leurs bagages et cherchaient en vain un porteur. Mais les porteurs étaient en grève depuis huit jours. La famille en noir avait récupéré son voyageur, un garçon au visage mat, aux belles dents blanches qui revenait sans doute de son service militaire en Italie pour reprendre place à la ferme. Il embrassait les siens avec tendresse, la vieille surtout, mais l'homme aussi en le serrant contre sa poitrine. L'enfant fourrageait dans un cornet doré rempli de chocolats. Ils partirent ensemble vers une camionnette branlante qui attendait sous l'auvent à côté de la Chevrolet. Les premiers fez de l'avion belge apparurent, salués respectueusement par les douaniers. Pour les autres, les formalités seraient plus longues. On pouvait même être assuré que s'il y avait un Français, il sortirait le dernier après que l'on eut téléphoné dans tous les ministères pour savoir si son visa était valable, fouillé ses bagages, tâté ses poches et ses bas de pantalons pour vérifier qu'il ne portait pas d'armes. Si les relations politico-diplomatiques s'étaient améliorées depuis deux mois entre Paris et Chirfa, les douaniers et les policiers semblaient n'en tenir aucun compte, acharnés à venger avec méthode et minutie cent ans d'occupation. La femme à la mallette sortit enfin, accablée par le poids d'une valise bleue qui lui battait la jambe. Il n'y eut pas un homme pour l'aider jusqu'au taxi dont le chauffeur ouvrit la porte sans bouger de son siège. Elle était passée à trois pas du conducteur de la Chevrolet et il l'avait suivie des yeux, détaillée des pieds à la tête, sans faire un mouvement pour lui venir en aide. En vérité, cette insolence facile aurait pu s'adresser à un meilleur objet. La jeune femme était grise : vêtue d'un tailleur provincial, d'un chemisier de nylon, coiffée d'un béret, chaussée de souliers plats. Il était possible qu'elle fût blonde sans qu'on pût l'affirmer. En plein été, elle arrivait en Afrique avec un teint pâle, presque maladif que ne rehaussait aucun fard. Des lunettes noires cachaient son regard dont à moins d'un hasard, il était vain d'attendre quelque chose. C'était vraiment un de ces êtres que l'on peut avoir toute une journée en face de soi dans un wagon sans se souvenir, cinq minutes après l'avoir quitté, de son visage, de la forme de ses jambes ou du dessin de ses lèvres. Le taxi démarra bruyamment en direction de Chirfa.

A part un jeune couple dont la femme dormait la tête renversée sur le dossier d'un canapé, des mèches collées à ses tempes et à son front ruisselants de sueur, à part quelques employés qui traversaient en traînant les pieds sur les dalles de marbre, le hall était vide. Le panneau des arrivées n'annonçait plus d'avions avant 18 heures. L'homme au costume de tussor regarda sa montre. Il était 15 h 30. Dès le seuil franchi, la chaleur retomba sur lui comme une chape. Il eut un geste écœuré et marcha vers sa voiture. Quelques minutes après il roulait non vers Chirfa, mais vers l'est. Une route au macadam fondant suivait la corniche. Les cabanons avaient disparu. Quelques villas assez élégantes les remplaçaient. Par deux fois, il dépassa des pinèdes qui venaient de brûler. L'odeur de la cendre tiède flottait encore dans l'air. Après la corniche, la route descendait vers une plage hérissée de parasols. Un bâtiment ocre se dressait à l'abri des pins. La Chevrolet se présenta devant une barrière. Un Arabe se précipita hors d'une cabane de bois et leva la barrière après avoir esquissé le salut militaire. Chirfa-plage était un club privé réservé lors de sa fondation aux grands fonctionnaires du protectorat et au personnel des consulats. Les fonctionnaires avaient disparu remplacés par on ne sait qui dans le nouvel État, mais, les consulats étant devenus des légations, les diplomates s'étaient suffisamment multipliés pour que le club gardât sa raison d'être et ses privilèges. Depuis quelques mois, la barrière se levait aussi pour les représentants des grosses firmes américaines, allemandes, suisses ou belges qui s'installaient et ouvraient des bureaux à Chirfa. Le club y avait perdu de sa tenue. On y parlait beaucoup de langues, réduites pour les conversations avec le personnel autochtone au commun dénominateur du français. Le bâtiment ocre abritait les cabines, les douches, un bar et un restaurant qui fonctionnaient le matin et, depuis une semaine, le soir, car même après le départ des troupes françaises qui avait retiré leur raison d'être aux terroristes et aux groupes de fellaga, on était resté près d'un an sans trop oser s'aventurer de nuit sur les routes de la côte et de l'intérieur. Les nouveaux venus n'avaient pas réussi à redonner à la vie de Chirfa son rythme d'autrefois et les anciens — ceux qui restaient contre vents et marées — en gardaient le secret comme s'ils craignaient qu'en s'amusant l'on ne regrettât pas assez le bon temps.

— Ah ! Monsieur Gauthier, dit le barman, on vous a

téléphoné. La personne a dit que tout est tranquille à votre bureau et que vous n'avez pas besoin de passer avant 6 heures ce soir.

— Merci, Ali. Je vais me tremper si l'eau n'est pas trop bouillante. Soyez gentil de me préparer une orangeade glacée pour le retour.

— Avec un peu de gin ?

— Chut ! Ça c'est un secret entre nous. Le docteur est-il sur la plage ?

— Il y était voilà une demi-heure. Vous avez dû le croiser sur la route. On l'a demandé d'urgence à l'hôpital.

— A tout à l'heure !

L'homme que le barman appelait M. Gauthier avait échangé son costume de tussor pour une culotte de bain et des babouches. Un paquet de cigarettes et un briquet à la main, il se dirigea vers l'ombre inoccupée d'un parasol. Le barman se promit de lui demander un jour d'où provenaient ces cicatrices mauves qu'on lui voyait dans le dos, atténuées par le bronzage, mais encore très faciles à repérer tant elles étaient régulières à hauteur des omoplates et, plus bas, vers les reins de chaque côté de la colonne vertébrale. Sur la cicatrice effrayante que Gauthier affichait par-devant, le barman était renseigné. Il s'agissait du coup de corne d'un *novillo* récolté un jour de feria à Málaga non pas glorieusement dans l'arène, mais stupidement dans les *tendidos*. Le taureau avait, paraît-il, sauté la barricade, trouvé une porte malencontreusement ouverte, foncé dans les couloirs et pris un escalier pour déboucher en plein dans les gradins. Gauthier l'avait reçu dans le ventre après lui avoir jeté sa veste sur le mufle. La déchirure partait de l'aine et montait en oblique jusque sous le sein gauche. Recousue et ouverte à plusieurs reprises, elle portait encore, dix ans après, les traces des fils et des greffes qu'avait nécessités sa fermeture. L'homme qui a échappé à cela ne peut plus mourir, disait le docteur Renault, chef de clinique à l'hôpital Mustapha, celui-là même que l'on venait d'appeler d'urgence à Chirfa. Gauthier faisait tranquillement injure à la médecine et, avec la moitié d'un estomac, deux ou trois mètres d'intestins en moins, la rate éclatée, il buvait dur et supportait, sans sombrer dans la torpeur, ces journées de chergui.

Les baigneurs se répartissaient par petits groupes qui semblaient ne guère se connaître. Les départs, les arrivées, les intrusions intermittentes avaient détruit la cohésion du club. Ainsi les Russes qui venaient tous les jours par groupes de sept ou huit — jamais les mêmes — avec les cartes de l'ambassade soviétique, ne parlaient à personne. Il avait fallu leur dire que le règlement interdisait de se déshabiller sur la plage, que les cabines étaient là pour ça. Le lendemain, ils étaient venus avec un de leurs policiers qui restait assis sur un pliant à côté des cabines pendant que les autres se baignaient. C'étaient des hommes assez jeunes, avec presque tous une tendance à l'embonpoint. Ils partaient régulièrement brûlés à vif par le soleil sur les cuisses, les épaules et quelquefois le crâne quand ils avaient la tête rasée. A en juger par la succession des groupes pendant un mois, l'ambassade soviétique à Chirfa devait compter deux cent cinquante à trois cents personnes parmi lesquelles il était impossible de distinguer les attachés commerciaux ou militaires des employés de bureau, les techniciens des chauffeurs, les domestiques des véritables diplomates de carrière. A eux seuls, ils composaient les trois quarts de la représentation étrangère en Chirfanie. Loin derrière venaient les Américains, les Allemands, puis les Français qu'on voyait beaucoup plus malgré leur petit nombre, parce qu'ils étaient les seuls à animer le club, à dîner au *Grand Maure*, le restaurant élégant de

Chirfa au-dessus du port, à danser au *Charlie's*, la boîte de nuit qui avait résisté au flux et au reflux des départs et des arrivées, à rouler dans des voitures qui ne fussent pas blindées.

En posant ses affaires à l'ombre du parasol, Gauthier aperçut Solange Renault qui lisait à quelques mètres de là. Il lui fit un signe de la main et, en trois enjambées, courut sur le sable brûlant vers la mer. S'éloignant de la rive, il parvint à trouver un courant froid qui le saisit aux jambes, puis gagna tout son corps. Le premier bien-être de la journée pénétra en lui. Sous ses pieds, il aperçut le fond verdâtre de la mer, les rochers couverts d'algues et d'oursins noirs, une ancre abandonnée. Il nagea encore quelques mètres lorsqu'il s'entendit appeler de la plage. Solange, la main en porte-voix, un bras en l'air lui intimait de revenir. Les oreilles brouillées par ses plongeons dans l'eau, il ne comprit que le mot « méduse ». Effectivement, tout proche de lui, un banc de méduses jaunes flottait à la surface de l'eau qu'ondulait à peine une légère houle. Il dut nager prudemment pour regagner la plage. Au mois de mai, il en avait heurté une sans comprendre de quoi il s'agissait, et le soir une foule de pustules s'étaient ouvertes sur son bras. Renault l'avait soigné à coups d'antibiotiques. Il fallait huit jours pour se débarrasser de ces purulences. Jusqu'alors la plage du club avait été épargnée par leur invasion, mais la côte à l'ouest comme à l'est de Chirfa en était infestée. Les pêcheurs les remontaient par pleines nasses. Gauthier avait lu dans un journal la traduction d'un proverbe arabe qui disait à peu près : « Année à méduse, année du châtiment. » Des chalutiers traînant les gros filets de la pêche au thon, avaient essayé de nettoyer certaines zones de la côte, mais les méduses revenaient par bancs, tantôt jaunes, tantôt blanchâtres, transparentes, toujours venimeuses, pourrissant la mer, chassant le poisson. Dans le port de Chirfa, elles crevaient dans les flaques de gasoil. Mortes, non seulement elles dégageaient une odeur infecte, mais elles restaient encore à la surface, à demi immergées, couvertes de mouches et d'insectes. Les Russes promettaient d'en débarrasser la côte. On attendait depuis un mois le torpilleur et les hydravions qui devaient arriver de la Caspienne. Rien ne venait. N'empêche que l'annonce de leur venue prochaine avait causé une grande impression sur la psychologie des Chirfaniens prompts à s'enthousiasmer, prompts aussi à accuser tous les autres peuples des malheurs qui fondaient sur eux. Dans la casbah où le marché aux poissons avait dû fermer, dans les petits ports de pêche de la côte, le bruit courait que c'étaient les bâtiments de guerre français qui, pour venger leur pays de tous les affronts publics de Ben Akbir, empoisonnaient la mer avec les proliférantes méduses. Il avait fallu une déclaration gouvernementale pour arrêter cette rumeur avant qu'elle conduisît à quelques incendies spectaculaires de fermes ou de villas.

Au sortir de l'eau, Gauthier s'ébroua et remercia Solange Renault qui regagnait l'ombre de son parasol. C'était une femme d'une quarantaine d'années avec un assez joli visage et un corps abîmé par la cellulite. Dix ans de Sénégal tout de suite après le mariage avaient ruiné sa santé. Secouée par de brusques crises de paludisme, privée de la possibilité d'avoir des enfants, elle avait des jours de beauté suivis par des jours de médiocrité qui en faisaient une tout autre femme. La nuit l'épargnait plus que le jour. La veille, à dîner au *Grand Maure*, elle avait même eu deux heures d'une beauté rare, avec ses cheveux blonds retenus par un bandeau, ses larges yeux verts, son cou nu et mince au-dessus des épaules à peine grasses. Elle et Renault formaient un couple assez à part, sans doute parce qu'ils paraissaient s'aimer énormément dans une petite société qui prisait mal ou enviait cet exemple. Gauthier était devenu leur ami très peu de temps après son arrivée six mois auparavant, mais un ami qu'ils maintenaient à une certaine distance comme ils maintenaient d'ailleurs tout le monde. Un peu moins seulement que les autres, parce que cet homme assez avare de sa vie passée, assez discret sur son travail actuel plaisait à Renault. Solange ne savait pas d'ailleurs que les deux hommes se voyaient fréquemment, à son insu, depuis quelques semaines.

— Pierre, je vous ai sauvé la vie, dit-elle.

— Sans vous je me jetais tête baissée dans cette pourriture. Je crains que notre plage soit fichue. On m'a dit que Jean avait été rappelé d'urgence à Mustapha.

— Oui, je crois que c'est pour examiner un cas douteux. On craint la variole dans le Sud. Il n'a pas bien compris. Le téléphone marche mal. Tout marche très mal d'ailleurs. Je n'ai apporté qu'un livre sur la plage, et c'est une idiotie. Ou peut-être est-ce moi qui suis une idiote. Tant pis ! J'abandonne. Avez-vous des nouvelles de Cornelia ?

— Oui, ce matin, une lettre. Le médecin lui a conseillé de quitter Chexbres pendant l'été. Il y fera trop chaud. Émery et elle vont passer deux mois à Crans-sur-Sierre.

— Émery.

— Oui, notre fils.

— Vous êtes drôle, Pierre, vous n'aviez jamais parlé d'un enfant.

— Vous ne me l'aviez pas demandé.

— C'est vrai. Jean et moi nous ne posons pas beaucoup ces sortes de questions.

— Elles sont sans intérêt. Vous permettez que j'aille boire ? Je me meurs.

— Allez.

Le barman lui tendit le gin à l'orange. Gauthier le but debout, près de la porte en regardant la plage. Les Russes s'étaient groupés sous deux parasols. L'un d'eux, en maillot, avait gardé son chapeau mou. A quelques mètres, deux familles américaines luttaient contre des enfants odieux. Gauthier reconnut le comte von Brautschich, premier conseiller à l'ambassade allemande, occupé à démonter un fusil de chasse sous-marine. Von Brautschich avait eu les pieds gelés à Stalingrad. Il marchait toujours en chaussettes, ne les retirant qu'au moment de disparaître dans l'eau. Une bouteille de champagne rafraîchissait dans un seau à côté de lui. Les Français étaient représentés par leur attaché culturel, un ancien colonel F.F.I. dont l'érudition s'arrêtait à Malraux et ne le dépassait jamais. Pour maintenir des liens avec ce pays dont la maigre élite restait malgré tout imprégnée d'esprit français, il avait proposé de faire faire à Chirfa une série de conférences par Georges Duhamel. On l'avait remercié et il cherchait encore à comprendre pourquoi. Deux Anglais, employés d'une importante compagnie pétrolière, étaient venus en canot automobile avec une secrétaire de la légation italienne. Ceux-là avaient résolu le problème de l'ennui à Chirfa. Il devait être un peu plus de 4 heures. Le soleil baissait d'un ton. Abritée du chergui par une pinède et les contreforts rocheux de la corniche, la plage semblait une oasis après la fournaise de la ville, de l'aérodrome et de l'autoroute. Gauthier vit que Solange Renault ouvrait son livre et le rejetait presque aussitôt avec dégoût. Chacun luttait comme il pouvait contre l'ennui qui se défendait bien. Le silence de Ben Akbir ne plongeait pas que les Arabes dans la torpeur. Les Européens y succombaient aussi, au point qu'il leur arrivait de souhaiter un nouveau discours, quelque éclat qui actionnât les télégraphes, remplît les journaux et obligeât les ambassadeurs français et chirfaniens à jouer aux quatre coins pour renseigner leurs gouvernements réciproques. Gauthier vida son verre et le rapporta au barman qui ne se décidait pas à lui demander ce que signifiaient ces petites marques brunes dans le dos.

— Rien à lire ?

— Il y a des revues sur la table, les quotidiens d'hier... J'ai un policier, si vous voulez.

Ali tendit un livre jaune et noir que Gauthier huma et garda. N'importe quoi tuerait le temps puisqu'il ne fallait pas rentrer avant 6 heures. Et il n'avait pas envie de parler avec Solange. Non qu'elle fût sans intérêt. Loin de là. Mais vraiment cet après-midi ce n'était pas possible. Il se demanda un moment comment elle supporterait éventuellement la mort de son mari. Mal, très mal sans doute. Les climats des tropiques et de l'Afrique du Nord l'avaient détruite. Au moindre choc, on risquait de la voir s'effondrer comme ces maisons en apparence saines, en réalité rongées intérieurement par les termites. Un coup de vent les réduit en poussière.

Dès le premier paragraphe du roman policier les sulfateuses parlaient. Pouvait-il lire cela ici ? Il avait toujours eu l'impression que ces livres étaient des exutoires pour de bons petits-bourgeois qui n'avaient jamais entendu un coup de feu de leur vie. Ceux qui vivaient sur des volcans aspiraient à de la littérature rose. Mais lisaient-ils ? Évidemment pas. Il se souvenait pourtant d'une espèce de colosse, surnommé bien entendu Porthos, dans les corps francs qui fouillaient la forêt de la Warndt pendant la drôle de guerre. Au cours des corps à corps, Porthos n'aimait tuer qu'avec ses mains, de formidables battoirs aux doigts gonflés. Pas une nuque qui lui résistât. Les os craquaient sous ses pouces et l'homme surpris s'effondrait comme une balle de chiffon. Porthos lisait Delly toute la journée au repos. On avait fait venir à la bibliothèque du régiment tous les Delly, une soixantaine au moins. Quand il avait eu fini de les lire, il avait dit : « Et maintenant que je sais ce qu'est beau, j'ai plus qu'à mourir. » Deux jours après il était tombé, une rafale dans le ventre. Dans sa poche on avait trouvé *Reine et esclave,* son préféré avec lequel on l'avait enterré, quelque part dans un cimetière de Lorraine... Gauthier n'avait pas besoin de se retourner pour savoir qu'Ali le surveillait depuis son comptoir. Ali était naturellement un indicateur comme tout le personnel du club. Dans les cabines, pendant le bain, les poches étaient fouillées, les porte-documents ouverts. Gauthier avait été le premier à s'en apercevoir grâce au test du cheveu placé dans la serrure. Jamais un centime ne manquait, mais souvent une photo, une lettre. Tout le monde était prévenu. Seuls les Russes mettaient un policier devant leurs portes. Gauthier avait bien ri en apercevant un jour, derrière les cabines, le groom qui se faufilait chez eux en passant par le toit.

— Ali, un autre jus d'orange, s'il vous plaît.

— Spécial ?

— Spécial.

Il ne fallait pas trop boire avant le coucher du soleil sous peine d'un coup de massue. Mais le 18 juillet n'était pas un jour comme les autres. On pouvait le marquer d'au moins deux gins. Von Brautschich, après avoir remonté son fusil, en essayait le harpon sur le sable. Les Russes le regardaient bouche bée. Solange se leva pour aller s'accroupir dans la première vague, s'asperger les épaules et le cou. Souffrait-elle de ses jambes ? Gauthier pensa au corps de sa femme, à la révélation qu'il en avait eue dix ans auparavant, à Rock Springs, quand elle était sortie de la salle de bains avec son peignoir entrouvert : mince et ferme, doux et musclé, timide et impudent. Maintenant elle n'était plus qu'un squelette ambulant. Guérirait-elle ? Cornelia refusait de reculer d'un pied. Et cela durait depuis sept ans. Un an après leur mariage, il avait fallu habiter la Suisse : Leysin d'où personne ne pensait qu'elle reviendrait, puis Chexbres dans la maison qui donnait sur le lac, en plein dans les vignes étagées en terrasses. Elle s'y plaignait de la chaleur et il pensa au vent qui, là-bas, secouait toujours la charmille et les feuilles du platane dans le jardin. En été le lac se plombait, s'argentait au soleil. Dès septembre, les vignobles passaient au rouge cuivre. En hiver, les crêtes montagneuses en face et à l'entour se couvraient de neige. Des tempêtes creusaient le lac et les bateaux à aubes rouillaient à leur port d'attache. Comme une marmotte, la Suisse s'endormait, pour une saison, dans ses chalets aux doubles fenêtres, aux cheminées fumantes. Les baisers d'Émery avaient toujours une odeur de lait frais. Vingt-quatre heures à Chirfa tueraient net Cornelia. Deux fois, elle avait voulu sauter dans l'avion et venir à n'importe quel prix. Il ne l'en empêchait qu'en retournant là-bas pour quelques heures, quelques jours. A partir d'aujourd'hui, il ne le pourrait même plus. Il fallait qu'elle tînt bon. Et seule. Sans savoir. Combien de temps ? Peut-être un mois, deux mois. Dans quelques minutes, tout allait commencer. Il chercha sa montre à son poignet et se souvint de l'avoir laissée sur le sable avec ses cigarettes.

— Voilà, monsieur Gauthier. Je n'ai pas forcé sur le gin. Il ne me restait qu'un fond de Gordon et je sais que vous n'en aimez pas d'autre.

— Merci, Ali. Quelle heure est-il ?

— 5 heures moins 5.

— Déjà !

— Vous ne vous baignez plus ?

— Les méduses.

— Il n'y a qu'à rester au bord de la plage. C'est vrai ce qu'on dit des Russes, qu'ils vont nettoyer la mer ?

— Ah, je ne suis pas dans le secret des dieux ! Vous devriez plutôt demander à ces messieurs !

Du menton il désignait sur la plage les sept Russes immobiles dans leur graisse. L'homme au chapeau mou s'épongeait la nuque.

— En quelle langue ? demanda Ali avec mépris en regagnant son comptoir.

Il ne fallait pas penser à Cornelia, à cette vie suspendue à un fil. Ce serait pour plus tard. Alors, ils ne se sépareraient plus. Par moments, il éprouvait en même temps qu'une révolte intérieure, le besoin violent de serrer dans sa main cette autre main maigre et nue dont la nervosité avait quelque chose d'implorant et de terrible. Sans la maladie, Cornelia aurait sans doute ressemblé à sa mère, à cette mangeuse d'hommes, ivre dès 7 heures du soir, régentant son club de femmes, terrorisant ses partenaires de canasta, assise sur ses millions de dollars avec une morgue odieuse. Cornelia l'échappait belle. Toutes ses forces ne luttaient que contre la mort et pour le garder, lui Pierre, qui l'avait épousée sans l'aimer et maintenant l'aimait. Que serait-il advenu sans le coup de corne du taureau ? Du doigt, il caressa la longue cicatrice qui délimitait sur son torse et sur son ventre une zone insensible, morte. Il aurait fait le beau auprès de Maria-Paz pendant un an ou deux. Elle aurait, sans doute, cédé. Maria-Paz était une image. On n'épouse pas les images. Elles n'ont pas de vie. Elles se fanent. La nuit, quand le sommeil le fuyait, il essayait de refaire son existence à partir de ces brusques virages qu'avaient été le Paris de la Libération, le San Francisco de la petite Japonaise morte étranglée dans son lit, La Nouvelle-Orléans d'Ève Page, le Málaga de Maria-Paz. Il avait eu si peu de part à ce qui lui était arrivé. Si peu... Tout s'enchaînait cependant pour qu'il fût là, un 18 juillet, vautré dans une chaise longue, face à cette plage où von Brautschich dressait son grand corps bourré de muscles et, en chaussettes blanches, marchait maladroitement, son fusil à la main vers la mer qui ourlait le rivage de courtes vaguelettes. Gauthier se leva et le rejoignit au moment où il ôtait ses chaussettes.

— La mer est pleine de méduses, lui dit-il. Faites attention.

— Je sais, mais je plonge dessous et je nage vers les rochers.

— Les rochers aussi en sont entourés. Le ressac les envoie mourir là.

— Ah ! On ne va plus pouvoir se baigner ! Qu'est-ce qu'on va faire ?

Il parlait un français presque sans accent, mais ses derniers mots rendirent un son si comique que Gauthier en sourit.

— Rien, dit-il. On ne va rien faire.

— Je m'appelle Hans von Brautschich.

— Je le sais. Et moi Pierre Gauthier.

— Vous êtes suisse, je crois, d'après votre voiture.

— Non, français, mais j'habite la Suisse.

— Je vais mourir d'ennui si ça continue.

— C'est une façon de mourir un peu lente, mais je ne suis pas pressé.

— Moi non plus, dit l'Allemand. Voulez-vous prendre un verre avec moi ? J'ai, comme vous dites, une « roteuse » dans un seau à glace.

Les deux Anglais mettaient en marche leur canot à moteur. Accroupie sur des skis nautiques, l'Italienne attendait que la corde se raidît. Elle démarra en vacillant dans une gerbe d'écume, puis, bien assurée sur ses bois, zigzagua dans le sillage du bateau. Toute la plage la regardait.

— Je n'aime pas cette Italienne, dit von Brautschich. Elle a du poil sous les bras. On ne sait jamais si elle va coucher ou pas coucher.

— Il n'y a pas beaucoup de choix.

— Non, c'est vrai. Le champagne est bien frappé ?

— Très bien.

Ils buvaient, accroupis, en regardant la mer sur laquelle le canot dessinait un grand huit. Gauthier se demanda quelles devaient être en face d'un Allemand les réactions d'une femme comme cette Madeleine Perreux qui venait de débarquer de l'avion de la Sabena. Oubliait-elle, oublierait-elle jamais une année à Auschwitz ? Au retour, elle avait passé six mois dans un hôpital. A peine remise, elle était partie pour l'Indochine. On imaginait mal dans cette personne grise au tailleur démodé, aux souliers plats, le corps et le caractère qui avaient résisté à tant de misère humaine. Après l'Indochine, elle venait de subir deux ans d'Algérie dans l'Ouarsenis. Et maintenant Chirfa, mais cette fois sans savoir ce qu'elle venait y faire. Elle acceptait aveuglément. Fille d'officier mort au Maroc pendant la guerre du Rif, disait le *curriculum vitae*. Et en marge un chiffre qui signifiait : très sûre. Indéfectiblement sûre. Sûre jusqu'à la mort.

— L'idiote ! grommela von Brautschich.

L'Italienne venait de tomber en voulant skier sur un seul pied. Le canot faisait déjà demi-tour pour la repêcher, quand on entendit crier la fille. Les Anglais se penchèrent pour la hisser à bord, mais elle continuait de hurler. Sur la plage, elle eut une crise de nerfs. Son corps se couvrait de plaques roses. Quelqu'un proposa de l'enduire d'huile antisolaire, mais Solange Renault intervint. Il fallait tout de suite conduire la skieuse à l'hôpital. On l'enveloppa dans un peignoir d'où n'émergeaient plus que son visage en larmes, sa bouche tordue par la douleur. Au bord de l'eau, des hommes discutaient en contemplant la houle qui cachait le banc de méduses. Le club perdait un de ses derniers privilèges. Seuls les Russes n'avaient pas bougé, comme si rien, hors du cercle d'ombre de leur parasol, ne les concernait.

— Elle risque la mort, dit Gauthier.

— Une mort offensante ! commenta von Brautschich. Venir à Chirfa pour mourir de brûlures de méduses, ça ne fait pas sérieux.

— Et quelle est la mort qui fait sérieux ?

— Aucune, c'est vrai. Je l'oubliais. Je vais demander une autre « roteuse » à notre ami Ali. Nous la boirons bien.

— Merci. Hélas, il faut que je rentre. J'ai la vulgarité de travailler un peu vers 6 heures du soir.

— Ne disons pas vulgarité, disons faiblesse, rectifia l'Allemand. Moi, je l'ai rarement. D'autant plus rarement que notre ami Ben Akbir ferme son grand claque-merde.

— Où avez-vous appris l'argot ?

— A Paris !

Von Brautschich mima l'air à la fois coquin et glouton d'un Allemand qui parle de la ville la plus pourrie du monde. Gauthier sourit et serra la main qui se tendait. Il y manquait deux doigts. Un des Anglais avait emprunté une voiture pour conduire l'Italienne à l'hôpital Mustapha, et l'autre essayait de faire partir le moteur du canot soudain rétif. Gauthier récupéra sa montre, ses cigarettes et dit au revoir à Solange.

— J'espère que Jean ne m'oublie pas, dit-elle. Voilà trois heures qu'il est parti.

— Voulez-vous que je vous ramène ?

— Non, non, je l'attendrai. Si je revenais avec vous,

il pourrait me manquer. Vous avez vu cette pauvre fille ?

— Oui. C'est grave, je crois.

— Comment m'avez-vous dit que s'appelle votre fils ?

— Émery.

— Émery, je me souviendrai.

— C'est le nom d'un de ses petits cousins qui habite San Francisco et auquel je dois la vie.

— Ah ! très bien, dit Solange.

Elle pensait déjà à autre chose. Probablement au retard de son mari. Dans une conversation elle ne soutenait pas plus de quatre ou cinq répliques, puis son regard se perdait. Gauthier n'avait jamais connu d'être qui pût aussi facilement s'absenter. Solange s'enveloppait dans un silence qui la rendait invisible. Le regard, vert, se voilait, se perdait à une distance impossible à fixer. Plusieurs fois, Gauthier avait été tenté de la secouer, de la prendre par le bras pour qu'elle revînt sur terre. Un soir, n'y tenant plus, il avait laissé tomber une soucoupe qui s'était brisée. Solange avait tout de même battu des cils... et redemandé du sucre pour son café.

Sur la route, l'air parut moins suffocant. C'était l'heure humide du demi-soir. Toute la chaleur accumulée pendant la journée s'évaporait des pierres chaudes, des toits de tuile et d'ardoise. Le chergui ne soufflait plus et le ciel sortait de sa torpeur laiteuse. Un flot de voitures descendantes obligeait Gauthier à serrer sa droite. Nombreux étaient ceux qui quittaient leur travail très tôt pour tenter de se baigner dans une des calanques de la côte. On aurait dit d'un exode, ces vieilles guimbardes fumantes qui haletaient sur l'autoroute, ces camionnettes qui transportaient des grappes d'Arabes, ces motos pétaradantes, ces bicyclettes qui roulaient sur le bas-côté, montées par des gamins en culottes courtes aux cuisses musclées. Ils avaient deserté la plage des Horizons, à l'ouest, infectée par les méduses et ils ne savaient pas encore que l'est pourrissait également. Arrivé aux premières maisons, après l'aérogare, Gauthier ralentit. De l'autoroute, on apercevait le chaos de Chirfa, les trois âges de la ville répartis par quartiers mal imbriqués les uns dans les autres : le centre avec ses immeubles 1920 aux stores délavés par le soleil, le vert éteint du Parc Municipal, le Palais Royal rose bonbon devenu Palais de la République et campement de la smalah Ben Abkir, puis le long des quais les gratte-ciel du quartier des affaires, neufs et blancs, qui, dans la lumière du jour finissant, brillaient intensément, enfin la casbah dans son désordre et son insouciance, agrippée telle une plante grasse avec des tentacules, des trouées, des ressauts, au flanc oriental de la colline du Maure, et, au faîte de la colline, l'hôpital Mustapha — ex-hôpital Félix Faure — construit dix ans plus tôt, déployé en fer à cheval, avec ses terrasses protégées par des stores vert épinard, ses jardins où les arganiers sauvages tachaient d'argent la masse sombre d'une pinède. A côté de l'hôpital, un panache noir montait dans le ciel. Gauthier ralentit encore pour observer la fumée qui avait de brusques sursauts et tantôt se diluait, tantôt se gonflait et tourbillonnait dans l'air encore lourd. Visible de l'autoroute, l'incendie était aussi visible de tout Chirfa, même des faubourgs, même de la plaine qui s'étendait derrière jusqu'aux contreforts du djebel Hassouan. Gauthier pensa aux westerns où un Indien allume un feu sur un piton pour ameuter sa tribu. Le panache noir brouillait le ciel clair. Les pétroliers qui passaient à quelques milles au large de Chirfa devaient l'apercevoir avec une parfaite netteté.

Madeleine Perreux

Il n'y avait pas d'autre chambre que celle-là. Et encore, assurait l'hôtelier — un Italien ruisselant de sueur, à la chemisette ouverte sur deux seins de femme mangés par une toison grise — et encore fallait-il s'estimer heureux d'en trouver une à Chirfa, cet été. L'O.E. réquisitionnait tout, les palaces comme les pensions de famille, pour son état-major pléthorique, ses bureaux administratifs, ses services étrangers, et aussi pour les immigrants, les évadés d'Algérie qui débarquaient chaque jour et commençaient à devenir une plaie de la ville, soit qu'ils fussent sans le sou, soit qu'au contraire, cousus d'or, ils prétendissent tout s'arroger à n'importe quel prix. La femme s'approcha des volets clos et les ouvrit d'une poussée de la main.

— Attention aux mouches ! prévint l'hôtelier.

L'hôtel s'adossait à la casbah et la fenêtre donnait sur une ruelle déserte, apparemment calme, sans commerçants, sans enfants, sans cafés. Une odeur de vase montait de la rigole médiane, et la femme pensa qu'il ne lui faudrait pas seulement craindre les mouches, mais aussi les moustiques et ces brusques puanteurs qui naissent soudain dans les villes arabes. Elle referma les volets. Il y avait, en tout cas, l'eau courante, bien qu'on fût prié de ne pas s'en servir après 8 heures du matin, ni avant 6 heures du soir, à cause de la sécheresse. Elle se laverait à l'eau de Cologne et, dès que ce type serait parti, elle vaporiserait un désinfectant dans la chambre et sur le lit douteusement propre.

— Cela va très bien, dit-elle.

— Vous comptez rester longtemps ?

— Je ne sais pas encore.

Elle se demanda s'il y avait une odeur pire que celle de la sueur qui refroidit. L'hôtelier venait de refermer la porte derrière lui, et la chambre restait encore imprégnée de sa présence. La femme se déshabilla à demi et se coucha sur le drap après avoir écarté un couvre-pieds de cretonne. Elle avait la tête vide, les oreilles encore bourdonnantes du long vol en avion, et le restant d'une vague envie de vomir car la descente avait été brutale dans des trous d'air où le Vickers tombait comme une pierre. Fermant les yeux, elle chassa les images qui se présentaient : les douaniers fouillant son linge, les policiers épluchant chaque page de son passeport belge sans d'ailleurs rien comprendre aux dates et aux tampons qui étaient faux, le taxi diesel qui sentait l'huile chaude, la nuque sale du chauffeur, et pour finir cette chambre d'hôtel avec ses meubles de maison de passe, l'armoire de chêne, le lit de fer, le lavabo bête avec sa gueule ouverte, le miroir au tain rongé par l'humidité. Il ne lui était jamais venu de désespoir que dans ces sortes d'endroits-là, pendant les heures qui suivaient l'installation. La panique s'emparait d'elle qui enfonçait ses ongles dans ses paumes pour ne pas pleurer, pour ne pas se révolter contre l'ingratitude de cette vie cahotée, brûlée à petit feu, meurtrie, écœurante. Depuis 42 elle n'avait guère connu de répit que pendant les six mois d'hôpital qui avaient suivi son retour d'Auschwitz. Après tout, elle n'était qu'une femme, elle n'avait pas la force physique, l'entêtement de ces officiers dont elle venait de partager l'existence quinze ans durant, et qui traînaient leurs misérables cantines bosselées de coups, de Madagascar en Indochine, d'Indochine en Afrique pour ne récolter sans gloire que les blessures et les camouflets de la défaite, le paludisme, la fièvre jaune ou la dysenterie amibienne des territoires d'outre-mer. On les avançait comme des pions sur l'échiquier international face à un adversaire qui les soufflait un à un. Certes, l'Algérie depuis quelques mois faisait échec à cette débandade. Mais, pour combien de temps encore ? Le moral restait bon, malgré les retours en France, malgré ces permissions pendant lesquelles ils trouvaient des portées d'enfants que les femmes s'efforçaient d'élever avec dignité, malgré ces insultes dont un parti dit intellectuel les abreuvait. Ils avaient l'impression de vivre une étrange quarantaine, séparés du reste de la nation, sans défenseurs ni à droite, ni à gauche. Tout le monde était lâche avec eux, terriblement lâche. Comme si l'Armée allait sortir de son grand mutisme pour demander justice du service inutile auquel on la conviait sans répit. Après un mois ou deux, il fallait bien regagner le bled, la fournaise saharienne, le pot-au-noir de Batna, la cote 304 dans le djebel de Blida où l'on enfonce jusqu'au genou dans la boue dès la première pluie, le piton de Si Moussa derrière Ténès où la mort vous guette à chaque pas sur la route, dans les sentiers, derrière le buisson. Et tout cela encore après l'Indochine... Fermer les yeux quand on y pensait, n'épargnait rien. Les images étaient là, impatientes, de ces hommes piétinant dans les rizières, sautant sur les mines, prisonniers à Cao-Bang, prisonniers à Diên Biên Phû, pendant qu'à Saigon ou Hanoi, les trafiquants s'emplissaient les poches, jouaient sur la piastre, pendant qu'à Paris on les trahissait si ouvertement que c'en était comique. Oui comique, vraiment comique. Ces officiers se demandaient où était passée la France dont ils devaient défendre le prestige, la générosité, l'esprit d'aventure et le désintéressement. On avait beau chercher, on ne la trouvait plus. Plus nulle part. Un mystérieux tour de passe-passe l'avait escamotée. Ne restaient plus en scène que des guignols qui se disputaient les dernières parts d'un gâteau. Madeleine se souvenait des scandales qui emplissaient les journaux à son avant-dernier voyage en France : le deuxième personnage de la République en prison pour avoir lutiné des petites filles, un groupe de résistants tenant officine de tueurs, un haut magistrat faisant passer sa sœur pour folle et accaparant un héritage, un ministre pris l'arme à la main dans une pissotière, l'agent électoral d'un président du Conseil arrêté pour proxénétisme, une liste de conseillers à la Cour des comptes, de préfets, de fonctionnaires de l'Intérieur dînant tous les soirs chez un espion notoire enfui au Brésil en laissant innocemment derrière lui son carnet de comptes. C'était à n'y pas croire. Les abcès crevaient l'un après l'autre. On enfonçait dans la vase du régime. Et malgré tout, il fallait croire, entreprendre sans espérer. Elle avait beau dire, elle marchait comme les autres, avec le même entêtement. Quand Berger lui avait proposé ce voyage à Chirfa, elle avait accepté, sans doute un peu parce que c'était une entreprise folle, mais qui lui donnerait enfin sa chance individuelle et, dans la vie, un poids qu'elle n'avait jamais eu le sentiment de peser...

La femme se releva. On cria dans la ruelle, mais ce n'était que des enfants. Elle chercha la bouteille d'eau de Cologne pour humecter son front, ses bras, ses épaules nues. Un semblant de fraîcheur la détendit, chassa la migraine qui menaçait. Elle se recoucha et, très vite, s'assoupit sur le dos, la tête renversée, la bouche ouverte.

A 5 heures, une détonation sourde, lointaine, prolongée par deux échos amortis la réveilla. Une rumeur montait de la ruelle. Chirfa ne dormait plus. La chaleur n'était plus sèche, mais lourde, nauséeuse. Le miroir renvoya l'image d'un visage blafard aux paupières gonflées, aux cheveux bruns collés sur le front et les tempes par la sueur. Du robinet ne jaillit qu'un mince filet d'eau tiède. La femme se rhabilla de son tailleur gris et descendit. L'Italien lisait un journal dans l'obscur bureau de l'hôtel, une canette de bière à portée de la main, un tue-mouches sur ses genoux. Le carillon placé au-dessus de sa tête sonna la demie de 5 heures.

— Le téléphone, s'il vous plaît, demanda-t-elle.

L'homme lâcha son journal — l'*Europeo,* ouvert à la page où Lollobrigida jouait avec son fils — et se saisit d'un appareil branlant posé sur une crédence.

— Il y a un grand fil. Si vous voulez téléphoner dans le couloir...

— Non, merci. Ce n'est que pour dire deux mots.

Elle composa le numéro inscrit dans son calepin et attendit quelques secondes la sonnerie qui fut lointaine, hésitante. Une voix féminine répondit enfin :

— Allô, ici le cabinet du docteur Renault.

— Je voudrais parler au docteur.

— Il n'est pas là. C'est pour une consultation ?

— Non. Je viens d'arriver de Bruxelles et le docteur m'attend.

— Ah, vous êtes mademoiselle van Dromme !...

— Oui, Madeleine van Dromme.

— Je suis la secrétaire du docteur. C'est moi que vous allez remplacer. Nous vous attendions ce matin.

— J'ai dû changer d'avion.

— Et où êtes-vous ?

— A l'*Hôtel du Commerce,* rue... rue...

Elle se pencha vers l'Italien qui faisait semblant de ne pas écouter.

— Quelle rue, s'il vous plaît ?

— Rue du Zouave.

— Rue du Zouave, répéta-t-elle dans l'appareil.

— Ah oui, dit la voix. C'est une affreuse boîte. Mais il n'y a rien d'autre. En partant, je vous laisserai ma chambre meublée. Vous serez mieux... C'est dans les nouveaux quartiers...

— Très bien, nous verrons... j'aurais voulu rencontrer le docteur aujourd'hui.

— Il est à l'hôpital Mustapha où on l'avait appelé d'urgence. Mais je ne peux pas le joindre en ce moment. Je viens d'essayer : il y a eu une explosion et des hangars brûlent. La ligne est coupée. Tous les pompiers de Chirfa sont sur la colline du Maure...

— Est-ce grave ?

— Je ne sais pas. Ça s'est produit il y a une demi-heure. Vous n'avez pas entendu l'explosion ?

— Si, elle m'a même tirée de ma sieste.

— Le mieux, dit la voix, serait que vous veniez au cabinet du docteur. Comme ça vous le verrez dès qu'il arrivera de Mustapha.

— Je prends un taxi.

— Non, ce n'est pas loin. Descendez la rue du Zouave et, place de l'Indépendance, demandez le boulevard Abd el-Krim. C'est au numéro 30.

— J'arrive.

— A tout de suite.

Elle raccrocha et l'Italien d'un preste mouvement du bras abattit son tue-mouches sur la table, à côté de l'appareil.

— J'en viendrai à bout, dit-il. En Chine, ils y sont bien arrivés. C'est un devoir national là-bas. Ici, on donne des tapettes aux enfants des écoles. Toutes les mouches de Chirfa vont crever. Nous pourrons respirer la bouche ouverte.

Au parfum d'ail qui flottait dans le bureau, elle eut envie de répondre que les mouches risquaient une mort bien pire, mais l'homme était en train de masser son sein velu avec un plaisir si évident qu'elle eut pitié. Elle se détourna et sortit. Une bouffée d'air chaud lui sauta au visage. La rue du Zouave grouillait d'une foule hétéroclite dans laquelle Madeleine plongea presque avec plaisir. Elle connaissait les foules qui ne lui faisaient jamais peur, alors que la solitude la trouvait tremblante comme une bête traquée. La rue descendait en pente douce vers la basse ville, parcourue par des trolleybus, d'énormes voitures américaines mais aussi des ânes et des charrettes à bras tirées par des Arabes squelettiques. La sonnerie d'un cinéma affichant un film égyptien grelottait sur le trottoir. Sous les arcades, les terrasses de café débordaient d'hommes avachis, aux teints jaunes, presque tous des Européens qu'un long séjour en Afrique du Nord avait rendus hépatiques. La population musulmane remontait par des ruelles vers la casbah, les femmes traînant des enfants par la main, les hommes deux par deux, la discussion à la bouche. Par les ruelles arrivaient des odeurs de musc et de sueur, de cacahuète et de poussière. Les petits cireurs, leur boîte à la main, se coulaient entre les gens pour trouver des chaussures sales. Quand ils en avisaient une paire, le regard remontait jusqu'au propriétaire, et ils s'accrochaient à l'homme par le pan de sa veste, couraient derrière lui, esquivant les passants qui venaient en sens contraire. D'autres gosses promenaient des paniers de sucreries poisseuses que personne n'achetait. La mendicité aimait aussi cette heure, et les trottoirs étaient jonchés de paralytiques, de culs-de-jatte, d'enfants qui brandissaient leurs moignons en riant, de vieilles femmes qui écartaient leur voile pour découvrir une joue mangée de croûtes, un œil suintant. Mêlés à ce grouillement, les miliciens de l'O.E. qui avaient quartier libre, se promenaient avec une insolence assez neuve, les mains dans les poches, accrochant les femmes par le bras et les injuriant quand elles se défendaient.

Place de l'Indépendance, la foule égaillée stationnait par petits groupes aux têtes levées qui contemplaient, par-dessus les arbres, la silhouette claire de l'hôpital Mustapha et, à côté, les bâtiments qui flambaient. On ne pouvait pas encore distinguer exactement ce qui brûlait, et l'hôpital semblait, en tout cas, à l'abri du danger, malgré la violence de l'incendie. Des morceaux de toiture devaient s'effondrer brutalement, car d'énormes tourbillons de fumée bondissaient soudain dans l'air comme lâchés par une soupape mal réglée. Madeleine s'arrêta pour regarder. Autour d'elle, les gens faisaient des pronostics : à cause de l'absence d'eau, les pompiers ne pourraient que limiter les dégâts ; le sinistre ne dépasserait pas les hangars et les dépôts de l'hôpital ; le feu avait dû prendre dans les locaux où on entreposait l'air comprimé, l'essence des voitures et des bonbonnes d'éther. D'en bas, on aperçut très bien les infirmiers qui rassemblaient et rentraient les malades valides venus en curieux sur les balcons circulaires.

Madeleine demanda l'avenue Abd el-Krim qu'on lui désigna de l'autre côté de la place. C'était l'avenue ultra-moderne de Chirfa, construite voilà dix ans à peine sous l'impulsion d'un résident général un peu moins endormi que les autres et que Paris avait tout de suite rappelé pour le nommer sur une voie de garage. Le nom d'Abd el-Krim remplaçait celui de ce résident déjà oublié. Les immeubles, de fabrication récente, s'alignaient de biais. Par une délicate attention, l'architecte les avait orientés de telle façon qu'ils recevaient le soleil presque toute la journée. Autrement dit, six mois par an ils étaient inhabitables, et on avait dû, à grands frais, installer l'air conditionné dans ces bâtiments aux stores continuellement baissés, aux fenêtres closes. Faute de locataires pour habiter ces étouffoirs, les immeubles louaient des bureaux. Nombre d'affaires françaises ayant dû regagner la métropole à la fin du protectorat, ces bureaux avaient été récupérés par les services commerciaux de quelques légations, et par des sociétés nouvelles, telles la Compagnie helvétique d'import-export, la Petroleum Basic Limited ou l'Association for Mineral Research — dont Pierre Gauthier dirigeait les recherches et les négociations avec le gouvernement — qui employaient moitié de Chirfaniens et moitié d'Américains à des prospections dans les territoires limitrophes du Sahara français, ou encore la Fondation syro-égyptienne qui, sous prétexte de resserrer les liens culturels entre Damas, Le Caire et Chirfa, déversait chaque année dans le pays deux cent cinquante instituteurs formés à l'école du panarabisme nassérien. Le docteur Renault avait installé son cabinet dans un de ces bâtiments où l'on avait dû, en hâte, remplacer les parquets qui se gondolaient et les ascenseurs qui s'effondraient rongés de termites, par des dallages et des monte-charge.

— Mademoiselle van Dromme ? lui dit la secrétaire en ouvrant la porte.

Madeleine n'avait eu qu'un mois pour se familiariser avec son nouveau nom. Il la faisait encore hésiter intérieurement. Dans l'armée les officiers l'appelaient Perreux et les ambulancières sous ses ordres, lieutenant. Depuis la mort de sa mère, à part le colonel et Mme Berger devenus ses vrais, ses uniques parents, elle ne se souvenait pas de quelqu'un qui lui eût donné du Madeleine. Elle s'était même demandé si cette absence de prénom dans sa vie n'avait pas contribué à la rendre aussi asexuée, aussi peu femme. Ce Perreux, ce lieutenant n'offraient pas plus de prise qu'un matricule. Les remplacer par un nom belge n'arrangeait rien, sinon qu'il lui semblait, une fois de plus, s'éloigner encore d'elle-même.

— C'est moi, dit-elle. Est-ce à vous que j'ai parlé tout à l'heure au téléphone ?

— Oui. Entrez. Le docteur vient d'appeler d'un café en face de l'hôpital. Il sera en retard. Il y a eu un brûlé dans l'accident de Mustapha et il est obligé de le soigner d'urgence.

Le cabinet de consultation se composait de trois pièces, un salon d'attente, le bureau du médecin, et une salle d'examen. La secrétaire devait se tenir dans l'entrée à une petite table. Comme tout le reste de l'immeuble, l'appartement était réfrigéré et Madeleine éprouva une heureuse impression de détente, de bien-être comme si sa peau pouvait enfin respirer.

— Ah, dit-elle, comme il fait bon. J'ai cru mourir en arrivant cet après-midi à l'aérogare. Je n'ai jamais eu si chaud.

— C'est vrai que vous venez du Nord. Je connais un peu la Belgique, Gand, Bruges...

— Je suis de Bruges.

— Oh, j'ai aimé : Bruges la morte...

Madeleine réprima un sourire. Elle ne pouvait prononcer ce nom de Bruges devant quelqu'un sans qu'on y ajoutât : « La morte. » Il n'y avait pourtant rien de mort à Bruges, et avant de gagner Chirfa, elle était allée y passer une semaine pour connaître sa « ville natale », la maison où elle « habitait », l'école où « elle avait été institutrice ». Bruges vivait avec un sang un peu lourd sans doute, mais vivait. Derrière les murs couverts de lierre des maisons du canal, les hautes façades grises de la place de l'Hôtel de Ville, les fenêtres à petits carreaux du blanc et vert Béguinage, la Flandre avec ses belles femmes à la nuque épaisse, ses hommes carrés, ses enfants roses, ses religieuses grasses, continuait de vivre comme au XVIe siècle sous des ciels de lait ou d'or pâle. Bruges n'était pas morte. On y vivait bien. Il semblait seulement que les étrangers ne pouvaient pas s'en rendre compte et que depuis leur afflux, les Brugeois barricadés dans leurs maisons, défendus par leurs canaux, se moquaient poliment d'eux.

— Nous pouvons aller dans le salon d'attente. Il n'y a pas de client. J'en ai renvoyé deux à l'instant en leur expliquant que le doc était retenu à Mustapha.

Elle disait le « doc » avec une espièglerie pesante. Madeleine ne broncha pas, mais regarda d'un autre œil cette femme de cinquante ans qui faisait des efforts insensés pour en paraître trente-cinq, se teignait (mal) les cheveux, portait une blouse blanche aux manches courtes dégageant des bras nus encore beaux d'ailleurs, mais marqués irrésistiblement aux coudes par l'âge. Des sandales sans talons laissaient voir des orteils aux ongles sanglants. Madeleine ramena sous sa chaise ses pieds mal chaussés, encore couverts de poussière.

— A vous qui arrivez, je ne vais pas dire du mal de Chirfa. D'ailleurs, ça fait quinze ans que j'y habite...

— Et quinze ans que vous êtes l'assistante du docteur ?

— Oh non ! Sept ans seulement. Il n'y a que sept ans qu'il s'est installé ici. Mme Renault ne supportait pas le climat du Sénégal. Je ne crois pas d'ailleurs que celui de Chirfa lui convienne mieux. Vous verrez, c'est une personne étrange...

— On la voit beaucoup ?

— Ici ? Jamais. Et chez elle très peu. Le doc et Mme Renault sont ce que l'on appelle un couple très uni. Ils n'ont pas besoin d'amis.

— Et en quoi va consister mon travail ?

Madeleine écouta sans impatience les précisions dont l'accablait l'assistante. Elle apprit que le docteur

Renault ne donnait de consultations que l'après-midi. Le matin, il passait la visite à l'hôpital où elle devait se rendre pour tenir à jour ses fiches médicales, ses comptes rendus, classer son courrier, recevoir les représentants ou répondre aux questionnaires envoyés par le Service de Santé qui n'avait pas d'autre moyen d'affirmer son existence que d'accabler les médecins de papiers administratifs.

— Ils se plaignaient de notre administration, dit la femme. Mais il faut voir ce qu'est devenue la leur ! Les Chaouchs qui gardaient les portes ont été nommés chefs de bureau. Maintenant c'est un déluge de paperasserie qui engloutit le pays. On ne peut plus lever le petit doigt sans avoir à signer vingt déclarations sur papier timbré. Ah ! les partisans de l'Indépendance de la Chirfanie... je voudrais les voir ici maintenant. Ils se mordraient les doigts... Les Arabes ont pris tous nos défauts et aucune de nos qualités... Enfin, je dis « nos » qualités devant vous, mais les Belges et les Français sont pareils. Tout de même vous serez mieux traitée ici qu'une Française. Vous verrez la différence...

— J'ai rencontré des Chirfaniens à l'Université de Louvain. Ils ne m'ont pas paru tellement bornés !

— Oh, bien sûr, il y a une élite. Une très faible élite. Mais le peuple... le peuple ne connaît que la carotte et le bâton. Les jours de Ben Akbir sont comptés. Il n'utilise que la carotte. Que voulez-vous, ils se sont réveillés « indépendants » un beau matin. Ça les a grisés... Ils ont tous acheté des baignoires à crédit. Mais comme ils n'ont pas d'eau, c'est la grand-mère qui y couche. Quelquefois même, quand elle meurt, on l'enterre dedans. Enfin, je ne veux pas vous décourager avant que vous ayez vu par vous-même...

— Je ne me décourage pas facilement, dit Madeleine. Mais que pense le docteur ?

— Le docteur ? Oh, il n'en pense rien. Apparemment

rien. Je n'en suis pas moins sûre qu'il a ses idées là-dessus. Il les garde pour lui. Ça vaut mieux dans un régime de dénonciation comme celui-ci. Le doc est d'ailleurs le médecin officiel du président Ben Akbir. Ça explique une certaine discrétion de sa part.

— On dit que le président est très malade, que ses cordes vocales sont menacées par un cancer...

— Ses cordes vocales, mon œil ! Il parle comme tout le monde. C'est une maladie diplomatique à éclipses. Vous allez vous en rendre compte. Il doit se produire demain en public. On vient de l'annoncer à la radio.

Madeleine connaissait ce genre de personnes. Elle en avait rencontré maints exemplaires en Algérie, encore que là-bas la secousse plus rude eût fait tomber pas mal de superbes. A Seriet-el-Hadj, dans la plaine du Chelif, les femmes de colons, de petits commerçants, de fonctionnaires, tenaient un langage voisin en prenant le thé à 5 heures chez l'épouse du président du Comité de Salut public. Le plus insupportable n'était pas cette jactance, mais l'air complice que ces gens affectaient avec une armée qui n'y pouvait rien et s'efforçait de maintenir un précaire équilibre entre les adversaires en présence, les possédants et les possédés. Madeleine se souvenait des fureurs du capitaine Benoist, le chef de la Section administrative spéciale de Seriet, flanquant à la porte les Français de souche qui se plaignaient de leurs domestiques ou de leurs ouvriers agricoles. « Je ne suis pas un garde-chiourme, hurlait-il, et ce ne sont pas des esclaves. Payez-les d'abord, et s'ils ne veulent pas travailler alors qu'ils crèvent de faim et je n'aurai pas pitié. Mais vous, vous les Français, foutez-moi le camp ! » Après cette explosion, le capitaine Benoist avait apposé une affiche dans les rues de Seriet conviant les Européennes à se réunir avec les musulmanes un après-midi par semaine dans une annexe de la mairie. Elles devaient apprendre à se connaître, se montrer leurs enfants, échanger quelques notions de puériculture, suivre des leçons de couture. La première fois, une trentaine de musulmanes était venue et pas une Européenne. A la seconde séance, Benoist avait fait chercher les Européennes par des moghaznis en armes. On en avait parlé jusqu'à Alger, mais au bout d'un mois de Cercle de Seriet réunissait régulièrement une cinquantaine de femmes qui s'habituaient les unes aux autres. Madeleine se souvenait aussi du lieutenant de Cinq-Mars mettant huit jours au secret une institutrice venue lui demander l'arrestation d'une postière musulmane qui ne la saluait pas dans la rue, du commandant Pierre menaçant de mettre le feu à une ferme si on ne laissait pas ses hommes qui avaient protégé la récolte dormir au moins dans la grange. La Chirfanie n'avait pas connu pareilles réactions. La bêtise s'y était enracinée et les idées toutes faites sur l'unique manière de se faire entendre des Arabes — la carotte et le bâton — avaient cours comme aux plus beaux temps de la conquête. Sous l'avalanche des lieux communs, Madeleine résistait bien. Il était inutile de discuter, et d'ailleurs elle n'était pas là pour ça. Mais quel que fût le rôle qu'elle devait jouer, elle n'en éprouvait pas moins un brusque sentiment d'exaspération. Élevée depuis l'enfance avec un certain nombre d'idées, la Justice, l'Honneur, la Patrie qui valaient bien la haine des classes, le vive la mort de l'anarchie, et « les Soviets partout », elle se cognait depuis quinze ans à des imbéciles, des lâches, des petits ou des gros profiteurs qui ne voyaient dans les trois principes sacrés qu'un rempart à leur insurmontable égoïsme, le maintien d'un ordre périmé par le monde en marche. Au retour d'Auschwitz, elle avait ressenti le même dégoût : elle n'avait pas passé un an dans la nuit et le brouillard pour que la Libération fût cette chienlit, ce vaste règlement de comptes dans un pays déjà épuisé. Elle n'oubliait pas non plus qu'après Cao-Bang, au cours d'une permission en France, elle avait rencontré dans un bureau du ministère de la Guerre, un personnage qu'on saluait bas parce qu'il était le fils d'un des plus hauts fonctionnaires de la République. Le personnage une fois sorti, elle avait appris que c'était lui le mystérieux M. P. dont les journaux parlaient et qui venait de gagner près d'un milliard en trafiquant sur la piastre. C'était pour permettre ce genre de grandiose opération que les deux tiers des promotions de Saint-Cyr, des centaines de sous-officiers, des garçons qui n'étaient pas tous des saints mais qui avaient du sang dans les veines, mouraient dans le delta pourri, dans la jungle de Cochinchine ou la forêt laotienne. A cette époque, elle avait failli tout abandonner. Sans le colonel, Madeleine l'aurait fait. A chaque retour en France, elle descendait chez lui à demi morte, écœurée, découragée. Mme Berger la considérait comme sa fille, et le colonel avec une patience, un amour inlassables, recollait les morceaux, remontait la mécanique de la petite Perreux, celle qu'il avait juré à son camarade de promotion de ne jamais abandonner, trente ans auparavant, un petit matin où le Rif flambait, où un jeune lieutenant mourait lentement à côté de lui. Rue Guynemer, dans la chambre qui lui était toujours réservée, Madeleine réapprenait sa leçon. Le colonel était la ténacité même. En 1945, il avait quitté l'Armée où il dirigeait depuis dix ans un des bureaux spécialisés des Services de Renseignement, pour s'occuper d'une petite affaire industrielle. Bien qu'il fût là-dessus d'une discrétion totale, elle ne doutait pas qu'il continuât de garder une intense activité personnelle. Le colonel Berger voyageait beaucoup et connaissait tout le monde dans l'Europe de l'O.T.A.N. Qu'il eût été sinon un espion, du moins un des plus habiles chefs du contre-espionnage étonnait toujours Madeleine. Ce rondouillard à l'accent marseillais semblait incapable de dissimulation. Mais derrière ce front bas couronné de cheveux crépus, fonctionnait un cerveau d'une sûreté mécanique et d'un enthousiasme savant. Quand il « recollait les morceaux épars » de Madeleine désemparée, le colonel reprenait tout à la base : « Ce n'est pas pour les imbéciles et les crapules que nous nous battons, c'est pour quelque chose de beaucoup plus lointain, de très hypothétique, quelque chose qui n'a pas une chance sur dix de survivre, mais cette chance est la seule qui nous reste. Renan se désespéra d'avoir blanchi sur des livres et des livres pour découvrir que Dieu n'existait pas, alors qu'un gavroche de la rue qui fait « croa-croa » sur le passage d'un curé, que le monumental imbécile symbolisé par M. Homais ont, d'instinct, la même conviction. Eh bien toi, c'est la même chose. Tu désespères de défendre une cause profondément juste, parce que des débiles mentaux et de petits trafiquants en profitent. Notre armée ne défend pas des colonies. Elle défend en Extrême-Orient et au Sahara les positions clés du dernier monde où l'on peut vivre. Si les Français ne le comprennent pas, eux qui étaient autrefois le plus international des peuples, c'est que la démocratie a la vertu magique de détourner leur attention vers des querelles de clocher. Mais ne soyons pas bêtes comme tout le monde... » Le colonel Berger n'était pas bête. Il assenait les idées comme des coups d'épée, avec une telle santé qu'il fallait se rendre à lui. Et maintenant, parce qu'il le demandait, Madeleine avait démissionné de l'Armée et se trouvait, un mois après, en face d'une de ces éternelles idiotes qui la poursuivaient partout.

— Vous ne pouvez pas rester dans cet *Hôtel du Commerce*. C'est un endroit impossible. Si vous le désirez, dans une huitaine, je vous passe ma chambre meublée. C'est petit, mais il y a une terrasse qui donne sur le port. Je vous préviens que si vous n'avez pas l'habitude de tout faire par vous-même, il ne faut pas compter sur les domestiques d'ici. Ma fatma vient chaque matin, mais j'en suis encore à me demander pour quoi faire. Ces filles ne savent rien.

— On peut leur apprendre.

La femme étouffa un rire fabriqué qui sonnait si faux que Madeleine eut envie de la gifler pour l'arrêter.

— Ah ! C'est la meilleure ! Mais non, chère mademoiselle van Dromme, on ne peut *rien* leur apprendre. *Rien,* vous m'entendez. Ils sont butés, bornés, têtus...

Le téléphone sonna, interrompant la tirade qui se préparait.

— Non, le docteur Renault n'est pas là. Il est encore à l'hôpital. C'est monsieur Abecassis ? Je reconnais votre voix. Le docteur devait être de retour vers 6 heures 1/2, 7 heures, mais il y a eu de l'imprévu comme vous le savez... Ah, alors c'est bien une bombe ! Je m'en doutais. Ça va faire du joli. Ils vont commencer à s'entre-tuer... C'est cela, monsieur Abecassis, je dirai au docteur de vous rappeler dès qu'il sera là. Au journal, n'est-ce pas ? Oui, il demandera le marbre. Au revoir, monsieur Abecassis.

Madeleine mourut d'envie de questionner : « Ne serait-ce pas monsieur Abecassis, par hasard ? » mais elle se rappela qu'étant belge elle n'avait sans doute pas droit à cette forme d'humour.

— Vous regardiez les murs, dit l'assistante. Ils suintent. Il faut repeindre tous les ans. Aucun papier ne tient. Les immeubles de l'avenue Abd-el-Krim ont tous été construits dans la même pierre. On l'appelle la « pierre qui pleure ». Elle vient de France. La municipalité avait passé un marché avec M. Ducour qui est propriétaire de plusieurs carrières en France. On a amené la pierre toute taillée ici pour être montée. Malheureusement, dans la chaleur elle suinte.

— Je suis bien naïve. Je croyais que ce qui manquait le moins ici, c'était la pierre.

L'assistante eut un rire de gorge amusé, différent du rire qui saluait les illusions sur les fatmas. On sentait qu'elle avait en réserve encore deux ou trois autres rires de circonstance.

— Oui, la pierre ne manque pas, et encore moins la main-d'œuvre pour la tailler, mais M. Ducour est un homme très puissant. Il a le privilège de la cueillette de l'alfa et il est aussi le propriétaire du *Journal de Chirfa* dont M. Abecassis est le rédacteur en chef.

— Ah ! que de choses à savoir, dit Madeleine. Je débarque de ma Belgique. Il faut me pardonner.

— Ne vous en faites pas, vous serez très vite au courant. Chirfa est une grande et une petite ville. Le premier jour on s'y croit perdu, et le deuxième on sait tout. Encore le téléphone... nous n'aurons jamais la paix... Allô, oui... c'est monsieur Gauthier ? Bonjour, monsieur Gauthier. Non, le doc n'est pas encore de retour. Il a été retenu à Mustapha... Je sais que c'est difficile de joindre l'hôpital... Le doc a dû me téléphoner d'un café d'en face... Non, il ne m'a rien dit pour Mme Renault... Ça serait très aimable à vous... Au revoir, monsieur Gauthier.

Elle raccrocha et resta un moment assise de travers sur le bureau où reposait le téléphone, un pied encore à terre, l'autre jambe pendante. Elle devait être fière de ses mollets et de ses genoux.

— Celui-là, dit-elle, c'est un drôle de type. Un Suisse, je crois. Pierre Gauthier. Il y a six mois qu'il est là. Je n'ai jamais très bien compris ce qu'il fait. Enfin, c'est plutôt quelqu'un d'aimable... Il envoie un de ses employés avec sa voiture chercher Mme Renault qui est restée en rade à Chirfa-plage. Mon Dieu, il est déjà près de 7 heures... Moi, j'ai un rendez-vous à 8. Et le docteur qui ne rentre pas ! C'est souvent comme ça les médecins. Vous n'avez jamais été mariée ?

— Non.

— Moi, si, deux fois. Le dernier, M. Knecht, est mort. Il était vétérinaire. Mais dans ce pays ce n'est pas un métier : il n'y a que des moutons qui mangent des pierres et des poules qui pondent des œufs de pigeon. M. Knecht voulait rentrer en France...

Madeleine mit quelque temps à comprendre que la femme appelait son propre mari M. Knecht. Il lui fallut encore subir dix minutes de conversation sur le cher disparu avant l'arrivée du médecin. Madeleine avait appris à juger vite, d'un coup d'œil, à force de vivre parmi les hommes d'action. L'entrée de Jean Renault la laissa, cependant, hésitante. Fallait-il attribuer aux fatigues de la journée et aux émotions de l'après-midi, ce tremblement des lèvres, ces yeux fiévreux ? Le médecin avait été égratigné au front et à la pommette gauche. Mme veuve Knecht cria au sacrilège. Il la fit taire d'un geste agacé, tendit une main molle à Madeleine et la pria de passer tout de suite dans son bureau dont une autre porte donnait sur la salle d'examen blanche et nue, avec un lit et des armoires à pharmacie.

— Je suis désolé de vous avoir fait attendre, dit-il. J'aurais même dû aller vous chercher à l'aérogare. Mais je pense que vous êtes débrouillarde. Êtes-vous logée ?

Sa voix surprenait : douce, presque monocorde alors qu'on l'attendait sèche et impérieuse à cause des lèvres minces, du regard gris-bleu très brillant.

— Mal, dit-elle. C'est sans importance. Mme Knecht m'a déjà proposé de me passer sa chambre quand elle partira. Mais vous avez été blessé, docteur ?

— Je sortais du laboratoire de l'hôpital quand s'est

produite l'explosion. Ce n'est rien. J'ai dû recevoir un éclat de vitre. Mme Knecht vous a mise au courant ?

— A peu près, docteur.

— Demain vous pourrez fonctionner toutes les deux. Vous verrez que c'est facile. Je vous demande surtout d'avoir de la mémoire pour moi. Rien de sorcier.

Il passa sa main dans ses cheveux blonds un peu raides.

— Madame Knecht ! appela-t-il.

L'assistante passa la tête par la porte.

— Madame Knecht, voudriez-vous appeler ma femme à Chirfa-plage et lui dire que je vais aller moi-même la chercher dans dix minutes.

— Ce n'est pas la peine, docteur. M. Gauthier s'en est inquiété et il a envoyé sa voiture conduite par un de ses employés.

— Ah, merci bien...

Elle referma la porte et Renault se leva. Madeleine vit que ses mains tremblaient.

— Vous avez eu une forte émotion, docteur.

— Oui, n'est-ce pas ? Mes mains tremblent.

Il les regarda, paumes levées, avec un certain dégoût comme si elles le trahissaient, puis les cacha dans ses poches de pantalon.

— Vous connaissez Pierre Gauthier ?

— Non, dit-elle.

— C'est grâce à lui que vous êtes ici. Je cherchais depuis un mois quelqu'un qui remplacerait Mme Knecht quand il m'a apporté la petite annonce du *Soir de Bruxelles*. Est-ce votre premier séjour en Afrique du Nord ?

— Le premier.

— J'espère que vous aimerez ce pays, mais je n'en suis pas certain.

— Je l'espère aussi.

Renault se dirigea vers la fenêtre, souleva le rideau

et débrancha l'appareil à air conditionné qui ronronnait dans la pièce.

— Vous me plaisez, dit-il. J'aime les gens brefs. Mme Knecht était trop bavarde.

Elle nota qu'il parlait déjà de son assistante au passé. Renault ne devait s'embarrasser de personne.

— Eh bien, à demain, mademoiselle... van Dromme n'est-ce pas ?

— Oui, Madeleine van Dromme, docteur. A demain.

Il était retourné près de la fenêtre pour remettre en marche le ventilateur de l'air conditionné. Madeleine sortit sans qu'il lui eût tendu la main. Mme Knecht l'attendait dans l'entrée.

— Voulez-vous dîner avec des amis et moi ? Je suppose que vous êtes seule pour votre premier soir à Chirfa.

— Oui, je suis seule, mais épuisée... le voyage, la chaleur. Je ne suis pas encore habituée. Ce soir je dînerai d'un fruit dans ma chambre d'hôtel.

Mme Knecht sourit avec indulgence. Elle comprenait toujours tout.

— Vous avez raison. Il faut se ménager. Mais méfiez-vous si vous achetez des fruits à un Arabe. Il faut soigneusement les laver. Ces gens-là ignorent la plus petite hygiène. A demain. Rendez-vous à l'hôpital Mustapha vers 9 heures. Le docteur est toujours exact.

Madeleine se retrouva dans l'avenue Abd el-Krim au moment où le ciel rosissait avant de glisser dans la nuit. Elle se dirigea vers le centre et entra dans le premier restaurant qui s'offrait. Il aurait été totalement au-dessus de ses forces d'écouter pendant toute une soirée les propos de Mme Knecht et de ses éventuels amis.

Georges Abecassis

Tous les vasistas ouverts et toutes les fenêtres donnant sur le port, il faisait encore une chaleur à peine tolérable dans l'atelier de composition, malgré les quatre puissants ventilateurs qui sifflaient au-dessus des têtes. Les linotypistes, nus jusqu'à la ceinture, en short pour la plupart sur leurs tabourets à pivots devant les machines qui cliquetaient, gardaient des serviettes-éponges à portée de la main pour essuyer leurs torses ruisselants, leurs fronts inondés de sueur. Les flans des pages 2, 3, 4, 5 et 6 étaient moulés, mais la « une » retardait tout le journal. Le chef presseur, un Parisien aux yeux minuscules dans une figure ronde et rouge, attendait près de son bloc avec un air d'impatience résignée. Malgré le vacarme des linotypes, on entendait le grondement des rotatives qui, au sous-sol, tournaient par à-coups pour amorcer les bobines de papier et régler le passage de la page centrale. Il était minuit moins le quart et la première édition devait, en principe, commencer de rouler à minuit pour ne pas manquer le train de Milla. Les camionnettes livrant à Sefroun et à Chateaubriand (ou plus exactement à Ben Akbir depuis qu'on avait débaptisé l'ancienne préfecture), pouvaient supporter un retard d'un quart d'heure, une demi-heure. Mais Saïd Teleur, le prote, finissait à peine de préparer la morasse de la « une », à grands coups de brosse à crin sur le plomb fraîchement encré et le papier humide. Posant sa brosse, il prit délicatement, entre le pouce et l'index de chaque main, la feuille et, la décollant sans la déchirer, la contempla un instant avant de se diriger vers la cabine vitrée où Georges Abecassis relisait l'épreuve d'un article qui allait passer dans l'édition de 3 heures du matin destinée à Chirfa.

— Ça y est, dit le prote en entrant. Tu veux jeter un coup d'œil ?

Abecassis repoussa l'épreuve sur un coin de la table pour étaler la morasse. Saïd Teleur se glissa derrière lui pour lire par-dessus son épaule. Il était trapu, avec des yeux très clairs et des cheveux châtains bouclés qui dénonçaient le Kabyle. Après avoir travaillé dix ans dans une imprimerie de Tizi-Ouzou, il avait été arrêté en 1956 et envoyé six mois au camp de redressement de Tefeschoun parce qu'on avait découvert chez lui une ancienne carte d'adhérent au Mouvement nationaliste algérien. Trois jours après sa libération, au lieu de rester dans la résidence qui lui était assignée, il passait la frontière en fraude et arrivait à Chirfa où il avait aussitôt accepté une place de prote à l'imprimerie du *Journal*. On le disait toujours messaliste, bien qu'il fût, sur ses tendances politiques, d'une discrétion absolue, discrétion nécessitée par la présence dans l'atelier de trois autres Algériens qui, eux, cotisaient à l'O.E., les deux mouvements pour l'indépendance continuant à se livrer dans Chirfa, comme à Paris et en Algérie, la même lutte sournoise et sanglante. Des heurts se seraient cependant sûrement produits si Saïd Teleur n'avait joui de l'auréole d'un semi-intellectuel. Après le brevet élémentaire, il avait été correcteur, puis prote à l'imprimerie de Tizi-Ouzou. Tout seul, il avait appris le latin, puis l'anglais. Il lisait trop, et sa culture avait ce sérieux, cette absence d'ironie et de souplesse qui caractérise les autodidactes. Abecassis pensait, depuis quelque temps, lui faire sauter la barrière et le prendre à la rédaction. La chose aurait été réalisée si quelqu'un avait pu remplacer le Kabyle à l'atelier. Mais, là encore, le départ de nombreux spécialistes français creusait des vides impossibles à combler. Saïd Teleur savait fort bien qu'il en était la victime et qu'on le maintiendrait à sa place de prote tant que l'on ne trouverait personne de qualifié.

— Qu'en penses-tu ? demanda Abecassis.

— La mise en page ou le contenu ?

— Le contenu, bien sûr. La mise en page est de moi et je la trouve géniale.

— Alors le contenu c'est de la dynamite pour qui sait lire entre les lignes.

De son crayon à encre Abecassis corrigea dans un sous-titre une capitale boiteuse.

— Je vais risquer le paquet, dit-il.

— Impossible de joindre le patron ?

— Il est aux États-Unis et je ne sais même pas où.

— Alors, dit Saïd, il faut te décider seul. Je préfère être à ma place qu'à la tienne. Le tout est de ne pas trop lambiner. Nous avons déjà vingt minutes de retard.

— Bon. Vas-y. Fais juste corriger le sous-titre de la troisième colonne.

Le prote sortit, redressa lui-même avec la pince du typographe la lettre qui flanchait, puis donna le bon à tirer au chef presseur. Dans la cabine vitrée Abecassis relisait la morasse de la première page. L'incendie des hangars de l'hôpital Mustapha occupait trois colonnes. Le reporter était arrivé un quart d'heure après l'explosion, au milieu de l'affolement. Les pompiers n'avaient qu'une bouche d'eau pour arroser le sinistre. La toiture s'était effondrée au bout d'une demi-heure, blessant un homme grimpé à la grande échelle. Jamais l'incendie n'avait menacé l'hôpital, mais des deux hangars, d'un garage et d'un petit laboratoire voisin, il ne restait plus que des cendres. Le docteur Renault sortait de ce laboratoire au moment de la déflagration. Jeté à terre par le souffle, il avait été légèrement blessé au front par un éclat de vitre. On reproduisait sa déclaration. Il attribuait le sinistre à une mauvaise surveillance des services de sécurité. Le bouchon d'une bonbonne d'éther avait pu sauter, à moins qu'une bouteille d'oxygène eût explosé. Les dégâts étaient importants : plus d'un million de dollars de médicaments en stock disparaissaient ainsi en fumée. La question, que tout le monde se posait, était de savoir pourquoi ces médicaments se trouvaient encore là. Ils avaient été offerts trois mois auparavant à la République chirfanienne par le Secours rouge international pour les populations du djebel Hassouan cruellement éprouvées par un tremblement de terre suivi d'une vague de typhus. « Il est évident, ajoutait le reporter, que si ces médicaments avaient été distribués immédiatement, ils n'auraient pas connu ce triste sort. Quant aux populations décimées par le typhus, elles apprendront sans plaisir, maintenant que l'épidémie est jugulée, que ces secours ne leur sont pas parvenus à temps par la faute du Service de Santé. » Dans le garage avait également brûlé un train de six ambulances offertes par une société philanthropique américaine.

Sur deux autres colonnes, on annonçait la décision prise dans l'après-midi par le président Ben Akbir de prononcer un discours place de l'Indépendance. Ce discours serait radiodiffusé. Le président allait mieux. Son affection vocale semblait en voie de guérison. Il devait, dans son allocution, préciser la politique de son gouvernement à l'égard des nations de l'O.T.A.N. Juste en dessous de l'article une dépêche annonçait le retour à Paris après une semaine de séjour à Chirfa, du sous-directeur de la Banque de France, M. Wittelbaum. Enfin en bas à gauche, trois autres dépêches de dernière heure faisaient écho l'une à des troubles dans le Rif, l'autre au soulèvement d'une garnison irakienne contre le régime de Bagdad, la troisième à une bombe qui avait explosé sur le passage du colonel Nasser en visite à Damas. On comptait quelques blessés légers parmi les policiers et les soldats du service de protection, et le Bigbachi avait dû rester plus d'un quart d'heure au balcon du palais du gouvernement pour répondre aux acclamations de la foule et lui enjoindre de ne pas aller sur-le-champ piller l'ambassade américaine comme cela est d'usage dans des cas pareils.

Abecassis ne jeta qu'un coup d'œil distrait sur le reste de la page. Il se demanda combien de lecteurs sauraient lire. Sans pessimisme, on ne pouvait guère espérer que plus de 1 500 à 2 000 feraient les rapprochements nécessaires. Un lecteur sur quarante. Mais c'était suffisant dans ce pays. Au Secrétariat à l'Information, les fonctionnaires y verraient du feu. Le seul danger était Ben Akbir lui-même, ancien journaliste, ancien avocat, à l'esprit rapide doué d'un grand sens politique. Quelque chose se passerait quand le journal lui tomberait sous les yeux. Trop tard, peut-être. Le choc n'en serait que plus rude. A Milla, Sefroun et Chateaubriand — pardon, à Ben Akbir ! — les numéros seraient déjà en place pour la mise en vente. A 1 heure du matin, l'édition pour le port de Tozour serait routée. Restait celle de Chirfa qu'on finissait de tirer aux alentours de 3 heures. Elle se trouverait dans les kiosques en ville et en banlieue à partir de 7 heures. En cas de catastrophe, la police ne pourrait guère opérer de saisie avant le milieu de la matinée. Abecassis calcula qu'alors la moitié du tirage serait vendue et que les exemplaires en circulation s'arracheraient des mains. Il n'y aurait plus quinze cents à deux mille initiés, mais quarante mille, autant dire tout le monde. Ben Akbir était homme à le savoir aussi.

Le plancher vibra. Au-dessous, les rotatives cherchaient leur premier souffle. Le journaliste jeta son crayon à encre et sortit de la cage vitrée après avoir arrêté le ventilateur qui ronronnait dans son dos. Sur les douze linotypes, six seulement fonctionnaient. L'équipe de la dernière édition se réduisait à une dizaine d'hommes qui restaient là pour éviter à tout hasard un gros ratage. Pratiquement, le journal était fini. Abecassis se dirigea vers la grande baie vitrée qui donnait sur le port dont on apercevait les docks faiblement éclairés. Deux nouveaux cargos, un russe et un yougoslave étaient arrivés en fin d'après-midi. De ses yeux perçants, il les repéra, chacun à son quai. Demain matin, on commencerait leur déchargement. D'une pichenette Abecassis jeta sa cigarette qui décrivit un vol plané avant de s'écraser sur la chaussée. Fredo, le gardien de nuit qui cherchait une impossible fraîcheur assis sur une chaise au milieu du trottoir, leva la tête et essaya de repérer le fumeur qui l'avait manqué d'aussi peu. Une voiture passa en trombe, puis on entendit le halètement régulier de la rotative qui accélérait et s'emballait. Abecassis se retourna pour chercher Saïd Teleur des yeux. Il vit, penché sur le marbre, le prote qui serrait lui-même le cadre d'une page flottante, un apprenti à ses côtés. Le Kabyle portait un bleu de chauffe aux manches courtes. Dans son effort pour comprimer le plomb, on voyait saillir les muscles de ses bras noueux. A dix-huit ans, découvrant que tout ce qu'il avait appris et encore mal digéré ne lui servait pas à grand-chose, Saïd avait pris des leçons de boxe sur les conseils d'un de ses cousins, Ben Teleur, champion de France des légers. Après avoir joué pendant un an les terreurs sur les rings d'amateurs algériens, il s'était lassé. Mais pour l'avoir vu un jour corriger un ouvrier qui le traitait d'enculé de Kabyle, Abecassis savait que Saïd, même sans entraînement, ne perdait rien de sa rapidité d'exécution.

— Je vais prendre un verre au *Charlie's*, lui dit-il. S'il y a un pépin, appelle-moi là-bas. Je reviendrai dans une heure. Tu auras la réponse ?

— Sûrement. Les petits cons sont là-haut ?

— Je regarde avant de partir.

Les petits cons, c'étaient deux jeunes rédacteurs chirfaniens qu'Abecassis gardait à sa disposition jusqu'à 3 heures du matin. Ils avaient dix-neuf et vingt ans, l'un Omar Kacem était le propre neveu du chef du gouvernement, l'autre Maurice Bagour, le fils du secrétaire national du mouvement Mouquawat qui soutenait Ben Akbir. Le patron les avait engagés à la rédaction pour une raison qui n'échappait à personne qu'à eux. Abecassis en utilisait un aux dépêches et l'autre à la revue de presse, emplois qui les neutralisaient assez bien. Il les trouva d'ailleurs à demi endormis dans la salle des téléscripteurs silencieux.

— Je suis au *Charlie's*. S'il y a quelque chose qui tombe, appelez-moi là-bas. Saïd est au marbre. La page de Tozour est prête. Il n'y a plus qu'à clicher.

— J'irais bien avec vous, dit Bagour. Il y a une poule formidable au *Charlie's*, Pierrette. Vous l'avez vue ?

— Oui, pas mal. Un peu grasse, quoi... Il est vrai que ça plaît ici. Je lui dirai bonjour de votre part.

— Il n'y a vraiment pas moyen de lâcher un peu la baraque ? Omar restera là.

— Quand je serai de retour, vous irez si ça vous amuse.

— Ça sera fermé !

— Mais non !

Abecassis prit sa veste et, devant un miroir cassé, noua sa cravate. Il tâta ses poches pour s'assurer qu'il avait des cigarettes, puis sortit sans au revoir. Les bobines de papier encombraient le hall d'entrée. On avait juste ménagé le passage des camionnettes dont la première, moteur en marche, chargeait déjà les paquets de journaux destinés aux messageries. Le journaliste huma l'odeur d'encre fraîche qui accompagnait toutes ses nuits depuis quinze ans. Elle n'était pas devenue une habitude. Chaque fois, il la retrouvait avec plaisir, mais dans la chaleur de juillet, cette odeur trop acide corrodait les poumons. Il lui fallait se nettoyer en quittant pendant une heure ou deux son travail. Au vol, il se saisit d'un exemplaire du journal, qu'il plia dans sa poche. Sur le trottoir, le gardien de nuit se souleva légèrement de sa chaise. Abecassis lui offrit une cigarette.

— Fait lourd, dit-il.

— Très lourd. J'ai mal aux jambes. Merci, vous auriez pas du feu ? J'ai que ma gueule pour fumer.

La petite flamme éclaira un visage borgne mal rasé. Fredo, ancien sergent de tirailleurs, vivait en Chirfanie depuis quarante ans. Celui-là ne partirait jamais. Il avait fait souche avec une Berbère qui venait de pondre son septième enfant. Le pays avait si bien imprégné ce Marseillais que dans la rue on le prenait pour un Arabe.

— Dis-moi, Fredo, il y a quelquefois des flics ou des traînards qui passent ici pour piquer un journal gratis ou... presque gratis ?

— Oh, ça jamais !

— Me raconte pas de blague ! Ça m'est égal d'habitude que tu leur en passes un contre une cigarette, mais cette nuit je ne veux pas. Tu entends ! Je ne veux absolument pas. Pas un canard ne doit sortir d'ici en dehors de ceux des camionnettes.

— D'accord, m'sieur Abecassis.

— Et ne mange pas la consigne.

— Comptez sur moi !

— A tout à l'heure.

Le *Charlie's* ne se trouvait qu'à cinq minutes du journal dans la rue Centrale. La boîte avait connu de meilleures heures, mais, telle quelle, restait encore le seul endroit où l'on pût prendre un verre après minuit. La pénombre y favorisait les incognitos. Deux ou trois danseuses ou chanteuses s'accrochaient au bar après leur numéro. Elles n'étaient, en général, pas farouches, et comme beaucoup de filles qui traînent dans les boîtes du Moyen-Orient et de l'Afrique du Nord, leur blondeur outrageante, leurs voix déjà rauques, leurs yeux cernés trouvaient preneur chaque soir parmi la douzaine de Levantins désœuvrés qui venaient là. Quand Abecassis entra, la salle était déjà à moitié vide. Deux couples tournaient sur la piste, quelques tables restaient occupées sous la fausse loggia aux fleurs de papier. En revanche, le bar s'animait comme toujours à cette heure-là. Pierrette, celle qui intéressait le jeune Bagour, aperçut le journaliste et descendit de son tabouret, un verre vide à la main.

— Il est vide, je le plains, dit-elle.

— Il va être plein, tu le videras.

D'un mouvement de tête, il fit signe au barman de servir la fille, puis s'assit à côté d'elle. Quelques jours auparavant, ils avaient couché ensemble et elle paraissait s'en souvenir.

— Les affaires marchent ? demanda-t-il poliment.

— Les affaires..., les affaires... comme tu y vas ! Eh bien non, elles ne marchent pas.

— Pourtant c'est plein de michés, ici.

— Des michés, ça ?

Elle se tourna vers l'autre extrémité du bar pour jeter un regard de mépris sur trois Syriens qui cernaient une petite danseuse livide.

— Trois pour une ! Tu appelles ça des michés ? Ils se

payent des bagues en diamant, mais ils n'offriraient même pas un coquelicot. Ça se croit irrésistible. Faut les aimer pour eux. Alors tu comprends... A la longue, ce qui manque c'est le courage.

Elle avait déjà bu son verre et Abecassis lui en offrit un autre. L'orchestre pliait bagage, remplacé par un électrophone, mais la piste restait déserte. Arrivait l'heure où on ne se préoccupait plus que de boire et de tenir des propos décousus. Tous ces gens accrochés au bar comme à un radeau avant de se noyer, avaient de l'avance sur le journaliste. Ils s'enivraient depuis le dîner tandis qu'il arrivait de son travail, encore moite de la fournaise de l'atelier, mais la gorge sèche et l'esprit aiguisé par les nouvelles de la soirée. Ces visages blafards ou huileux qui traversaient mal la nuit apparaissaient dans toute leur crudité. La fatigue, l'alcool accusaient la gourmandise des bouches aux dentures dorées, l'hypocrisie des regards veloutés, les grosses rides de la cupidité. La nouvelle faune de Chirfa — petits trafiquants d'armes, Levantins chargés d'obscures négociations, avocats véreux ou bruyants fonctionnaires des légations de la République arabe unie — se retrouvait au bar du *Charlie's*. De temps à autre, apparaissait un homme seul en smoking blanc, échappé d'un mortel dîner officiel, d'une soirée diplomatique et venu boire le verre d'alcool qui clôture la nuit. Les filles s'agitaient un peu, tombaient sur un bec et reprenaient leur air morne devant des verres vides.

— Tu me raccompagneras ce soir ? demanda Pierrette.

— Ce soir ? Non, je ne crois pas. Il faut que je repasse au journal.

— Et après ?

— Oh, après, il sera trop tard, 5 heures, 6 heures peut-être. Tu dormiras.

L'air déçu, elle esquissa une moue d'enfant. Abecassis pensa qu'elle avait besoin d'argent. Il aurait volontiers recouché avec cette beauté un peu molle, mais encore saine, aux bras agréables, au cou élancé, si ses principes ne lui interdisaient pas de goûter deux fois à ce genre de fille.

— J'ai sans doute quelqu'un qui fera ton affaire, dit-il.

— Je ne suis pas une pute.

Non, c'est vrai, pas officiellement. A 11 heures, elle présentait un numéro de danse qui sauvait la façade.

— Je le sais bien. Tu feras ce qu'il te plaît.

— C'est qui ?

— Tu verras. Je dois d'abord parler à quelqu'un.

La silhouette de Pierre Gauthier s'encadrait dans la porte. Il sortait d'un dîner officiel, vêtu d'un smoking blanc, un œillet à la boutonnière. Il s'approcha du bar et aperçut Abecassis.

— Fidèle au poste ? dit-il.

— Je suis un homme sans imagination.

— C'est lui ? souffla la fille par-dessus l'épaule du journaliste.

Elle n'était pas une pute, mais avec ce genre d'homme sec, aux cheveux gris, ce n'était plus du travail.

— Permettez que je vous présente à Pierrette, dit Abecassis. Elle est de Landerneau. Vous n'êtes pas breton par hasard ? Une larme brille aisément dans ce bel œil vide quand notre amie découvre un compatriote.

— Hélas non ! Ni breton, ni rien. Je ne suis né qu'à Paris. C'est une naissance bête.

— Pas si vide que ça mon œil !

— Oui, Pierrette. Que prenez-vous, Gauthier ?

— Whisky.

— Et moi, je peux ? dit la fille.

— Oui, tu peux, mais à une condition : tu disparais

pendant cinq minutes pour te donner un coup de peigne, te remettre du rouge et un peu de parfum sous les bras. Après ça, je te promets la fortune.

— Tu te fous de moi ?

— Pierrette, la fortune va te passer sous le nez.

— Bon, bon ça va. Mais ne fais pas la valise.

Elle disparut dans les toilettes. Abecassis et Gauthier se trouvèrent isolés à l'extrémité du bar derrière lequel le garçon cassait de la glace.

— La première édition est sortie. Sauf empêchement extraordinaire, elle sera ce matin à Sefroun et Milla. La deuxième part pour Tozour dans une heure. Là aussi je suis tranquille.

— Vous en avez un exemplaire ?

— Le voilà. Il est plus prudent de ne pas l'afficher.

— Ne craignez rien, dit Gauthier. Ils ne s'en rendront compte que dans deux ou trois jours. N'oubliez pas que c'est une démocratie, que personne n'est responsable de rien.

— Une dictature avec tous les défauts des démocraties.

— Le résultat est le même. Si Ben Akbir n'a pas une réaction violente ce matin, il sera trop tard pour prendre des sanctions et vous jouerez les innocents.

— J'ai retapé moi-même l'article sur l'incendie de Mustapha : cause accidentelle, médicaments destinés aux populations du djebel Hassouan, ambulances américaines... tout y est. La direction de la Santé publique va sauter. C'est dommage ! Le docteur Bekbal est un brave type, le dernier francophile du gouvernement.

— Ce sont ceux-là qui doivent sauter les premiers.

— Savez-vous déjà les informations lâchées par les téléscripteurs cette nuit ?

— On en parlait ce soir chez les Anglais : une bombe à Damas, un putsch en Irak...

— Et des villages passés à la dissidence dans le Rif.

J'ai groupé les informations en bas de page. Mauvaise journée pour la Ligue arabe.

— Rien en Égypte ?

— Rien.

— Leur tour devrait pourtant venir.

— Toutes leurs informations sont bloquées. Vous avez de l'argent ?

— Oui, combien ?

— Dix mille.

Gauthier tendit la coupure comme Pierrette arrivait, du rouge vif sur les lèvres. Abecassis déchira le billet en deux, sous les yeux de la fille.

— Tu es fou ! dit-elle.

— Prends cette moitié et va vérifier dans les toilettes que tu n'y as pas oublié ton peigne. Au retour, tu as le reste.

— Ma parole, t'es complètement dingue.

Elle disparut quand même, mais les deux hommes se turent. Le barman s'approchait d'eux.

— Je remplis vos verres ?

— Oui, dit Abecassis, et sois gentil de nous mettre autre chose que ces sucreries sur l'électrophone.

Il attendit que l'homme se fût éloigné pour reprendre à voix très basse, sans retirer la cigarette de sa bouche :

— Saïd est prêt. Je resterai avec lui après le dernier bon à tirer. Nous serons seuls. A 6 ou 7 heures, ce matin, le papier sera dans la casbah.

— Le seul ennui, dit Gauthier, c'est l'allocution de Ben Akbir.

— Il y a des chances pour qu'elle soit difficile à digérer par la France. A midi, Wittelbaum a carrément refusé les 7 milliards. A 3 heures, Ben Akbir annonçait son discours.

— La dernière fois Paris n'avait payé son silence que 4 milliards. Il a tort d'augmenter ses prétentions. Les maîtres chanteurs finissent tous par tuer la poule aux œufs d'or.

— Le gouvernement ne peut plus faire face à sa prochaine échéance, dit Abecassis.

— On paiera les fonctionnaires avec des mots.

— Il faut s'attendre à quelques arrestations de Français, à des expropriations, des magasins pillés.

— Nous le déplorerons sans le déplorer.

— Je dirai comme vous quand j'aurai les résultats.

— Ne craignez rien. Ayez confiance.

— Vous savez que j'ai confiance.

Pierrette revenait, hésitante. Abecassis brandit la seconde moitié des dix mille et la lui tendit.

— Ben, comment je vais le rabibocher ?

— La caissière a du papier collant.

Pierrette vola vers la caisse où une femme lui répara le billet déchiré.

— L'argent importe peu, dit Gauthier, mais tout de même cet éloignement était cher payé.

— Pas tellement. Vous allez voir. Pierrette...

— Oui. Qué tu veux ?

— Je vais t'envoyer deux petits copains à moi qui travaillent au journal et qui trouvent la nuit longue. Tu vas être gentille avec eux.

— Deux ? Pourquoi y peuvent jamais faire ça seuls ces gars-là ? C'est des ratons ?

— Je n'aime pas le mot raton, Pierrette. J'en suis la moitié d'un.

— Oh, tu sais moi j' dis ça comme ça. C'est juste que quelquefois j'en ai un peu marre de ces types. Mais si ce sont des copains à toi...

— Oui, et tu vas les garder avec toi.

— Chez moi ?

— Chez toi, parce qu'ils affectent de ne pas boire en public. Le barman va te passer une bouteille de whisky que tu emporteras.

— Je vais le faire parce que tu es gentil, mais je te trouve un peu drôle. Et... tu ne viendras pas ?

— Non, merci. Mais si demain tu as été efficace, je te remercierai encore.

— Pourquoi pas tout de suite ?

— Demain, dit-il sèchement.

— Bon, bon. Te fâche pas.

— Et motus !

Abecassis commanda la bouteille de whisky, paya les verres et abandonna Pierrette à Gauthier. Ce dernier s'apprêtait à partir également quand une main solide tomba sur son épaule.

— Ce sont toujours les mêmes qui se font fusiller, toujours les mêmes qui boivent.

Écarlate, Hans von Brautschich qui se tenait derrière lui avait aussi sacrifié sa soirée dans un quelconque dîner de légation. Au moins en sortait-il joyeusement à point, le nœud papillon noir de travers. Son smoking blanc empestait le parfum.

— Cette fois-ci, c'est moi, dit Gauthier.

— Difficile. J'ai ma bouteille et ne bois que ma bouteille.

— Je me rends.

Le barman hissait sur le comptoir du bar un seau à glace et le champagne réservé à l'Allemand.

— Deux verres !

— Ça doit être du bon, dit Pierrette qu'on avait oubliée à côté.

— Du très bon mademoiselle, dit von Brautschich.

— Il est pas sucré ?

— Non ! quelle question ! Je ne suis pas un barbare.

— J'en goûterais bien un petit peu.

— C'est très volontiers que nous vous en offrirons une coupe mademoiselle, mais vous comprendrez qu'un personnage comme moi ait ses singularités !

— Qu'est-ce que vous avez ?

— Je ne bois jamais avec une demoiselle si je n'ai pas d'abord vu sa culotte.

— Ma culotte ?

— Oui, votre culotte mademoiselle.

— Vous voulez voir ma culotte ?

— Je voudrais voir votre culotte.

— Ben, la v'là !

Elle retroussa sa jupe de soie, découvrant deux jambes assez fortes, des cuisses bien musclées et l'amorce de la plus banale culotte blanche.

— C'est vu ! dit von Brautschich qui avait sorti des lunettes de sa poche pour ne rien rater du spectacle. Et maintenant que nous avons fait connaissance, le barman vous donnera un verre.

Puis, il lui tourna le dos et leva sa coupe avec celle de Gauthier. On entendit sa voix forte qui criait « Prosit ! » tandis qu'à côté de lui, Pierrette écrasée par sa taille et son indifférence, le regardait médusée, de bas en haut.

— Ils sont tous dingues, ce soir, dit-elle.

Quelques instants après arrivaient Omar Kacem et Maurice Bagour qui, dès le seuil franchi, perdirent leur assurance. Mais Pierrette en avait pour eux.

— C'est vous les copains du journaliste ! demanda-t-elle.

— C'est nous ! dit Bagour la voix étranglée.

Cinq minutes n'étaient pas passées qu'elle les emmenait pendant que Gauthier et von Brautschich continuaient d'échanger leurs « prosit ».

Après qu'il eut renvoyé les deux jeunes rédacteurs, Abecassis se retrouva seul dans la salle des téléscripteurs. Les bandes restaient vierges. Au milieu de la nuit les deux agences de presse, l'A.F.P. et l'A.C.P. auxquelles était abonné le *Journal de Chirfa* se mettaient en veilleuse. A moins d'événements considérables, il était peu probable que l'on aurait des nouvelles avant 6 heures du matin. Le journaliste laissa néanmoins la porte ouverte pour entendre crépiter les machines si elles se mettaient en marche. Les divers bureaux de rédaction étaient vides, offrant leur spectacle habituel de journaux piétinés, de papiers épars, de corbeilles bourrées. Au-dessous, les rotatives tournaient à plein et tout l'édifice en tremblait. Une odeur d'huile chaude arrivait par la cage de l'escalier. On se serait cru dans un grand bateau aveugle, en marche dans la nuit et déserté par l'équipage, si n'étaient montés du hall d'entrée à intervalles réguliers la voix du chef d'équipe qui commandait le chargement des camionnettes et l'emballement des moteurs qui partaient en trombe dans la rue vide. A l'atelier, Saïd Teleur remaniait la première page en y insérant l'éditorial non signé dont l'origine n'intriguait plus personne : deux fois par semaine, Ben Akbir l'inspirait lui-même. Abecassis s'installa dans le vieux bureau fatigué, aux fauteuils de cuir, qui était le sien depuis sa nomination au poste de rédacteur en chef. En face de sa table, scellé dans le mur, un médaillon de stuc couleur brou de noix offrait le profil de Jean Paul Marie Ducour, le fondateur, le numéro un de cette famille normande dont Maurice Ducour était à présent le dernier grand chef, car sa femme ne lui avait donné que quatre filles. Maintes fois Abecassis s'était demandé comment on pouvait édifier une telle fortune sous un climat pareil avec des cols durs, des costumes noirs et des lorgnons. Il se souvenait d'avoir vu Jean Ducour la dernière année de sa vie, s'installer chaque après-midi dans le bureau directorial du *Journal de Chirfa*, en pantalon rayé et veston bordé, ses pieds très fins chaussés de souples bottines à boutons. Cet homme n'avait jamais dû s'éponger le front. Tout au plus consentait-il, en plein été, lorsqu'il partait pour le Sud, à remplacer le chapeau melon par un panama noir. Le fils, Maurice, n'avait pas hérité la même rigueur, encore que personne ne s'avisât de lui taper dans le dos. Élevé en partie aux États-Unis, il en avait gardé le goût d'un certain confort vestimentaire qui seyait bien à sa forte carrure. Mais la dissemblance s'arrêtait là. Maurice Ducour n'avait pas failli à la tâche laissée par son père. Sous sa poigne, le commerce de l'alfa avait continué de progresser, et mieux encore l'affaire venait de passer l'an dernier le cap difficile de l'indépendance de la Chirfanie. Maurice Ducour avait vu arriver la tempête. Depuis cinq ans, il finançait le parti Mouquawat et se rendait ostensiblement en Corse où Ben Akbir assigné à résidence purgeait avec bonne humeur son exil pendant que les cadres de son organisation connaissaient la prison, les coups et la peur. Ducour payait alors les études des trois fils Ben Akbir aux États-Unis, en Allemagne et en France. Maintes fois, la presse s'était emparée de ces faits pour lui porter des coups de boutoir, mais son énorme fortune le protégeait comme une carapace et les coups de boutoir ne laissaient que des égratignures.

Le vieux Ducour ne s'était offert qu'un luxe dans la vie : le *Journal de Chirfa*, modeste gazette hebdomadaire qu'il avait hissée au rang d'un quotidien en créant de toutes pièces une imprimerie et en faisant venir d'Angleterre des rotatives ultra-modernes. Il aimait y jouer, en fin d'après-midi, à l'homme politique revenu de tout, et faire montre d'une indulgence supérieure pour la bêtise humaine. Ce luxe lui coûtait une cinquantaine de millions par an, un peu plus que ne revenait *Chirfa-Soir* au groupe Benevent. Quand Maurice Ducour avait recueilli la succession des affaires et la direction du quotidien, le *Journal de Chirfa* tirait de 25 à 30 000 exemplaires et son influence était quasi nulle. C'est alors que le nouveau patron avait remarqué parmi ses rédacteurs Georges Abecassis, fils d'un juif de Gibraltar et d'une musulmane. Il avait vite décelé en lui le coup d'œil, l'instinct du très bon journaliste maintenu longtemps à un poste subalterne à cause de ses origines. Les deux hommes avaient travaillé sans relâche pour rajeunir la formule du journal. Lentement, le tirage était monté. Mais bien plus que le tirage importait à Maurice Ducour le poids politique. Sa position ambiguë, ses prudences, ses réserves, ses réticences, ses articles venus de Paris avaient rapidement fait du *Journal de Chirfa* l'organe de l'opposition larvée à la Résidence. Les musulmans l'avaient acheté, délaissant *Chirfa-Soir* que le clan des ultras transformait en bastion. Au moment des événements, le virage avait été pris avec science et douceur. Une des premières audiences accordées par Ben Akbir après son triomphal retour d'exil avait été pour Maurice Ducour qui en profita pour annoncer au nouveau chef du gouvernement la fusion de son journal avec celui des Benevent, Jean et Luc, écœurés par les 6 000 hectares d'oliviers que, dans l'allégresse générale, on venait de leur raser dans le Sud. Dès son arrivée, le chef du parti Mouquawat trouvait deux journaux à sa main tout en ayant l'air de garantir à la presse la liberté dont elle jouissait auparavant. Le ton doctrinal et polémique était laissé à une feuille de midi portant le nom du parti gouvernemental, *El Mouquawat,* rédigée moitié en arabe, moitié en français, et tirée à moins de 1 500 exemplaires lus principalement par les fonctionnaires. Si de nouveaux lecteurs musulmans avaient remplacé les lecteurs français dégoûtés ou repartis pour la métropole, le *Journal de Chirfa* et *Chirfa-Soir* n'en restaient pas moins des affaires déficitaires. Mais le passage sous pavillon chirfanien des huit cargos de la compagnie des transports d'Afrique et la prorogation du contrat des alfas royalement accordée par Ben Akbir compensaient plus que largement cette mauvaise opération. On se souvient que Jean Ducour avait été le pionnier de l'alfa en Chirfanie, qu'à son arrivée en 1905 il s'était fait garantir moyennant une redevance de 1 fr. 50 par quintal le monopole de la cueillette pour laquelle il utilisait chaque année pendant un mois une armée de quelque dix mille journaliers. Cet alfa, il le revendait 150 francs le quintal au gouvernement réalisant ainsi un bénéfice considérable avec un produit naturel qui, poussant partout, était la propriété du fellah. Pendant près de cinquante ans le prix d'achat n'avait pas varié en dépit de la dépréciation monétaire, mais lorsque Ben Akbir avait signé le nouveau contrat d'exclusivité, Maurice Ducour avait spontanément centuplé le prix de base, ce dont la presse avait largement fait état, sans mentionner toutefois que le prix de vente était, lui, passé à 3 000 francs le quintal. Ainsi chacun avait-il tiré quelque prestige de cette nouvelle razzia sur l'alfa. Ainsi le nom de Ducour restait-il le symbole d'un État dans l'État, d'une force agissante, mais canalisée dans le sens de la politique du parti Mouquawat au moment où celui-ci éprouvait justement des difficultés accrues avec son aile gauche qui reprochait à Ben Akbir une attitude encore trop prudente à l'égard de la France et trop tiède avec Le Caire.

Chaque fois qu'Abecassis regardait longtemps le médaillon représentant Jean Paul Marie Ducour, un mélange de panique et de haine s'emparait de lui. Cet homme l'avait toujours terrifié, sans qu'il se souvînt pourtant d'un regard qui l'eût distingué du *vulgum pecus*, de cette masse d'hommes qui cueillaient l'alfa dans la plaine desséchée, des marins qui cabotaient sur les cargos à cheminée rouge et vert, des maçons, des terrassiers qui construisaient les immeubles de l'avenue Abd el-Krim, des typographes, des linotypistes et des rédacteurs qui fabriquaient le *Journal de Chirfa*. Le vieux ne transmettait jamais un ordre que par l'intermédiaire de sa secrétaire ou de son fils. Une fois par an, on réunissait dans l'atelier de composition le personnel du quotidien, depuis les balayeurs jusqu'aux secrétaires de rédaction, et le potentat descendait un étage pour leur souhaiter la bonne année et serrer chaque main de sa main gantée beurre frais. Au retour, dans le bureau directorial où jamais un papier n'avait traîné sur la table de chêne, la secrétaire l'attendait avec une paire de gants neufs. Tant de puissance froide et de mépris naturel n'avaient suscité que des dévouements mercenaires. Maurice Ducour, avec peut-être moins de morgue et plus de tact, continuait la tradition paternelle. Sa métamorphose politique avait exigé de lui une présence assidue au journal, des contacts directs avec ses collaborateurs qui n'étaient plus un luxe, mais, tout d'un coup, un des plus solides étais de l'entreprise menacée par la perte de vitesse de la France. Il avait vite apprécié l'intelligence d'Abecassis, son sens de l'information, sa discrétion et sa souplesse. Sans ce professionnel, le journal n'aurait jamais pu opérer son imperceptible mouvement de rotation. De plus Abecassis préférait l'ombre aux titres ronflants. Rédacteur en chef il n'exigeait pas son nom sur la manchette du journal et il ne lui venait pas à l'idée de se vanter de l'augmentation du tirage. Cette réserve convenait trop à Maurice Ducour pour qu'il en approfondît les raisons. Fidèle aux principes de son père, il préférait payer cher l'homme qui lui convenait plutôt que de se pencher sur son cas. La porte du journal franchie, il n'est pas certain que le patron eût répondu au coup de chapeau de son employé.

Abecassis le savait et quinze ans au service des Ducour ne l'habituaient pas à certaines blessures d'amour-propre. Il était de ces juifs méditerranéens qui, un jour, las d'errer de patrie en patrie, se choisissent un sol, s'y incrustent et se jurent d'y pousser des racines si profondes que rien ne les en arrachera. En quatre générations, les Abecassis avaient été juifs maltais, juifs génois, juifs de Gibraltar c'est-à-dire sujets britanniques, pour finir juifs de Chirfa avec des passeports franco-chirfaniens, mais toujours juifs en quelque coin que ce fût de la Méditerranée, toujours inquiets de se choisir un quartier de goyim qui les admît et ne les renvoyât pas au ghetto, ce ghetto qu'ils traversaient avec des battements de cœur où se mêlaient la honte et un pitoyable sentiment de solidarité. Moshe, le père de Georges, était arrivé cinquante ans auparavant, à peu près en même temps que le premier Ducour, dans ce pays fraîchement pacifié où l'on assurait que la France apporterait le progrès, irriguerait la plaine morte, dompterait les populations du djebel Hassouan. Changeur et orfèvre, il s'était installé dans le quartier européen, louant une boutique trop chère pour lui, et luttant pied à pied pour n'être pas repoussé dans le ghetto de la casbah où croupissaient ses coreligionnaires. Deux fois mis en faillite, deux fois il avait recommencé, avec d'autant plus de courage qu'il s'était marié à une musulmane romantiquement enlevée dans un village voisin, et qui vivait avec lui dévoilée, habillée à l'européenne. Georges était né peu après, et c'est de lui qu'on avait fait un monsieur parlant le français sans accent, bachelier à seize ans, licencié en droit à Aix-en-Provence avec une bourse de l'État, avocat stagiaire à Paris chez Me Gauthier, le père de Pierre. Engagé volontaire en 39, il avait repris sa place à l'étude après l'armistice, mais sans pouvoir y rester plus d'un an par mesure de prudence, les Allemands commençant d'arrêter les juifs. Avec ses yeux de velours, ses courts cheveux crépus, sa bouche large et son nez déjà tombant, il lui était difficile, dans les rues de Paris, d'échapper aux attentions de la police. Muni de faux papiers fournis par son patron, il était parti pour Marseille où il s'était installé pour lui servir de correspondant et le seconder dans plusieurs affaires. Fin 1942, après l'invasion de la zone Sud, c'est encore Me Gauthier qui avait réussi à faire passer son collaborateur en Espagne, ne pouvant continuer plus loin sa protection. Au retour à Chirfa, Georges avaient en même temps appris la mort de son père et de sa mère dans un pogrom et trouvé au journal une place de rédacteur qui valait mieux qu'une situation d'avocat sans cause dans un pays où les juifs suspectés par les deux communautés encore échappaient mal à leur destin. Puis, il lui avait bien fallu apprendre en octobre 44, la mort de Me Gauthier arrêté à la Libération et revenu mourir chez lui, roué de coups après un interrogatoire. Il avait su, en même temps, le départ de Pierre, qu'il connaissait à peine, au Canada et aux États-Unis. Ce jour-là, quelque chose s'était éteint dans le cœur de Georges Abecassis, quelque chose qui ne pourrait plus jamais brûler. On avait assassiné le seul homme au monde qui lui voulait du bien. Et cet homme était un juste dont la droiture et l'humanité ne pouvaient faire de doute pour qui l'avait approché même si son attitude pendant l'occupation était critiquable. Ce sang répandu pour une illusoire vengeance resterait à jamais sans réparation. Abecassis, avec ce sens quasi désespéré de la justice qu'il tenait de son ascendance juive, ne pardonnait pas.

Le téléphone sonna. Saïd Teleur appelait de l'atelier. La morasse de la « une » de Chirfa était prête. On lui demandait son bon à tirer. Le journaliste prit son revolver dans le tiroir du bureau et descendit.

était difficile, dans les rues de Paris, d'échapper à l'attention de la police. Muni de faux papiers procurés par son patron, il était parti pour Marseille où il était installé [illegible] dans plusieurs hôtels. En [illegible], après l'invasion de la zone Sud, c'est grâce à M. [illegible] qu'il avait réussi à [illegible] protection. Au [illegible] Georges avaient [illegible] temps après la mort de son [illegible] une place de rédacteur qui valait mieux qu'une situation d'avocat sans [illegible] dans un pays où [illegible] suspectées par les deux communautés [illegible]. Puis, il [illegible] aujourd'hui [illegible] la mort de [illegible]. Il avait [illegible] temps [illegible] quelque chose s'était [illegible] dans le cœur de Georges [illegible] quelque chose qui ne pourrait plus jamais [illegible]. On avait [illegible] homme [illegible] l'humanité ne [illegible] pendant l'occupation [illegible]

Le téléphone [illegible] dans le [illegible]

Saïd Teleur

Un peu avant 5 heures du matin, les rotatives s'arrêtèrent et le silence succéda au halètement sourd des machines lancées à pleine vitesse. Les mécaniciens quittèrent leurs bleus et passèrent s'habiller dans les vestiaires du rez-de-chaussée. L'odeur d'huile chaude et d'encre grasse refroidissait lentement. Une équipe de manœuvres acheva le chargement de la dernière camionnette qui portait la banderole avec le slogan : « Le *Journal de Chirfa,* le plus lu de tous les quotidiens d'Afrique du Nord. » La camionnette partie, Fredo ferma la grille du hall d'entrée sur la rue, et commença sa ronde habituelle par la salle des rotatives, éteignant l'électricité, verrouillant les portes, bloquant les compteurs et serrant les robinets des lavabos maculés de crasse. Au premier étage, il ne jeta qu'un coup d'œil à l'atelier de composition toujours en ordre. Saïd Teleur n'aurait pas toléré que traînât un tabouret ou que restât allumée une linotype. Au deuxième, Fredo trouva le gâchis habituel de la rédaction, gâchis sur lequel il avait ses idées que personne d'ailleurs ne daignait écouter. Les téléscripteurs étaient débranchés. Avant de partir, Abecassis avait détaché lui-même les dernières bandes pour les étaler sur une table. Des nouvelles télégraphiques sans importance attendaient la rédaction du matin. Fredo se pencha au-dessus de la rampe d'escalier. Comme dans ces coquillages marins où l'on croit toujours retrouver le ressac de la mer, il lui semblait entendre monter les dernières vagues de la rumeur qui agitait le journal seize heures sur vingt-quatre. Mais ce n'était qu'une illusion. Fredo régnait seul sur l'immeuble désert. De ce règne, il ne tirait qu'une brève satisfaction déjà usée par l'habitude. A 8 heures arrivait, en même temps que le concierge de jour, un troupeau piaillant : les fatmas armées de seaux, de balais et de serpillières. Fredo les méprisait solidement. Il n'avait jamais voulu que sa femme travaillât. Avec sa retraite de sergent de carrière — vingt-cinq ans de service, trois blessures, la médaille militaire — et son salaire de veilleur de nuit, il entretenait suffisamment bien sa famille logée dans une H.L.M. L'aînée des filles était dactylo, la seconde manucure. Un garçon serait typographe et il espérait beaucoup qu'Amédée — treize ans depuis juin — serait lui aussi sous-officier un jour. A pas lourds, Fredo redescendit l'escalier et gagna, dans le hall, le cagibi vitré où il avait droit à deux heures de somnolence avant sa dernière ronde. Au lieu de s'allonger sur le matelas bourré de paille qui lui servait de couche, il tint à ouvrir ce journal que M. Abecassis lui avait enjoint de ne passer à aucun de ces flics en uniforme ou en civil qui venaient se servir en allant à leur faction, ou en en revenant. Rien ne lui parut motiver cette mesure et il pensa que c'était encore un coup du patron qui cherchait à économiser quelques sous.

L'atelier de composition semblait vide parce que après une fausse sortie, Georges Abecassis et Saïd Teleur s'étaient enfermés dans un réduit qui abritait les outils du chef mécanicien et une ancienne presse à bras sur laquelle on tirait encore les affichettes du journal. Jusqu'à la ronde de Fredo, ils avaient travaillé à la lumière d'une maigre ampoule électrique, mais une fois le courant coupé ils durent allumer des bougies. Une rame de papier massicoté passait, feuille par feuille, sous la presse. Abecassis tournait le volant de fonte, le torse nu dans la chaleur tuante de ce placard sans fenêtre. Teleur recevait les feuilles et les empilait, en surveillant l'encrage. A 5 h 1/2, Abecassis arrêta le volant. La rame entière n'était pas imprimée.

— Dans une demi-heure il fera jour, dit-il. Nous avons juste le temps de filer.

Dans du papier d'emballage, ils firent deux paquets des tracts et se rhabillèrent.

— As-tu pensé à quelque chose ? dit Saïd. Si Fredo bouge ?

— J'y ai pensé.

Du plat de la main, le journaliste tâta sa poche revolver. Depuis quelque temps, il sortait armé sans très bien savoir pourquoi. Rien ne le menaçait directement. Il ne se connaissait pas d'ennemis à Chirfa. Mais il avait besoin d'un revolver. Cette bosse dans sa poche arrière représentait une nouvelle marge de sécurité depuis sa première rencontre avec Gauthier. Avant, la marge de sécurité était sa façon d'être bien avec tout le monde, de vivre à des heures normales pour un journaliste, d'être l'intelligent mais docile instrument d'un directeur. Maintenant le froid, le tranquille Abecassis n'était plus bien avec tout le monde. Et si « tout le monde » ne le savait pas encore, un jour viendrait où l'affaire éclaterait. Sur ce point, il restait sans illusion malgré sa confiance en Gauthier. Une maladresse, une trahison les balayeraient. Du groupe bien peu réchapperaient. Peut-être aucun. Aussi ce revolver avec une balle dans le canon était-il comme un gage pris sur l'avenir, et plus qu'une arme pour tuer, l'instrument d'un répit. La première balle partie, Abecassis estimait qu'il aurait quelques minutes à lui, et que comme les noyés qui revivent en un éclair leur existence avant de mourir, il pourrait lui aussi faire son bilan.

Chacun un paquet sous le bras, ils traversèrent l'atelier de composition et grimpèrent à la rédaction. Là, le journaliste ouvrit avec une clé de son trousseau la porte du bureau directorial. Lors de l'installation, Jean Ducour dont la seule peur était de mourir brûlé vif dans un incendie, avait exigé un escalier aérien, extérieur à l'immeuble et débouchant à hauteur de sa fenêtre. Les deux hommes s'engagèrent sur la passerelle de fer après avoir scruté l'ombre de la rue étroite qui longeait les arrières de l'immeuble. En face, il n'y avait qu'une maison morte, à un étage, avec un jardin où pourrissaient deux palmiers. Autrefois, cette maison jouissait d'une vue admirable sur le port et l'entrée de la rade. Elle appartenait à un cousin des Benevent, et on disait que les Ducour n'avaient fondé un journal et construit cette imprimerie que pour ruiner la vue du propriétaire de la villa. A mi-course, les deux hommes se plaquèrent contre le mur. Une voiture aux phares en code passa sous eux, puis tourna vers le port. Ils restèrent là, un moment, immobiles, maîtrisant leurs souffles, le dos appuyé à la pierre encore tiède. Quand Saïd repartit, Abecassis l'arrêta de sa main.

— Quelques secondes ! dit-il. Je ne suis pas habitué.

— Non, viens.

Le Kabyle descendit sans attendre. Il était si léger, si souple que l'escalier ne criait pas sous ses pieds chaussés d'espadrilles. Abecassis, une main sur la rampe, craignait d'autant plus le vertige que la nuit sans lune, l'absence d'éclairage de la rue, la torpeur de la ville endormie ne laissaient rien deviner du gouffre noir qui s'ouvrait sous eux. A chaque marche, il risquait de glisser. Il voulut appeler Saïd, mais se mordit les lèvres. L'autre était déjà en bas. Quand il l'aperçut enfin, collé contre le mur, la peur le quitta et son cœur battit à rompre.

— Tu y es ? dit Saïd. Où est ta voiture ?

— A cent mètres, au coin.

Ce ne fut rien. Juste un indice. La nuit perdit en quelques secondes de sa profondeur impénétrable. A l'est, sur la mer, l'horizon devait se craqueler. Ils hâtèrent le pas jusqu'à la traction avant qui attendait vitres fermées. Abecassis tremblait assez pour que sa clé ne trouvât pas tout de suite la serrure de la portière.

— Allons, détends-toi, dit Saïd. Et passe-moi ça !

Ils jetèrent les paquets dans le fond. Le fait de tenir un volant rendit son calme au journaliste. La banquette dure lui rappela, contre ses reins, la présence du revolver et il cessa de trembler. Quelques minutes après, l'auto s'arrêtait au-dessus de la casbah, à mi-chemin de la route qui montait à l'hôpital Mustapha. Saïd en descendit avec les paquets de tracts.

— Bonne chance, dit Abecassis. A ce soir !

— Inch'Allah ! répondit Saïd avec un sourire.

C'était vrai : chaque fois qu'ils se retrouveraient maintenant, ce serait à la grâce de Dieu, si Dieu le voulait bien. Ils venaient de faire le premier pas qui les remettait entre les mains de ces éléments aventureux et indécis que sont le Hasard et la Chance. Quand il fut seul sur la route, en direction du quartier européen, Abecassis se surprit à siffloter. La peur s'envolait. Il y aurait d'autres peurs, mais peut-être s'habituerait-il. Ce n'était pas de sa faute s'il n'avait pas le sang-froid dans l'action que venait de prouver Saïd. Il se demanda qui avait « choisi » Saïd. Il ne le saurait sans doute jamais et le Kabyle n'irait sûrement pas le lui confier.

Abecassis eût tremblé de voir le prote s'arrêter sur le sentier qui descendait entre les bosquets d'aloès et les arganiers. Posant les paquets qui équilibraient sous chaque bras sa marche agile, Saïd regardait le fascinant spectacle de l'aurore sur la mer. Une large déchirure venait de crever la nuit, mais le soleil ne perçait pas encore l'épais matelas de brume qui flottait sur la Méditerranée. La lueur rouge d'un phare fixe marquait encore l'entrée du port qui émergeait de la grisaille matinale. Le *Ville de Chirfa* avait levé l'ancre, mais au quai d'en face était amarré un des cargos mixtes de la Compagnie des Transports d'Afrique. L'immobilité de la mer, le silence de ces maisons mortes, la tristesse du ciel qui hésitait encore entre le jour et la nuit, faisaient penser plus qu'à une aube, au crépuscule d'un cataclysme, à un gigantesque coup de grisou qui aurait soufflé la vie de Chirfa. Un coq chanta et Saïd reprit en hâte ses paquets pour descendre vers la casbah. Au flanc de la colline, bien que pourchassées par les services municipaux, s'agrippaient quelques cabanes, amorce d'un bidonville qui ne demandait qu'à proliférer au-dessus des premières maisons blanches de la ville arabe. Saïd les dépassa sans bruit et se glissa dans la première ruelle qui s'ouvrait à lui. A la porte de fer d'une maison fraîchement repeinte à la chaux, il frappa trois coups légers. Le judas s'ouvrit. Il aperçut deux yeux noirs, deux yeux de femme.

— C'est pour Alaoui, dit-il en arabe.

— Pose tout sur la marche et ne reste pas là.

Aussitôt qu'il le put, Saïd brouilla son chemin, remonta vers le bidonville qui s'éveillait, puis gagna le centre de la casbah. Sans qu'il y eût une autre âme que lui dans les ruelles, il sentait d'instinct que l'on n'y dormait plus. Hommes, femmes et enfants avaient passé la nuit sur les toits dont l'aube humide et le ciel gras les chassaient. Ils rentraient dans leurs maisons aveugles comme des casemates, mais percées de couloirs, de trappes, de soupiraux comme des fourmilières. Quand les Français avaient recherché les premiers terroristes, trois ans auparavant, ils s'étaient heurtés à une casbah inconnue qui ne ressemblait en rien à la pittoresque casbah où l'on promenait les touristes. Les murs épais et nus étouffaient une ville muette dont personne ne connaissait les caches et le fin réseau intérieur de communications. Par les caves, par les toits, par des contre-allées, tout un monde échappait aux recensements, aux contrôles d'identité, et maintenant encore, malgré les efforts déployés par le nouveau gouvernement, il restait impossible de dénombrer la population flottante grossie, depuis un an par vagues successives, d'Algériens, de rescapés du tremblement de terre du djebel Hassouan, de déserteurs de l'Organisation extérieure et de journaliers de la plaine qui fuyaient la famine et la sécheresse. Au retour d'exil de Ben Akbir, pour l'accueillir à sa descente de bateau, la casbah s'était soudain vidée de cette populace anonyme dont la faim — quand elle ne la plongeait pas dans la somnolence — multipliait le délire. Une armée de mendiants, des centaines de filles peintes vomies par les bordels et encadrées par leurs souteneurs, le ghetto en caftan et calotte noire, les légions de yaouleds avec leurs boîtes à cirage à la main, mais aussi les petits artisans aux sourires tristes, d'extraordinaires matrones jamais sorties des maisons où elles étaient nées, énormes, roulant comme des ballons sur les dalles des ruelles en pente, une véritable cour des miracles de monstres difformes, de culs-de-jatte, d'éclopés de guerre étaient sortis de cette ville comme d'une catacombe. Ce raz de marée aurait pu emporter les quartiers européens, tout y piller, peut-être même s'y installer si l'enthousiasme collectif ne s'était porté en un fanatique élan vers la personne du mince et pâle Ben Akbir, le libérateur aux yeux gris. Depuis ce jour mémorable, la lie de la casbah n'avait guère bougé qu'une fois, en novembre, appâtée par les mouvements de manifestants qui avaient suivi une allocution particulièrement violente du président du Conseil. Aux agitateurs politiques s'étaient joints des éléments troubles vite dispersés dès l'apparition de la troupe. En fait, il semble que ce n'est pas sans une terreur secrète que cette foule de taupes avait découvert la monstrueuse ville européenne auprès de laquelle elle vivait depuis des années sans s'en douter.

Saïd arrivait au centre de la casbah quand s'amplifia la rumeur d'une ville qui s'étire dans le matin maussade. Des portes claquèrent, des chiens faméliques apparurent, puis des ânes qui grimpaient par les ruelles jusqu'au marché, avec des charges pyramidales de légumes sur lesquelles trônaient encore des gosses de la campagne, une trique à la main, enfin les employés des transports en commun dans leurs uniformes bleus à boutons d'argent, les mineurs d'El Bouif que des camions attendaient en bas des quais pour les transporter à leurs lieux de travail, les manœuvres du complexe sidérurgique d'Atar et de la Centrale électrique de Bourimane dans la banlieue. La casbah se vidait de ses forces vives, des dockers en haillons, des hommes en salopettes qui avaient paralysé le pays quelques jours avant la signature du traité de Sefroun, forçant Paris à abandonner, en une matinée sur le tapis vert, des privilèges vieux d'un siècle.

Saïd habitait dans la basse casbah, presque à la limite du quartier européen, une chambre dans une sorte de pension mi-café, mi-meublé, dont une fatma croulante lui ouvrit la porte. Il y dormit jusqu'à 2 heures de l'après-midi. Ce fut le silence soudain de la casbah plongeant dans la sieste qui le réveilla. A la chaleur sèche, presque asphyxiante du chergui, succédait une chaleur moite qui collait à la peau. Saïd se lava consciencieusement dans une cuvette avec l'eau tiède du broc qui attendait à sa porte. La chambre était sinon sordide, du moins pauvre, fraîchement repeinte à la chaux mais lézardée, avec pour tout meuble, le lit de fer, la table de toilette et une planche sur laquelle s'alignaient quelques livres : des grammaires anglaise et latine, une *Histoire de la nation arabe,* un choix de réflexions politiques de Mao Tsé-toung, et *La Philosophie de la révolution* par Nasser, des dictionnaires et les œuvres complètes de Balzac. Saïd lisait beaucoup, au moins trois ou quatre heures par après-midi, mais, le plus souvent en désordre, des livres empruntés aux rédacteurs du journal ou à la bibliothèque municipale. Enfin prêt, il gagna la salle du bas et la fatma lui servit sans un mot une soupe de pois chiches, un peu de viande et un fruit. A la table voisine quatre hommes jouaient aux dominos en buvant de la limonade orangée. Devant, isolé, un garçon de dix-neuf, vingt ans, finissait de déjeuner en parcourant le *Journal de Chirfa,* un coude posé sur l'édition fraîchement sortie d'*El Mouquawat.* Le quotidien du parti se lisait si peu dans la casbah que Saïd, étonné, se pencha pour apercevoir le lecteur : un profil négroïde avec des cils longs qui remontaient en frisant presque jusqu'aux sourcils. Se sentant dévisagé, l'inconnu se retourna et dit en arabe :

— Ils mentent tous les deux ! Ce n'est pas facile de savoir la vérité. Vous voulez le *Mouquawat ?*

Saïd tendit le bras et prit le journal sans remercier, cherchant à situer le parler de son interlocuteur. Ce n'était en tout cas pas un Chirfanien. Quelque chose de doux, de presque musical traînait dans sa phrase. Peut-être aussi tenait-il de son métissage une voix moins rauque que celle des purs arabophones. *El Mouquawat* apportait dans un article en français, un démenti aux assertions du *Journal de Chirfa.* Ce n'était pas un million de dollars de médicaments qui avait flambé dans les hangars de l'hôpital Mustapha, mais tout au plus dix mille. Tout ce que le Secours rouge avait offert à la République était bel et bien distribué depuis trois mois aux populations du djebel Hassouan, si cruellement éprouvées. En revanche, sans l'affirmer nettement, *El Mouquawat* croyait pouvoir avancer qu'il ne s'agissait pas d'un accident, mais d'une manœuvre criminelle. Une enquête était en cours et le journal suivrait l'affaire. Tout le reste des quatre pages était consacré au discours que Ben Akbir prononcerait dans l'après-midi. Si le président du Conseil — chef de l'État — en gardait la teneur secrète, on pouvait tout de même affirmer que les conséquences internationales en seraient grandes. Saïd rendit le journal au garçon qui pivota sur sa chaise et dit :

— Ce n'est pas ce qu'affirme l'autre !

— Je le sais. Je travaille à l'imprimerie.

— Ah ! bon ! Mais ça, vous ne le connaissez probablement pas !

De sa poche, il sortit un tract imprimé sur papier jaune. Saïd jeta un coup d'œil aux joueurs de dominos qui poussaient les pions sans échanger un mot.

— Oh, vous pouvez y aller ! Tout le monde en a eu dans la casbah. Les flics sont arrivés une demi-heure après. Pour ne pas rentrer bredouilles, ils ont arrêté un gosse qui venait d'en ramasser un dans le ruisseau.

Saïd déplia la feuille et relut ce qu'il avait composé la veille avec Abecassis. Le tract n'accusait pas les autorités de négligence, mais de trahison. Les dons du Secours rouge avaient été détournés de leur destination au profit des miliciens de l'Organisation extérieure qui campaient sur le territoire de la Chirfanie, en attendant, l'arme au pied, que les divisions françaises massées le long de la frontière voulussent bien les laisser passer. L'incendie de Mustapha était une fois de plus la preuve que le gouvernement menait une politique désastreuse, ménageant la chèvre et le chou, s'aliénant à la fois Le Caire et l'Occident. Moscou seul tirerait les marrons du feu. Fallait-il avoir chassé les Français pour que les Algériens vinssent faire la loi dans ce pays ? C'était signé : *Les compagnons de la lutte pour la vérité.*

Saïd rendit le tract.

— De qui est-ce ? demanda-t-il.

— Allez chercher ! Mais ça nous fait trois vérités pour un seul petit fait. M'est avis que ce papier aura une suite.

— Vous n'êtes pas d'ici ?

— Non, dit le garçon en riant. Je suis même d'assez loin. Devinez !

— Le Caire ?

— Oui, enfin... c'est-à-dire que je suis d'Assouan, mais je viens du Caire. Je suis professeur à l'école primaire de la basse casbah. Mais vous non plus, vous n'êtes pas d'ici ?

— Non, je viens de Grande Kabylie.

— Et vous n'êtes pas à l'O.E. ?

— Je ne m'entends pas avec eux.

— Messaliste alors ?

— On ne peut rien vous cacher. Pour un Cairote, vous connaissez bien les nuances.

— Nous avons été mis au courant avant d'être envoyés ici. Vous prenez un café ?

— Oui, dit Saïd. Mais c'est moi qui l'offre. J'habite la pension.

— Moi, j'ai une chambre au-dessus de l'école, mais je vais prendre mes repas ici à partir de demain. Je m'appelle Aziz-Ari.

Il s'assit à la table de Saïd et la fatma leur apporta des cafés et des verres d'eau. A côté d'eux, les joueurs brouillèrent leurs dominos et recommencèrent une partie. Saïd remarqua les mains de l'Égyptien : elles étaient très belles avec, sur les ongles, de larges lunules d'un mauve si pâle qu'elles semblaient artificielles. La dose de sang noir était infime, mais elle avait quand même marqué les lèvres empâtées, le nez aux narines écartées. Une gaieté agréable, sans forfanterie, émanait de ce garçon. Il était à l'image de cette nouvelle Égypte qui, après avoir tiré le Proche-Orient de sa torpeur, s'essayait à séduire le Maghreb encore marqué par l'empreinte française et méfiant — pour ne pas dire jaloux — de ces nouveaux venus turbulents.

— Qu'est-ce qui leur a pris, au *Journal de Chirfa ?* dit-il. En l'ouvrant, je me suis demandé pourquoi on ne l'avait pas saisi ce matin.

— C'est vrai que ce n'est pas leur genre de mettre les pieds dans le plat. Moi, ça ne me regarde pas. Je suis à la composition. La rédaction n'a qu'à savoir ce qu'elle fait.

— On dit que Ducour est cul et chemise avec Ben Akbir ?

— Il n'est pas là en ce moment. En tournée aux États-Unis, je crois.

— Les souris dansent.

— Il n'y a pas tellement de souris. Le patron ne gaspille pas son argent.

— Alors, c'est la gaffe !

— Peut-être bien. Mais, après tout, je m'en fiche. Dans le djebel et dans le Sud, les gens meurent comme des mouches. Ils n'avaient qu'à distribuer leur aspirine. C'est bien fait pour les responsables.

— Vous n'avez pas lu le tract que je vous ai passé ? Tout ça était pour l'O.E. Mais comment dire ouvertement que le Secours rouge ravitaille les fellaga ? Ben Akbir est enfoncé dans un pétrin dont il ne se sortira pas.

— Grand bien lui fasse. Ce ne sont pas mes affaires !

L'Égyptien sortit un paquet de sa poche et offrit une cigarette.

— Je ne fume pas, dit Saïd.

— Ça vous choque si je fume ?

— Je ne fume pas et je ne bois pas non par respect d'une croyance, mais par hygiène.

— Au fond le Prophète n'avait pas d'autre raison pour imposer cette austérité à ses fidèles.

Saïd chercha une citation d'un écrivain français qui avait dit cela, ou à peu près. C'était peut-être bien Gide. Mais la citation lui échappait. Il but son café pour se donner une contenance.

— Vous êtes un peuple impossible, les Maghrébins, dit Aziz-Ari.

— Nous ne sommes pas un peuple, nous sommes des peuples. Et puis n'oubliez pas que je suis kabyle.

— Mais c'est l'arabe que vous parlez.

— Ma mère était de Tigzirt. A Tigzirt, on a toujours parlé arabe. C'est une enclave. On ne vous a pas appris ça au Caire ? Non, c'est un tort... Vous auriez su que je parle les deux langues, et que j'ai aussi étudié l'anglais et le latin, avec le français bien sûr.

— Le latin ?

— Oui, une gageure ! Mais si vous voulez mon opinion, il n'y a pas de Maghrébins. Il y a un Maghreb peut-être... et encore je n'en suis pas certain.

— L'Islam est un ciment.

— Vous ne croyez plus en Dieu. Moi non plus d'ailleurs. Mais je suis une exception parmi les miens, tandis que les gens comme vous qui invoquez Allah pour mener la guerre sainte, vous perdez la foi de jour en jour. Demain, vous serez des légions d'incroyants... Alors ne me parlez plus de l'Islam...

Les quatre hommes avaient fini leur partie de dominos. Trois se levèrent et gagnèrent la sortie. Il en resta un qui se coucha sur un banc et s'endormit, une casquette sur son visage.

— Ça c'est le mouchard de service, dit Aziz-Ari à voix haute.

— Ça c'est le monde de demain, répondit Saïd à voix basse.

— Tout à l'heure, il va raconter au commissaire de police qu'un Égyptien et un Algérien échangeaient allégrement des blasphèmes dans un lieu public.

— Merci, je ne tiens pas aux ennuis.

— Ils sont bêtes. Ils sont couverts d'une bêtise crasse. Il faut secouer cette bêtise, Saïd.

— Secouez-la. Merci pour moi. Ce pays n'est pas le mien.

— Toujours le même refrain !

— Gardons nos patries.

— Notre patrie, c'est la Ligue arabe.

— La Ligue, peut-être ! La République Arabe Unie, non ! Lallah, deux autres cafés s'il te plaît.

La fatma grogna. Sur son comptoir, elle alignait, avec une moue enfantine, des bouchons et des capsules de limonade. Saïd pensa qu'elle n'avait peut-être pas les cent ans, ou tout au moins les quatre-vingts ans qu'on lui prêtait. Cinquante ans au plus, mais effritée, rongée par trente ans de bordel, macérée dans le vice. Elle continuait de plaquer du rouge sur ses bajoues, du khôl sur ses paupières sans cils. La peau de ses bras nus était si flasque et si ridée qu'elle faisait penser à une peau de saurien.

— Que reprochez-vous à la R.A.U ? demanda Aziz-Ari.

— D'avoir effacé la Syrie de la carte, d'en avoir fait une province égyptienne, de réserver le même sort à tous ses futurs adhérents.

— Notre slogan ne vous plaît pas : « Arabes de tous les pays, unissez-vous ! »

— Qu'attend Nasser pour s'unir avec les 24 millions de musulmans de l'Union soviétique ?

— Leur tour viendra, soyez-en certain.

— Non, je n'en suis pas sûr, dit Saïd. D'ailleurs je ne suis sûr de rien.

— Sauf de votre anticommunisme qui a déjà fait perdre à Messali le commandement des partisans de l'indépendance. Ce jour-là, il a gâché la chance de sa vie, et peut-être la chance de l'Algérie de jamais être une nation indépendante.

— Eh bien, Nasser nous sauvera de la servitude puisqu'il est tout-puissant et magnanime.

Aziz-Ari éclata de rire. Saïd pensa que rien ne devait entamer cette jeunesse sûre de soi, et il admira le travail en profondeur des nouveaux seigneurs du panarabisme. Ces hommes de vingt ans allaient secouer la torpeur de l'Islam pour le précipiter dans une grande et nouvelle aventure. Où s'arrêterait cette aventure? C'était là le problème et s'il lui avait déjà donné une réponse en son for intérieur, ce n'est pas à Aziz-Ari qu'il l'exposerait.

— Ce soir, dit le jeune homme, nous avons une petite réunion à l'école de la basse casbah. Vous devriez venir. Il y aura des gens du quartier et quelques amis à moi. Nous avons besoin d'interlocuteurs comme vous pour nous porter la contradiction, je veux dire d'interlocuteurs de bonne foi.

— Je suis comme tout le monde, vous savez. Je perds aussi ma bonne foi par moments.

— Venez quand même. Nous parlerons du discours de Ben Akbir. Je suis certain qu'il y aura d'intéressants commentaires à faire.

Ils se serrèrent la main et Aziz-Ari disparut après avoir payé Lallah. Allongé sur son banc, le dormeur ronflait ou faisait semblant de ronfler. En passant, Saïd donna un coup de pied dans le banc. L'homme tressaillit, mais ne se réveilla apparemment pas.

Sa chambre était son meilleur refuge, quatre pauvres murs seulement, mais conquis à force de travail, défendus avec obstination. En cela, il se différenciait de ses compatriotes qui n'avaient jamais, ou presque jamais, le sens, le goût de la solitude. Dans les gourbis des mechtas kabyles, on s'entassait à dix par paresse, peut-être aussi pour avoir chaud, pour se reconnaître entre frères sur cette terre trop dure, trop pauvre. Dans les villes, les mêmes, autant par veulerie que par économie, se supportaient à quatre ou cinq entassés dans la même pièce. La promiscuité lui avait toujours semblé une atteinte à sa dignité, bien qu'un mufti lui eût affirmé que l'homme ne trouvait de liberté qu'en soi et non dans l'espace ou le temps. Mais pour avoir goûté à la pensée occidentale, Saïd était devenu friable et ombrageux. L'internement à Tefeschoun avait été un supplice de tous les instants, endurable seulement par esprit de contradiction.

Rideaux tirés pour garder l'ombre et l'illusion de la fraîcheur, il s'enfermait les après-midi dans sa chambre de la basse casbah pour lire avec cette voracité qui ne le quittait pas depuis sa jeunesse. Les livres ouvraient les yeux à un ciel moins fatal que celui de l'Algérie. Par un de ces détours qui donnaient le ton de son caractère, Saïd, à cause de ses lectures, avait toujours refusé les occasions d'aller en métropole. Les livres lui suffisaient qui parlaient d'un monde moins simple que celui de ses idées de jeunesse. La foi n'avait jamais embarrassé Saïd, mais l'imagination bien plus. Ses premières aspirations, il les tenait d'un prophète à la barbe fleurie dont les écrits et l'attitude politique demeuraient, à travers les vicissitudes des dernières années, un exemple continuel. La période marxiste de Messali Hadj entachait seule cette existence consacrée à un grand rêve. Saïd se l'expliquait mal. La noblesse spirituelle de son premier maître ne s'accommodait pas de la mascarade para-communiste de l'Étoile nord-africaine fondée en 1926, d'où étaient sortis, comme des bourgeons malsains, le Parti communiste algérien, le Parti populaire algérien, le Comité révolutionnaire pour l'Unité et l'Action, la dramatique Organisation spéciale fauchée à sa naissance, et pour finir l'Organisation extérieure qui supplantait partout le Mouvement nationaliste algérien resté fidèle à la personne de Messali. De ces partis gigognes, la vraie révolution — celle qui eût obligé la France à reconnaître les droits qu'elle bafouait — tirait son indécision, sa veulerie et sa cruauté. Écartelée entre les activistes et les modérés, l'idée de l'indépendance algérienne n'était plus qu'un lointain objectif. Ce n'est pas pour elle que dans les médinas de Paris l'on s'entre-tuait comme dans les bas-fonds de Chicago, pas pour elle qu'à Melouza, l'O.E. massacrait 200 messalistes abrutis de terreur, et à Wagram ne laissait derrière le passage de ses troupes qu'un charnier de femmes et d'enfants. Cela Saïd le savait et ne l'oublierait pas.

Il en avait discuté des soirées entières avec le capitaine Marchal à Tefeschoun pendant sa captivité, pour finir par croire que la révolution pourrit les hommes comme elle se pourrit elle-même, que dans la violence elle porte les germes de sa propre destruction. Les mots étaient pour les gobe-mouches. Finalement, les images seules avaient un contenu. On ne parle pas d'une civilisation fraternelle, on y travaille en silence. Longtemps Saïd s'était promené avec, en poche, une citation de Léon Bloy : « Le prestige de la Parole est si surnaturel que son simulacre paraît encore plus puissant qu'elle-même. Il est donc préférable d'être imbécile quand on entreprend de parler au monde. » Elle le préserverait à tout jamais des enthousiasmes populaires, comme de l'hébétude des vaincus. A Tefeschoun, les « hébergés » mijotaient dans une marmite. Rarissimes étaient ceux qui s'essayaient à tirer dans le calme une leçon des événements. Saïd s'ouvrait déjà à d'autres horizons quand il se refusait encore à en approfondir les raisons. Son orgueil lui interdisait de céder sous la contrainte. Le capitaine Marchal l'avait fait élargir pour qu'il fût non pas libre de sa personne, mais libre de son choix. Saïd appréciait qu'on eût pris ce risque, et mieux que ce risque, qu'on lui eût offert la possibilité de fuir un bouillon de culture où proliféraient les microbes, en le faisant passer clandestinement à Chirfa. Maintenant, le capitaine Marchal savait qu'à cette époque il avait misé juste. Saïd était avec lui. Et probablement à la vie, à la mort.

En s'approchant des volets tirés, il aperçut la ruelle vide. L'ombre gagnait la façade de la maison vis-à-vis. La porte de la pension s'ouvrit et le dernier joueur de dominos sortit pour marcher à grands pas vers la ville européenne. Qu'allait pouvoir raconter cet imbécile ? Il n'avait rien dû comprendre de la conversation. Tous les soirs, les commissaires de police dépouillaient des centaines de rapports de cette espèce. Aziz-Ari tenait des propos imprudents, mais il semblait s'en moquer avec l'insouciance de la jeunesse et le mépris des forts. Saïd prit sur l'étagère le petit livre de Nasser : *La Philosophie de la révolution.* Ces pages avaient déjà valeur d'évangile dans le Moyen-Orient. Elles allaient devenir le *Mein Kampf* des Arabes, et la théorie des trois cercles — l'Empire arabe, retrouvant sa grandeur et sa puissance, comporterait trois zones : l'Égypte, autour de l'Égypte le monde arabe, et autour du monde arabe le monde islamique — était une de ces idées simples qui séduisent les esprits. Il ne manquait qu'une armée à l'instigateur de ce nouveau combat pour un empire. Les Syriens, les Druses, le Maghreb se battraient pour le Bigbachi, tandis que les instituteurs égyptiens répandraient la bonne parole et entretiendraient la flamme. Il y avait là un vice de construction.

Saïd fut tiré de sa lecture par le réveil de la casbah qui émergeait de la sieste. La ruelle s'agita, puis bientôt ce fut le piétinement sourd d'une foule qui défilait en piaillant. On se dirigeait déjà vers la place de l'Indépendance. A 5 heures, les transes de Ben Akbir secoueraient Chirfa frappée de torpeur par un été brûlant et une politique sans éclat. Saïd se mêla au flot qui descendait en direction du centre de la ville. Les commerçants baissaient leurs rideaux de fer et les concierges barricadaient plus ou moins les portes des immeubles occupés par des Européens. Des cordons de policiers entouraient les légations française et américaine. Les cafetiers rentraient les tables des terrasses et chassaient les derniers consommateurs. Par grappes, les trolleybus débarquaient les Chirfaniens aux environs de la place et repartaient à vide vers la périphérie. A peu près toutes les voitures appartenant à des Européens avaient disparu, et, sur la chaussée libre, hommes et femmes en blanc avançaient par groupes compacts.

Si les deux derniers discours de Ben Akbir s'étaient déroulés sans incident, personne n'oubliait néanmoins le début de pillage qui avait suivi en novembre dernier la plus violente de ses allocutions accusant l'Occident de réduire son peuple à la famine. Sans la menace d'un bombardement aérien de la flotte de la Méditerranée commandée par l'amiral Du Plessis, la ville européenne n'aurait plus été qu'un feu de joie au milieu de la nuit. Finalement, deux bataillons de l'armée chirfanienne ramenés en hâte de Sefroun, une dizaine de compagnies de l'O.E. et la police reprise en main par Ben Akbir avaient rétabli le calme en fusillant des pillards. Le souvenir sanglant de ce début de Saint-Barthélemy planait sur chaque manifestation officielle.

Cette fois, les dispositifs de sécurité semblaient

suffisamment étoffés pour ne plus se laisser surprendre. L'O.E. avait consigné ses miliciens et l'armée gouvernementale tenait les grands carrefours en même temps qu'elle protégeait la tribune officielle dressée sur la place de l'Indépendance, le dos au soleil. Des banderoles aux couleurs chirfaniennes couraient d'un balcon à l'autre, et c'est à peine si l'on distinguait, par-ci par-là, à une fenêtre le drapeau vert au croissant doré de l'O.E. Saïd fut bientôt au milieu de la foule et au milieu de la place, jouant des coudes pour n'être pas étouffé, dans l'écœurante odeur de la sueur, de la poussière, du cuir grossièrement tanné. Un mot d'ordre qui courut de bouche à oreille fit se dévoiler les femmes. Des youyous joyeux saluèrent cette initiative contre laquelle des hommes grommelèrent en vain. Puis, les haut-parleurs dissimulés dans les palmiers déversèrent de la musique coupée par les slogans de la radio d'État et de *La Voix des Arabes*. Ceux de *La Voix des Arabes* détonnaient par rapport à l'atmosphère de kermesse qui régnait sur la place. Apres, durs, cinglants, ils s'en prenaient à la France et à la politique du dollar. Saïd remarqua que, selon les meilleures techniques de suggestion, ils étaient répétés trois fois à des intervalles réguliers. La foule ne réagissait qu'à la troisième fois, par un long cri d'abord dissonant, ensuite assez bien réglé. En cherchant bien, on trouvait les chefs de claque, des jeunes gens pour la plupart, en costumes européens mais coiffés du fez, qui parlaient très fort pour être entendus d'un entourage, prompts à reprendre leurs applaudissements. A 5 heures, la chaleur était encore mortelle bien que les spectateurs ne montrassent aucune fatigue. Seules quelques femmes s'évanouirent. On les emporta par-dessus les têtes, à bras levés, comme des paquets. Ben Akbir avait plus d'un quart d'heure de retard quand la foule tapa des pieds pour marquer son impatience. Un nuage de poussière s'éleva et les vieillards avec leurs cannes noueuses cognèrent sur les enfants et les jeunes gens pour les arrêter. Mais tout se tut quand des officiels apparurent au fond de la tribune tendue de velours rouge. Il y eut d'abord des uniformes chamarrés, la silhouette large en *battle-dress* vert olive du général Kemal ministre des Forces armées, puis des costumes clairs, et enfin Ben Akbir devant lequel tous s'effacèrent tandis qu'il s'approchait du micro, les bras tendus, les mains ouvertes, la tête en arrière, bombant le torse. On sentait qu'à cette seconde il regrettait de n'avoir pas un peu de ventre comme un vulgaire député radical-socialiste, un peu de ce ventre qui donne confiance aux foules orientales et à leurs orateurs. Il semblait vraiment trop mince pour commander dans un pays où la tradition veut que les maîtres soient gras et bedonnants. Avec le tour de taille de l'ex-roi Farouk, Ben Akbir en eût imposé dès son entrée. Tel quel, il ne devait compter que sur sa voix.

Elle jaillit d'un coup, sèche, tendue comme si elle allait se briser. Il attaquait son sujet de front sans préparation, relayé par les haut-parleurs qui renvoyaient les mots hachés aux quatre coins de la place. Cette même voix qui se répétait et s'entrecroisait donna un tel sentiment de présence à la foule que, dès les premières secondes, le silence fut total. Les phrases serrées volaient, lâchées sans art mais avec une telle force que chacun les recevait dans le corps comme une volée de coups de poing. Il parla près d'une minute sans reprendre son souffle avant de se taire. Cueillie à froid, la foule resta muette pendant plusieurs secondes, avant de se secouer, de reprendre ses esprits. Alors éclatèrent les youyous des femmes, les hurlements des hommes, en même temps que des bras agitaient des mouchoirs, des étoffes, des casquettes et des drapeaux en papier. Saïd était encore trop loin pour apercevoir distinctement le visage de Ben Akbir, mais il aurait juré qu'un sourire extraordinaire s'emparait de cette bouche à la voix rauque, et que les yeux gris ne pouvaient contenir leur fierté. Ce peuple, c'était lui et son parti qui lui avaient donné l'indépendance, lui qui avait sinon créé du moins maintenu l'esprit de résistance à l'occupant, lui qui avait imposé la nouvelle charte politique de la Chirfanie, lui qui maintenant concentrait dans ses mains tous les pouvoirs, et ce serait lui le fédérateur du Maghreb.

Empoignant le pied du micro, Ben Akbir jeta un mot, puis deux, puis trois qui firent taire l'enthousiasme. Il recommençait l'éternel historique des événements, qu'il répétait chaque fois, s'effaçant avec modestie derrière ceux qui l'acclamaient : il n'était que leur porte-parole ; il luttait en leur nom contre l'Occident qui voulait maintenir la Chirfanie dans la misère et l'isolement pour en faire une base stratégique contre d'autres peuples ; mais par leur courage, leur ténacité, les Chirfaniens avaient fait la révolution sans verser le sang ; un an auparavant, la seule volonté inébranlable de ce peuple avait obligé la puissante armée française à vider les lieux et à s'embarquer sous les huées ; tout cela était beau et bien, mais encore insuffisant ; il fallait que l'Afrique fût la terre des Africains ; de nouveaux sacrifices s'imposaient... Ben Akbir se tut et l'ovation qui lui répondit offrait en holocauste le consentement unanime des présents. Lâchant le pied du micro, il enfonça les mains dans les poches de son costume gris clair. Ce qu'il avait à dire, le serait maintenant dans le calme. La Chirfanie manquait de blé, manquait de tout. Pendant quelques années encore les privations s'imposeraient. Sinon c'était la mainmise de l'Europe, la servitude, le retour au proche passé. La France qui était le pays le plus stupidement gouverné du monde, bien que peut-être le plus intelligent (des voix s'élevèrent pour crier non ! non ! mais des chut ! chut ! impérieux les firent taire) la France avait un plan militaire pour reprendre la Chirfanie, et écraser le monde arabe qui connaissait une nouvelle jeunesse. Si ce plan était jamais mis à exécution, chaque Chirfanien devait se considérer comme mobilisé sur place pour résister à l'envahisseur : hommes, femmes, enfants, vieillards allaient jurer aujourd'hui de défendre à la vie à la mort la patrie menacée par la France et ses Alliés, ces peuples de dégénérés qui avaient cru maintenir leur domination par la force et par le sang. Lui-même venait d'apprendre qu'un complot le menaçait depuis quelque temps. Une poignée de traîtres à la solde de l'étranger le guettait pour l'assassiner... Ben Akbir se tut quelques instants, promenant son regard à droite et à gauche, sur la place blanche de monde. Le silence l'assura de l'attention générale de son auditoire, de la colère encore maîtrisée qui gagnait... Mais on assassine un homme, on n'assassine pas une idée. Le monde était libre, les hommes accepteraient de mourir pour défendre leur dignité, et la vieille Europe pourrie, ce parasite de l'Afrique, allait s'effondrer le jour où l'on soufflerait dessus. Elle était même si pourrie qu'il se pourrait qu'elle explosât avec ses engins de mort...

Est-ce sur le mot « explosât » qu'au dock C, le *Dobroudja* se fendit en deux et commença de brûler dans le vacarme terrifiant des caisses d'obus, de grenades et de cartouches qui éclataient les unes après les autres ? On le prétendit par la suite, mais la vérité oblige à dire que personne ne se souvint exactement des derniers mots de Ben Akbir. Les témoins à peu près lucides racontèrent que l'on avait eu l'impression d'être soulevé par une vague qui s'était démesurément gonflée avant de crever et de s'éparpiller en une canonnade et une mitraillade amplifiées par l'écho.

Toutes les vitres des immeubles s'étant brisées, une pluie de verre s'abattit sur les trottoirs et la chaussée, ensanglantant les visages et coupant les pieds nus dans les babouches. Bien qu'il n'y eût ni mort ni blessé grave, ce premier sang sema la terreur. La foule qui, instinctivement, avait courbé la tête comme si le ciel allait lui tomber dessus, se tassa sur place pendant quelques secondes avant les premiers hurlements stridents des femmes que suivit une bousculade atroce et sans pitié. Pris dans un maelstrom de panique, des enfants, des vieillards furent piétinés avec une sauvagerie folle par les fuyards. Dans les allées intérieures du square, des monceaux de corps s'accumulèrent qui barraient le passage. Tous ceux qui étaient debout sur la margelle du bassin de l'obélisque churent dans l'eau et n'émergèrent que couverts de vase, entortillés dans leurs djellabas et leurs haïks trempés, à moitié noyés et suffocants. Ben Akbir, reprenant en main le micro, s'efforça de ramener le calme, mais les haut-parleurs soudain muets ne répétaient plus rien. La voix du dictateur grimaçant de colère se perdit dans le beuglement de cette foule qui se crut plongée dans un cataclysme. On se mit à fuir dans toutes les directions possibles, pendant qu'au centre de la place régnait le chaos, un désordre furieux, coupé de cris, de gémissements, d'injures. Les portes, barricadées avant la manifestation par les concierges, résistèrent aux assauts de ceux qui cherchaient un abri, mais les cars de police qui fermaient les ruelles par où l'on pouvait s'évader, furent renversés. L'un d'eux, dont le moteur tournait, prit feu, et les flammes en torche allèrent lécher un balcon où se tenaient une vingtaine de personnes. Deux femmes se jetèrent dans le vide et s'écrasèrent sur le trottoir, aussitôt piétinées par une horde de fuyards dont un groupe fut écrasé par le parapet de fer descellé par les efforts des autres spectateurs pour s'engouffrer dans la fenêtre. Débordés, les agents ne pouvaient que se plaquer contre le mur, évitant d'être emportés par le flot des manifestants affolés. Alors on put voir dans le ciel blanc un panache de fumée noire qui bondissait en forme de champignon au-dessus du port, et toutes les bouches répétèrent : « Une bombe atomique, une bombe atomique. » Des femmes exténuées se couchèrent dans les ruisseaux, le visage caché dans leurs mains, hurlant à la mort, tandis que les hommes saisis par un bon réflexe au bruit de la mitraillade qui crépitait dans l'air coururent le dos voûté, la tête rentrée dans les épaules.

A coups de pied, à coups de poing, Saïd s'était dégagé de la foule, calme, les yeux fixés sur la tribune où Ben Akbir, les bras levés au ciel, adjurait la foule de maîtriser sa peur. Des agents motocyclistes en grande tenue, casqués de blanc, étaient montés à côté du dictateur pour le protéger ainsi que les officiels. La section d'infanterie qui devait rendre les honneurs s'était déployée en tirailleurs au pied de l'estrade, baïonnette au canon, bien que la foule eût choisi d'autres issues pour sa fuite. Saïd aperçut un moment le chef de la police qui voulut parler dans le micro, mais sa voix ne pouvait dominer seule le tumulte. Ben Akbir baissa les bras, découragé. Un nuage de suie flottait déjà au-dessus de la ville après que le champignon se fut dilué. Les premières cendres maculèrent les visages ruisselants de sueur ou de sang.

Saïd se dirigea vers la gauche de la tribune où stationnaient les deux camions radio de l'Armée chargés d'assurer la sonorisation de la place. Enjambant les fils et le matériel jeté en vrac, il examina un des camions qui transportait un moteur diesel en marche. Le deuxième comportait une cabine de prise de son et de diffusion à la porte fermée, aux fenêtres grillagées.

Il n'eut pas de mal à l'ouvrir. Les deux opérateurs étaient là, le casque aux oreilles devant la table d'écoute qui réglait les haut-parleurs, tous deux pareillement évanouis, le nez à plat sur les manettes, les bras ballants le long du corps. Une nuque saignait légèrement. Sur l'autre se dessinait un large hématome. Saïd écarta les deux hommes qui glissèrent de leurs tabourets. En manipulant le bouton de diffusion, il alluma un voyant rouge et l'électrophone se mit à tourner. Saïd prit le premier disque d'une pile, une ancienne marche militaire par la nouba du 3e tirailleurs chirfaniens. Dès les premières mesures, il poussa au maximum le bouton du volume, puis redescendit toujours aussi calme, fermant la porte du camion derrière lui. La voiture de Ben Akbir s'était avancée devant la tribune, protégée par les motocyclistes. Le dictateur allait monter quand il entendit la musique qui résonnait aux quatre coins de la place. Des fuyards s'arrêtèrent net, des corps se relevèrent. Les plus pressés de s'enfuir montrèrent une hésitation. Ben Akbir se pencha vers un officier d'ordonnance qui courut en direction des camions de radio.

Du port ne parvenaient plus que des explosions espacées et amorties. Deux voitures de pompiers arrivèrent sur la place et commencèrent d'arroser la façade d'un immeuble où brûlaient des banderoles et le car de police dont la tôle boursouflée de cloques dégagea un nuage de vapeur. Des agents soulevaient le balcon de fer forgé sous lequel gémissait un blessé. Saïd croisa un vieillard qui posait son tapis de prière sur l'herbe du square, et, le front incliné jusqu'à terre, répétait les mots fatidiques : « Allah est grand ! Allah est unique ! » Une femme debout sur un banc, son visage tatoué dévoilé, les cheveux dénoués, se déchirait la peau du cou avec ses ongles couleur de henné. Il releva une enfant qui pleurait, le genou écorché.

Partout on marchait sur des sacs, des babouches, des haïks, des fez, des drapeaux de papier, des cannes, des journaux abandonnés comme après un gigantesque pique-nique campagnard troublé par l'apparition d'un taureau. Quand Saïd atteignit l'autre extrémité de la place, la musique s'interrompit. Mais déjà les accents de la nouba avaient ramené des curieux qui rasaient les murs, inquiets, encore tremblants. Il prit une rue morte qui descendait vers le port. Des fuyards s'étaient blottis contre les porches. En apercevant ce promeneur tranquille qui descendait les mains dans les poches, ils osèrent s'avancer sur les trottoirs jonchés d'éclats de verre qui brillaient au soleil. Saïd arriva sur le quai juste à temps pour voir s'enfoncer dans l'eau noire du dock C l'épave du cargo yougoslave *Dobroudja* dont la cheminée eut un dernier râle avant d'être engloutie avec la passerelle. Il voulut s'approcher, mais un barrage de miliciens de l'O.E. l'en empêcha, et il dut se contenter de regarder de loin les deux hangars soufflés par la déflagration, les grues démantelées, une rame de wagons renversés sur la voie de garage, et le chalutier des pompiers du port qui éteignait un début d'incendie à bord du cargo soviétique stationné un peu plus haut dans le même dock C.

Jean Renault

Après la mise au courant du matin à l'hôpital Mustapha, Mme Knecht s'était éclipsée pour l'après-midi. Elle préparait son déménagement et mille choses dont Madeleine n'avait pas écouté le détail, cette sorte de personne précise et bavarde ayant le don de la laisser inattentive. Le médecin était revenu à 4 heures de Chirfa-plage pour examiner son premier client, un riche commerçant musulman de la banlieue, qui s'était assis sur le rebord d'une chaise, impressionné par le salon d'attente pourtant banal avec ses meubles d'acajou, ses fauteuils de reps rouge et, aux murs, des reproductions classiques de Renoir pour cacher les taches d'humidité. Deux autres patients se présentèrent pendant que dans l'entrée elle examinait le classement des fiches de malades, le carnet de rendez-vous sur lequel Mme Knecht avait noté, en marge des noms, ses appréciations personnelles d'un comique parfois irrésistible : « Distingué malgré sa calvitie — Très comme il faut — Raton pas laveur — Commun : a voulu me glisser un pourboire dans la main en partant — Très bien : fils d'un officier supérieur. » Le riche commerçant sortit de la consultation en se tenant le foie. Visage contracté, il écouta les dernières recommandations du médecin qui l'accompagnait jusqu'à la porte et le poussait discrètement sur le palier, coupant court aux ultimes questions. Jean Renault et Madeleine se trouvèrent seuls dans l'entrée, et la jeune femme eut l'impression qu'il la regardait pour la première fois depuis la veille, et se retenait tout juste de dire : « Tiens ! c'est vous ! » cherchant, sans doute, le nom de cette nouvelle assistante. Peut-être allait-il lui proposer de s'appeler aussi Mme Knecht pour ne pas déranger ses habitudes. Elle trouvait plutôt beau ce Nordique blond aux yeux clairs que le soleil hâlait bien. Il manquait de la sensualité au visage pour qu'il fût tout à fait séduisant. L'accident de la veille n'avait laissé qu'une superficielle cicatrice rose sur le front et un bleu sur la pommette.

— J'espère que vous n'allez pas trop vous ennuyer à Chirfa, dit-il. C'est un peu mort. Mme Knecht avait des amis. Je crois qu'elle s'en va parce qu'ils sont partis et qu'elle n'a plus personne pour l'écouter. En été, il y a la plage et c'est tout. En hiver, il n'y a même plus la plage.

— Je suis sans inquiétude à ce sujet, docteur.

— Alors, c'est très bien. Voulez-vous faire entrer la seconde personne dans mon cabinet ?

Elle eut l'impression qu'après un effort pour s'intéresser à elle, il rentrait vite en lui-même par paresse, par commodité. Le deuxième patient venait de partir quand l'immeuble entier secoué par un violent et bref tremblement, sembla résister de toute son armature bétonnée à une poussée géante. Les vitres volèrent en éclats et la porte du salon s'ouvrit sur le troisième visiteur à quatre pattes par terre au milieu de la poussière et du verre pilé. Jean Renault et Madeleine le relevèrent et le portèrent sur le sofa du cabinet de consultation. Un mince filet de sang coulait de son oreille au tympan crevé. La secousse avait été d'autant plus brutale que l'air conditionné obligeait à garder tout fermé. Par les fenêtres béantes, parvenait maintenant le vacarme désordonné des caisses de munitions qui explosaient, de l'écho renvoyé par la colline du Maure et la haie des buildings de l'avenue Abd el-Krim.

— Ils débarquent, ça y est ! dit l'homme allongé, le visage livide.

Cette idée d'un débarquement surprise que les discours enflammés de Ben Akbir rendaient toujours plausible, avait dû s'emparer de l'immeuble. Une cavalcade effrénée se déroulait dans l'escalier. Tout le personnel des bureaux se ruait vers la cave qui, bientôt pleine, refoula les paniquards. Des voitures démarrèrent en trombe vers la banlieue. Au coin de la rue Salvador et de l'avenue Abd el-Krim, une camionnette bourrée de fuyards rencontra la grande échelle des pompiers et fut broyée contre le mur. Les pompiers continuèrent leur route vers le port et quelqu'un ayant crié : « Attention aux rassemblements, ils mitraillent en piqué ! » personne n'osa se porter au secours des blessés de la camionnette qui râlaient sur le trottoir inondé de sang. Quand apparurent, maculés de suie et les vêtements déchirés par les éclats de verre, les premiers manifestants de la place de l'Indépendance, il n'y eut plus de doute dans les esprits. Une opération aéroportée fondait sur Chirfa comme elle avait fondu sur Suez. On se battait dans le port et déjà sur les quais et dans les rues avoisinantes. Nul ne songeait à lever le nez pour examiner le ciel vide d'avions. En revanche, l'apparition du champignon de fumée fascina et paralysa des femmes qui s'assirent sur la chaussée, incapables de crier, la voix étranglée.

Pendant que Jean Renault soignait son malade qui gémissait stupidement comme un enfant, les larmes aux yeux, Madeleine tentait de se renseigner sur le palier, mais ne trouvait personne pour lui répondre. Les portes béantes des bureaux donnaient sur des couloirs déserts. De la fenêtre, il était impossible d'apercevoir le port, l'immeuble tournant pratiquement le dos à la vue admirable de la rade, autre fantaisie des architectes. Dans l'avenue, elle n'eut pas plus de chance. Des hommes fuyaient devant elle, dans un tel état de surexcitation qu'il était impossible de leur soutirer un mot. Elle entendit hurler qu'un avion venait de mitrailler une camionnette, mais il lui suffit de regarder en l'air pour s'assurer qu'aucun avion ne survolait la ville ni de près, ni de loin. Elle remonta pour trouver Renault téléphonant à Abecassis. Le *Journal de Chirfa* était aux premières loges. A 5 h 25 on avait entendu une explosion sourde qui avait attiré le personnel de l'atelier de composition et de la rédaction aux baies vitrées donnant sur le port. Cinq secondes après, le *Dobroudja* avait sauté dans une gerbe de flammes et de fumée. Pendant trois ou quatre minutes, le dock C avait été secoué par l'éclatement sec des caisses de munitions encore à fond de cale ou déjà entassées sur les quais. L'entrepôt de marchandises était soufflé, et le bateau-pompe éteignait un début d'incendie sur le gaillard d'avant du cargo soviétique mouillé dans les hautes eaux du dock. D'après les premières nouvelles, l'affolement de la ville était complet. La police s'efforçait de rassembler des voitures-radio pour les envoyer rétablir le calme...

Renault appela le bar de Chirfa-plage. Ce fut Ali qui répondit. On avait bien entendu l'explosion, directement malgré les vingt kilomètres qui séparaient de la ville, et indirectement par la radio qui s'était interrompue aussitôt après. Mme Renault lisait sous son parasol. Fallait-il la déranger ? Non, dit le médecin. Il préférait, pour ne pas l'inquiéter, parler à M. Gauthier... Le barman mit près d'une minute à ramener Pierre au téléphone.

— J'ai entendu la moitié du discours de Ben Akbir. Que se passe-t-il ? demanda ce dernier.

— Le *Dobroudja* a sauté et Chirfa est sens dessus dessous. Tout le monde croit à un débarquement. Ici, les gens sont terrés dans les caves. C'est la panique.

— Ça se calmera ! Des victimes ?

— Comme dans toutes les paniques.

— Les foules sont bêtes ! dit sèchement Gauthier. Y a-t-il un début d'émeute, du pillage ?

— Je ne crois pas. Abecassis à qui je viens de téléphoner me l'aurait dit. Les gens sont simplement terrorisés.

— Ça leur passera ! Voulez-vous que je ramène Solange tout à l'heure ?

— Oui, je vais aller à l'hôpital directement. Je suppose qu'on y conduit déjà les blessés. Mais si vous pouvez, je vous serais reconnaissant de ramener Solange le plus tard possible. Attendez que les gens aient retrouvé leur calme. Téléphonez à mon assistante avant de partir de la plage. Il faut à tout prix que je vous voie ce soir.

— Nous dînons ensemble au *Grand Maure,* à 10 heures. Vous l'aviez oublié ? Mon beau-père arrive par la Swissair à 8 heures.

— Je doute qu'il y ait un seul restaurant d'ouvert. Vous ne vous rendez pas compte de la situation.

— C'est si grave que ça ?

— Très grave.

— Eh bien, nous verrons. A tout à l'heure !

Renault avait à peine raccroché que le téléphone sonnait. Cette fois, c'était Émile Ben Akbir, le plus jeune des fils du président, celui qui avait fait ses études en France et qui, à vingt-deux ans, était sous-secrétaire d'État aux Affaires étrangères. Le président souffrait d'un grave malaise. Deux agents motocyclistes étaient déjà partis pour l'avenue Abd el-Krim. Ils encadreraient la voiture du médecin pour lui frayer un passage rapide dans la foule.

Le médecin empoigna sa trousse, hésitant à rappeler lui-même Gauthier.

— Il faut que j'aille au Palais de la République, dit-il à Madeleine. Je vous demande de rester ici. J'aurai sans doute besoin de vous plus tard. Si ma femme téléphone, rassurez-la. Vers 7 heures, appelez M. Gauthier à Chirfa-plage après vous être assurée auprès de M. Abecassis qu'il n'y a plus de danger.

— Et moi docteur ? Vous m'abandonnez ? demanda le malade dressé sur son sofa.

— Vous n'avez rien. Un tympan crevé, c'est tout ! personne n'en meurt, croyez-moi. Restez ici si vous voulez, madame Knecht... enfin mademoiselle...

— Van Dromme, dit Madeleine.

— Mlle van Dromme s'occupera de vous.

— Mais docteur, j'étais venu pour cet ulcère...

— Vous me parlez d'un ulcère quand il y a des morts et des blessés, qu'une ville entière est là, tremblante de frousse, comme si c'était la fin du monde ! Allez faire soigner votre ulcère ailleurs ! Moi, j'en ai marre des gens comme vous...

Renault se précipita vers l'escalier. Il montait dans sa voiture quand arrivèrent les motocyclistes qui le prirent en charge, sifflet entre les dents, à cent à l'heure dans les rues où l'on commençait timidement à se hasarder sur le pas des portes. En roulant sur un débris de verre, le pneu d'une des motos éclata et l'agent fut projeté sur la chaussée. Renault l'évita de justesse et voulut s'arrêter, mais le deuxième agent d'un signe impératif lui enjoignit de poursuivre. Cinq cents mètres plus loin, c'est un pneu de la voiture qui éclatait à son tour, semant l'effroi sur une placette qui s'essayait à reprendre vie. Des hommes rentrèrent précipitamment dans les maisons, têtes baissées, sans même regarder le médecin qui sortait indemne de sa 403 bloquée contre le trottoir après une embardée. Renault enfourcha le tansad de la moto pour franchir les derniers huit cents mètres qui les séparaient du Palais de la République gardé par un cordon de tirailleurs chirfaniens en tenue de campagne, la mitraillette à la hanche, des grenades à la ceinture. L'agent freina des pieds dans la cour intérieure où Émile Ben Akbir faisait les cent pas.

— Mon père vous attend, dit-il sans préambule. Ça ne va pas.

— Qu'a-t-il ?

— Une crise cardiaque, je crois.

Ils traversèrent à grandes enjambées la cour où était massé un peloton de gendarmes, et, par un étroit couloir dallé, passèrent dans le patio des orangers où régnaient un calme et une paix inouïs après le drame de la rue. L'odeur douce des arbres, le chuintement des jets d'eau, les éclatants parterres de godetias, et les chaouchs en serrouals blancs et vestes vertes brodées d'or qui s'inclinaient sur leur passage, appartenaient à un autre monde. Par un escalier de marbre, ils arrivèrent au premier étage devant la porte du cabinet de travail présidentiel, gardée par trois géants noirs en uniforme rouge de l'ancien maghzen royal, le cimeterre nu à la main. Émile Ben Akbir frappa timidement. Ce fut sa mère qui entrouvrit et passa la tête.

— Ah, c'est vous, docteur ! Entrez.

Mme Ben Akbir était une Française d'une cinquantaine d'années, assez commune d'aspect et à laquelle on eût volontiers confié la caisse d'une brasserie. Elle passait pour une âme forte. Tout ce qu'elle avait souffert depuis vingt-cinq ans pour avoir épousé un musulman, elle s'en vengeait maintenant avec une mesquinerie étudiée, rendant au centuple ses affronts à la société européenne. Trois mois auparavant, elle s'était signalée à l'attention générale en reniant le christianisme (qu'elle ne pratiquait d'ailleurs pas) pour épouser la religion de son mari. A la voir avec ses énormes seins, son postérieur cambré, sa denture jaune et ses cheveux filasse, on se demandait comment cette matrone avait jamais séduit le mince, le presque fluet Ben Akbir aux yeux gris, aux cheveux argentés dès la jeunesse. Sans doute, cette femme ne s'était-elle jamais inquiétée de savoir si la société de Chirfa n'avait pas refusé de la recevoir parce qu'elle était décidément trop commune et trop revêche, et non parce qu'elle vivait avec un musulman que tout le monde considérait comme la séduction même. Le seul Européen qui trouvât grâce devant son fanatisme était Jean Renault.

— Il est là ! dit-elle à voix basse, en désignant un angle du bureau plongé dans la pénombre.

Ben Akbir couché sur un large divan, un oreiller sous la tête, les narines pincées, les lèvres blanches, gardait les yeux clos. Renault commença par soulever la tête du malade pour lui retirer son oreiller. Le président ouvrit les yeux et sourit à son médecin qui prenait son pouls et préparait un stéthoscope. Mais le pouls était régulier, le cœur normal.

— Il se porte comme un charme, dit Renault en se relevant.

— Mais docteur..., dit la femme.

— Il a un cœur de jeune homme. C'est tout à fait autre chose. Je ne sais pas ce qui vient de se passer place de l'Indépendance, mais j'imagine qu'il a dû avoir un choc nerveux.

— Terrible ! Docteur, son cœur...

— Ce n'est pas son cœur, ce sont ses nerfs. Que vous a-t-il dit ?

Renault savait très bien qu'on ne l'aiderait pas, que jamais l'on n'avouerait que Ben Akbir se laissait parfois dominer par ses nerfs au point de se rouler par terre et de se cogner la tête contre les murs. Ses auditoires connaissaient ses transes. Ses intimes devaient seuls connaître les crises de nerfs qui suivaient et que par une absurde pudeur on cachait même au médecin.

— Mais, rien docteur. Rien. Il paraissait très contrarié, c'est tout.

— Pouvez-vous me laisser un instant seul avec lui ?

— Il a besoin de moi.

Ben Akbir, du bout des lèvres, murmura :

— Je t'en prie, Germaine.

— Bon, bon, je m'en vais cinq minutes. Je reste sur le palier. Si on me veut...

Son mari ne lui jeta même pas un regard quand elle sortit sans grâce.

— Avez-vous une cigarette, docteur ?

— Voilà ! Fumons ensemble. C'est le meilleur moyen de se parler avec calme. Je vous rends votre oreiller.

— Ça va mal. Je ne parle pas de moi. Je parle de cet après-midi et d'hier.

— Je l'avais bien compris ainsi. Hier, j'ai vu les choses de près. Cet après-midi, j'étais enfermé dans mon bureau quand le *Dobroudja* a explosé. Mais, sur le chemin du Palais, j'ai pu me faire une idée de la pagaille générale.

— Je n'en puis plus. Ils auront ma peau.

— Vous le croyez aujourd'hui. Demain — et même pas demain, tout à l'heure — vous serez persuadé du contraire. Je vous connais. En ma qualité de médecin, je n'ai à votre disposition que des ordonnances de calmants et de remontants. C'est piètre ! Comment vous sentez-vous ?

— Épuisé. Les nerfs à bout. Cette explosion m'a cueilli à froid.

— Le hasard a mal fait les choses.

— Vous croyez au hasard, vous ?

Il se redressa sans peine mais lentement, et faisant glisser ses jambes, s'assit au bord du sofa. Ses mains tremblaient si fort qu'il dut les poser sur ses genoux après avoir jeté sa cigarette.

— Voilà, dit-il. Ou je m'évanouis. Ou je tremble comme un épileptique. Pour tenir un rôle comme le mien, il faudrait une santé de fer. Nasser en a une. Il m'enterrera. C'est un roc.

— Il y a un mois, à Port-Saïd, lors d'une manifestation, il a failli s'évanouir.

— Ah, je ne savais pas.

Cette idée de Nasser s'évanouissant devant la foule qui l'acclamait, parut faire du bien à Ben Akbir.

— Vous avez une autre cigarette ? dit-il.

— Voilà !

— Merci. Nous parlions du hasard.

— Du malencontreux hasard.

— Je n'y crois plus.

— Pourquoi ?

— Une main que je ne connais pas a fait sauter le *Dobroudja* pendant mon discours. Il y avait de la cheddite à bord. On savait que l'explosion serait terrifiante.

— Ce n'est qu'une hypothèse.

— Non, parce qu'en même temps une équipe de sabotage assommait les deux opérateurs chargés de la sonorisation de la place. Sans micros, je ne pouvais pas rassurer la foule.

— Ceci est plus grave...

— Et ceci me conduit à penser que l'incendie des hangars de Mustapha a été voulu.

— Je ne le crois pas, j'y étais, dit Renault soudain très pâle.

— On a retrouvé des traces de plastic.

Ben Akbir se leva et traversa le bureau à pas lents.

D'un geste brusque il écarta les rideaux qui gardaient la pièce dans l'ombre. La porte s'entrouvrit et sa femme passa la tête.

— Comment ? Tu es debout ? Mais docteur...

— Voudrais-tu nous laisser encore un instant, s'il te plaît ?

— Bien, mais ne te fatigue pas.

— Le docteur est là.

Elle disparut et Ben Akbir haussa les épaules. Il regardait le patio des orangers. Des sentinelles avaient pris place aux quatre coins.

— Mon père était secrétaire du palais, dit-il. Une fois l'an, pour les vœux du personnel au Roi, on m'amenait ici. Je n'imaginais pas qu'il y eût de plus beau palais au monde. L'autre jour, un imbécile de journaliste a raconté qu'à dix ans, je m'étais fait le serment d'y revenir en maître.

— Les lecteurs de journaux vivent dans le romanesque. Si on ne leur invente pas, ils s'ennuient...

— Connaissez-vous cet homme ? dit Ben Akbir après un court silence.

Il se saisit sur sa table de travail d'un cadre d'argent. La photo avait jauni, mais on distinguait encore très bien, au centre, les traits d'un beau vieillard à la barbe bouclée, aux yeux sombres, entouré de trois hommes plus jeunes.

— Ça ne vous dit rien ?

— Rien ! avoua Renault.

— C'est fou ce que les Européens ont été aveugles. Nous ne nous cachions pourtant pas... C'est Chekib Arslan à Genève, en 1935. Les trois hommes derrière lui...

— Je vous reconnais et je reconnais Messali Hadj. Le troisième est peut-être Bafralej.

— Oui, et Chekib Arslan nous a montré la voie. Il prophétisait la renaissance de la nation arabe. J'ai passé un an auprès de lui. Amnistié par Léon Blum, j'ai regagné la France en 36 avec Messali. Nous avons essayé de parler avec votre président du Conseil. Il ne nous a pas écoutés, tout occupé d'une espèce de socialisme mondial dont il rêvait avec Hitler à sa porte. Les socialistes français nous ont fait plus de mal que vos conservateurs qui ne comprennent rien à rien, mais qui sont au moins de francs adversaires.

— Je vous le concède volontiers. Des socialistes ont décidé la piteuse opération de Suez.

— Un socialiste a truqué honteusement les élections de 47 en Algérie.

Ben Akbir reposa le cadre. Il était épuisé, mais ses mains ne tremblaient presque plus.

— J'en ai assez, assez, dit-il.

— Calmez-vous. Et venez vous allonger.

— On ne me croit pas quand je dis que mon plus cher désir est de m'entendre avec la France.

— Il faut avouer que vous ne le dites pas souvent. Vous dites même plutôt le contraire. Nos différents régimes nous ont habitués à recevoir des coups de pied dans les fesses, et il y a longtemps que nous avons perdu toute sensibilité, mais quand même...

Ben Akbir sourit et Renault s'étonna que cet homme n'usât pas plus souvent de son charme, de son mélancolique scepticisme. Mais le monde arrivait à un point d'incandescence qui ne tolérait plus les compromis et même pas les louvoiements. Il fallait lutter de vitesse avec les foules pour n'être pas dépassé par elles. Ben Akbir se laissa tomber sur le sofa, la tête dans les mains. Un instant, Renault crut que le dictateur allait pleurer sous ses yeux et il faillit avoir pitié, comme on a pitié pour les forts qui s'effondrent et jamais pour les faibles.

— De l'enseignement de Chekib Arslan, j'ai gardé deux commandements, dit le président. A Genève, quand nous nous promenions au bord du lac, sur le quai des Eaux-Vives, ces commandements expliqués par mon maître semblaient se compléter admirablement. Pour Chekib, tout Arabe se devait à deux fidélités ; l'une au « Watan », à la patrie, l'autre à l' « Oumma », à la nation arabe. C'était une superbe hiérarchie des idéaux d'un homme. Chekib pronostiquait le réveil foudroyant du panarabisme. Nous l'écoutions sans trop croire que le Croissant sortirait de son sommeil. Et maintenant, c'est vrai. Mais aussi, nous avons dû prendre des responsabilités, les uns comme les autres, et dans la pratique c'est le drame. Rien n'est simple. Les fidélités ne se superposent plus. Avec Le Caire, nous jouons sur nos susceptibilités réciproques. Songez qu'ici, avant de me fixer pour objectif final la reconstitution de la nation arabe, je dois déjà me battre comme un chien contre l'aile droite et contre l'aile gauche de mon propre parti. Ce matin, ils ont répandu des tracts contre moi dans la casbah. On n'a pas pu pincer encore les distributeurs. Tout bois est bon pour faire flèche contre moi.

— Les choses seraient simples sans la présence de l'O.E. en Chirfanie.

— A qui le dites-vous ? Mais voilà : ils sont là ! Et ils ne partiront pas. S'ils gagnent, ils doivent trop à Nasser pour ne pas engager aussitôt l'Algérie dans le sillage de l'Égypte. Il ne me restera plus qu'à suivre si je ne veux pas être pris en sandwich. S'ils perdent, je les ai à demeure, comme vous avez eu deux cent mille réfugiés communistes après la guerre civile d'Espagne. J'ai une armée de trois mille hommes, plus cinq mille policiers dont je ne suis pas sûr. Et ils sont quinze, peut-être vingt mille. Les chiffres parlent. Que voulez-vous leur répondre ?

— Monsieur le Président, je suis votre médecin et pas votre conseiller politique. Vous n'avez pas à le regretter d'ailleurs, car je suis un homme sans imagination.

— Au fond, je ne m'entends bien qu'avec les Français. Vous savez que si je parle arabe, je ne sais ni l'écrire ni le lire. Je pense mes discours en français. Nos Conseils des ministres commencent en arabe et finissent en français. Comme tout cela est bête ! J'aimerais parler aux hommes politiques de votre pays. Mais auxquels ? Vous n'avez que des stratèges de café du Commerce, des ministres qui profitent de leur passage au pouvoir pour faire goudronner la route qui conduit à leur propriété. Leur parole d'honneur ? Comment en auraient-ils une ? Ils ne sont pas responsables et d'un ministère à l'autre, c'est toute une politique qui fout le camp. Bien sûr, il y a vos militaires. Par principe, je ne les aime pas. Mais eux au moins ont de la dignité. Il n'y a qu'un malheur, c'est que dès qu'un secrétaire de mairie élève un peu la voix, vos généraux se mettent au garde-à-vous. Cet après-midi, place de l'Indépendance, j'ai dit que la France était le pays le plus mal gouverné du monde...

— Pas seulement la France, tout l'Occident.

— Cette maladresse me rassure.

— Moi, elle ne me rassure pas.

— Avez-vous une cigarette ?

Ben Akbir tira plusieurs bouffées en plissant les yeux. On frappait à la porte et il tapa du pied, agacé. Sa femme passa la tête :

— Tu fumes ! dit-elle.

— Je fume. Le docteur est complice.

— Mais ta voix ?

— Ma voix ne s'est jamais si bien portée. Entre donc...

Renault se leva. Avant que la porte se fermât, il eut le temps d'apercevoir Émile Ben Akbir qui jetait un coup d'œil anxieux. Ils devaient être dix à attendre des nouvelles, cent à guetter dans les couloirs, mille à courber la tête dans les ministères. Que le dictateur s'écroulât et ils s'effondraient avec lui, le parti Mouquawat se scindait en deux ou trois factions, et Salah Rouzi revenait immédiatement de Libye pour épurer le pays et mettre en place ses amis.

— Monsieur le Président, faut-il préparer un bulletin de santé ?

— Non, non, je vais bien. Je crois que j'ai les jambes coupées, c'est tout. J'ai eu une faiblesse en rentrant. Elle passera. Elle est passée déjà. J'ai été heureux de parler un instant avec vous. Vous me donnerez une soirée bientôt. Je vous raconterai qui était Chekib Arslan.

Renault avait déjà traversé la moitié de la pièce quand Ben Akbir l'arrêta.

— Docteur, une question s'il vous plaît...

— Si je peux y répondre...

— A ma place qui soupçonneriez-vous ? Les Français, Salah Rouzi qui veut ma peau, la R.A.U. qui me trouve tiède, ou l'O.E. qui cherche à me compromettre à mort ?

— Je ne vois pas bien l'intérêt de l'O.E. Ces deux derniers jours leur coûtent un milliard et demi. Avec l'explosion du *Dobroudja,* ils ont perdu l'approvisionnement d'une division. Comme les détectives des bons romans policiers, je chercherais plutôt à qui profite le crime, et j'hésiterais entre Salah Rouzi et la R.A.U.

— Et pourquoi pas les Français, docteur ?

— Vous les croyez capables d'un plan aussi bien concerté ?

— Tout arrive.

— Enfin, il n'y a pas qu'eux...

— Je vous vois venir, dit Ben Akbir retrouvant l'ironie. Encore ces fables de la Jaimir. C'est du feuilleton...

— Vous savez bien que non, monsieur le Président.

— Cher docteur, il faudra absolument que nous parlions...

— Certainement, monsieur le Président.

Émile Ben Akbir l'attendait sur le palier, avec son frère Joseph l'avocat, le ministre de l'Intérieur Omar Ouradine, un Chirfanien du Sud à la peau noire, ex-chef d'un réseau de résistance, et le commissaire des Forces armées le général Kemal qui, dans son uniforme vert olive, ressemblait à un garde champêtre d'honneur. Renault aperçut également le secrétaire à l'Information, un ancien professeur au lycée de Chirfa, Krim Sahel, que l'on disait être l'œil de Moscou dans le gouvernement. Tous guettaient anxieusement le visage du médecin. Son air détaché les rassura et il y eut une espèce de murmure de soulagement auquel seuls les trois gardes noirs ne participèrent pas. Émile Ben Akbir prit Renault par le bras et descendit avec lui l'escalier de marbre au bas duquel veillaient deux sentinelles armées de mitraillettes. Le palais entier semblait truffé de soldats. Ils en rencontrèrent encore une section dans le patio, l'arme au pied. Au centre de la première cour, le peloton des gendarmes avait formé les faisceaux.

— Vous êtes vraiment sûr que ce n'est pas une alerte grave, docteur ?

— Sûr. Le président est un hypernerveux. Il serait bon en ce moment de ne pas le chambrer.

— C'est une allusion à ma mère ?

— Ce n'est une allusion à personne.

— Oh si... d'ailleurs vous avez raison. J'ai l'impression qu'il est parfois excédé par elle.

— Tous les hommes, même les grands, ont leurs petits problèmes familiaux.

— J'ai remarqué que vous lui faites toujours du bien.

— Certainement pas en le soignant, car il se porte comme un charme.

— Non, mais vous osez lui parler.

— Si j'osais vraiment... N'oubliez pas que je suis français, monsieur Ben Akbir.

— Moi aussi... Enfin, je veux dire de cœur.

La grande porte de bois cloutée de cuivre du palais était fermée. Le jeune homme fit un signe pour qu'on l'entrouvrît.

— Vous êtes bien gardé, dit Renault. Que craint-on ?

— Les foules qui ont eu peur se vengent lâchement.

— Pas contre votre père ! Il leur verse l'espérance au cœur.

— Ce n'est pas toujours cette espérance-là qu'il voudrait leur offrir... Il paraît que votre voiture a fait une embardée à l'aller. On a donné des ordres pour vous dépanner d'urgence. En attendant, vous aurez une auto du palais avec un chauffeur.

— Tout le monde me saluera bien bas... à moins que je ne reçoive une rafale de mitraillette. C'est une chance à courir ! Merci de cette pensée. J'appellerai après dîner pour savoir comment va le président. On peut toujours me joindre par ma secrétaire.

Une voiture noire attendait à la porte avec un chauffeur et un garde du corps. Renault demanda qu'on le conduisît à l'hôpital Mustapha en passant par la rue où sa voiture avait fait une embardée. Après la place du Palais que des barrages de police gardaient déserte, ils suivirent un court dédale de petites rues où seuls des groupes palabraient devant les portes. Tout semblait rentrer dans l'ordre. Ils croisèrent un des haut-parleurs de la police qui conviait la population à regagner ses maisons et à ne pas s'affoler. Les balayeuses automobiles de Chirfa avaient été mobilisées pour nettoyer les chaussées de la pluie de verre cassé qui s'était abattue dans l'après-midi. Renault aperçut enfin sa 403 que gardait un agent, des pillards ayant déjà essayé de voler les roues. La voiture aurait sans doute exécuté un tonneau complet sans une borne qui avait calé brutalement le train avant, brisant la direction et défonçant le radiateur. Une mare d'eau rouillée s'étalait sur le trottoir. La vue froide de son accident donna un frisson rétrospectif au médecin. Il pensa qu'il avait frôlé la mort sans une seconde de peur, sans même prendre le temps d'y réfléchir. La 403 finirait à la casse. Un peu plus loin, ils trouvèrent la moto dont le pneu avait éclaté. L'agent en était quitte pour une commotion. On l'avait ramené au palais. La place de l'Indépendance était interdite à la circulation, mais la cocarde du pare-brise leur ouvrit le passage. Des équipes de balayeurs rassemblaient en tas les objets perdus au cours de la panique. La tribune vide, les haut-parleurs muets, les banderoles décrochées évoquaient un lendemain de kermesse. Après le parc municipal, le chauffeur leva le pied. Ils arrivaient à hauteur du *Méditerranée-Palace,* et la chaussée était complètement barrée par des chevaux de frise, des sacs de sable et une section de miliciens de l'O.E. qui mettaient en batterie une mitrailleuse lourde. On pouvait voir derrière eux, des jeeps et des ambulances stationnées devant la porte de l'hôtel, des brancards entassés sur le trottoir, des allées et venues d'hommes qui chargeaient des camions Dodge avec des caisses. Le chauffeur s'arrêta pile devant le nez de la mitrailleuse et sortit le bras pour montrer sur le pare-brise la cocarde chirfanienne, mais un sergent de l'O.E., un grand gaillard à la moustache rousse, s'avança pistolet au poing et lui cria en arabe de déguerpir.

Force fut de faire le détour. Renault regretta de ne pas comprendre ce que disaient les deux hommes assis sur la banquette avant, mais au ton il pouvait le deviner. La vague anti O.E. allait s'amplifier dans les jours qui suivraient. Il était peu probable qu'après s'être sentie débarrassée des Français, l'opinion publique supporterait ce genre de vexations de la part d'une armée que — nation arabe ou pas — l'homme de la rue considérait comme étrangère à la Chirfanie. Mais quelle serait la réaction ? Renault la devinait mal, en même temps qu'il la craignait. Au mois de novembre de l'année précédente, il avait assisté au début de l'émeute, et, depuis, restait sans illusion sur les colères collectives des Arabes, sur leurs explosions de sadisme. Tout se terminait par d'atroces étripages. Certes, l'O.E. était de taille à se défendre. Elle tirerait même la première, sans aucun doute. Et la foule, dans sa peur, se retournerait contre les Européens. Gauthier le savait parfaitement. Renault aurait donné cher à cette heure pour pénétrer plus avant les desseins de celui qui l'avait si aisément fasciné en débarquant à Chirfa six mois plus tôt. Au regard des événements, les calculs de Gauthier paraissaient d'une froideur inhumaine. Des années de pratique médicale avaient dépouillé Renault d'une puérile sensiblerie à l'égard de la mort et de la souffrance. La vie ne s'imaginait pas sans un cortège de menaces et de misères. Son rôle à lui consistait à écarter les unes et à atténuer les autres. Il n'acceptait pas facilement l'idée de les provoquer. Les lois de la guerre le lui interdisaient. Mais toute la question était là. S'agissait-il d'une vraie guerre ? Cette lutte sourde osait ne pas dire son nom et les Européens enlisés dans leur traditionalisme confortable n'avaient encore rien compris. Les arguments de Gauthier tournaient autour de ce thème. Renault s'y était rallié, mais butait encore sur les modalités d'exécution. L'éternel problème de la fin et des moyens se posait à lui. Quelque chose le blessait dans le déroulement de cette deuxième journée. Elle avait été brutale, elle dépassait même son objectif. Aux traces de plastic dans les hangars (et quand il y pensait ses mains devenaient moites), aux deux opérateurs assommés dans leur cabine de sonorisation, la police avait déjà décelé le sabotage organisé. Renault devait aussi s'avouer que Ben Akbir exerçait sur lui comme sur tous ceux qui l'approchaient, une véritable, une profonde séduction. On s'en défendait bien en le sachant d'avance, en se rappelant les multiples volte-face de cet homme lucide, mais par trop félin. Les journalistes étrangers qui obtenaient des interviews, sortaient conquis du Palais de la République. Aussi la presse américaine et une grande partie de la presse européenne le peignaient-elles comme le seul élément modérateur du brûlot maghrébin. Après le coup de Suez, *Time* l'avait sacré homme du mois en publiant son portrait en première page. Dans les conversations privées, Ben Akbir se faisait un devoir de reconnaître à la France et aux nations du pacte Atlantique, la défense de la civilisation telle qu'il l'entendait. Mais le lendemain, s'adressant à son peuple, il avait le génie de lancer les mots qui brouillaient de nouveau les rapports diplomatiques pour trois mois. Entre ses violences verbales publiques et ses concessions d'homme à homme, s'ouvrait une telle marge que l'on croyait avoir affaire à deux personnalités violemment opposées. L'une offrait le visage de la compréhension, de la temporisation, l'autre le visage de la haine. A laquelle se fier ? Renault n'ignorait rien de tout cela, mais il lui plaisait en son for intérieur de garder du crédit à ce fier partisan qui n'avait puissamment désiré qu'une chose dans la vie : l'indépendance de son pays.

Jack Gravereau

On ne voyait d'abord que ses longues jambes d'une maigreur squelettique. La jupe remontée par la position assise découvrait les genoux qui saillaient sous la soie. Le visage était dévoré par les yeux noirs, brûlants, soulignés d'un cerne profond qui accusait la minceur du nez, la rougeur violente de la bouche. Jack Gravereau assis sur le bras du fauteuil, une jambe pendante, avait pris la main de Cornelia et en caressait les doigts machinalement, parlant de sa voix nette, bien timbrée, sans nasillement ni vulgarité, une voix que Harvard et un séjour à Oxford avaient préservée de l'américanisme. Au-delà de la baie vitrée, l'aérodrome de Cointrin cuisait au soleil, sur un fond de montagnes bleuâtres. Le Super G de la Swissair achevait son plein. Un mécanicien en salopette blanche, debout sur l'aile gauche, surveillait l'arrivée de l'essence dans les réservoirs. Des manœuvres chargeaient les valises dans l'appareil dont le ventre et les portes ouverts au poste de pilotage et dans le fuselage, faisaient penser à une sorte de grand robot infirme martyrisé par des fourmis, à une réédition de Gulliver à Lilliput. La chaleur qui tombait sur Genève depuis quelques jours était si peu suisse qu'elle surprenait tout le monde. Dans le salon d'attente, les voyageurs habillés de tweed, coiffés de chapeaux tyroliens ou de casquettes anglaises, ceinturés d'appareils de photo cachaient mal leur accablement. Seuls deux passagers arabes en djellaba claire supportaient avec élégance cette atmosphère.

— Ça ne peut pas être pire à Chirfa ! dit Cornelia.

— Je crains que si.

— Vous n'y êtes jamais allé !

— Je connais Alger en août. Je ne crois pas qu'il y ait une grosse différence.

— Mais là-bas, on sait vivre dans la chaleur. Ici pas. Personne n'a entendu parler d'air conditionné. Dans les bureaux de Pierre, il ne fait jamais plus de 20 degrés. Il me l'a dit.

— Et dans les appartements, il fait 40 degrés.

— Eh bien, je coucherai dans le bureau.

— Cornelia, tu perds ton temps.

— Oh, je le sais. Mais c'est plus fort que moi : j'ai envie de convaincre quelqu'un. Pierre n'écrit jamais.

— Il téléphone.

— Le téléphone a toujours déformé sa voix. S'il me faisait appeler par son secrétaire, je ne m'en apercevrais même pas. Jack...

— Oui.

— Ramenez-le, je vous en prie.

— Chérie, il ne va sûrement pas rester longtemps là-bas.

— Comment l'avez-vous embarqué dans cette histoire de pétrole ? C'est tout ce qu'il déteste. Il ne s'y est vraiment mis que pour vous faire plaisir.

— Pierre avait besoin de remuer.

— Est-ce qu'il n'a pas assez remué avant notre mariage ? Jack, il y a quelque chose que je ne comprends pas.

— Il n'y a rien à comprendre.

— Vous dites tous ça, les hommes.

— Cornelia !

— Oh, pardon, je suis idiote... Vous me téléphonerez de chez lui, ce soir ?

— Je t'appellerai.

— C'est promis.

— Promis.

Elle tira un miroir de son sac et se contempla, les sourcils froncés. Avec dégoût, elle rangea le miroir.

— J'ai l'air d'une morte. Il est évident qu'il vaut mieux qu'il ne me voie pas comme ça.

Le camion-citerne rouge se détacha du Super G et se dirigea vers un avion d'Air-France arrivé quelques minutes auparavant. La fourgonnette des bagages regagnait la douane.

— Ça y est ! dit Cornelia avec désespoir. Vous n'allez pas me laisser trop longtemps seule ? Quand revenez-vous ?

— Mais chérie, tu le sais... si je repasse par ici, ce sera juste entre deux courriers, un après-midi à peine. Je dois être le 22, le 23 au plus tard à Chicago, et nous sommes le 19 déjà.

— Eh bien, je viendrai à Cointrin... Vous voyez : je suis désespérante de bonne volonté. Vous le direz à Pierre.

— Il le sait...

Les haut-parleurs appelaient les passagers. Une hôtesse ramassait les tickets d'embarquement. Jack se leva et donna la main à Cornelia qui émergea, extraordinairement mince, du trop large fauteuil de cuir.

— Embrassez-moi très fort, Jack...

Il la prit dans ses bras et la serra contre sa poitrine. Elle avait des larmes aux yeux. Il dut s'arracher d'elle pour ne pas fondre de pitié.

— Monsieur, s'il vous plaît... Vous prenez le Rome-Chirfa de la Swissair ?

— Oui, je viens... Cornelia, sois raisonnable. Je suis certain qu'à Cran tu seras très bien. Soigne-toi...

— Je me soignerai, Jack. Je me soignerai... mais dites-lui... dites-lui... oh non, ne lui dites rien.

Deux fois encore, sur l'aire, il se retourna pour lui adresser un signe de la main. Elle restait le visage collé à la vitre comme une enfant.

Gravereau ne trouva de place qu'à l'arrière, à côté d'une jeune femme qui gardait les yeux clos. La porte fermée et l'hôtesse ayant ouvert la ventilation, l'odeur écœurante du désinfectant qui parfumait la cabine se dissipa. Quelques minutes plus tard, l'avion survolait le mont Blanc dont on aperçut nettement la crête glacée brillant comme un diamant dans le soleil d'été. Les passagers débouclèrent leurs ceintures de sécurité, et l'hôtesse passa des magazines et des rafraîchissements. La voisine de Gravereau gardait les paupières baissées. Dormait-elle ? A intervalles réguliers, ses narines frémissaient. Il la regarda un moment avec curiosité, puis chaussa ses lunettes de presbyte et sortit de sa serviette un long rapport dactylographié qu'il entreprit de lire en l'annotant au crayon.

A Rome, pendant l'escale d'une heure, il se réfugia dans le bar réfrigéré pour continuer la lecture de son rapport. Il s'y installait à peine quand on le demanda au téléphone. La voix était lointaine, et il ne reconnut pas tout de suite Marcello Mondini qui l'appelait de la ville :

— Hello Jack ! Je n'étais pas sûr de vous cueillir au passage. Si vous ne bougez pas du bar, je fonce comme un bolide et j'arrive trois minutes avant votre réembarquement. J'ai à vous parler.

Arriva, en effet, trois minutes avant l'annonce du haut-parleur, un garçon d'une trentaine d'années qui, las de piétiner dans les grades subalternes, avait quitté l'armée un an auparavant, et travaillait pour les Gravereau's International Art Galleries. Le premier magasin italien venait de s'ouvrir à Rome, via Parioli, et Marcello Mondini, en sa qualité de cadet d'une vieille famille de robe et d'épée (un Mondini avait été pape, un autre condottiere et amant de Lucrèce), en était l'animateur. Sa taille mince, ses cheveux courts (à cause de la voiture de sport décapotable), ses costumes anglais sans éclat (*dress down*), ses cravates discrètes et ses chaussures un peu voyantes (seule note italienne dans son habillement), son sourire voulu (les dents étaient très blanches et très régulières) dans un visage ouvert et gai, en faisaient le type parfait du jeune « beau romain », avec un rien de forfanterie au fond assez plaisante. Jack dont les cheveux étaient maintenant complètement blancs et qui se vêtait dès l'approche de la Méditerranée, de costumes légers en fresco avec ce sens du confort vestimentaire qu'ont seuls les Américains, semblait posé en face du jeune homme comme un discret rappel à la mesure et au calme.

— Je fais amende honorable, disait Marcello. L'été n'est pas une saison morte. La galerie ne désemplit pas. Toute l'Amérique y sera passée à la fin de l'été.

— Une bonne Amérique au moins ?

— Bonne, puisque riche, avec un mélange de Californie et de Massachusetts. Le Middle-West nous boude. Je crois que ces aimables sauvages n'aiment pas Rome. *Too old...* vous savez ! Vous êtes un devin, Jack.

— Non pas un devin ! Mais Pierre et moi avions confiance en vous. Je le verrai tout à l'heure. Avez-vous quelque chose à lui dire ?

Ils étaient assis sur les hauts tabourets du bar, accoudés au comptoir derrière lequel un barman à l'air furieux pressait des citrons. Marcello lui décocha un bref regard de conspirateur qui le fit rire lui-même.

— Oui, je voudrais bien que vous lui répétiez que Lucchino Pietri est un homme sûr, qu'il peut compter à mort sur lui.

— Je le lui dirai.

Les haut-parleurs appelèrent en italien et en anglais les passagers pour Chirfa. Jack abandonna un dollar sur le comptoir, et glissa le rapport dactylographié sous son bras.

— Je vous accompagne jusqu'à la porte, dit Marcello. J'ai aussi un renseignement pour vous. Je ne sais pas s'il vous intéressera : mon cousin Matteoti est à Chirfa depuis huit jours et je ne pense pas que beaucoup de gens le savent.

— C'est très intéressant ! Voyez-vous souvent Matteoti ?

— Non, rarement. Il est trop riche. Ce n'est pas un homme gai.

Jack sourit et serra fortement la main qui se tendait, avant de suivre le groupe des voyageurs. L'avion s'était vidé de ses touristes américains, de ses Anglais et de ses Allemands pour accueillir des Chirfaniens, des Italiens, deux bruyants Syriens et un Algérien manchot que Gravereau de loin reconnut pour être Mohamed Lamine, le commissaire aux Informations de l'O.E. Quand il s'assit, la voyageuse aux yeux clos était déjà à sa place, le visage muet comme pendant la première partie du voyage.

Gravereau reprit la lecture de son rapport tandis que l'avion piquait droit de Rome sur Chirfa, au-dessus de la Méditerranée pâle. L'hôtesse signala qu'ils allaient passer au-dessus de la Sicile, mais il n'y prit pas garde. Le rapport dont il semblait apprendre par cœur la teneur, tant était grande son attention, avait été distribué quinze jours auparavant aux administrateurs de l'Association for Mineral Research. On y reprenait, point par point, le protocole élaboré après six mois de discussions, de marchandages et de compromis avec le gouvernement chirfanien, pour la prospection et l'exploitation du pétrole dans le sud du pays, aux confins sahariens.

Fils d'un Français professeur de dessin émigré puis marié à San Francisco, Jack Gravereau — là-bas on prononçait Gréviriou — était de ces Américains que leur pays ou tout à fait européen. Après une année à leur pays ou tout à fait Européen. Après une année à Rome, une autre en Allemagne et de longs séjours à Paris, il avait regagné les États-Unis pour devenir le premier collaborateur de Joséphin Page, un Louisianais, lui aussi d'origine française, mais d'une origine beaucoup plus ancienne remontant aux temps d'une Nouvelle-Orléans française. Joséphin Page était antiquaire et marchand de tableaux, probablement le plus coté de tout le Sud. Acheter ou vendre des œuvres d'art aux États-Unis est un sport qui tourne facilement en rond, si on ne veut pas s'adresser exclusivement à l'Europe. L'affaire de Joséphin Page ne se serait guère développée si Gravereau n'avait pas découvert au Pérou et au Chili, une veine assez riche de primitifs sud-américains. Ces toiles, œuvres de religieux émigrés aux XVIe et XVIIe siècles, révélaient des fraîcheurs d'âme, des candeurs qui dans la vieille Europe déjà fatiguée, épuisée par la Renaissance, n'auraient jamais pu se faire jour. Le succès avait été immense et — comme ces modes qui prennent aux États-Unis — foudroyant. Joséphin Page était mort, laissant à Gravereau la moitié des actions d'une chaîne de galeries de tableaux et le soin d'épouser sa fille Ève. Jack avait accepté les tableaux et la fille, ne gardant, au bout de deux ans, que les premiers. Ève avait peu de goût pour les hommes et ne savait pas s'en cacher. Un an après, Jack épousait Helen Nicholson déjà divorcée et mère de Cornelia — assez belle personne, mais qui, à l'usage, montrait de fâcheuses tendances à l'aigreur et à l'alcoolisme. Sans Cornelia qu'il s'était mis à aimer comme sa fille, Jack aurait certainement redivorcé très vite. La guerre aussi l'avait empêché de prendre une décision hâtive. D'abord officier d'infanterie, il était passé dans les services de renseignements où son bilinguisme l'avait spécialisé dans les affaires françaises. Personne n'ignorait plus depuis la publication des témoignages recueillis par la Hoover Foundation, que Jack avait été trois fois l'émissaire secret de l'Amérique auprès du président Laval. La guerre finie et le courage de divorcer lui manquant, Jack avait repris en main ses affaires avec d'autant plus d'énergie que c'était un moyen de fuir Helen. Vivant le plus souvent séparés, elle à Rock Springs, la station thermale des Montagnes Rocheuses, avec Cornelia, lui à Chicago ou à New York, les Gravereau ressemblaient à tous ces couples qui tirent ce qu'ils peuvent d'une existence ratée. C'est à Rock Springs que Pierre les avait connus, après une fuite dramatique, poursuivi par la police qui le croyait l'assassin d'une danseuse japonaise de San Francisco, la petite Fumi trouvée morte, étranglée dans son lit après avoir dormi une nuit avec lui. Une enquête plus approfondie avait innocenté Pierre au moment même où il s'embarquait clandestinement à bord d'un cargo à La Nouvelle-Orléans. Mais Jack et lui s'étaient plu, quelque chose de direct et de franc émanait de l'un comme de l'autre, quelque chose de si rare dans les rapports entre hommes qu'ils ne pouvaient l'ignorer. Et Pierre avait plu aussi à Cornelia. Et à dix-huit ans Cornelia savait ce qu'elle voulait. Quelques mois après la fuite de Pierre, elle le rejoignait à Málaga où il était venu, comme le cavalier de Samarcande, se faire embrocher par un taureau un bel après-midi d'été. Ils s'étaient mariés à Paris avant de parcourir l'Europe ensemble pour le compte des Gravereau's International Art Galleries. Deux ans après naissait Emery, et Cornelia s'enfermait à Leysin, puis à Chexbres d'où elle n'avait même pas pu aller aux obsèques de sa mère. Helen Gravereau laissait à sa fille une fortune assez considérable et un exemple à déplorer. Si une partie de cette fortune — la propriété de l'établissement thermal et du casino de Rock Springs fondés par le grand-père de Cornelia — ne nécessitait pas de soins particuliers, il n'en était pas de même d'une série d'autres affaires d'un maniement plus compliqué, une ligne aérienne locale, une chaîne de snack-bars dans le Kansas, des cinémas à Saint Louis, et de nombreuses valeurs mobilières, les unes en sommeil, les autres en pleine activité. Cornelia avait toujours montré un inintérêt total pour les questions d'argent. Sa maladie, son éloignement de l'Amérique, le long séjour à Leysin, puis l'installation à Chexbres avaient accentué ce détachement, toutes ses forces se concentrant sur ce souffle de vie qui la maintenait encore sur terre. Quant à Pierre, il avait décidé que les conseils d'administration, les histoires de Bourse dépassaient, de loin, sa puissance d'attention. Jack en avait fait son agent pour l'Europe, le *talent scout* des Gravereau's International Art Galleries, et le Français se plaisait trop à parcourir le continent à la recherche de tableaux, de meubles, de sculptures et de bibelots pour songer à d'autres occupations. Cornelia avait donc muni son beau-père de pouvoirs étendus qui le faisaient pratiquement l'administrateur de sa fortune. La branche européenne des Gravereau's International Art Galleries étant dans les mains de Pierre, et la section américaine dans celles d'un autre Français, Patrice Belmont, Gravereau avait, du jour au lendemain, abandonné tout à ses deux délégués pour se consacrer aux intérêts de Cornelia. Peut-être ne s'était-il agi de prime abord que d'un mouvement d'humeur, d'une lassitude profonde chez un homme qui, élevé par un père bohème et artiste — médiocre il est vrai, mais artiste quand même —

n'avait pu approcher l'Art avec un grand A que par son côté le plus frelaté. Cette « reconversion » inattendue avait surpris encore qu'elle fût assez typiquement américaine, étrange seulement parce qu'elle survenait à cinquante ans chez un homme parfaitement heureux de son sort, internationalement estimé, possesseur pour son propre compte de quelques tableaux que lui enviait le National Museum de Washington. Au début, la fortune de Cornelia n'avait requis qu'un minimum de soin, Helen n'ayant rien laissé au hasard. Jack avait pu voyager en Extrême-Orient comme il le désirait depuis longtemps et séjourner souvent en Suisse auprès de sa belle-fille, se cantonnant dans un rôle de grand-père gâteau qui ne lui allait ni bien, ni mal. Il en aurait probablement été ainsi jusqu'à la fin de sa vie, sans le réveil imprévu de l'Association for Mineral Research, l'A.M.R.

Fondée en 1930 par le vieux Nicholson et deux de ses amis, cette société avait débuté par un coup de chance en Louisiane, avec une concession dans les bayous de Thibodeaux. A l'épuisement du gisement pétrolifère, en 1935, elle s'était rabattue sur l'exploitation, au Mexique, de quelques puits qui végétaient tant bien que mal depuis une vingtaine d'années. Le grand-père de Cornelia détenait 35 % de ces valeurs non cotées en Bourse et qui avaient peu de chances de l'être jamais. Les autres parts avaient été acquises par des trusts pétroliers intéressés à freiner l'affaire, à ne pas lui donner les moyens d'étendre ses recherches à d'autres pays que le Mexique. L'A.M.R. végétait si bien qu'un an auparavant, une société brésilienne et une banque de La Nouvelle-Orléans avaient racheté sans difficultés leurs parts aux trusts, et brusquement offert à Gravereau de lui reprendre ses 35 % à une cote si intéressante que, mis en éveil, il avait refusé. Son intuition s'avérait bonne : depuis 1930, dans les tiroirs de la société dormait une concession de terrains pétrolifères en Chirfanie. Si la France, « nation protectrice », n'avait pas eu les moyens légaux d'empêcher la vente de concessions à des firmes étrangères, il n'en était pas moins certain que beaucoup de mauvaise volonté de sa part, des refus motivés par des raisons stratégiques, d'insurmontables lenteurs administratives avaient empêché des sondages dans le Sud chirfanien. La fin du protectorat revalorisait brusquement les anciens contrats, tout au moins ceux qui avaient été conclus avec des baux de quatre-vingt-dix-neuf ans. L'A.M.R. s'était retrouvée un matin, avec plusieurs longueurs d'avance sur les grands trusts internationaux, et cela juste au moment où le pétrole saharien jaillissait à Edjelé, à quelques kilomètres de la frontière de la Chirfanie, au moment où Ben Akbir faisait appel à des capitaux « amis » pour industrialiser son pays.

Il avait suffi d'un conseil d'administration à Gravereau pour comprendre que les nouveaux actionnaires représentaient, en effet, des capitaux « amis ». La société sud-américaine se composait de cinq Brésiliens, trois d'origine syrienne et deux d'origine libanaise, gros commerçants de São Paulo, tandis que la banque de La Nouvelle-Orléans agissait pour le compte d'un certain docteur Malké connu comme le chef de la communauté arabe émigrée aux États-Unis, fils d'un réfugié politique irakien, à la tête d'une fortune colossale, personnage mystérieux dont très peu de gens connaissaient le visage et la puissance. Il n'avait pas non plus été difficile à Gravereau, en sa qualité d'ex-chef des services de renseignements pour le secteur France pendant la guerre, d'obtenir auprès de ses anciens collègues les informations qui lui manquaient sur le docteur Malké, et d'apprendre que ce dernier était l'organisateur numéro un des voyages à La Mecque, une sorte de Monsieur Cinq pour Cent de la migration annuelle des pèlerins musulmans. C'était grâce à une compagnie aérienne fondée par lui à Djeddah en Arabie Séoudite, à une flottille de cargos-dortoirs dont le port d'attache était Tripoli de Libye, que le nombre des visiteurs de la ville sacrée était passé de 75 000 en 1948 à près de 600 000, dix ans après. Président de plusieurs sociétés philanthropiques, généreux mécène de trois mosquées à New York, Los Angeles et Washington, le docteur Malké n'apparaissait jamais en public, mais pour la communauté arabe émigrée aux deux Amériques, son nom servait de mot de passe. Il était aussi probable que le docteur Malké devait être le chef véritable de la Jaimir, cette junte secrète dont les membres, tous musulmans, avaient fait le serment de tirer la nation arabe de sa rêveuse torpeur. Le doctrinaire de la Jaimir, à sa fondation vingt ans plus tôt, s'appelait Chekib Arslan, le maître de Ben Akbir, Messali Hadj et Bafralej. On savait aussi qu'un conflit d'ordre non spirituel mais politique avait séparé le docteur Malké de Chekib Arslan qu'il jugeait trop marqué par l'influence de Gandhi, trop pacifiste dans un monde moderne paralysé par la peur. Chekib avait désavoué secrètement la Jaimir qui restait néanmoins imprégnée de ses idées. Sur la Jaimir même, les renseignements étaient rares. Personne ne connaissait sa composition, ni ses réunions. Aux yeux de beaucoup elle n'existait peut-être pas vraiment sous la forme romanesque qu'on pouvait lui prêter. Mais quelques-uns — dont Gravereau avait tout lieu de croire les déductions justes — estimaient au contraire parfaitement vraisemblable l'existence de cette junte qui se dissimulait pour ne pas tomber sous le coup des lois fédérales assez susceptibles. Tous les membres de la Jaimir habitaient les États-Unis d'Amérique du Nord et du Brésil. Les fortunes réunies représentaient un budget à peu près égal à celui de l'Irlande. La Jordanie, l'Arabie Séoudite, les émirats et l'Irak versaient chaque année une contribution importante sans y être cependant représentés.

Les statuts de l'Association for Mineral Research prévoyaient qu'aucune augmentation de capital, aucune modification organique de la société ne pourraient être décidées sans la majorité des deux tiers. Cette ruse du vieux Nicholson avait sauvé Gravereau d'une éviction certaine par une augmentation massive de capital. Il s'en fallait d'une seule part que les nouveaux actionnaires fussent les véritables maîtres. Devant les premières résistances de Gravereau, ils avaient failli laisser tomber l'affaire. Quand après un voyage en Europe, ce dernier avait de lui-même consenti à une augmentation, les 65 parts avaient marché sans méfiance. Une équipe de techniciens texans était aussitôt partie pour Chirfa mettre au point les travaux de prospection et préparer un accord pétrolier éventuel avec Ben Akbir. La seule condition de Gravereau avait été l'entrée dans la société de Pierre Gauthier pour le représenter en Afrique du Nord et prendre en charge le plan de prospection et la direction des négociations avec le gouvernement de Ben Akbir. Un premier gisement venait d'être découvert, et c'est sur ses modalités d'exploitation que l'on butait maintenant assez inexplicablement, alors qu'un accord verbal avait été conclu depuis longtemps, après maintes concessions réciproques, et qu'il n'y manquait que le paraphe de Ben Akbir. Les conditions de l'A.M.R. révolutionnaient pourtant les contrats offerts par les compagnies étrangères. Au lieu des 50 % de l'Aramco avec l'Arabie Séoudite et l'Irak, l'A.M.R. offrait une participation complète au gouvernement chirfanien, et un contrôle effectif depuis l'extraction jusqu'au raffinage. La marge des bénéfices laissés à la société ne dépassait pas 20 %, somme encore assez élevée mais que justifiaient des investissements importants toujours menacés par une nationalisation, un soulèvement insurrectionnel ou même une guerre avec la France, menace dernière suspendue sur toutes les opérations avec la Chirfanie depuis que l'O.E. s'était pratiquement installée le long de la frontière algérienne, face au dispositif de sécurité français.

A New York, les associés de Gravereau commençaient à montrer de la mauvaise humeur. Au dernier Conseil, le représentant du docteur Malké avait suggéré qu'il serait temps de taper du poing sur la table et d'employer les grands moyens pour convaincre Ben Akbir. Il ne semblait cependant pas que la Jaimir pût exercer de pression morale ou autre sur le dictateur chirfanien. Ben Akbir gardait, depuis sa jeunesse, la réputation d'un homme absolument intègre sur lequel aucune offre ne pourrait mordre. Restaient ceux que l'on pouvait jeter en travers de son chemin : Salah Rouzi, son ancien compagnon de lutte maintenant dissident du parti Mouquawat, l'O.E. bien sûr, puissante et sans scrupule, la France au comble de l'agacement, et même la Ligue arabe avec laquelle Ben Akbir tantôt chantait des duos d'amour, tantôt s'engueulait copieusement à la moindre tentative d'immixtion dans ses affaires intérieures. Devant Gravereau, les représentants du docteur Malké et des Brésiliens n'avaient pas fait mystère de ces différentes possibilités sans pourtant rien dévoiler de leurs pensées secrètes. On se méfiait encore de lui sans se méfier et si l'Américain ne leur apparaissait que comme un simple homme d'affaires sans curiosité, ils prenaient à son égard des précautions doucereuses qui ne trompaient pas. Il n'était, en tout cas, pas douteux que — Gravereau averti ou non — la Jaimir se livrerait avec Ben Akbir à une épreuve de force à propos de l'A.M.R., et il devenait évident que, malgré ses tapageuses déclarations, malgré ses baisers Lamourette avec Nasser, le dictateur chirfanien essayait désespérément de faire cavalier seul dans la nouvelle vague du panarabisme. Gravereau craignait que pour parvenir à ses fins, Ben Akbir utilisât de vulgaires méthodes de maître chanteur qui ne lui porteraient pas bonheur.

L'hôtesse tapa sur l'épaule de Gravereau et, en souriant, lui montra le panneau lumineux : *Fasten your belts.* L'avion perdait déjà de la hauteur, et, par le hublot, dans le soir tombant, on apercevait la côte à moins de trois cents mètres au-dessous. En virant, le pilote découvrit sous son aile gauche Chirfa qui ressemblait à un damier, puis le port sur lequel traînaient encore les traces de fumée de l'incendie du dock C. Moins de cinq minutes après, le Super G se posait sans heurt, entre les balises vertes et rouges de l'aérodrome. Dès sa descente, Jack aperçut Pierre qui lui fit un grand signe du bras. Les passeports américains inspirant encore du respect — bien que ce fût un respect nuancé — sur ce coin de terre africaine, il se retrouva vite dans la Chevrolet qui s'engagea sur l'autoroute en direction de la ville déjà enveloppée par la nuit.

— Nous allons chez moi, dit Pierre. Je n'ai que trois pièces, mais comme elles sont sur la hauteur, vous y serez mieux qu'à l'hôtel où je vous avais retenu une chambre. Et puis chez moi, par miracle, il y a encore des vitres aux fenêtres.

— Il n'y en a plus ailleurs ?

— Plus beaucoup. C'est la ville des courants d'air. Le *Dobroudja* a sauté cet après-midi avec une tonne de cheddite dans le ventre. J'ai regretté que vous ne soyez pas là. On a cru à un bombardement atomique et à un débarquement aéroporté. Jolie panique !

— Où étiez-vous ?

— A la plage, comme tous les après-midi, en attendant le bon plaisir de M. Ben Akbir. Et comment va Cornelia ?

— Mal et bien. Cet après-midi elle a tenu à m'accompagner de Cran à Cointrin. C'était sa façon de se rapprocher le plus possible de vous. Elle voudrait...

— Si vous permettez, Jack, nous reparlerons d'elle tout à l'heure. Je veux profiter de la voiture pour vous mettre au courant, ce qu'à partir du moment où nous aurons un pied à terre, nous ne pourrons pas faire sans danger...

— La situation est à ce point délicate ?

— Assez. Hier après-midi un demi-milliard de médicaments que l'U.R.S.S. destinait à l'O.E. a brûlé dans les hangars de l'hôpital Mustapha. Officiellement, la livraison était faite par le Secours rouge pour les sinistrés du djebel Hassouan. Mais tout le monde sait maintenant à quoi s'en tenir. Ce matin, des tracts ont été distribués dans la casbah.

— Par qui ?

— Un de nos hommes s'est acquis la confiance d'une section dissidente du parti Mouquawat. Nous leur fournissons les tracts et ils sont trop heureux de les glisser sous les pas de Ben Akbir comme des peaux de banane.

— Berger est au courant ?

— Non, dit Pierre. Pas du tout. Il me faut prendre mes décisions seul. Je suis même allé plus loin que nous ne devions.

— Berger n'est pas un homme à vous laisser la bride sur le cou.

— Je le sais, Jack. Mais Berger peut juger d'un ensemble de situations, pas d'une en particulier. Je veux dire que, désormais, le gouvernement chirfanien n'ignore plus qu'il y a un plan de sabotage.

— C'est risqué !

— Non. Pas d'après moi. Le journal du parti, *El*

Mouquawat a maladroitement mis le doigt dans l'engrenage cet après-midi. Ils ont parlé de sabotage avant d'avoir des indices sérieux. Nous allons appuyer à fond dans ce sens. La police s'apprêtait à mettre les accidents en chaîne sur le compte du hasard. Maintenant, ils ne peuvent plus. C'est là que commence la peur.

L'autoroute était déserte. En dix kilomètres, ils ne rencontrèrent qu'un des bus de l'aéroport et quelques motos. Les événements de la journée avaient brutalement arrêté la grande migration du soir vers les calanques et les pinèdes de la côte Est. Dès l'entrée dans les faubourgs, Gravereau devina les séquelles de la panique qui avait bouleversé la ville. Tout Chirfa était dans la rue, à discuter par petits groupes devant le pas des portes. Comme si elles craignaient l'effondrement de leurs maisons, les femmes, d'ordinaire invisibles à ces heures-là, s'étaient rassemblées avec leurs enfants dans les squares. Des balayeurs bénévoles amassaient en tas au bord de la chaussée les éclats de verre qui jonchaient encore les trottoirs. Du papier huilé remplaçait aux fenêtres les vitres cassées, et dans la mauvaise lumière du soir, les maisons avaient un air aveugle et hagard. Contrairement à ce que l'on pouvait attendre, aucune fièvre n'agitait la rue. On n'apercevait que des dos voûtés, des regards méfiants, des bouches qui chuchotaient. Tout se passait comme si la terrible panique de l'après-midi avait déclenché un vaste complexe de honte et de gêne parmi la population qui avait perdu la tête et comprenait maintenant seulement que la peur l'avait jouée. La Chevrolet approchait des quartiers du port et Jack pouvait mesurer du regard l'amplitude du désastre : devantures béantes des cafés et des boutiques, voitures aux pneus éclatés, et, avenue Abd el-Krim, la ferraille, aplatie contre un mur, de la camionnette emboutie par la grande échelle des pompiers. Des passants timides s'approchaient pour examiner la flaque de sang séché qui maculait le trottoir, puis s'en allaient d'un pas pressé. Les trolleybus circulaient bondés, mais comme les vitres s'étaient volatilisées, on avait dû remettre en hâte les grillages qui rappelaient le temps sinistre où les transports en commun étaient la cible des grenades terroristes. Derrière ces grillages où s'agrippaient des doigts et se collaient des visages, une foule d'inconnus semblait silencieusement se laisser conduire en déportation. La place de l'Indépendance était rouverte à la circulation, mais déserte, alors que d'ordinaire vers 8 h 1/2, 9 heures elle grouillait de promeneurs qui respiraient le premier air frais de la journée.

Gauthier habitait dans l'avenue du Président Akbir un des immeubles à deux étages construits quelques années avant la désastreuse expérience de l'avenue Abd el-Krim. Des jardins et une haie de lauriers cernaient chaque pâté de maisons, donnant une allure d'oasis à ce quartier ouest de Chirfa. L'orientation de l'avenue avait sauvé fenêtres et portes des contrecoups de la déflagration. La plupart des appartements se louaient meublés à des étrangers, diplomates ou employés des firmes américaines, allemandes, italiennes ou anglaises qui essayaient de mettre le grappin sur l'économie chirfanienne. Il y faisait aussi plus frais que dans le reste de la ville, et par les baies grandes ouvertes, on pouvait voir, de la rue, les nouveaux privilégiés en train de boire leur alcool glacé, de dîner, servis par des Chirfaniens en serroual blanc, ou de prendre le frais sur des terrasses qui partageaient la vue entre le moutonnement noir de la colline du Maure et la Méditerranée d'un bleu sombre, presque glacé sous le ciel étoilé.

— C'est là, dit Pierre. Vous allez pouvoir vous changer. A 10 heures, nous dînons avec des amis. Mais il nous faudra sortir de la ville, aller au club de Chirfa-plage. Le seul restaurant possible d'ici, *Le Grand Maure,* n'a plus une fenêtre, ni une porte ni une table debout. Non, ne prenez pas votre valise... Djilali viendra la chercher. Nous bénéficions ici encore d'un restant de civilisation. Il y a des domestiques. Ne les gâchez pas... et puis nous allons pouvoir parler de Cornelia...

Chaque fois qu'on lui parlait de Cornelia, Pierre éprouvait le sentiment bizarre qu'il ne s'agissait pas de sa femme. Quelque chose d'autre que le mariage le liait à elle, qui ne relevait d'aucune définition précise. Peut-être ne s'étaient-ils jamais vraiment trouvés en équilibre l'un par rapport à l'autre. A Rock Springs, lors de leur première rencontre, Pierre avait été ému par une beauté fraîche, au caractère sans fards. Il venait de traverser des années arides, sans but, sans lien, pour tomber brusquement sur de la coquetterie, de l'enfantillage, et de l'amour. C'était charmant et il aurait fallu s'y laisser prendre. Mais il vivait alors une période trop pathétique de son existence, pour ne pas se défendre avec de l'humour d'une inclination vouée à l'impasse. Ce soupçon d'ironie jusque dans leurs meilleurs élans avait paralysé Cornelia. La deuxième rencontre, c'était Málaga, les jours d'hôpital entre la vie et la mort, et Cornelia, arrivée par avion, s'installant au *Miramar* pour le voir tous les jours harcelant les médecins, faisant venir un spécialiste de Berne, s'emparant de Pierre dès la première amélioration et l'emmenant à l'Escurial dans un grand hôtel face au monastère. Ils avaient vécu là un automne unique au monde, en lisière d'une belle forêt de pins qui étouffait jusqu'au bruit des pas, face au rêve de Philippe II dont les moines, à coups de cloche, scandaient, encore après trois siècles, les heures des messes matinales. Pierre réapprenait à marcher, s'étonnant que sa propre carcasse ait pu résister à un tel coup de boutoir. Cornelia l'étonnait. A dix-neuf ans, elle révélait une sûreté de soi, une volonté, un esprit de décision qui confondaient. Il est à peu près certain que sans elle, il n'eût pas essayé de remonter la pente, plus par ennui que par dégoût. Mais elle le tenait et le tenait bien. Et en janvier, à Paris, ils s'étaient mariés après que Pierre eut tenté de rassembler ce qui restait de l'héritage de son père, autant dire rien. L'appartement était occupé par l'ex-journaliste Prudent Coffignac, qui avait dénoncé Me Gauthier. Coffignac était député. On l'appelait même monsieur le Ministre parce qu'il avait fait partie d'un triste ministère à un moment déjà oublié par tout le monde. Quand Pierre s'était présenté boulevard Malesherbes pour voir ce qui restait des affaires de son père, Coffignac l'avait reçu avec deux gardes du corps, deux tueurs présentés l'un comme le commandant Machin, l'autre comme le capitaine Chose, « deux héros du maquis de Tarn-et-Garonne », avait précisé le député. La précaution s'avérait inutile. Pierre ne rentrait pas avec des idées de vengeance. Il avait, devant les trois hommes, froidement fait le compte de tout ce qui était volé — une superbe bibliothèque, un Sisley, des dessins de Gauguin — de tout ce qui était détruit, et abandonné le reste. Une nouvelle fois, il se retrouvait sans attache et cette sensation ne l'enivrait pas. Il se souvenait encore de sa mortelle inquiétude de ces jours-là : le mariage dont il ne savait s'il voulait ou s'il ne voulait pas, le sentiment humiliant de dépendre de Cornelia et la crainte de voir, dans un proche avenir, sous ce petit crâne bien organisé, se former une autre Helen Gravereau. Les Américaines avaient tout lieu de le rendre méfiant. Il venait en quelques années de séjour au Canada et aux États-Unis, de les voir se montrer impudiquement autoritaires. Il n'oubliait pas sa brève aventure avec

Ève Page, la première femme de Gravereau. Pour tout dire, les Américaines lui apparaissaient comme des mangeuses d'hommes et il ne croyait pas être à point. Les premiers mois de mariage l'avaient rassuré : Cornelia abandonnait peu à peu les prérogatives d'une garde-malade. Pierre n'en restait pas moins sur le qui-vive, guettant les signes annonciateurs : mais Cornelia ne buvait qu'à bon escient, ne jouait aux cartes qu'obligée, ne projetait pas de s'intéresser à des œuvres sociales, ne proférait pas de bêtises dans les musées, et, enceinte, ne tricotait pas. L'injustice étant de ce monde, il avait bien fallu payer le luxe de posséder cet oiseau rare. Cornelia traînait sa vie depuis huit ans. Pendant huit ans, Pierre avait protégé, aimé, et donné sa chaleur à une morte en sursis...

Ils n'étaient pas les seuls à avoir eu l'idée de retenir une table au restaurant de Chirfa-plage. Sur la terrasse éclairée aux lampions une cinquantaine de dîneurs que l'on retrouvait tous les soirs au *Grand Maure* étaient venus échouer en désespoir de cause, prêts à supporter la mauvaise cuisine du club plutôt que de ne pas se montrer. On retrouvait là un assez bel échantillonnage de l'élément étranger à Chirfa et même des Russes qui se mêlaient pourtant rarement à ce milieu. Jean Renault ayant téléphoné qu'il serait retenu vraisemblablement assez tard à Mustapha où l'on soignait quantité de blessés légers, Pierre passa reprendre Solange qui, ce soir-là, n'était pas en beauté. Jack la trouva fade, avec un visage mou, des yeux voilés d'ennui ou de fatigue. Il fallait la connaître pour savoir que cette expression ne signifiait pas de la morgue, mais un éloignement incoercible, pire qu'une fuite : une absence terrible qui, tel un gouffre, attirait ou repoussait.

Hans von Brautschich

En arrivant, Pierre aperçut von Brautschich installé seul à une table sur laquelle un sommelier posait avec un respect infini une bouteille de champagne rafraîchissant dans un seau. Pierre le pria de se joindre à eux et l'Allemand accepta :

— Vous avez raison, dit-il. Il est indécent de voir encore un homme dîner seul, boire seul, se parler seul dans la tête, quand l'avenir est aux restaurants communautaires, aux dortoirs et aux cours du soir. Un jour, je ferai le serment de n'être plus jamais un scandaleux anachronisme dans mon siècle.

— Quel jour ? demanda Jack.

— Là, monsieur, vous touchez le point faible. Il est évident que je me tromperai de jour, qu'il sera déjà trop tard et que mes collègues russes de la table voisine... que mangent-ils ? Ah ! des nouilles, mais comme ils sont maladroits... que mes collègues russes, dis-je, éprouveront une certaine méfiance pour cet ouvrier de la vingt-cinquième heure... *Prosit !*

Il leva sa coupe de champagne et la but d'un trait, l'air inspiré :

— Et voilà, ajouta-t-il, ce que nous aurons mérité pour nous être déchirés les uns les autres. Vous êtes français, monsieur ?

— Non, américain, dit Jack.

— Ah ! décidément, on ne peut plus se fier à rien. N'est-ce pas, madame ?

— A presque rien, dit Solange.

L'Allemand l'amusait. Son visage terne s'éclaira un instant. Pierre se dit qu'il n'avait jamais obtenu pareil résultat à lui seul.

— Et je trouve cela assez réconfortant, reprit-elle. Sans cette incertitude, des gens comme moi s'endormiraient tout à fait.

— Pas à Chirfa, madame. Il y a trop de bruit ! Avez-vous remarqué notre bonne éducation à tous ? Nous sommes ensemble depuis cinq minutes déjà et personne n'a eu le mauvais goût de parler des événements de cet après-midi.

— C'est un sujet que nous pouvons abandonner aux tables voisines, dit Pierre.

Mais Jack n'était pas de cet avis. Il ne savait encore que très vaguement ce qui venait de se passer. Il avait constaté les dégâts en arrivant. S'agissait-il d'un acte de terrorisme ?

— Qui sait ? dit von Brautschich. L'œuvre de quelque mélancolique ! Si j'avais eu des chagrins d'amour dans la vie, je serais peut-être terroriste aujourd'hui. Le malheur a voulu que j'aie trop de santé pour être amoureux. C'est un complexe dont on ne se guérit pas. Il y a des mélancoliques à Chirfa. Je croirais volontiers qu'ils gardent au fond du cœur, la nostalgie d'un monde dominé par l'homme blanc.

— Vous êtes bien mal placé pour en parler, intervint Pierre. Si cette nostalgie existe, les Allemands en sont responsables. Ils nous promettaient une race de surhommes et ils ont été battus. Il ne fallait pas faire miroiter la lune.

— Je ne crois pas que les Allemands soient les véritables vaincus de cette guerre, dit Jack. Les vrais vaincus sont les empires libéraux qui craquent de toutes parts. Ça fait même un bruit sinistre.

— Mais la bête est encore mauvaise, dit l'Allemand. En mourant, elle se retourne pour mordre. A la place des Arabes, des Russes et des Chinois, je me méfierais.

— Vous êtes trop sibyllins pour moi, dit Solange. Ce n'est pas drôle. Le maître d'hôtel attend avec un air désespéré que nous commandions du consommé froid et pour moi ensuite un loup grillé au fenouil.

Les regards se tournaient vers le maître d'hôtel, un jeune Chirfanien, qui ne marquait d'ailleurs aucune impatience, et les écoutait le carnet à la main. En entendant Solange, il leva les bras avec désespoir :

— Hélas, madame, il n'y a pas de poisson à Chirfa... Vous oubliez... les méduses.

— Ah ! oui, les méduses ! Je les oubliais ! Vous savez, la petite Italienne d'hier, eh bien elle est morte aujourd'hui à l'hôpital.

La commande prise et le maître d'hôtel parti, von Brautschich tira le champagne de son seau à glace.

— Mieux vaut boire que mourir, dit-il. Je me suis fait une opinion là-dessus à Stalingrad.

— Combien de bouteilles buvez-vous par jour ? demanda Pierre.

— Pas plus de six ou sept. A la vérité, je trouve toujours des amis pour m'aider. Les médecins prétendent que si je m'arrêtais, je tomberais raide mort.

— Il faudra demander au docteur Renault. Je ne suis pas sûr qu'il ait autant d'humour que vos médecins.

— Le malheur, aujourd'hui, est que les médecins n'aient plus assez d'humour et trop de médicaments. Comment faire ?

Un léger vent arrivait de la mer que les dîneurs, aveuglés par la lumière basse des lampes, distinguaient mal du ciel et de la plage. Des vagues très douces roulaient presque sans bruit sur le sable. Une cinquantaine de personnes étaient réparties à une douzaine de tables. Toutes se connaissaient au moins de vue, mais peu se saluaient, et moins encore ce soir-là que les jours précédents, comme si les événements de l'après-midi avaient de nouveau tendu les rapports déjà fragiles entre Russes, Américains et Français. On ne rencontrait pas non plus de musulmans au club. Ils affectaient de n'y jamais mettre les pieds, en souvenir de l'époque encore récente où les règlements leur en interdisaient l'entrée ainsi qu'aux juifs. Dans le murmure gêné des conversations la voix de von Brautschich détonnait singulièrement. Dès qu'il parlait, des visages se tournaient vers lui avec inquiétude, comme si ces éclats risquaient de mettre le feu aux poudres. On appela Gauthier au téléphone et il revint au bout de quelques minutes après avoir répondu à l'appareil du bar tandis qu'Ali feignait d'essuyer les verres. Les consignes du personnel avaient dû être renforcées dans la journée. Pierre, d'un coup d'œil, s'était assuré qu'en marge de la commande, le maître d'hôtel crayonnait sur son carnet le nom de chaque dîneur et la composition des tables. Quelque part, dans la cuisine ou le bureau de la direction, un policier centralisait les renseignements. Mais qu'en tirerait-il ? Les paradoxes désabusés de von Brautschich finiraient sur la table du ministre de l'Intérieur. C'était sans risques. Les Allemands avaient la cote à Chirfa. Ils jouaient franc jeu, avec d'autant plus de désinvolture que Ben Akbir ne cachait pas sa sympathie pour eux. Pendant la guerre, il avait même écouté d'une oreille complaisante les suggestions d'un des conseillers politiques de Rommel, le docteur Fruchs qui cherchait à épauler des personnalités chirfaniennes susceptibles de faire échec aux autorités traditionnelles françaises. Le plan avait échoué, sans plus de succès qu'avec les autonomistes bretons, mais quelque chose en demeurait dans les rapports de Ben Akbir et des représentants de Bonn. Au fond, les Allemands avaient été les premiers à croire en lui. Et par le plus grand des hasards l'actuel chef de la légation s'appelait le docteur Fruchs.

— Il y a plein de nouvelles, dit Pierre en regagnant sa place à table. Abecassis me téléphone qu'il ne peut pas nous rejoindre. Le gouvernement lui a offert une équipe de censeurs qui épluchent son journal dans les moindres lignes. Les consignes pour la nuit ordonnent de minimiser la panique de cet après-midi. Officiellement, le *Dobroudja* transportait des explosifs pour les carrières de Chaoua et le barrage de Boussou. C'est un accident. Il y a eu quelques blessés légers parmi les dockers du port.

— Le hasard est vraiment trop méchant, dit von Brautschich. Moi, j'y crois. Et vous ?

— Mais oui aussi, bien sûr, répondit Solange sans que l'on pût savoir si son innocence était feinte ou non.

— Il y a mieux encore, ajouta Pierre. Le feu a pris à Khartoum. Depuis midi, le Soudan est une dictature militaire et les Égyptiens ne sont pas si contents que ça. Enfin, le Rif entier est en dissidence et les Espagnols jurent leurs vingt dieux qu'ils n'y sont pour rien avant même qu'on les accuse.

— Tous les gens réunis ici ce soir sont-ils au courant ? demanda Jack.

— Les Russes sûrement. Les autres le seront bientôt. Les radios étrangères vont s'en emparer.

— Jean est en retard, dit Solange. J'ai envie de l'appeler à Mustapha.

Déjà debout, sans un geste pour les trois hommes qui se levaient, elle se dirigeait vers le téléphone du bar quand Renault apparut sur la terrasse, clignant des yeux pour trouver la table où on l'attendait. Pierre crut qu'elle allait passer à côté de son mari sans le reconnaître, si distraite que la présence de l'homme qu'elle aimait n'attirerait même pas son attention. Mais Renault la saisit par le bras au passage et elle sourit sans marquer d'étonnement :

— J'allais t'appeler, dit-elle. Nous parlions de toi.

La fatigue durcissait les traits du médecin et en creusant le visage aux ailes du nez et sous les yeux, lui prêtait une dureté inattendue. Au bonsoir glacial dont il le gratifia, Pierre comprit que les difficultés commençaient. Il était prêt et, depuis le commencement, savait que sa pierre d'achoppement risquait d'être Renault. Tout avait été trop facile jusque-là. Le danger extérieur n'était rien à côté du danger intérieur.

— Jean, dit-il, vous connaissez de vue le comte von Brautschich, mais pas encore mon beau-père Jack Gravereau.

— Très heureux... Vous me pardonnerez ! J'arrive tard. Et encore, si j'étais parfaitement consciencieux, je ne devrais pas être ici. Il y a du travail à Mustapha : une trentaine de blessés graves, une centaine de blessés légers.

— Et des morts ?

— Douze. Je ne compte pas ceux du port. L'O.E. les a subtilisés et garde ses blessés au *Méditerranée Palace* pour les faire soigner par son service de santé. Les policiers chirfaniens n'ont même pas pu approcher pour les interrogatoires. Je dîne rapidement avec vous et je retourne là-bas. Ils sont débordés.

— C'est une journée qui coûte cher, dit Jack.

— Elle a des chances de coûter encore bien plus cher. Je ne crois pas que les Chirfaniens se laisseront facilement faire, si j'en juge d'après la mauvaise humeur du chauffeur et du garde du corps que m'a prêtés le gouvernement.

— Et notre voiture ? dit Solange.

— Elle est morte. Cet après-midi. J'ai éclaté sur du

verre et cassé le train avant. Grâce à la présidence du Conseil, je suis maintenant un personnage officiel, avec une cocarde sur le pare-brise.

— Ce n'est pas prudent, dit Pierre. Il est plus sage d'être invisible. Sont-ils avec vous ce soir ?

— Oui, ils m'attendent.

— Je préfère vous ramener. Dites-leur de rentrer.

Pierre le regardait dans les yeux. Renault réprima un refus et se leva après quelques secondes d'hésitation.

— Bien, dit-il.

Un serveur apporta une nouvelle bouteille de champagne, sur un geste de von Brautschich, mais l'absence de Renault laissa planer une minute de gêne. Jack et l'Allemand avaient suivi sans un mot l'échange des regards entre Pierre et le médecin, tandis que Solange se battait avec une aile de poulet.

— Il y a un bateau au large, dit Jack rompant le silence. Le voyez-vous ?

Ils mirent les mains en auvent autour des yeux pour se protéger des lampes basses de la table et aperçurent les illuminations d'un paquebot qui semblait assez proche de la côte.

— C'est le *Toscana,* dit Pierre. Il fait le tour de la Méditerranée. Ce soir, il arrive du Caire pour une escale à Chirfa. Demain, il repart pour Gênes. Tous les mois, il nous amène une gentille cargaison d'instituteurs égyptiens.

Renault réapparut et prit sa place à table.

— J'ai renvoyé la voiture, dit-il. Mais ces sortes de précautions me paraissent relever du roman d'aventures.

— Comment cela s'appelait-il ? demanda von Brautschich. Un film que j'ai vu à Paris pendant la guerre... Ah, oui, *L'Aventure est au coin de la rue...* Au coin de la rue, on risquait une balle dans le dos... En Russie, c'était au coin d'un bois... A Chirfa, c'est derrière la porte... Je suis un imbécile quand je prétends parfois m'ennuyer... Je devrais mieux regarder autour de moi.

Les trois rafales espacées chacune de quelques secondes claquèrent dans l'air sec de la nuit. Pierre posa ses couverts et regarda Renault qui pâlit. Aux tables autour d'eux, les têtes s'étaient redressées. La mitraillade venait de cinq cents mètres au plus. Un silence haletant suivit jusqu'à un nouveau coup de feu isolé.

— Le coup de grâce, dit von Brautschich en levant son verre.

— Assez ! cria Renault. C'est insupportable. Quelqu'un vient de mourir.

— Et alors ?

— Il faut savoir ce qui s'est passé.

— Après quoi, nous serons bien avancés.

— Je n'étais pas à Stalingrad moi, monsieur. Ça me fait quelque chose.

A la table voisine, les Russes se levèrent, repoussant bruyamment leurs chaises. Les autres hommes les imitèrent. Il y eut un flottement général comme si l'on attendait de nouveaux coups de feu pour oser y croire. Les femmes restaient assises, les mains crispées sur les nappes blanches. Solange ne quittait pas des yeux son mari qui jeta sa serviette dans son potage et gagna la sortie.

— Le docteur Renault est très impressionnable, dit l'Allemand. Je suis désolé de l'avoir choqué. Peut-être avait-il de l'estime pour son *ex*-chauffeur et son *ex*-garde du corps !

Les hommes se rassemblaient au centre de la terrasse sur le petit espace libre qui servait autrefois de piste aux danseurs.

— Les Russes sont armés, dit Pierre. Ce sont les seuls.

Il venait de les voir tâter leurs poches arrière et se

réunir à part. Un attaché d'ambassade anglais, le visage cramoisi de coups de soleil, un œillet à la boutonnière de son smoking blanc, se dirigea vers leur table.

— Il faut faire quelque chose, dit-il. Nous allons prendre une décision. Voulez-vous vous joindre à nous ?

Renault revenait en courant.

— Le téléphone est coupé.

Le personnel du club avait disparu. Un Italien envoyé à sa recherche raconta qu'il avait trouvé tout le monde à plat ventre dans la cuisine, lumières éteintes.

— L'extinction des lumières est une bonne initiative, dit von Brautschich. Nous sommes aveugles et on nous voit.

— Parfaitement ! appuya l'Anglais. Mais nous n'allons pas rester dans le noir sur la terrasse.

— Oh, *stop it, will you !*

Une Américaine s'abandonnait à une crise de nerfs et son mari la secouait violemment par le bras. Les autres femmes l'observaient sans bouger.

— Tiens ! Un blessé ! dit Solange de sa voix calme.

Debout, à l'entrée de la terrasse se tenait un Chirfanien dont la main ruisselait de sang. Il s'avança livide et quand il fut tout à fait dans la lumière, on put voir que son oreille avait été emportée par une balle.

— Le docteur ! dit-il.

Renault courut vers son garde du corps de l'après-midi et le fit allonger sur une table dont on envoya valser les couverts. L'Américaine se roulait par terre et son mari, à défaut d'eau, lui jetait du vin à la figure pour essayer de la calmer.

— Il faut nous réunir dans le bar, dit l'Anglais cramoisi. Nous pouvons être attaqués d'une minute à l'autre. Les coups de feu étaient très proches. Que dit ce blessé ?

— Rien ! cria Renault. Rien ! Il est évanoui, et vous le seriez aussi si vous aviez couru avec une balle dans l'épaule. Aidez-moi plutôt à lui déchirer sa veste.

Gauthier s'avança et souleva la tête de l'homme qui avait déjà laissé une flaque de sang sous la nuque.

— Il doit y avoir une trousse pour les secours de première urgence, dit Renault. Voulez-vous la demander à Ali ?

Mais Ali avait disparu comme les autres. Abandonnant la terrasse, les dîneurs se dirigeaient vers la salle du bar plongée dans l'obscurité. L'Américain emportait dans ses bras sa femme molle comme une balle de son. Renault épongea l'hémorragie avec des serviettes, et réussit à extraire la balle avec un couteau de table. Gauthier maintenait le blessé qui gémissait doucement.

— Mettons-le à l'abri, dit le médecin.

Von Brautschich et Jack transportèrent le Chirfanien dans une grande nappe sur un divan du bar.

— Où sont les Russes ? demanda Pierre à voix haute.

— Nous sommes là, dit une voix sans accent.

— Êtes-vous armés ?

La réponse ne vint pas tout de suite. Il y eut un vague conciliabule et la même voix répondit :

— Oui, nous avons chacun notre revolver.

— Nous ne pouvons compter que sur vous en cas d'attaque.

— Et sur moi ! lança von Brautschich qu'on entendit armer un 7,65.

— Il faudrait d'urgence éteindre les lumières de la terrasse, dit Jack.

Quelques lampes restaient, en effet, allumées sur les tables. Pierre les débrancha, et ce fut tout à coup la nuit devant lui, la mer noire sur laquelle voguait le *Toscana*, la plage de sable gris et la mince frange d'écume des vagues. Au-delà, à droite, la masse sombre de la pinède cachait un pan de la nuit sans lune. Il revint dans le bar et ses yeux s'habituant à l'obscurité, il devina les femmes accroupies par terre au milieu de la pièce et les hommes debout, près des portes. La nappe blanche sur laquelle gisait le blessé jetait une tache plus claire dans un angle. A part une Anglaise qui se mit à pleurer doucement en parlant de ses enfants, tout ce monde hétéroclite gardait son sang-froid. On aurait pu s'attendre à des cris, à des tentatives de fuite, des engueulades, mais chacun était calme. L'Américaine hystérique restait blottie contre son mari, et l'Anglaise pleurait si faiblement qu'on l'entendait à peine. En tâtonnant pour ne pas écraser des pieds ou des jambes, von Brautschich retrouva le Russe qui parlait si bien français :

— Nous pourrions nous distribuer les quatre portes, lui dit-il. De toute façon, il est inutile de mettre le nez dehors si nous ne voulons pas être tirés à la cible.

— Je suis de cet avis, mais cela ne nous empêchera pas d'être faits comme des rats, s'ils veulent attaquer.

— C'est ce « ils » qui est curieux... ! Monsieur Gauthier ?

Pierre s'approcha en longeant le comptoir du bar. Sa main rencontra un verre vide qui tomba de l'autre côté dans l'évier, avec un bruit sec. Des ombres sursautèrent.

— Ce n'est qu'un verre, dit-il. Ne vous inquiétez pas... Oui, me voilà.

— Nous nous demandions, monsieur...

— Savine ! précisa le Russe.

— M. Savine et moi, nous nous demandions qui pouvait s'amuser à faire des cartons à cette heure-ci.

— Il y a plusieurs solutions : d'anciens maquisards qui s'ennuient et qui cherchent à se faire de l'argent de poche, des miliciens de l'O.E. qui n'ont pas tiré depuis longtemps, ou des plaisantins qui s'amusent à rendre œil pour œil, dent pour dent à n'importe qui. Pour reprendre le mot de Rochefort, il faut avouer que le président Ben Akbir gouverne huit millions de sujets sans compter les sujets de mécontentement.

— Taisez-vous donc ! cria une voix française. Vous allez nous faire repérer !

Pierre haussa les épaules et ne répondit pas. On entendit, sans voir d'où il parlait, l'Anglais cramoisi qui laissait tomber :

— Tout ceci est furieusement bête.

— Furieusement bête ou furieusement intelligent, reprit von Brautschich. En attendant de savoir le fin mot, je propose que nous prenions faction aux portes. Je m'adjuge celle qui donne sur la terrasse.

— Tout à fait d'accord, dit le Russe qui donna de brefs ordres à ses compatriotes.

Des silhouettes noires se répartirent aux diverses portes.

— Jack ! appela Gauthier.

— Je suis là, auprès de Mme Renault.

— Ah bien, je vous vois. Je reste ici près de la porte avec von Brautschich.

La voix toujours calme de Solange tomba, détachant les mots :

— Allez rejoindre Pierre. Je puis très bien rester seule. Après tout, mon mari est là, enfin quelque part par là... n'est-ce pas, Jean ?

Suivit un silence assez bête pendant lequel tous semblaient guetter la réponse du médecin dont on devinait le profil à côté du drap blanc.

— Oui, dit-il.

— Vous voyez ! Je vais fumer.

— Ah ça non, hurla un Italien. Vous n'y pensez pas. Vous allez nous faire repérer.

— Ne vous fâchez pas. Je disais cela en l'air. Je n'ai même pas de cigarette.

— Ce n'est vraiment pas une heure à dire des choses en l'air.

— Merde ! répondit Solange.

Quelques rires s'étouffèrent et l'Italien se tut après avoir murmuré des mots incompréhensibles. Gravereau rejoignit Gauthier et von Brautschich tous deux accroupis près de la porte donnant sur la terrasse. N'importe qui pouvait ramper jusqu'à trois mètres d'eux sans qu'ils s'en aperçussent, mais il eût fallu que l'attaquant vînt de la pinède. La plage était trop à découvert.

— Avec ça, rien à boire, dit von Brautschich. Où sont passés tous ces imbéciles ?

— Si nous allions voir du côté des cuisines, avança Jack.

— J'y vais, dit Pierre.

— Je ne vous prête pas mon revolver, dit l'Allemand à voix très basse. Mais pourquoi ne sortez-vous pas celui que vous portez dans une gaine sous le bras gauche ?

— Je l'aurais montré au bon moment. Moi, je n'ai pas le droit d'être armé.

— Je l'espère bien.

— Que voulez-vous dire ?

— Je voulais dire que je vous considère comme un homme dangereux, monsieur Gauthier.

— Est-ce flatteur dans votre bouche ?

— Très flatteur. Il n'y a plus d'hommes dangereux de ce côté-ci du rideau. On ne rencontre que des hommes qui ont peur, croyez-moi, et je reviens d'Allemagne, c'est-à-dire de la frontière.

— Nous en reparlerons une autre fois.

— S'il y a une autre fois !

— Je vais visiter les cuisines et tenter de trouver quelqu'un.

Pierre contourna le comptoir d'Ali et poussa la porte

battante qui donnait sur une office. De là, on passait dans le couloir des cabines, puis dans la cuisine.

— Ali ! appela-t-il.

— Je suis là, monsieur.

Ils avaient tout éteint y compris le fourneau pour se cacher sous les tables et dans la buanderie sans autre fenêtre qu'un vasistas, Une ombre se détacha du mur et il reconnut la veste blanche du barman.

— Qu'est-ce qui vous prend à tous ?

— On nous a dit de ne pas bouger.

— Qui « on » ?

— Monsieur Saddock... Il dit qu'on va attaquer le club.

— Où est ce M. Saddock ?

— Dans le bureau du club.

— Venez avec moi, Ali.

— On nous a dit de ne pas rester avec les Européens. C'est eux qu'on va attaquer.

— M. Saddock est un imbécile.

— M. Saddock est un policier.

— Ça lui apprendra à venir espionner le club. Venez avec moi, Ali. Le comte von Brautschich vous réclame.

— Pour boire son champagne ?

— Exactement !

Ali fit quelques pas en avant :

— Je viens, dit-il.

— Moi aussi, cria une voix que Pierre reconnut pour être celle du maître d'hôtel.

Plusieurs silhouettes sortirent de leurs caches, et bientôt tout le personnel, une douzaine de serveurs et de cuisiniers, fut réuni devant Gauthier.

— Vous serez mieux avec nous, dans le bar, dit-il. Les Russes et le comte von Brautschich ont des revolvers. Si quelqu'un essaye d'attaquer le club, nous pourrons nous défendre.

— Il faudrait demander la permission à M. Saddock, suggéra un cuisinier.

— S'il est enfermé dans le bureau de la direction, qu'il y reste. Ça lui apprendra !

— Oui, mais ensuite...

— Laissez-le.

— Bon, si vous y tenez, concéda le barman.

Suivi du petit groupe, Pierre regagna le bar au moment où éclatait une discussion dont le ton tournait à l'aigre entre l'Anglais cramoisi et l'Américain, mari de la femme hystérique.

— Il faut faire quelque chose, disait ce dernier.

— Eh bien, ne vous gênez pas.

— Vous êtes dans le même pétrin que nous.

— Chacun a une façon différente de s'y comporter.

— C'est une allusion à ma femme ?

— Oh ! Johnny ! se plaignit-elle.

— Non, c'est une allusion à la lune.

— Bien sûr, quand on est une sacrée tante comme vous, on ne peut pas savoir que les femmes sont parfois nerveuses.

— Allez-vous vous taire ! hurla Renault. Vous êtes grotesques.

Il s'était levé pour s'interposer entre les deux hommes. L'Anglais battit en retraite. Son adversaire n'en aurait fait qu'une bouchée.

— Moi, je trouve, dit une voix française, que M. Johnny Quelque Chose pourrait nous être utile. Pourquoi ne va-t-il pas chercher ses amis de l'O.E. ?

— Quels amis ? demanda l'Américain.

— Vos amis de l'Organisation extérieure, le professeur Mohamed Bachik avec lequel vous déjeuniez hier par exemple, ou le « général » Houana qui vous a fait visiter les camps d'entraînement fellaga la semaine dernière.

— N'est-ce pas mon droit ?

— Je vous croyais diplomate américain.

— Je suis un diplomate.

— La France est l'alliée des États-Unis, n'est-ce pas, monsieur Johnny Quelque Chose ?

— Je m'appelle John Preston, et je ne vois pas le rapport.

— Alors, c'est que vous êtes un imbécile.

L'Américain voulut bondir, mais tomba en se prenant le pied dans une jambe étalée. Deux de ses collègues se jetèrent sur lui et le maintinrent à grand-peine.

— *Be calm, Johnny, be calm, please. It's useless to argue like this.*

Le Français s'était levé et Pierre reconnut un jeune ingénieur du barrage hydraulique de Boussou.

— Tout cela est absurde, dit une autre voix française que l'on sut être celle de l'attaché culturel. Il faut envoyer d'urgence quelqu'un à Chirfa pour qu'on nous dégage. Si une automitrailleuse ouvre la route, nous passerons tranquillement.

— Bravo ! dit l'Anglais. Allez-y ! Nous vous attendons de pied ferme.

— S'il faut y aller, j'irai...

— Qui faudra-t-il prévenir en cas d'accident ?

— Évidemment, c'est risqué.

— Alors nous pourrions tirer à la courte paille.

— C'est une très bonne idée.

Près de leur porte, Gravereau et von Brautschich écoutaient ces bouts de dialogues sans les commenter. De tous leurs yeux, ils cherchaient à percer la nuit sans lune. Ils avaient organisé un barrage de chaises sur la terrasse et tout homme qui s'avancerait en rampant était voué à buter dedans. Il n'y aurait plus qu'à tirer avec le minimum d'erreur.

— Il est regrettable de ne pas pouvoir fumer, dit

Jack. C'est une excellente sorte de nuit pour fumer dehors en regardant les étoiles.

— Moi, j'ai surtout une soif de cheval. Que fait Gauthier ?

— Il est revenu avec le personnel qu'il installe derrière le comptoir.

— Espérons qu'Ali est parmi eux, sinon je me sens de taille à forcer la réserve du bar. Est-ce que ce genre d'attente vous rappelle quelque chose ?

— Rien. Je n'ai pas fait la guerre comme tout le monde.

— Je m'en doutais.

— Vous vous doutiez de quoi ?

— Je me doutais que vous aviez appartenu aux services de renseignements américains.

— Cela se voit tellement ?

— Cela se devine. A moi non plus, cette attente ne me rappelle rien. J'ai pourtant fait la guerre. Mais toujours dans des pays froids et à la campagne. C'est très emmerdant le froid et la campagne réunis. J'avais demandé ma mutation à l'Afrika Korps, mais mon colonel a refusé. Il paraît qu'il fallait être sobre. Ah ! voilà notre ami Ali... Pose ça là ! Apporte encore trois autres coupes. Je ne vais pas boire en suisse.

— Qu'est-ce que vous lui voulez à la Suisse ? dit une voix épaisse derrière eux.

— Rien, monsieur, rien. Ne fabrique-t-elle pas de belles montres ?

— Vous n'êtes pas drôle.

— N'est pas drôle qui veut.

Von Brautschich passa son revolver à Gravereau et remplit les coupes, au jugé.

— J'ai peur d'en avoir renversé, dit-il. Voilà votre verre. Gardons celui de votre gendre. Je porte le sien à Mme Renault.

— Ne quittons pas l'entrée. Pierre va le lui donner. Pierre !

— Oui, j'arrive.

— Voyez-vous où est Mme Renault ? Voilà une coupe pour elle.

Pierre repéra Solange et arriva jusqu'à elle.

— Comment êtes-vous ? Von Brautschich vous envoie du champagne.

— Merci. Je suis bien. J'aimerais que Jean vienne à côté de moi. Je m'ennuie. Est-ce que ce sera long ?

— Il y a des chances.

— Toute la nuit ?

— Toute la nuit. A moins d'une diversion, mais je n'y crois guère. L'aube va nous trouver un peu ridicules avec des mines de papier mâché.

— Pierre, je vous en prie, demandez à Jean de venir auprès de moi.

Il enjamba des corps, frôla des dos et parvint jusqu'au canapé sur lequel reposait le blessé qui parlait au médecin :

— L'épaule et l'oreille me brûlent. C'est intolérable...

— C'est vous, Pierre ! dit Renault. J'ai entendu bouger la porte du bar. Avez-vous retrouvé Ali ?

— Il est avec nous, dans la pièce.

— Il doit savoir où est la trousse des secours de première urgence.

— Je vous l'envoie. Solange aimerait vous avoir un instant auprès d'elle.

— Tout à l'heure... Ce pauvre type souffre. Il ne se souvient pas de ce qui est arrivé à son camarade.

— Ils attendaient à la sortie de la pinède, dit le blessé. Ils sont deux ou trois. Je ne sais pas ? Peut-être plus.

— Je vous envoie Ali, avec la trousse. N'oubliez pas Solange.

L'Anglaise ne pleurait plus. Elle s'était allongée au milieu de la pièce et une de ses amies lui caressait le visage en l'appelant de petits noms puérils. L'Américaine hystérique somnolait elle aussi, étendue de tout son long sur le dallage frais, la tête posée sur les cuisses de son mari qui parlait toujours de casser des gueules. Deux de ses collègues de l'ambassade l'encadraient, prêts à le retenir. Pierre envoya le barman avec la trousse de secours, puis retrouva le jeune ingénieur de Boussou qui, malgré les protestations de l'Italien, allumait une cigarette, aussitôt imité par d'autres.

— Je m'appelle Pierre Gauthier. Je voulais vous féliciter pour ce que vous avez dit tout à l'heure.

— Il n'y a vraiment pas de quoi ! Ce type m'agaçait. Mon nom est Yves Le Bihan.

— J'aimerais vous revoir demain.

— Si nous sortons de là.

— Je suis persuadé que nous en sortirons.

— Alors, nous l'aurons échappé belle, parce que si on tirait sur nous en ce moment, je ne donnerais pas cher de notre peau.

— Ne vous en faites pas.

— Bien, bien.

Gauthier rejoignit Gravereau et von Brautschich à la porte de la terrasse. Leur horizon avait changé. Derrière la pinède, se levait un croissant de lune qui répandait une pâle clarté sur la cime des arbres.

— Tout est prêt pour un romantique bain de minuit, dit von Brautschich. Mais je gage qu'il n'y a pas d'âmes sensibles parmi nous.

— Il doit y en avoir, bien qu'elles s'ignorent, répondit Gravereau.

A quelques pas derrière eux, l'attaché culturel français méditait tout haut sur les mille et une manières ingénieuses de ne pas rester pris au piège.

— Personne n'a de pistolet-fusée ? demandait-il.

Indifférent au silence méprisant, il continuait de se rassurer tout seul.

— Avec un pistolet-fusée, il n'y aurait plus de problème. Un coup. Pan ! Et de Chirfa, on nous envoie une automitrailleuse pour dégager la route. Mais voilà, ont-ils des automitrailleuses à Chirfa ? Ça, je ne sais pas. Peut-être que non. C'est une toute petite armée. L'O.E. non plus n'en a pas. Il y aurait encore un autre moyen, ce serait de prévenir Tozour et la flotte française. On nous enverrait un torpilleur. Ils ont un faible tirant d'eau et peuvent s'approcher très près de la côte. Pendant notre embarquement, on nous protégerait en croisant les feux. Il est vrai que si le téléphone ne marche pas... Et puis il y a deux cents kilomètres de côte. Le torpilleur ne serait pas ici avant le petit déjeuner. Ça ne vaudrait plus la peine. Naturellement, il y a encore un moyen très simple. Ce serait de prendre la barque du maître nageur et de ramer jusqu'à Chirfa. Il y a vingt kilomètres par la route. Ça doit en faire quatorze ou quinze par la côte. L'affaire de cinq heures pour un bon rameur. Ce n'est pas grand-chose...

— Mais voilà, y a-t-il un bon rameur parmi nous ?... La question est là, dit une voix qui l'imitait si bien que tout autour les rires fusèrent.

— Je ne vois pas ce qu'il y a de drôle ! Moi au moins, j'essaye de penser à quelque chose qui nous tire de là !

— Continuez, ça ne gêne personne.

Un peu plus tard, Gauthier sentit quelqu'un se glisser derrière lui, une main se poser sur son épaule. Il reconnut le parfum de Solange, sa respiration courte.

— Pourquoi Jean ne vient-il pas auprès de moi ? Le lui avez-vous demandé ?

— Bien sûr ! Mais le blessé a, peut-être, besoin de lui.

— Moi aussi, j'ai besoin de lui.

— Pas de la même façon.

— Presque.

— Allez le retrouver.

— Non, il faut qu'il vienne. Et puis il y a tous ces gens !

— Ça, dit Pierre, j'ai peur que nous soyons obligés de les supporter jusqu'au petit matin.

Elle était à genoux à côté de lui, une main toujours posée sur son épaule. Il prit cette main pour la serrer, la réconforter et la trouva désagréablement moite et tremblante.

— Avez-vous peur ?

— Non, ce n'est pas ça... Je suis malade.

— Je vais vous arranger des coussins, il faut vous étendre.

— Ce serait pire !

— Mais qu'avez-vous ?

— Je ne peux pas vous le dire.

— Vous avez tort.

— Non. Êtes-vous certain que nous ne pouvons pas quitter le club ?

— Je ne suis certain de rien. Il est plus prudent de rester.

— Je ne pourrai pas attendre jusqu'au matin.

— Je vais prévenir Jean.

— Oui, je vous en prie. Il va être très en colère, mais tant pis.

Pierre se glissa de nouveau vers l'autre extrémité de la pièce, et trouva Renault assis par terre à côté du blessé qui dormait en ronflant légèrement.

— Il va mieux ?

— Il dort, dit le médecin. Je lui ai fait une piqûre de morphine.

— Vous pourriez l'abandonner un instant : Solange n'est pas bien. Elle tremble et elle est moite de transpiration.

— Je le sais, mais je n'y peux rien.

— Comment, vous n'y pouvèz rien ?

— Cela ne vous regarde pas.

— Effectivement, cela ne me regarde pas..., mais d'ici une heure ou deux, nous allons subir une jolie crise.

— Eh bien, tant pis. Je regrette que vous vous occupiez *aussi* de cela.

— Dans une heure, je ne serai plus seul à savoir que Solange est en train de « manquer ».

— On ne peut décidément rien vous cacher. Et voulez-vous me dire si je devais refuser à ce malade la seule ampoule que j'avais sur moi ?

— Non. Vous avez bien fait.

— Merci, je suis heureux de vous l'entendre dire.

— Comment peut-on soulager votre femme ?

— Qu'elle boive, qu'elle se saoule, qu'elle se taise !

A son retour, Pierre fut accroché par Yves Le Bihan :

— Vous connaissez mes deux amis : Fernand Beck et Pierre Lassale.

— Non, mais je suis heureux.

— Ils travaillent avec moi au barrage. Nous voudrions sortir d'ici.

— Vous êtes libres.

— Je l'espère. Cependant, j'aimerais votre avis...

— Mon avis confidentiel...

— Oui.

— Eh bien, si vous sortez, il y a des chances pour que vous passiez sans encombre. Mais d'autres voudront vous imiter qui n'auront peut-être pas votre sang-froid, ni votre rapidité. Ce sera la débandade et le risque grave...

— Je vois. Qu'en penses-tu, Fernand ?

— Restons. Mais je crève de soif...

— Il fait un peu moins sombre, dit Gauthier. Nous allons dévaliser le bar avec la complicité d'Ali. Voulez-vous m'aider ?

En grimpant dans le ciel, le maigre quartier de lune reculait les limites de la nuit. Les yeux des guetteurs habitués à l'ombre distinguaient maintenant, plus loin que les abords de la pinède, la clairière où luisaient des capots de voiture. A l'intérieur du bar, la faible clarté qui permettait de reconnaître des visages rendait confiance. Il fallut que le Russe qui parlait si bien le français demandât le silence : les guetteurs avaient aussi besoin de leurs oreilles pour épier la nuit. Mais c'était trop demander à ces gens qui ne se connaissaient pas et qui, la première terreur enfuie, ne se souvenaient déjà plus du danger couru. Sans la respiration sifflante du blessé allongé sur le canapé, il est probable qu'au premier indice de clair de lune, ils se seraient tous étirés comme au sortir d'un mauvais rêve. Quand Pierre, aidé des trois jeunes ingénieurs et d'Ali, fit passer des verres de whisky sec à tout le monde, une sorte de murmure mondain s'éleva. Des femmes tirèrent sur leurs jupes, des cigarettes s'allumèrent malgré les protestations. Pierre eut soin de tripler la dose pour Solange qui but d'un trait. Il avait eu le temps de lui dire que Renault venait de piquer le blessé avec la seule ampoule de morphine qu'il possédait. Elle n'avait pas bronché et s'était simplement assise, par terre, le dos au chambranle de la porte, à demi appuyée contre Gravereau immobile et occupé d'écouter les divagations à voix basse de von Brautschich :

— Ce n'est pas de la volupté morbide, je vous assure. Quand je dis : tout est pourri, c'est que tout est vraiment pourri. Trop tard pour l'Afrique, trop tard pour le Moyen-Orient, et, pis que cela encore : trop tard pour l'Europe. Les Alliés ont oublié un criminel de guerre à Nuremberg : M. Franklin Delano Roosevelt. Il était mort, mais on aurait tout de même pu insulter à son ombre, déterrer son cadavre et lui cracher dessus.

On ne s'est pas gêné avec les autres. Il a vendu l'Europe à Staline parce qu'il avait une âme de midinette et que ce Géorgien moustachu en gabardine grise le faisait mouiller. Tant qu'il restera un petit Européen qui ira dans une école libre, il faudra lui apprendre à répéter tous les matins, au réveil comme une litanie : je maudis M. Roosevelt qui nous a vendus à l'ogre pour le prix d'une belle vessie. Au stade supérieur de l'éducation de ces derniers petits Européens, on ajoutera au chapelet des malédictions le nom de Winston Churchill. En France, dans la rue, les gens lui font des ovations. Je ne crois pas que la France ait pourtant jamais eu pire ennemi. On s'en rend moins compte parce que c'est un marrant, tandis que Roosevelt était un raseur perdu dans les nuées. La bêtise des peuples est incommensurable. On en apprend tous les jours là-dessus. Voyez la France : elle gâche ses chances partout : en Europe avec l'Allemagne qu'elle poursuit d'une haine de vieille fille violée, au Moyen-Orient avec l'Égypte où elle était adorée, en Extrême-Orient où elle n'a pu supporter de perdre une bataille. On dit qu'en Algérie, elle se ressaisit. Mais que, demain, elle change d'hommes politiques et tout fout le camp, c'est le massacre général, la débandade. J'offre un train de champagne au penseur qui me dira pourquoi les démocraties ne se donnent que rarement à des hommes qui les violent. Un peuple intelligent comme le peuple français où chaque individualité a une personnalité marquée est aux mains d'une bande d'imprévoyants pathologiques depuis quelques décennies. Ben Akbir l'a dit cet après-midi et il a bien raison. On se demande où ils vont chercher ces ahuris qui ne savent ni l'histoire, ni la géographie, ni le prix du sang, ni le prix de la vie. C'est incroyable : la France est remplie de gens intelligents, et ce sont les moins capables qui gouvernent le pays. Je parle de la France parce qu'il est décidément impossible de faire quoi que ce soit sans elle. En face, il y a des peuples manipulés avec une adresse satanique par des hommes qui mènent le jeu à leur guise, que n'étouffe aucun scrupule rétrograde. C'est tout de même un peu bête d'avoir les meilleures cartes en main et de toujours les perdre. Depuis 1945, un milliard d'individus s'est dérobé à l'influence occidentale. Nous gagnons des batailles et nous perdons la guerre, comme dirait votre général... Je vous ennuie, mais c'est parce que je m'ennuie moi-même. Il y a des nuits où je dois vider mon sac si je veux continuer à faire le pitre de bon cœur dans la journée... Qu'est-ce qui se passe là-dedans ?

John Preston avait reconnu dans l'homme qui lui tendait un verre de whisky, celui qui, une heure auparavant, le traitait d'imbécile, et il venait de lui flanquer en plein visage un direct du droit, culbutant Le Bihan empêtré par une bouteille dans sa main. Les deux autres ingénieurs sonnaient l'Américain sans pitié malgré les cris de sa femme qui s'accrochait à leurs jambes. Preston s'écroula la bouche en sang, les dents cassées, hoquetant des coups reçus dans la poitrine et le ventre. Pierre intervenait et relevait Le Bihan qui semblait prendre la chose avec calme.

— Couchez-vous tous, voyons. Vous êtes fous. On vous voit de l'extérieur. Vous vous arrangerez entre vous quand il fera jour. Ce n'est vraiment pas le moment.

— Ça lui fait du bien à ce con-là, dit la voix pâteuse de Solange.

— Tais-toi ! hurla Renault à l'autre bout de la pièce.

— Je t'em...

Gravereau mit sa main sur la bouche de Solange, étouffant la dernière syllabe. Elle était saoule déjà et se saisissant de la main posée sur ses lèvres, elle la couvrit de baisers bruyants. Gêné, il retira son bras.

— Vous me plaisez, dit Solange.
— Je vous en prie.
— Mais Jean ne me baise jamais !
— Cette nuit, nous saurons tout, dit von Brautschich. Donnez-lui encore à boire. Ses confidences sont intéressantes... Curieuse personne...
— Toi, l'alboche, ferme ta gueule...
— Vous voyez : le fond d'antigermanisme des Français n'attend qu'une occasion pour ressortir. Singulier peuple, en vérité... C'est ce que je vous disais : l'Europe est une utopie. A cause des Français. Trop indisciplinés, pas maîtres de leurs nerfs. Dommage, ce sont les seuls avec lesquels on aimerait vivre. Croyez-vous encore que ces fellaga vont nous attaquer ?
— Je ne le crois pas, dit Gravereau. Leurs coups tirés, ils ont dû s'éclipser.
— Nous pourrions en faire autant.
— Mieux vaut attendre l'aube ! D'ailleurs je crois que la voilà.

C'était imperceptible : un trait gris et rose s'étalait à la surface de la Méditerranée, dessinant un horizon perdu. De bleu sombre, la mer devint bleu de plomb, puis d'argent. Dans le ciel, la lune pâlit et des étoiles s'effacèrent. Un vent frais agita la cime des pins et au bord de la plage l'écume phosphorescente se ternit en un blanc sale. Un pétrolier qui gardait ses feux apparut à trois cents mètres de la côte, rampant à la surface de l'eau calme, sans rides. Le désordre de la terrasse, chaises renversées, assiettes brisées, verres en miettes, sortit de l'ombre. Gravereau se retourna et regarda, derrière lui, les hommes, les femmes qui se frottaient les yeux, se levaient et allaient regarder aux fenêtres. Vêtements fripés, joues bleuies par la barbe puissante, poches sous les yeux rappelaient la nuit de veille. Au revers de son veston blanc, l'Anglais cramoisi n'arborait plus qu'un œillet fané. Le Bihan regardait dans un miroir ses yeux rouges : Preston l'avait frappé à la naissance du nez. Il le payait en ce moment, un mouchoir dans la bouche, la langue coupée, un caillot de sang bloqué dans une narine. Solange, le visage affaissé, dodelinait de la tête, le regard vague, une cigarette éteinte entre ses doigts jaunis de tabac. Renault s'approchait d'elle avec une lassitude et une honte qu'il ne cherchait pas à cacher. L'attaché culturel français s'essayait à des mouvements gymnastiques. Von Brautschich remisa son arme dans sa poche arrière, se versa un fond de champagne et avança sur la terrasse, suivi par Pierre qui restait outrageusement frais dans la fatigue générale.

— Et voilà ! lança l'Allemand. Un jour de plus, une nuit de moins. L'un et l'autre se dit ou se disent. Quelques-uns s'en souviendront, d'autres l'oublieront.

— Espérons qu'ils s'en souviendront !

— Ouais ! Je vous vois venir...

— Ai-je de si gros sabots ?

— Pas si gros.

Jack les rejoignit. Lui non plus n'était pas marqué par la nuit d'attente et de veille. Il réajustait sa cravate et allumait une cigarette les mains en conque devant son visage, une courte mèche battant son front barré de trois rides.

— Il serait tout de même plus prudent de partir tous ensemble, dit-il.

— Croyez-vous ? demanda von Brautschich.

— A la vérité, je n'en sais rien. Je m'y connais mal dans ce genre de guet-apens.

— Laissons-les donc faire comme ils l'entendent, dit Pierre. Le tout est de trouver une auto assez confortable pour le transport du blessé.

— Ça m'étonnerait qu'il y ait beaucoup de dévouements.

— Moi, je le prendrai.

— Non, dit le diplomate. Ce sera moi. Je suis seul. Je le conduirai droit à Mustapha.

Ils allaient quitter la terrasse quand von Brautschich arrêta Pierre par le bras :

— Un jour vous m'expliquerez pourquoi vous avez arraché les fils après avoir téléphoné pendant le dîner. Je vois les détails, les répercussions. Ce que je ne vois pas, c'est l'ensemble. Le plan d'ensemble.

— Il est, en effet, probable que je vous l'expliquerai, dit Pierre sans ciller, les yeux droit fixés dans les yeux de l'Allemand. Je crains que ce matin, cela nous entraîne trop loin ! Est-il permis d'espérer que vous garderez pour vous cette... « observation » ?

— Certainement, vous pouvez l'espérer.

— Alors, nous nous reverrons très bientôt.

— Je vous ai dit que je vous trouvais « dangereux ». Maintenant, je vous trouve aussi « habile ». C'est encore un compliment !

La première voiture quittait déjà la clairière. A la sortie de la pinède, elle dépassa la 403 à cocarde chirfanienne. Le pare-brise avait volé en éclats et le chauffeur dormait le nez sur le volant, un trou dans le crâne.

DEUXIÈME PARTIE

La ville

Chirfa s'éveilla dans le brouillard d'été. Aux dernières heures de la nuit, l'air saturé d'humidité avait chassé des toits les habitants endormis de la casbah. Des hauteurs de la ville, on apercevait la Méditerranée chargée de vapeurs que le soleil rouge ne dissipait pas. Au contact de ce brouillard, un vent léger venu de la mer balayait Chirfa d'un souffle frais, presque froid. Dans ses bleus de chauffe, ses salopettes, ses uniformes de toile, la population ouvrière de la casbah qui, dès 6 heures du matin, se rendait à son travail, frissonna comme pour un brusque changement de saison. L'aspect encore désolé de la ville avec ses vitrines éventrées, ses fenêtres crevées, ses trottoirs jonchés de verre ajoutait au malaise. Chirfa se réveillait après une forte fièvre, et il lui en restait, comme une vague nausée, la fatigue triste qui suit les grandes exaltations. Les ouvriers trouvèrent les ruelles de la casbah sillonnées par des patrouilles de trois agents casqués qui marchaient en file indienne. A quelques pas derrière ces patrouilles, suivaient, en général, deux jeunes gens qui, sous leur djellaba, cachaient un paquet de tracts. Ils les glissaient dans les mains des ouvriers d'un rapide mouvement de prestidigitateur, à peine visible. Chaque fois qu'un policier se retournait, il n'apercevait que deux visages innocents aux nez en l'air. Les patrouilles s'étant réparti des circuits fermés dans la casbah, ne se croisaient pratiquement jamais et les distributeurs n'avaient qu'à changer de patrouille pour opérer dans des nouvelles ruelles, attendant les agents aux carrefours et leur emboîtant le pas. En moins d'un quart d'heure, quelque quinze cents tracts furent distribués sous la surveillance involontaire de la police. Au lieu de se débarrasser des feuillets après les avoir lus, les ouvriers les emportaient, roulés en boule dans le creux de la main pour être jetés en cas de fouille. On pouvait être assuré que chaque tract aurait ainsi, en moyenne, cinq à dix lecteurs. Cette fois, les Compagnons de la Lutte pour la Vérité accusaient le gouvernement de trahison criminelle : en couvrant les opérations de l'O.E. sur le territoire de la Chirfanie, Ben Akbir engageait le pays dans une impasse où l'on risquait l'étranglement par la République arabe unie, à moins que ce ne fût par l'intervention des Français exerçant leur droit de suite. Pendant que le président du Conseil jouait au médiateur, à l'arbitre des querelles maghrébines, le peuple avait faim, les exportations tombaient à leur cote la plus basse, mille huit cents dockers chômaient dans les deux grands ports, la dette extérieure s'aggravait de cinquante millions de dollars. Vingt mille miliciens étrangers étaient les maîtres du pays. A Chirfa, ils se fortifiaient dans un quartier de la ville. Au Sud, ils décrétaient impunément zone interdite des régions dont ils expulsaient les fermiers, les nomades et les tribus des douars. On ne pouvait plus circuler sur les routes de l'intérieur, sans un laissez-passer signé des commandants de katibas. Les impudences de l'O.E. mettaient gravement en danger la vie des Chirfaniens. Après l'incendie des hangars de Mustapha qui révélait la désastreuse faiblesse du gouvernement détournant de leur destination les secours offerts aux sinistrés du djebel Hassouan, c'était l'affaire du *Dobroudja*. Le navire yougoslave ne transportait pas d'explosifs pour les carrières de Chaoua et le barrage de Boussou, mais bel et bien une cargaison d'armes en provenance de Tchécoslovaquie. C'était miracle que le port entier n'eût pas sauté. Les familles des disparus, des blessés de la veille, les sinistrés demandaient réparation. La leur donnerait-on ? Les Compagnons de la Lutte pour la Vérité annonçaient la parution prochaine d'un quotidien clandestin qui, lui, ne serait pas aux bottes du gouvernement, car, depuis vingt-quatre heures, et sans que l'opinion publique en fût avertie, des censeurs contrôlaient les différentes éditions du *Journal de Chirfa* et de *Chirfa-Soir*. Enfin, on demandait à tous ceux qui auraient lu ce tract de manifester leur adhésion à son esprit par un arrêt de travail de cinq minutes à 16 heures.

Un peu plus tard, vers 8 h 1/2, d'autres tracts furent distribués dans la ville européenne qui connaissait la première animation du matin avec le départ des employés pour leurs bureaux, l'ouverture des magasins et des cafés, la ruée des fonctionnaires vers leurs ministères. Le brouillard se dissipait, mais le ciel restait blanc et bas, maintenant sur la ville, après la brève fraîcheur de l'aube, une atmosphère moite qui rendait harassant le moindre mouvement. Les tracts étaient distribués par les jeunes adhérents de l'organisation Les Amis du Moujahid, mouvement inspiré par l'O.E. qui réunissait sous sa coupe les gauchistes chassés du parti Mouquawat et les sympathisants communistes. Dès leur apparition, le ministère de l'Intérieur donna l'ordre d'arrêter tout distributeur. Mais le premier agent qui voulut mettre la main sur un Ami du Moujahid, vit apparaître une patrouille de miliciens de l'O.E., l'arme en bandoulière, le sourire narquois. Ces nouveaux tracts n'étaient que des feuillets blancs hâtivement tirés à la machine Gestetner. Ils répondaient aux tracts distribués quelques instants auparavant dans la casbah : des pêcheurs en eau trouble profitaient d'un moment difficile traversé par la Chirfanie pour tenter de ruiner l'unité spirituelle du Maghreb. Le pays ne se prêterait pas à ces manœuvres de dernière heure et resterait solidaire des valeureux combattants qui allaient donner à l'Algérie son vrai visage de nation libre, de nation amie. Des attentats criminels visaient à semer la panique parmi une population qui n'éprouvait que confiance et amitié pour les fellaga et connaissait le véritable caractère de leur lutte. Mais les grandes puissances de l'Occident convoitaient la Chirfanie et, plutôt que de la perdre définitivement, s'apprêtaient à la mettre à feu et à sang. L'Armée nationale, la police et — si besoin était — les miliciens de l'O.E. maintiendraient la paix intérieure et empêcheraient à tout jamais le retour au régime passé. Il fallait, cependant, que le gouvernement y mît du sien et nettoyât les derniers repaires de colonialistes et d'agents de l'étranger qui tiraient dans le dos des Chirfaniens.

C'est à peu près vers la même heure que, lassés d'attendre l'ouverture des grilles du *Journal de Chirfa*, les fatmas qui, chaque matin, réveillaient Fredo, alertèrent l'agent de service au coin de la rue. Du commissariat, on envoya un serrurier et deux inspecteurs en civil. La grille forcée, les femmes se ruèrent vers leurs balais, leurs serpillières et leurs seaux entreposés dans le vestiaire, mais quand elles voulurent monter à l'assaut des étages, un inspecteur leur interdit l'escalier. On venait de trouver dans le couloir du deuxième, en travers de la porte du bureau directorial, le cadavre déjà froid du gardien de nuit. Fredo avait été frappé d'une balle en plein front, tirée presque à bout portant comme en témoignaient les mouchetures de poudre autour de la plaie. Son revolver gisait à côté de lui, armé, le cran de sûreté débloqué. D'après les premières constatations, il semblait que Fredo exécutait une ronde au cours de laquelle il avait entendu du bruit. Sur ses gardes, il avait dû fouiller les pièces du deuxième étage, l'une après l'autre, et parvenir au bureau directorial où quelqu'un l'attendait caché derrière la porte. Un seul coup avait suffi pour se débarrasser de lui. En l'absence de Maurice Ducour, toujours aux États-Unis, on appela le rédacteur en chef Georges Abecassis qui fut très long à répondre d'une voix pâteuse. Il s'était couché tard comme d'habitude, après le bouclage de la dernière édition, et il avait quitté seul le journal en souhaitant une bonne veille à Fredo. Les derniers partants étaient les rotativistes que l'on ferait bien d'interroger. De toute façon, ces questions regardaient l'administration et il valait mieux prévenir M. Blache, le fondé de pouvoir de Maurice Ducour. En attendant l'arrivé de Blache, les inspecteurs fouillèrent le journal de fond en comble. Il y régnait, à l'étage de la rédaction, le désordre habituel qui ressemblait assez à un cambriolage. Aucun tiroir ne paraissait cependant forcé. A la caisse, le coffre-fort était intact. En reconstituant le crime, la police chercha par quel chemin l'assassin avait pu s'enfuir, et finit par remarquer la fenêtre entrouverte du bureau directorial. Du balcon partait un escalier de secours en fer qui plongeait vers la rue. On alla chercher la femme de Fredo qui habitait un appartement de trois pièces, avec ses sept enfants, dans une H.L.M. du quartier suburbain de Babek. Devant ses cris, ses lamentations — elle se déchira le visage avec ses ongles — il fallut renoncer à la faire venir. Ce fut sa fille, la manucure, qui reconnut le cadavre. L'équipe rédactionnelle de *Chirfa-Soir* et les employés de l'administration trouvèrent place nette en arrivant vers 10 heures. Tout en jacassant comme une volée de perroquets, les fatmas avaient achevé la toilette de l'immeuble débarrassé de son cadavre et des policiers.

Dans la matinée, les rues de Chirfa se vidaient et se remplissaient comme les artères d'un cœur aux lentes pulsations. Entre le passage des ouvriers et celui des employés, entre le passage des employés et celui des femmes qui sortaient pour la première fois, la ville connaissait des temps morts où chaussées et trottoirs n'appartenaient à personne. Plantés sous leurs parasols à rayures, les agents réglaient la circulation avec des gestes mous. De loin, on entendait distinctement la respiration diurne du port, le halètement des treuils à vapeur, le grincement des grues géantes, les sirènes basses des remorqueurs. A 11 heures, au moment où les femmes sortaient généralement accompagnées de leurs enfants pour se rendre au Marché central et dans les souks de la casbah, la rumeur du port s'éloignait et Chirfa redevenait une fourmilière vive et colorée, parcourue par les silhouettes ovales des femmes en haïk ou bariolées des Européennes en robe claire d'été. C'est ce moment-là que choisirent une dizaine de jeeps pour parcourir la ville à toute allure, au mépris des feux rouges et des sifflets des agents. Trois hommes en survêtement kaki et casquette de toile, sans insignes au bras ou au col, les montaient. L'un tenait le volant tandis que les deux autres puisaient à pleines poignées dans le fond de la jeep remplie de tracts moins hâtivement imprimés que les premiers. On y conviait les Chirfaniennes à une manisfestation silencieuse devant l'ambassade de France à 6 heures du soir. D'un élan unanime, elles allaient protester contre les manœuvres criminelles de la France qui essayait par des attentats de porter atteinte au moral du pays. Les mères, les épouses, les filles de tous ceux qui étaient menacés montreraient leur volonté inébranlable de ne pas céder... La tournée des jeeps fut si rapide que la police n'eut matériellement pas le temps d'intervenir malgré les ordres formels donnés dans la matinée. Un autocar d'agents réussit à en suivre une, mais dut s'arrêter devant le barrage de l'avenue du *Méditerranée Palace* où elle s'engouffra.

Peu après midi, la fourmilière prenait un temps de repos. Le soleil à la verticale inondait les rues et la foule avançait prudemment sous les arcades. Les cafés tendaient leurs stores et les guéridons des terrasses se couvraient de pots de bière, de verres de pastis dans lesquels les Européens versaient l'eau goutte à goutte pour fondre le sucre posé en équilibre sur la cuiller percée. Les bouges de la casbah branchaient leurs radios sur *La Voix des Arabes,* émission du Caire retransmise par un émetteur national et un émetteur de relais libyen. Dans la ville européenne, les cafés tenus par des Italiens ou des Français coupaient leur haut-parleurs et passaient de la musique enregistrée malgré les « recommandations » de la police. *La Voix des Arabes* donnait régulièrement un bulletin d'information coupé de slogans, puis un commentaire et de nouveaux slogans avant la revue de presse étrangère. Cette émission était, de loin, la plus écoutée du pays, et, bien entendu, surtout dans les villes. *Radio-Chirfa* ne réunissait jamais autant d'auditeurs, et ses nouvelles aridement présentées, ses chroniqueurs sans talent, son ben akbirisme forcené ennuyaient rapidement. Mais ce jour-là, à midi trente, *La Voix des Arabes* fut inaudible sur les trois longueurs d'ondes usuelles. Partout, une intense friture brouilla l'émission du Caire et obligea de se rabattre à 13 heures sur le bulletin de *Radio-Chirfa* qui parut d'une désespérante banalité. On y parlait des travaux de la commission d'enquête sur l'incendie de Mustapha et l'explosion du

Dobroudja. Quelques mots suffirent pour assurer les auditeurs que le début de soulèvement en Irak, œuvre d'officiers factieux à la solde de l'étranger, avait été maîtrisé dans les quarante-huit heures par le général Kassem. De la situation dans le Rif, de l'attentat contre Nasser, *Radio-Chirfa* ne souffla rien. En revanche, on s'étendit longuement sur des incidents au Yémen où l'Armée en réponse à la nomination par l'émir El Badr d'instructeurs égyptiens dans les écoles de cadres, avait déclaré villes libres Taiez et le port de Hodeid. A Khartoum, l'ordre régnait, sans que l'on précisât de quel ordre il s'agissait. Un chroniqueur commenta ensuite le discours inachevé de Ben Akbir d'où il ressortait que la Chirfanie affronterait ses ennemis, de l'intérieur comme de l'extérieur.

Rarement informations avaient été aussi pauvres. On s'apprêtait à entendre de la musique, lorsque le speaker annonça une communication d'Omar Ouradine, le ministre de l'Intérieur. Ouradine prit la parole en arabe, puis se répéta en français. Il avait le regret d'annoncer qu'à la suite d'incidents divers le gouvernement se voyait dans l'obligation d'imposer un couvre-feu temporaire. La circulation serait interdite en ville de minuit à 5 heures du matin. La police délivrerait dans l'après-midi des laissez-passer aux travailleurs nocturnes. Les routes seraient également, pendant quelques jours, fermées à la tombée du soleil et rouvertes à la première aube. D'autre part, une guerre de tracts avait commencé à Chirfa. Le gouvernement n'entendait pas laisser se développer une atmosphère de lutte civile entre des factions qui cherchaient à troubler l'ordre public. La manifestation des femmes, prévue à 6 heures devant l'ambassade de France, était interdite. Enfin, pour parer à certaines campagnes de presse, pour aider les journaux à se défendre contre les fausses nouvelles, le gouvernement avait délégué dans les rédactions des représentants chargés de contrôler les informations en toute bonne foi. Il ne s'agissait pas de censure, mais d'une mesure de collaboration entre l'État et des entreprises privées.

Les cafés ne se vidaient guère avant 1 heure de l'après-midi. Dans la casbah comme dans la ville européenne, on s'y entretenait passionnément de la vie politique. Ni la chaleur ni l'alcool n'alourdissaient les propos et les places ombrées de platanes, les arcades fraîches faisaient irrésistiblement penser à quelque ville méridionale de la France. On y rencontrait le même type d'homme, assez lourd, la veste sur le bras, parlant, avec les mains, un français teinté d'accent du Midi. C'était l'heure où l'on échangeait les tuyaux — généralement crevés —, les informations de Paris, les secrets du Palais de la République et, surtout depuis quelque temps, les histoires. Ce déluge d'histoires politiques était une nouveauté. Chaque matin, Radio-Alger en diffusait une, mais beaucoup d'autres arrivaient par des chemins mystérieux qu'on aurait été bien en peine de retrouver. Celle de ce matin-là faisait rire à gorge déployée des terrasses entières de cafés où on se la répétait de table en table. Elle était née des mésaventures de l'État qui avait récemment décidé d'imprimer lui-même ses timbres et de ne plus recourir à la France. Malheureusement, les premiers timbres, portant l'effigie de Ben Akbir, collaient fort mal sur les enveloppes. L'histoire racontait que Ben Akbir, excédé des plaintes qui montaient jusqu'à lui, avait fait venir son ministre des P.T.T. avec une planche de timbres frais qu'il avait collés lui-même sur du papier après les avoir humectés de sa salive.

— Eh bien, avait-il dit, je ne comprends pas. Ces timbres collent parfaitement. Ce n'est tout de même pas une question de salive.

— Non, monsieur le Président, avait répondu le

ministre gêné. Les Chirfaniens ont tous une bonne salive, mais l'idée malheureuse c'est d'avoir mis votre effigie sur le recto. Ils sont tentés de cracher et ça ne suffit pas à faire coller le verso.

Pour apprécier ces histoires, il fallait avoir connu l'apogée du ben akbirisme, le retour du « sauveur », l'enthousiasme qui déferlait vers lui, les bras tendus, les enfants offerts en holocauste par les femmes, les jeunes gens qui se jetaient sous les roues avant de sa voiture pour l'empêcher d'avancer. Certes, il déplaçait encore des foules, mais de l'ironie se glissait dans l'admiration qu'on lui conservait. Les histoires que se répétaient bruyamment les Européens et que reprenait en sourdine la casbah, étaient les premiers indices de cette usure du pouvoir qui atteint les plus sûrs d'eux-mêmes. Lentement, le « sauveur » voyait s'estomper son auréole, non pas tellement à cause de ses erreurs, de ses crises, de ses ruses, mais surtout à cause de son entourage, de l'inexpérience de ses fonctionnaires, de la bureaucratie qui s'installait et commençait de peser sur le pays. On aurait difficilement pu appeler cette ironie un vent de fronde. C'était, tout au plus, une brise, le signe de l'accession un peu rapide à l'âge adulte d'un pays qui brisait sa coquille.

A l'heure du déjeuner, le silence s'empara de la ville. Le port se tut, les rues se vidèrent. Quelques voitures roulaient encore sur la chaussée où les pneus criaient dans le bitume fondant, les agents repliaient leurs parasols et descendaient de leurs refuges de bois. Rue du Zouave, la demi-douzaine de mendiants qui stationnaient en permanence sous les arcades, s'endormaient à même le sol tiède. Madeleine van Dromme regagnait son hôtel après une épuisante matinée à l'hôpital Mustapha. Renault avait été d'une humeur de dogue pendant la visite où des dizaines de consultants venaient faire examiner les égratignures récoltées la veille pendant la panique. Elle retournait se changer, peut-être sommeiller une heure, trop lasse, trop écœurée par la fournaise pour déjeuner seule. La porte de l'hôtel était fermée, mais elle n'eut qu'à pousser le loquet. L'Italien ne se trouvait pas dans le bureau. Elle n'y vit pas non plus sa clé au panneau. Madeleine grimpa sans bruit l'étage. La clé était sur la serrure. Avant d'entrer, la jeune femme prit sa respiration, puis fonça. Il était là, à genoux, devant la valise ouverte sur une chaise basse, les bras plongés dans le linge. Son odeur d'ail et de sueur séchée emplissait déjà la chambre. Il resta la bouche ouverte deux ou trois secondes avant de se redresser. Madeleine le regardait sans daigner ouvrir la bouche. Elle était presque contente de vérifier par ce flagrant délit que son aversion physique se justifiait. Elle s'effaça, maintenant la porte ouverte et il se glissa de biais dans le couloir, ses yeux charbonneux fixés sur elle. Il allait s'engager dans l'escalier quand elle le rappela :

— Vous oubliez ça !

Elle brandissait le tue-mouches abandonné sur le lit. L'Italien tendit la main, timidement, si timidement qu'il ne put éviter la gifle du tue-mouches dont le mince grillage métallique lui griffa la joue aussitôt balafrée de sang. Madeleine lui referma la porte au nez. On n'avait rien volé, mais l'odeur que cet homme laissait derrière lui était impardonnable. En redescendant, quelques minutes après, elle le trouva dans sa loge en train de se coller une bande de sparadrap sur la joue. Il sursauta en la voyant, mais elle se contenta d'accrocher sa clé au panneau. Le téléphone sonnait au moment où elle franchissait la porte et comme si elle avait eu l'intuition que ce serait pour elle, Madeleine marqua un temps d'arrêt.

— Mlle van Dromme ? Oui, elle est joustement là. Jé vous la passe.

Elle reconnut la voix qui l'avait déjà appelée deux fois au cabinet de consultation du médecin, une voix aux intonations sèches, à la diction très claire. Il n'était même plus besoin de leurs formules habituelles pour se reconnaître.

— Le docteur demande que vous passiez d'urgence à son cabinet de consultation. Deux malades se présenteront que vous voudrez bien faire entrer.

Elle raccrocha avec un sourire et avisant le tue-mouches sur la table, s'en saisit pour écraser une bestiole qui se posait sur le rideau sale.

— C'est le sort des mouches d'être tuées, dit-elle. Un minimum d'intelligence leur permettrait d'échapper à la mort. Mais voilà... les mouches sont bêtes. Alors, elles se font écraser...

Elle ne sut pas s'il avait compris, mais elle était si contente de l'opportunité de son image que malgré la chaleur suffocante, elle marcha d'un bon pas vers l'avenue Abd el-Krim. Elle y arrivait à peine que deux hommes sonnaient à la porte. Chacun d'eux portait une serviette de cuir. Madeleine les introduisit dans le salon d'attente, puis s'installa derrière l'ancien bureau de Mme Knecht. Elle les entendit distinctement passer du bureau du médecin au petit laboratoire attenant. Une demi-heure après, ils en sortaient et toujours aussi discrètement quittaient le cabinet de consultation. Madeleine avait évité de regarder leurs visages et quand ils furent partis, elle ne savait même pas s'ils étaient arabes ou européens, bruns ou blonds, jeunes ou vieux.

A l'heure du déjeuner, une équipe fraîche relevait l'équipe du matin de la Centrale téléphonique. La relève s'opérait sans grand ordre et les employés, moitié hommes, moitié femmes, arrivaient par petits groupes pour prendre place à leurs tableaux respectifs. C'est à peine si quelques-uns s'aperçurent que trois de leurs collègues, deux hommes et une femme, appartenant à l'équipe descendante, étaient attendus à la sortie par un car de police et embarqués sans ménagement par des inspecteurs en civil. Le car démarra et partit en trombe pour le ministère de l'Intérieur installé dans les locaux de l'ancienne préfecture générale. Au rez-de-chaussée et au premier étage de ce grand bâtiment moderne construit en 1940 par les Français, se tenaient les bureaux de l'administration et du Cabinet du ministre. Le deuxième et dernier étage, légèrement en retrait, ouvrait ses portes-fenêtres sur des terrasses. En plein jour, l'été, la chaleur y était intenable et, de la rue, on apercevait les inspecteurs en slip qui s'arrosaient mutuellement à grands seaux d'eau. On l'appelait le « septième ciel ». La police y interrogeait et torturait souvent les inculpés jusqu'à la mort. Les trois téléphonistes furent aussitôt conduits dans une pièce chauffée à blanc. On leur passa les menottes et on les aligna le long du mur souillé de brûlures de cigarettes, d'empreintes de mains et de larges traînées brunâtres. Les inspecteurs, quatre jeunes Chirfaniens, commencèrent par se mettre le torse nu. La femme arrêtée les regardait avec terreur, la gorge trop étranglée pour crier. Un de ses compagnons tenta de lui prendre la main, mais un coup de règle les sépara. Ils étaient musulmans tous les trois, les deux hommes algériens originaires de Bône et de Constantine, la jeune femme chirfanienne née à Tozour. Ils ruisselèrent de sueur au bout de quelques minutes, les yeux fixés sur les inspecteurs qui plaisantaient entre eux et ne semblaient nullement pressés d'en venir au fait, décapsulant des bouteilles de bière qu'ils buvaient à la ronde, préparant des liasses de feuilles avec des doubles pour la machine à écrire devant laquelle vint s'installer une femme d'une cinquantaine d'années, aux cheveux teints, à la bouche en cœur barbouillée de rouge.

— Voilà nos pigeons, dit-elle gaiement. Ils sont jeunes. Et elle est jolie la petite ! On commence...

Dans la casbah, le soleil écrasait tout de son poids. A l'entour du marché, les ruelles vides empestaient le légume pourri et le crottin d'âne. Affolées par l'orage qui avait plané le matin sur la ville, les mouches bleues et grises piquaient dangereusement, et, faute de chair humaine, se jetaient voracement par essaims sur les moindres détritus. Saïd Teleur n'avait pas dormi. Allongé depuis l'aube sur son lit, il avait écouté les murmures successifs de la ville, et maintenant il épiait le silence épais de la casbah. Quand il descendit, il trouva, assis à la même table que la veille, le jeune instituteur égyptien qui lui sourit amicalement :

— Alors ? dit Aziz-Ari. Ça se corse ! Vous avez lu le *Mouquawat ?*

— Non. Vous l'avez ?

— Voilà.

Saïd s'installa devant l'Égyptien et lut d'un œil distrait l'éditorial non signé. Le journal confirmait les craintes de la veille. Il n'était plus possible d'ignorer qu'un complot menaçait le pays. Les incidents de la place de l'Indépendance révélaient un plan organisé visant à semer le désordre, à dresser l'une contre l'autre les diverses factions qui soutenaient la politique du président Ben Akbir. *El Mouquawat* ne craignait pas de l'affirmer : au point où l'on en était, il valait mieux porter le fer rouge dans la plaie. Qu'on en finisse donc avec les résidus du colonialisme, que le gouvernement sache se montrer ferme avec les ennemis intérieurs du pays. On n'avait que trop tardé à épurer une administration, une police et une armée qui avaient servi sous l'occupant, contribuant à maintenir pendant plus de cent ans un régime de famine et de terreur comme aucun pays vaincu au monde n'en avait connu. Cela dit, *El Mouquawat* priait amicalement l'Organisation extérieure de se mêler de ses affaires. Des tracts regrettables avaient été distribués ce matin en ville. La population saurait refuser les provocations.

— Amusant, n'est-ce pas ? dit Aziz-Ari. On ne nous en dit toujours pas plus ! Le *Dobroudja* a sauté avec une charge de plastic caché dans sa soufflerie. La cheddite amassée à fond de cale a explosé ensuite. Pourquoi ne le raconte-t-on pas ?

— Ils sont bêtes ! Lallah, j'ai faim !

La fatma croulante lui apporta un ragoût de mouton aux pois chiches durs comme des grains de plomb. Saïd mangea bruyamment, un coude sur la table, pendant que l'Égyptien fumait, les yeux bridés, le sourire narquois.

— Des tracts ont demandé un arrêt de travail de cinq minutes à 16 heures, dit le jeune homme. D'autres envoient les femmes manifester devant l'ambassade de France. Je suis bien curieux de savoir ce qui va réussir et ce qui va avorter. Le ministre de l'Intérieur annonce un couvre-feu pour ce soir. Vous savez pourquoi ?

— Non, dit Saïd. Je ne sais jamais rien. Je vous l'ai déjà dit, je suis algérien. La Chirfanie m'intéresse parce que j'y dors et j'y mange. C'est tout.

— Hier soir, des terroristes ont démoli une voiture officielle qui revenait de Chirfa-plage. Cinquante dîneurs, presque tous des diplomates, sont restés planqués dans le club sans oser mettre le nez dehors de toute la nuit. Il paraît que ça fait un joli barouf à la présidence du Conseil. Ils sont allés se plaindre les uns après les autres qu'on ne veillait pas à leur sécurité. Les Américains sont furieux.

— Lallah ! Du sel et du poivre. Ton ragoût est innommable.

— Et les Français pas rassurés. Ils se barricadent à la légation cet après-midi. Vous viendrez ce soir à la réunion de l'école de la basse casbah ?

— Ça m'est difficile ! Je travaille à ces heures-là. Mais peut-être essaierai-je.

— Venez. Ce sera intéressant.

Après avoir quitté Aziz-Ari, Saïd monta dans sa chambre et essaya de lire. En vain. L'heure était passée. Peut-être reviendrait-elle quand tout serait fini. Pour l'instant, il ne se sentait plus guère qu'une envie de marcher de long en large, de se parler dans la tête.

Le commissariat central apprit successivement à une heure d'intervalle, d'abord que la Mercedes grise du comte von Brautschich avait été volée, puis qu'un ratissage de police venait de la retrouver à l'entrée de l'autoroute. Des taches de sang déjà sèches maculaient les coussins arrière. Le trajet de la voiture ne fut pas difficile à reconstituer. Volée à 15 heures, elle avait été vue et saluée à cause de son immatriculation CD, par un agent de faction devant le siège du parti Mouquawat. Deux hommes l'occupaient dont il n'avait pu distinguer les traits. Ces deux hommes s'étaient arrêtés quelques minutes en face de la banque chirfanienne pour le Commerce et l'Escompte au moment où en sortaient le docteur Mohamed Lamine, commissaire aux Informations de l'O.E. et Moussa Amrouche, commissaire à la Guerre, tous deux porteurs de serviettes contenant l'équivalent de 400 000 dollars qu'ils venaient d'encaisser. Un des deux agresseurs avait maintenu en respect avec mitraillette la voiture de l'O.E., tandis que l'autre s'emparait des serviettes. Ils étaient partis si vite que le chauffeur de Lamine et d'Amrouche avait renoncé à suivre la Mercedes lancée à plus de 150 à l'heure dans l'avenue déserte. Aucun coup de feu n'avait été tiré, et la police s'inquiétait des taches de sang. On voulut expertiser la voiture, relever les empreintes, mais les agresseurs avaient opéré avec des gants. Quant au sang, le comte von Brautschich n'eut pas de mal à expliquer qu'il s'agissait de celui du blessé ramené de Chirfa-plage à l'aube. L'Allemand s'était rendu au ministère de l'Intérieur et avait été reçu par Ahmed Beninou le chef de Cabinet, un jeune instituteur chirfanien nouvellement promu qui s'efforçait de le retenir, comme pour se faire pardonner ce vol d'une voiture de diplomate. Mais sa conversation restait hachée de coups de téléphone. On appelait de la banlieue et des principaux centres industriels des environs pour donner le pourcentage des arrêts de travail de 16 heures à 16 h 5 : 35 % à la Centrale électrique de Bourimane, 40 % dans les mines d'El Bouif, 5 % seulement parmi les employés des transports en commun et les cheminots, mais 100 % au port où les dockers avaient été particulièrement affectés par les événements de la veille. Le chef de Cabinet pria von Brautschich de lui pardonner ces interruptions. Le ministre de l'Intérieur et le président du Conseil attendaient ces chiffres avec impatience. Bien entendu, ils étaient secrets. Le gouvernement allait les interpréter avant de les livrer au public. Ils consacreraient l'échec d'une tentative de démoralisation des ouvriers chirfaniens. Von Brautschich remercia du commentaire et serra la main du jeune homme qui tint à le raccompagner jusqu'à sa Mercedes garée devant la porte du ministère.

— Quelle magnifique voiture, dit Beninou. Jamais, je ne pourrai m'en offrir une pareille.

Il allait faire un pas en avant quand l'Allemand le retint par le bras. Un cri déchirant précédait le corps nu d'une femme qui s'abattit sur le trottoir à moins d'un mètre, disloqué comme une poupée de son.

— Lâchez-moi, lâchez-moi ! hurlait au-dessus d'eux un homme également nu, suspendu par un pied dans le vide.

Deux colosses le retenaient par la cheville et s'efforçaient de le remonter, mais en s'arc-boutant, il parvint d'une ruade désespérée à se dégager, et, décrivant la même trajectoire que la femme, s'écrasa juste devant le capot de la Mercedes.

— C'est tout ? demanda von Brautschich en levant la tête vers la terrasse du deuxième étage.

Livide et bégayant, le chef de Cabinet voulut entraîner le diplomate qui l'évita et, s'approchant de la femme, lui ferma les yeux. L'expression d'horreur du visage tuméfié se mua en une lassitude extrême, un abandon atroce. Le corps nu était zébré de coups de fouet et du sang coulait encore du sexe sauvagement épilé. Ses mains, comme celles de son compagnon, étaient jointes par des menottes. Des agents en uniforme l'emportaient au moment où arrivaient les inspecteurs du « septième ciel », hâtivement rhabillés, qui ramassèrent l'homme au crâne fracassé sur la bordure du trottoir.

— Je suis désolé, je ne comprends pas, répétait Ahmed Beninou.

— Je vous ferai un petit dessin, répondit von Brautschich.

•

La manifestation de 18 heures s'avéra un fiasco. Une centaine de femmes de la casbah se présentèrent devant le barrage de police établi autour de la Légation de France. Encadrées discrètement par des jeunes gens portant l'insigne des « Amis du Moujahid », le Croissant vert et l'Étoile rouge, elles n'essayèrent même pas de bousculer les agents casqués et armés de bâtons blancs. Un long moment, elles piétinèrent dans la rue, scandant : « De-hors-les-Fran-çais... Paix en Algérie... » Les fenêtres de la Légation étaient closes, mais on devinait derrière les rideaux, des visages curieux ou inquiets. Un commissaire de police s'étant avancé pour enjoindre aux manifestantes de se disperser, elles refluèrent en désordre vers la place de l'Indépendance. Les Amis du Moujahid les rejoignirent après quelques conciliabules et les dirigèrent vers l'avenue Abd el-Krim où une patrouille cycliste fut débordée par elles. Toujours criant : « Paix en Algérie », les femmes s'avancèrent en se tenant par le bras, barrant complètement la chaussée, cassant quelques pare-brise à coups de pierre. Une Européenne qui, sur un pas de porte, les regardait passer, fut inondée de crachats avant de pouvoir se mettre à l'abri. Guidées par l'instinct habituel des foules arabes, elles s'avancèrent jusqu'au Centre culturel américain, une grande librairie dont les vitres brisées la veille venaient d'être remplacées dans l'après-midi. Il y eut un flottement et les jeunes meneurs se sentirent dépassés. Ils couraient de chaque côté de leur troupeau comme des chiens de berger, aboyant pour se faire entendre. Le premier pavé qui brisa la vitrine donna le signal du pillage brutal, interrompu par l'arrivée d'un car de police. Il ne restait déjà plus rien du brillant étalage, et le drapeau étoilé flambait sur le trottoir au milieu d'un amoncellement de brochures et de livres. Courant pour éviter les coups de matraque, les femmes se dispersèrent dans l'avenue Abd el-Krim cherchant en vain des portes ouvertes pour se réfugier. Mais tout était fermé. Une vingtaine d'entre elles furent arrêtées et embarquées dans le panier à salade qui suivait le car de police. Les Amis du Moujahid avaient disparu par enchantement. Les agents ramassèrent quelques insignes qui traînaient sur les trottoirs et les emportèrent comme pièces à conviction. Une voiture de pompiers s'arrêta pile devant le Centre. Quelques hommes en descendirent et dispersèrent le feu de joie à coups de botte.

La manifestation fut si brève que l'on n'eut pas le temps de s'en inquiéter dans les bureaux des immeubles modernes de l'avenue Abd el-Krim. Les concierges avaient fermé les portes et seules quelques têtes se montrèrent aux fenêtres. Vu d'en haut ce troupeau de femmes piaillant, enfui comme une volée de moineaux blancs à l'apparition de la première matraque, ne pouvait paraître un danger. Jean Renault finissait d'examiner le dernier malade de l'après-midi. Mme Knecht était passé voir si tout allait bien, et aussitôt repartie, laissait derrière elle une odeur de jasmin difficile à chasser. Pour remplacer les vitres brisées, Madeleine n'avait trouvé que des feuilles de papier calque fixées avec des punaises. Le patient parti, Renault s'enferma dans son bureau. Elle l'entendit téléphoner à sa femme et annoncer qu'il serait en retard, très en retard pour dîner. Madeleine ne doutait plus que le médecin traversait une crise. Il répondait par monosyllabes et bâclait ses consultations d'une façon si évidente que les malades, en sortant, le regardaient avec un étonnement mêlé de crainte. La nuit blanche à Chirfa-plage ne suffisait pas à expliquer cette nervosité. Quelque chose se passait qu'elle n'arrivait pas à définir. Elle manquait de prise, de jugement sur cet homme fuyant dont, en deux jours, elle n'avait pas encore réussi à saisir vraiment le regard. Les commentaires de Mme Knecht ne servaient à rien. Formait-il avec sa femme un couple si heureux qu'ils n'éprouvaient le besoin d'aucune amitié extérieure ? Elle commençait d'en douter. Vers 7 heures il l'appela dans son bureau et lui tendit deux enveloppes timbrées.

— Auriez-vous l'amabilité de mettre ceci à la poste ? C'est urgent. Je voudrais surtout que la lettre pour Chirfa soit distribuée demain matin.

Sur le bureau, elle aperçut deux autres enveloppes closes, manifestement retournées pour qu'elle ne pût lire les noms des destinataires.

— Dois-je revenir ensuite ?

— Oui, dans une demi-heure. Enfin, quand vous aurez fini avec la poste.

Madeleine trouva l'avenue déserte. Un peloton d'agents montait la garde devant le Centre culturel américain dont les employés récupéraient sur le trottoir les livres et les brochures qui n'avaient pas brûlé. Place de l'Indépendance, elle entra dans la grande poste et demanda un jeton. Le numéro d'urgence lui donna aussitôt la voix qu'elle attendait.

— J'ai besoin de vous voir tout de suite, dit-elle. Je suis à la grande poste. Mais il faudrait vous dépêcher. On va fermer.

— Je viens.

Dès qu'il gravit les premières marches, elle le reconnut. C'était lui qui attendait dans l'aérogare l'après-midi de son arrivée. Elle aurait juré que la voix qu'elle entendait depuis deux jours au téléphone, ne pouvait appartenir qu'à cette sorte d'homme. Madeleine s'avança. Ils étaient à peu près seuls. Deux personnes attendaient encore à un guichet, et un employé s'apprêtait à fermer les portes. Pierre Gauthier sourit et tendit la main à la jeune femme.

— Je suis heureux de vous connaître, dit-il. Il fallait bien que nous en arrivions là. Passons à un guichet, si vous voulez.

— Ils ferment. Prenons des timbres, n'importe quoi. Nous repartirons ensemble.

Ils sortirent les derniers. En descendant le perron de la poste, Madeleine montra les deux enveloppes confiées par Renault. Sur l'une, on pouvait lire : Docteur Jacques Renault, 3, rue Gambetta à La Ferté-sous-Jouarre. Sur l'autre : Son Excellence le Président Ben Akbir — Palais de la République — Chirfa, et en grosses lettres soulignées. Personnelle.

— Il m'a demandé de poster ces deux lettres d'urgence. Il y en a deux autres sur sa table. Je n'ai pas pu lire les adresses.

— Où est-il ?

— Avenue Abd el-Krim.

— Seul ?

— Seul.

— Montrez.

Il déchira l'enveloppe destinée à Ben Akbir et la lut en marchant jusqu'à sa voiture, avant de la brûler avec son briquet.

— Gardez l'autre, dit-il. Nous aviserons ensuite. Vous allez rentrer avenue Abd el-Krim, et de là vous m'appellerez à l'A.M.R. par le numéro ordinaire du standard. Je vous laisse. Ça ne va pas être gai. Merci de votre présence d'esprit.

Madeleine s'efforça de garder un pas égal. Il lui venait des bouffées d'angoisse, une légère peur. Elle préféra l'escalier au monte-charge. Face à la porte, elle eut encore un moment d'espoir, mais aussitôt dans le vestibule, le silence de l'appartement lui coupa les jambes. Le salon d'attente était vide. Elle hésita encore avant de passer dans le cabinet du médecin, frappa deux fois, entra enfin. Il était allongé sur le sofa, un bras pendant, la main crispée sur l'ampoule de cyanure. La mort avait déja détendu son visage creusé par la fatigue des derniers jours. Un cerne verdâtre soulignait les yeux. Madeleine sursauta quand la mâchoire inférieure se détacha et que la bouche s'ouvrit grande découvrant les dents et une langue noire. Posément, elle composa sur le cadran du téléphone le numéro de l'A.M.R. La standardiste lui passa Gauthier :

— Le docteur Renault vient de se suicider, dit-elle. Il y a une lettre pour vous sur sa table, et une autre pour sa femme.

Elle trouva qu'il feignait mal l'étonnement, mais après tout les tables d'écoute n'étaient pas tenues par des professeurs du Conservatoire.

— J'arrive, dit-il. Prévenez la police.

Avant l'arrivée des inspecteurs et d'un médecin légiste, Pierre eut le temps de subtiliser la lettre qui lui était destinée, d'ouvrir celle de Solange et n'y ayant rien trouvé de compromettant de la recacheter avec soin.

La vente de *Chirfa-Soir* qui atteignait d'habitude à peine 20 000, dépassa ce soir-là les 60 000. Mais on y chercha en vain le reflet des événements de la veille et de l'après-midi. Les informations chirfaniennes semblèrent mornes à ceux qui avaient vécu dans l'attente et la nervosité les dernières vingt-quatre heures. La commission d'enquête sur les sabotages occupait deux colonnes de la première page. Ses conclusions semblaient imminentes et les Renseignements généraux livreraient bientôt les noms de trois postiers qui espionnaient les communications téléphoniques pour le compte de la Légation de France. Dix lignes relataient la découverte du cadavre de Fredo, le veilleur de nuit du journal, probablement tué par des rôdeurs. De l'arrêt de travail de cinq minutes, de la manifestation des femmes, ni l'édition de 7 heures, ni la dernière, très tardive, de 9 heures ne soufflaient mot. *Radio-Chirfa* fut aussi peu éloquent, se contentant de répéter les mots d'ordre du couvre-feu et l'interdiction de circuler sur les routes après le coucher du soleil. Un bulletin spécial annonçait que *La Voix des Arabes* ayant eu des ennuis techniques qui la rendaient inaudible aux postes privés, les services de réception avaient enregistré l'émission sur bande magnétique et la diffuseraient après 8 heures. On entendit effectivement, *La Voix des Arabes,* mais censurée, si bien que personne n'eut plus de doute : Ben Akbir faisait brouiller Le Caire par ses émetteurs nationaux.

Le bruit courut vite en ville que l'on cachait au pays une nouvelle de première importance. Au bar du *Grand Palace* où descendaient les correspondants étrangers et les hommes d'affaires, le secret n'était déjà plus un secret : la Chirfanie venait de signer un accord avec Matteoti, le roi italien du pétrole, l'homme qui inquiétait depuis deux ans l'Aramco et sapait lentement, mais sûrement, les positions de la Grande-Bretagne au Moyen-Orient. Un peu après 8 heures du soir, Matteoti entrait au bar du *Grand Palace,* confirmant les rumeurs qui couraient à son sujet. Jusqu'à cet instant, personne n'avait su ni son adresse, ni sa présence à Chirfa. Sur son visage et sur celui de ses collaborateurs — un petit état-major empressé à lui avancer une chaise, un briquet — on pouvait lire le bulletin de victoire de la journée. Deux photographes du *Journal de Chirfa* prirent des clichés de lui, mais quand on voulut l'interviewer, il éleva pour protester sa main maigre et brune où brillait une chevalière : il n'avait rien à dire. Il fallait s'adresser à la présidence du Conseil. Tout le monde regardait, franchement ou à la dérobée, ce petit homme élégant, au beau visage de légionnaire romain qui, parti de rien, se taillait depuis quelques années une place de grand parmi les géants du pétrole. Grâce à une poignée d'hommes comme lui, l'Italie redevenait une puissance méditerranéenne là où les politiciens échouaient lamentablement.

Peu après Matteoti, arrivèrent Jack Gravereau et von Brautschich pour lequel, avec un clin d'œil complice, le barman apporta sur-le-champ une bouteille de champagne frappé. Gravereau était à peine assis qu'une grande tape sur l'épaule le fit sursauter.

— Jack ! Ça alors ! Qu'est-ce que vous faites ici ? Il se retourna pour découvrir Fred Polarski, le spécialiste du Moyen-Orient au *Chicago-Tribune.* Ils s'étaient vus cent fois à Chicago du temps que Gravereau ne s'occupait que de tableaux. Polarski représentait le type parfait de l'homme dont la sympathie est encombrante au point que l'on souhaiterait sa haine :

— Ce n'est vraiment pas un bled pour vous, continuait le journaliste. Ni pour moi d'ailleurs. Je me suis arrêté au retour du Caire pour passer une soirée ici, et vous savez ce que j'apprends ?

— Je m'en doute, dit Jack en désignant Matteoti du regard.

— Ah bon, ça vous amuse ces histoires-là. Vous allez peut-être pouvoir me tuyauter. Vous permettez...

— Monsieur Fred Polarski, le comte von Brautschich, dit Jack.

— Von Brautschich ? Vous êtes parent de...

— C'est mon frère qui est à Chicago. Vous le connaissez ?

— Je veux ! C'est une armoire à glace. Il boit toujours du champagne. Vous aussi, d'ailleurs, je vois.

— Nous buvons tous du champagne. C'est une maladie de famille. Les Russes nous ont gardé un frère en Silésie. Il en est privé depuis quinze ans. Je me demande dans quel état on va nous le rendre.

— Le malheureux ! dit Polarski inquiet de savoir s'il fallait rire ou non.

L'Allemand fit signe au barman d'apporter une coupe pour le journaliste.

— Que savez-vous au juste sur Matteoti ? demanda Jack.

— Il a signé un accord avec Ben Akbir cet après-midi. Les Américains, les Anglais et bien sûr les Français ont été complètement feintés.

— Pas tous les Américains, dit Jack. Il y a au moins une société qui se partage le Sud avec Matteoti : l'Association for Mineral Research.

— Mais ils n'ont pas signé !

— Ce matin à 11 h 30, un premier protocole.

— Qui sont ces types-là ?

— Je crois, Fred, dit Jack, que vous auriez intérêt à rester quelques jours ici au lieu de filer tout de suite sur New York. Il y a beaucoup à apprendre en ce moment à Chirfa.

— Vous avez l'air drôlement au courant.

— C'est mon gendre qui dirige ici depuis six mois la prospection pour l'A.M.R. et les négociations avec Ben Akbir.

— Vous dites : Association for Mineral Research ?

— Oui.

— Connais pas ! C'est drôle !

— Il y a des tas de choses drôles en ce moment, Fred. Un fouineur comme vous devrait faire attention.

— Et comment se partagent les zones entre Matteoti et l'A.M.R. ?

— Matteoti a tout le Sud-Est et l'A.M.R. le Sud-Ouest que ses équipes de prospecteurs ont déjà étudié. Je peux même vous dire que Ben Akbir accorde à cette société le droit de prospection et d'exploitation dans des territoires qui ne lui appartiennent pas et qu'il revendique.

— Si des Américains ont signé ça, la France va encore pousser des hurlements.

— Elle les poussera quand elle le saura.

— L'information est certaine, Jack ?

— Certaine.

— Si je vais dès maintenant taper un papier, est-ce que vous le relirez tout à l'heure ?

— Quand vous voudrez.

— Alors j'y vais !

Il vida son verre d'un trait et disparut au moment où arrivèrent Pierre Gauthier et Madeleine van Dromme. Le bar passait par son heure de pointe. En dehors des journalistes étrangers comme Polarski, on retrouvait la même clientèle qu'à Chirfa-plage, à part les Russes qui ne s'y montraient que rarement. L'attaché culturel français, Jean Dubusson, pérorait sur un haut tabouret entre deux jolies femmes, une Anglaise et une Américaine que leurs maris rejoignirent peu après. Dubusson racontait sa nuit historique, et mimait la conversation téléphonique du matin avec le ministre de l'Intérieur. A l'en croire son ironie avait semé un vent de tempête sur la police et la gendarmerie et déclenché cette idée de couvre-feu qui allait maintenant empoisonner tout le monde et qu'il considérait comme une bonne plaisanterie. A une table voisine de celle de Matteoti, Yves Le Bihan et les deux autres ingénieurs du barrage de Boussou, buvaient du whisky sans se parler. Le Bihan cachait ses yeux pochés sous des lunettes noires. Le coup de poing de l'Américain l'avait frappé juste à la naissance du nez qui présentait une légère coupure. On ne vit pas John Preston, mais l'Anglais cramoisi fit une entrée remarquée en costume de shantung bleu myosotis, une rose rose à la boutonnière, suivi d'un jeune Chirfanien de quinze, seize ans, aux yeux de velours, à la peau d'enfant, richement habillé sur ses vêtements européens d'une djellaba saumon brodée d'or. Le bar était pauvre en femmes, comme en était pauvre toute la société européenne de Chirfa. Pendant l'été, les maris se débarrassaient de leurs épouses en les envoyant en France avec les enfants. La tension politique en incitait de moins en moins à revenir à l'automne. Quelques musulmanes, femmes d'importants commerçants frottés d'occidentalisme, commençaient à sortir, à donner des dîners, mais on ne les apercevait jamais encore dans les lieux publics. Restait le personnel féminin des légations et des sociétés étrangères nouvellement implantées à Chirfa. Sa rareté faisait son prix et quand une secrétaire offrait une physionomie agréable, l'heureux propriétaire avait tendance à la soustraire à la curiosité générale. L'entrée de Madeleine, pourtant si peu voyante, fit se tourner quelques têtes. Pierre lui présenta Gravereau et von Brautschich.

— Mlle van Dromme était la secrétaire du docteur Renault, expliqua-t-il.

— Vous ne l'êtes plus ? demanda von Brautschich.

— Non, dit Pierre. C'est lui qui n'est plus. Il s'est suicidé il y a deux heures dans son bureau de consultation, avenue Abd el-Krim. Vous me pardonnerez, Brautschich, votre abus de champagne m'écœure un peu. C'est l'heure où j'ai besoin d'un gin-tonic. Et vous, mademoiselle ?

— Moi aussi, dit-elle d'une voix à peine perceptible. Elle jeta un coup d'œil sur Gauthier qui passait sa commande au garçon. Ni l'Américain ni l'Allemand ne bronchaient. Elle se souvint du colonel Berger qui encaissait tout de la même façon. Et pourtant elle n'avait jamais douté du cœur de cet homme.

— Et Solange ? demanda Gravereau.

— Crise de nerfs et morphine. On a triplé sa dose normale. Elle somnole en pleurant chez elle, gardée par une infirmière et une certaine Mme Praire, femme d'un médecin de l'hôpital Mustapha que nous ne connaissions pas.

— C'est une hécatombe aujourd'hui, observa von Brautschich.

Il raconta la scène des deux inculpés torturés qui, devant lui, s'étaient jetés par la fenêtre du « septième ciel ».

— Le destin des agents secrets ne connaît pas de pitié, dit Gravereau. Aucun pays ne les réclame. Ils meurent abandonnés par tous. Et pas pour la gloire, pour l'ombre, couverts d'injures par leurs adversaires, ignorés par ceux qu'ils servaient. Il n'y aura pas un seul journal français pour appeler « héros » ces trois postiers. Et pourtant...

— Je crois que ce serait beaucoup mieux si personne ne mourait pour la gloire, dit Gauthier. Les héros brouillent les cartes. Sans eux, la guerre serait purement et simplement ignoble. Parce qu'ils surgissent on ne sait d'où, la guerre garde une espèce de panache et de prestige qu'elle ne mérite pas. Je dirais même pis : qui l'empêche d'être la vraie guerre. Si on écrivait sur les drapeaux : « Les héros sont interdits », il y aurait beaucoup moins de traîneurs de sabres.

Ils dînèrent tous les quatre au *Grand Maure.* Le seul restaurant élégant qui restait à Chirfa avait obtenu en priorité des vitres pour les bow-windows qui donnaient sur le port. Des tentures cachaient les lézardes des murs, et des lampes basses qui éclairaient indirectement les visages remplaçaient les lustres brisés. Une armée de garçons vaquait silencieusement au service sous l'œil impérieux des maîtres d'hôtels italiens. Madeleine, dès l'entrée, éprouva une sorte de gêne. Ce luxe dans un pays où la famine menaçait le peuple ne lui donnait pas d'inquiétude, mais un malaise. Bien qu'on la mêlât poliment à la conversation, il lui arrivait de passer la main devant ses yeux pour chasser l'image horrible de la mâchoire ouverte du médecin, de ce visage dont la vie venait d'être arrachée et qui, déjà, verdissait. Elle trouvait inutile la froideur cynique de von Brautschich, et elle s'efforçait de ne pas regarder Gauthier qui lisait le menu et laissait tomber, de temps à autre, un mot frisant toujours le mépris. Seul l'Américain lui plaisait, mais il parlait peu et elle n'entendit vraiment sa voix que lorsqu'il lut l'article qu'un journaliste américain aux cheveux carotte, Fred Polarski, lui apporta. Madeleine ne comprenait pas assez bien l'anglais pour saisir les détails de l'article, mais elle en devina le sens et il lui parut étrange qu'une information aussi grave fût livrée avec désinvolture à la presse. Ces histoires lui en rappelaient d'autres qu'on murmurait en Algérie, où les trains-citernes ne sautaient jamais, alors que les autres lignes subissaient une moyenne de cinq à six attentats par semaine. Elle avait promis d'être aveugle, mais non pas sourde. Si des affaires de ce genre se mêlaient à l'entreprise de Berger, elle cacherait difficilement sa révolte.

— Que prenez-vous ? demanda Gauthier après le départ de Polarski.

Mais quand elle lui répondit, Madeleine s'aperçut qu'il ne l'écoutait pas. Ses yeux étaient fixés sur un personnage qui venait d'entrer et s'installait à une table avec un Chirfanien que tout le personnel saluait très bas : Krim Sahel, le secrétaire à l'Information.

— Prudent Coffignac ! murmura Gauthier.

— Que dites-vous ? demanda Gravereau.

— Je dis que voilà Prudent Coffignac avec Krim Sahel.

— Vous le connaissez !

— J'aurais du mal à l'oublier. C'est lui qui a dénoncé mon père et pillé notre appartement de Paris à la Libération.

— Alors, je sais moi aussi qui il est, dit Madeleine. Il arrive de Paris. Il y a un mois on a ouvert une enquête sur lui pour une escroquerie au Trésor. Ses anciens camarades du réseau « Victoire » lui ont sauvé la mise, et l'ont prié d'aller se faire pendre ailleurs.

— Et moi aussi alors, je sais quelque chose sur lui, dit von Brautschich. Ben Akbir lui a demandé de venir pour conseiller « techniquement » *Radio-Chirfa* dont les émissions sont au-dessous de tout. Il entre en fonctions demain. Je pense que c'est déjà sur son initiative que les postes chirfaniens ont brouillé aujourd'hui *La Voix des Arabes*. Ce personnage vous intéresse ?

— Il ne m'intéressait plus, dit Gauthier. Mais peut-être maintenant...

Les réunions d'Aziz-Ari se tenaient dans la plus grande des salles de classe de l'école de la basse casbah. Le jour, une cinquantaine d'élèves y prenaient place. Le soir, une trentaine de jeunes gens s'y entassaient, assis à califourchon sur les tables et les bancs, face au tableau noir et au bureau maculé d'encre de l'instituteur. Le public variait selon les soirs, composé en général d'élèves des écoles professionnelles, d'ouvriers de la casbah, quelquefois même de lycéens qui venaient écouter une majorité d'Égyptiens, de cadres des Amis du Moujahid ou même de réfugiés algériens que l'on présentait invariablement comme des évadés des « camps de la mort ». Chaque séance tournait autour d'un thème défini à l'avance par Aziz-Ari : la question du pétrole au Moyen-Orient, l'attaque de Suez par les Anglais, les Israéliens et les Français, les relations entre l'U.R.S.S. et la R.A.U., le communisme et l'islamisme, ou de discussions autour des grandes figures du monde arabe moderne : le « léopard » Ibn-Séoud, le « bigbachi » Nasser, le « zaïm » Kassem. Bien centrées à leurs débuts, ces réunions dites d'information finissaient toujours par dériver vers l'actualité, la politique de Ben Akbir, la guerre d'Algérie, la tension avec Israël. Quand Saïd Teleur entra, il était évident que le thème de la démographie arabe choisi pour ce soir-là, ne retenait qu'à moitié l'attention de l'auditoire. Aziz-Ari, installé derrière le bureau de l'instituteur, gardait un œil sur la salle et l'autre sur l'orateur invité, un jeune étudiant de l'école de droit, fraîchement revenu du Caire avec un diplôme. Saïd eut droit à un clin d'œil de l'Égyptien avant de s'asseoir sur une table près de la porte. L'étudiant traitait intelligemment son sujet, le relevant par une plaisanterie chaque fois qu'il devenait trop technique. L'assistance riait, l'orateur guettait un mouvement de tête encourageant d'Aziz-Ari, puis reprenait son discours. Les réunions de l'école de la basse casbah n'étaient qu'un des exemples entre mille de ces libres cours du soir qui se donnaient dans tous les pays de l'Islam. Ils attiraient une faible partie de la population, mais c'était la seule partie qui aspirât à un avenir, qui s'efforçât de secouer le long sommeil de l'esprit arabe. Le sourire triomphant d'Aziz-Ari était celui de l'Égypte nouvelle appelant à elle les peuples fraîchement promus à l'indépendance. Sa foi, sa sûreté de soi impressionnaient encore plus que ses idées et sa manière de répondre à tout. Quand l'étudiant eut terminé son exposé sur le fameux slogan de Bandoeng : « Nous sommes un milliard d'êtres humains », l'Égyptien demanda si quelqu'un avait des questions à poser et, comme tout le monde se taisait timidement, il se tourna vers Saïd qui ne bougeait pas.

— Nous avons la chance d'avoir parmi nous, un Algérien, prote à l'imprimerie du *Journal de Chirfa*, Saïd Teleur. Cher Saïd, la conférence de notre camarade ne vous suggère rien ?

— Oh si ! dit Saïd. Je voudrais savoir si au lieu de nous vanter de la démographie galopante des peuples arabes, nous ne devrions pas, dès maintenant, envisager les moyens de la freiner. Les Français se targuent d'avoir fait de l'Algérie le pays à plus forte majorité musulmane, avec 45 habitants par kilomètre carré. Nous étions moins d'un million quand ils ont débarqué il y a plus de cent ans. Nous sommes 9 millions maintenant. Dans vingt ans, nous serons 37 millions. Qui nous nourrira si on n'enseigne pas aux hommes et aux femmes à ne pas faire un enfant chaque fois qu'ils couchent ensemble ? Moi, j'accuse la France d'avoir sur la question démographique des idées antédiluviennes.

L'étudiant tourna un visage inquiet vers Aziz-Ari qui gardait son sourire :

— Voilà une remarque intéressante. Il est évident que les trente prochaines années bouleverseront les données actuelles du monde moderne. Mais, cher Saïd, il en est de la démographie comme de la bombe atomique et du désarmement unilatéral. Au nombre, il faut répondre par le nombre. Que nous cessions d'avoir des enfants et nous restons une minorité. Notre force sera d'être bientôt 2 ou 300 millions d'Arabes, 5 à 600 millions de musulmans. Il sera temps alors d'ouvrir une conférence internationale pour la limitation de la natalité. Mais pas avant ! Ou c'est notre écrasement. Il me semble que vous n'avez rien à reprocher aux Français. Si vous étiez encore un million d'Algériens, vous seriez encore un million d'esclaves, tandis que vous serez demain dix millions d'hommes libres comme les Chirfaniens.

— Libres de quoi ? dit une voix au fond de la salle.

Le sourire d'Aziz-Ari disparut subitement. Des yeux, il chercha l'interpellateur et ne trouva qu'un jeune visage inconnu.

— Avez-vous une mentalité d'esclave ?

— On est toujours l'esclave de quelqu'un.

— Ce n'est pas vrai ! dit Aziz-Ari avec violence en laissant tomber sa main à plat sur le bureau. Ce n'est pas vrai ! Vous savez bien avec quelle voracité les nations occidentales ont pillé les pays arabes.

— Mon patron était un Italien. On l'a chassé le jour

de l'Indépendance. L'affaire a été rachetée par un de mes compatriotes et maintenant je travaille un jour sur deux avec la moitié de mon salaire. Esclave pour esclave, je préfère manger à ma faim.

L'Égyptien comprit qu'il lui fallait retrouver son sourire pour garder la sympathie de son auditoire vite chancelant. Il évita le regard inquisiteur de Saïd et se leva pour descendre de l'estrade et s'approcher de l'interrupteur.

— Là, lui dit-il, nous attaquons une tout autre question. En ma qualité d'Égyptien, je ne peux pas me permettre de juger la politique économique du président Ben Akbir, mais vous ne pouvez pas ignorer que l'ambition du Bigbachi est de briser les derniers vestiges du féodalisme qui encombrent le monde arabe, de donner au prolétariat conscience de sa force et de ses droits. Comme Farouk d'Égypte, comme Fayçal d'Irak, comme Séoud d'Arabie, un jour Hussein de Jordanie, Mohamed V du Maroc et l'empereur d'Iran seront balayés pour n'avoir pas compris où est l'avenir.

— Et Ben Akbir de Chirfanie ? demanda le jeune homme.

— Je vous ai dit que je ne me mêlais pas de la politique de votre pays. Mais vous êtes libre d'interpréter ma pensée...

Saïd Teleur n'attendit pas la fin de la réunion. Il était déjà 11 heures quand il regagna le journal où l'on se préparait au bouclage de la première édition. Les censeurs s'installèrent dans la cabine vitrée où Abecassis avait accoutumé de relire les morasses avant de donner le bon à tirer. Saïd trouva le journaliste debout, accoté au marbre, son crayon à encre à la main. Ils ne s'étaient pratiquement pas parlé depuis leur tragique départ du matin avec le deuxième paquet de tracts. Abecassis ne montrait aucune inquiétude et donnait ses ordres comme d'habitude, attentif au moindre détail, légèrement méprisant pour les fonctionnaires de l'Information qui mouraient de peur de laisser passer une phrase dangereuse. Le Kabyle pensa combien il était curieux que, pour en finir avec la peur, certains hommes eussent besoin de tuer n'importe qui, n'importe quoi, n'importe comment. Cette étape franchie, ils semblaient ne plus rien craindre.

Un peu avant minuit, les rues de Chirfa s'animèrent. Les cinémas vomirent des spectateurs qui se hâtaient de rentrer avant le couvre-feu. Des voitures dont les pneus criaient sur la chaussée encore tiède regagnaient leurs garages. Personne n'avait oublié les derniers temps de l'occupation quand les patrouilles de zouaves et de chasseurs d'Afrique tiraient à vue sur la première silhouette qui s'offrait à minuit une. Il était peu probable que la police chirfanienne serait aussi implacable, mais on la savait maladroite et maniant la mitraillette avec un plaisir de novice. La Chevrolet de Gauthier s'arrêta rue du Zouave, devant l'*Hôtel du Commerce*. Madeleine n'en descendit pas tout de suite. Pierre la retenait par le bras.

— J'ai à vous parler, dit-il. Nous avons trois minutes. Je pense que beaucoup de choses vous échappent et que vous vous inquiétez.

— Je ne m'inquiète pas.

Il eut un geste agacé.

— Si, je le sais. Mais il ne faut pas. Je pensais ne jamais avoir affaire à vous directement. C'était une mesure de prudence qui est dépassée aujourd'hui. Les choses vont aller vite, très vite. J'ai dû prendre des mesures d'urgence et je vais avoir grand besoin de vous.

— Le colonel Berger vous a dit...

— Oui, je compte sur vous entièrement. Je ne savais

pas très bien à quoi vous serviriez, mais j'avais l'intuition qu'à un certain moment vous seriez indispensable. Vous avez tout sauvé ce soir. Sans vous, la lettre de Renault à Ben Akbir foutait tout en l'air. Il s'en est fallu d'un cheveu.

— Comment aviez-vous eu confiance en lui ?

— Je n'avais pas confiance, mais j'avais besoin de lui. Je n'ai pas tellement le choix, vous vous en rendez compte. Ma première idée était l'incendie des hangars de l'hôpital de Mustapha. Lui seul pouvait le déclencher. Un jour ou l'autre, ses scrupules, les complications de son ménage avec Solange, sa nervosité l'auraient trahi. J'aurais eu mal au cœur de le faire supprimer. Il nous a simplifié le problème. Quand tout sera terminé, nous lui rendrons la justice qu'il méritait, car je suppose que c'était un homme de cœur qui détestait la souffrance des autres. En attendant j'ai besoin de son laboratoire du boulevard Ben Akbir, demain à 4 heures. Débrouillez-vous pour y être seule. Je n'ai pas encore trouvé de solution de rechange. Vous savez où m'appeler. Maintenant, vous pouvez le faire par le standard. Nous nous connaissons officiellement. A très bientôt...

— A très bientôt, dit-elle en descendant de voiture.

Elle se dirigeait vers la porte de l'hôtel quand il la rappela par son prénom :

— Madeleine... Je n'y ai pensé qu'après... J'espère que ça ne vous a pas trop ennuyée de dîner avec un Allemand ?

— Du tout, dit-elle. Il y a longtemps que j'ai surmonté ces aversions stupides.

— Je vous remercie de me le confirmer.

Elle resta sur le trottoir jusqu'à ce que la Chevrolet eût disparu au carrefour voisin. Dès qu'elle sonna, la porte s'ouvrit dans un grand bruit de verrous et de chaises. L'hôtelier la guettait, une lueur apeurée dans les yeux. Le sparadrap rose balafrait sa grosse joue à la barbe naissante. Peu après que Madeleine se fut couchée, deux détonations l'une assez prochaine, l'autre lointaine et sourde, secouèrent le quartier. A grands coups d'avertisseurs, les pompiers foncèrent dans la ville, puis ce fut le silence. Dans la ruelle au-dessous de sa fenêtre, passèrent des patrouilles de police dont le pas se brisait sur la chaussée mal pavée.

Le bled

Un an auparavant, on aurait pu appeler route goudronnée la piste qui reliait Milla à Birmatou, mais les violentes pluies de l'automne, les gels nocturnes d'un hiver très rude, la sécheresse du nouvel été et, surtout, le passage continuel des convois qui ravitaillaient le camp d'instruction de l'Organisation extérieure avaient complètement défoncé la chaussée. Les bas-côtés s'affaissaient et de véritables fondrières obligeaient les voitures à rouler au pas en traînant un panache de poussière blonde. La vieille camionnette avançait avec des spasmes et des hoquets qui auraient dû l'achever. Mais, habilement rafistolée, elle tenait le coup depuis trente ans avec entêtement. Lucchino Pietri conduisait d'une main, à moitié distrait par le morne spectacle de la vallée. Les pipelines du système d'irrigation entrepris et abandonné déjà depuis deux ans, crevaient les uns après les autres et les citernes de relais prévues tous les cinq cents mètres avaient été transformées en cabanes par les bergers. Après la précoce moisson de fin mai, début juin, il était vain d'espérer le moindre regain sur cette terre qui durcissait comme du ciment. Dès la disparition du printemps, la vallée n'offrait plus à l'œil que le spectacle d'une steppe rase, couleur pelage de lion, hérissée de quelques oliviers, semée de caillasse grise, où paissaient d'étiques troupeaux de moutons. Sur la gauche de la route, s'élevaient les contreforts du plateau des Zizous vers lequel grimpait une piste en lacet. Des olivettes masquaient les premiers abords et la crête. Mais les avions français en observation, à moins de mille mètres au-dessus de la frontière algéro-chirfanienne, avaient, depuis longtemps, pris des photographies qui révélaient la présence sur le plateau d'un vaste camp cerné de barbelés, avec des bâtiments camouflés et une clairière au centre de laquelle se dressait un mât arborant le drapeau de l'O.E., croissant doré sur fond vert.

Lucchino Pietri ralentit pour passer un oued tari. Le pont qui le franchissait avait été démoli par précaution, parce qu'il vibrait au passage des convois de camions Renault chargés de munitions et de vivres. A moins de deux kilomètres, on apercevait les premières maisons de Birmatou qui se reflétaient dans la vapeur de chaleur à ras du sol. Birmatou ressemblait peut-être à Béziers, plus sûrement encore à Pézenas, en tout cas à l'une de ces petites villes du Roussillon qui, à l'ombre de leurs platanes, avec leurs jardins publics plantés de palmiers et de massifs de cannas, leur mairie style 1880, leur hideux monument aux morts et l'inévitable statue de Gambetta, symbolisent à merveille le charme et la médiocrité, la grâce et l'ennui de la France provinciale. L'agglomération avait été ce qu'il est convenu d'appeler une « riante » sous-préfecture aux confins algéro-chirfaniens, sur la route de Milla à Bône. On y passait la douane et on y déjeunait ou dînait à l'*Hôtel du Lion d'Or* tenu par un Toulousain dans une ambiance de cassoulet et de confit d'oie importé de France. Après la proclamation de l'Indépendance et le départ de l'administrateur français, de ses fonctionnaires et de ses douaniers corses, Birmatou avait gardé encore un peu d'animation grâce à un escadron de cavalerie maintenu sur place en vertu des accords de Sefroun. Mais les incidents de Kietsa et l'évacuation du poste, sous les huées et les crachats, avaient achevé Birmatou. La route de Bône était coupée et les approches de la frontière interdites. Au mois d'octobre, une mauvaise récolte et l'absence à peu près totale des moyens de transport, avaient ruiné les fermes des environs tenues en majorité par des Italiens et des Français. Une tribu de Guigous, poussée par la faim, était descendue de ses pâturages pour piller ce qui restait et massacrer une vingtaine de colons. Ils auraient probablement investi Birmatou si un bataillon chirfanien n'était intervenu à temps. Par « mesure de précaution » et pour éviter le retour de semblables « provocations », les autorités avaient expulsé les vingt-cinq ou trente vieillards qui s'étaient juré de mourir sur place dans ce coin de terre chirfanienne devenu leur seule patrie. N'étaient restés qu'un instituteur français membre du parti communiste et quelques Algériens dont ne ne savait ce qu'ils pensaient ou souhaitaient. Des nombreuses fermes et métairies des environs, subsistait seule celle des Pietri oubliés par on ne sait trop quel hasard dans la mesure de ratissage général. Installés dans la région de Birmatou depuis 1910, Urbano et Maria Pietri avaient exploité quelques hectares d'olivettes, planté à l'abri du plateau des Zizous un assez beau verger, et acheté, au fur et à mesure des années, les pâturages voisins. Le premier gourbi en terre avait cédé la place à une ferme en pierre, des granges, des étables. Avec leurs 200 hectares, ils restaient l'exploitation type de cette région qui n'avait pas vu tomber comme des oiseaux de proie les grands propriétaires. Leur fils, Émilio, né à Birmatou, avait ramené une femme, Augustina, de son service militaire en Calabre. Pour les enfants, les vieux Pietri avaient construit une maisonnette à un étage au bord de la route afin de distraire la jeune femme que ce demi-désert plongeait dans le désespoir. Un petit-fils était venu, Lucchino, puis, plus tard, une fille, Maria comme sa grand-mère, malheureusement affligée d'un strabisme qui l'empêchait d'aller à l'école avec les enfants de son âge. Toute l'intelligence semblait avoir été captée à la source par Lucchino que l'on envoyait, pour répondre aux ambitions de sa mère, étudier au lycée italien de Chirfa. Très jeune bachelier, Lucchino était parti pour l'Italie, afin de se mettre en règle avec ses obligations militaires. On n'avait eu que des nouvelles espacées de lui. Il suivait des cours pour devenir officier de réserve, il était en garnison à Rome, puis à Vintimille dans les bersagliers, à la frontière française. Au mois d'octobre de l'année précédente, le vieil Urbano avait écrit à son petit-fils le lieutenant Pietri qui voulait rester dans l'armée, qu'Émilio et Augustina venaient d'être assassinés dans leur maisonnette au bord de la route. Bien sûr, si Lucchino préférait demeurer en Italie, il était libre, personne ne l'en empêcherait, mais la ferme saccagée méritait peut-être encore un effort. L'avenir appartiendrait à ceux qui restaient contre vents et marées. La petite Maria avait besoin qu'on s'occupât d'elle, et les grands-parents s'en sentaient incapables...

Aux abords de Birmatou, le goudronnage réapparaissait. Pour éviter la curiosité de la ville, les convois de l'O.E. quittaient la route et, par une piste à travers champs, se dirigeaient droit sur le plateau des Zizous. Lucchino Pietri appuya sur l'accélérateur de la camionnette qui retrouva un second souffle pour faire une entrée à peu près digne sur la place de la République. Des chevaux de frise protégeaient l'*Hôtel du Lion d'Or* et la mairie où l'O.E. avait établi deux postes de commandement, l'un opérationnel, l'autre pour les radiotransmissions. C'est, en effet, de Birmatou que se manœuvraient les katibas des Willayas IV, V et VI. Une puissante station émettrice montée par des ingénieurs allemands avec des appareils venus de Berlin-Est se maintenait en relation avec les récepteurs portatifs des fellaga disséminés dans les plus proches djebels algériens. A 6 heures, midi, 18 heures et minuit, des émissions de propagande en clair, et opérationnelles en code, partaient à destination de l'Algérie. Birmatou servant de base logistique aux guérilleros du Constantinois, des Aurès et même de la Kabylie, s'était repeuplée depuis deux mois. La ville morte avait rouvert ses volets. Les services de l'intendance de l'O.E. occupaient les maisons du centre. Les anciennes villas des sous-préfets, du médecin, de l'inspection des Eaux et Forêts, des fonctionnaires de la douane servaient tantôt aux ministres du « gouvernement provisoire » en tournée d'inspection, tantôt aux « généraux » qui passaient par Birmatou. A ces réquisitions militaires s'ajoutaient les prises de possession pures et simples des réfugiés. Au cours de leurs opérations de retrait, les katibas ramenaient souvent avec elles des fermiers isolés, la population d'une mechta perdue, des bergers avec leurs troupeaux, contribuant ainsi à créer entre la ligne de défense française et la frontière chirfanienne un *no man's land* où la recherche du renseignement devenait impossible et le ravitaillement inexistant. Ces éléments disparates ne suffisaient pas à redonner une vie à Birmatou qui ressemblait de plus en plus à une ville du front, secouée par les bruyantes acrobaties des estafettes motocyclistes ou le démarrage des jeeps et des Land-Rover immatriculées en Libye ou au Caire, étouffée par un couvre-feu qui, hors les militaires de l'O.E. et un symbolique peloton de gendarmes chirfaniens, gardait tout le monde enfermé de 10 heures du soir et à 6 heures du matin, pendant les mouvements de troupes en partance pour les opérations frontalières.

Lucchino Pietri arrêta sa camionnette devant la boutique d'un Algérien marchand de fruits et légumes, le seul commerçant à s'être maintenu. Quelques femmes faisaient la queue sur le trottoir, servies avec une lenteur mesurée par un commis à la peau noire. Dès qu'il vit Lucchino, Benamoun sortit de la boîte qui lui servait de comptoir et, écartant les femmes, s'avança à la rencontre de l'Italien. C'était un grand et déjà gros homme de vingt-cinq ans. Lucchino et lui avaient été ensemble à la communale. A seize, dix-sept ans, s'étant tous deux crus doués pour la course à pied, ils s'entraînaient ensemble sur la piste du petit stade de Birmatou. Benamoun avait abandonné le premier, obligé de s'occuper de la boutique, son père étant mort brusquement. Bien qu'il fût né en Chirfanie, c'était un Ouled-Naïl de cœur et de sang, vif et roublard, goguenard et paresseux. Il connaissait Paris et les huit jours qu'il y avait passés à la caserne de Reuilly avant de se faire réformer, suffiraient probablement à meubler les conversations de toute sa vie.

— Salut, crapule ! lui cria Lucchino.

— Bonjour, brute galonnée, répondit Benamoun. Qu'est-ce que tu m'apportes ?

Benamoun affichait un antimilitarisme solide, de tradition chez le Ouled-Naïl. Il n'ignorait pas que Lucchino avait failli rester dans l'armée italienne. Depuis l'installation des postes de commandement à Birmatou, l'épicier affectait de ne pas décolérer sans pourtant refuser d'être le premier ravitailleur des miliciens et du camp d'entraînement. Mais les difficultés s'avéraient grandes. L'incendie des fermes en octobre et le massacre des colons privaient la région de ses ressources normales. Enfin, la présence de l'O.E. faisait de Birmatou une ville dont on parlait le moins possible à Chirfa. Le retour de Lucchino Pietri rendait l'espoir à Benamoun.

En deux jours, avec son ancien camarade, ils dressèrent le plan d'une résurrection du pays. Si la confiance revenait, la culture reprendrait. Il fallait seulement trouver des idées et quelques hommes pour encadrer les réfugiés algériens campés en ville dans les caves, ou logés à dix par pièce dans les maisons abandonnées. L'instituteur communiste, un jeune Poitevin que n'accablait aucune chaleur, rêva même d'organiser un kolkhoze puisque le gouvernement s'abstenait de montrer toute autorité. Dans l'arrière-boutique de Benamoun, on en avait discuté la nuit du retour de Lucchino et contrairement à ce que craignait l'Ouled-Naïl, l'ancien officier avait tout de suite souscrit à cette idée qui, seule, pourrait sauver la région du désastre et de la famine. L'instituteur, Jacques Delrue, se chargeait d'en parler au commandement de l'O.E. et d'obtenir le feu vert. Benamoun louerait des machines à Chirfa et Lucchino Pietri organiserait les équipes parmi les réfugiés trop âgés pour servir dans les milices. Avec les moyens du bord, on reprendrait les travaux d'irrigation et on restaurerait les fermes brûlées ou rasées.

— Tes vieux travaillent encore ? dit Benamoun.

— Presque plus ! Mais c'est mieux que rien, répondit Lucchino. Ils ne s'occupent plus que d'un petit potager. Les poiriers ont donné. A quatre, hier après-midi, nous avons ramassé ça.

Il écarta la bâche et découvrit les cageots de fruits entassés en vrac dans le fond de la camionnette. Pendant que le commis noir déchargeait la voiture, Benamoun entraîna Lucchino dans l'arrière-boutique où il servit deux anisettes fraîches qu'ils burent d'une lampée.

— Tu as l'air crevé, dit Benamoun.

— Je le sais. J'ai passé la nuit dehors. Avant-hier chez toi, cette nuit dans la montagne.

— T'es pas fou ? C'est interdit de circuler. Tu vas te faire descendre par les patrouilles de l'O.E.

— Pas là où j'étais.

— Ils sont partout et ils ont la gâchette facile dès qu'un type s'approche du camp.

— Je suis allé chez les Guigous, dit tranquillement Lucchino.

— Toi ?

— Eh bien, pourquoi pas ?

— Tu sais que ce sont eux...

— Je le sais.

— Qu'est-ce que tu mijotes ?

— Tu le verras, Benamoun.

— Tu es revenu pour te venger ?

L'Italien haussa les épaules et se servit un second verre d'anisette. Des mouches buvaient sur la toile cirée les quelques gouttes d'alcool qui avaient coulé. sur le buffet Henri II, trônait une photo de Nasser serrant la main de Khrouchtchev, don généreux de l'instituteur. A travers la tenture qui masquait la cuisine, on entendait deux voix de femmes qui papotaient. Malgré les idées avancées de son mari, Mme Benamoun ne sortait que voilée et dans la maison restait cloîtrée entre la cuisine et sa chambre. Un grillage séparait la fenêtre basse de la rue qui passait derrière la boutique. Lucchino s'en approcha et jeta un coup d'œil sur la sentinelle qui montait la garde devant l'entrée de la mairie. Il allait se retourner pour répondre à Benamoun quand une sorte de géant habillé de treillis, mais sans insigne à l'épaule, sauta d'une jeep à peine arrêtée et passa en courant devant la sentinelle avec un petit geste de la main pour refuser le présenter-arme.

— Tu vas venger tes parents ? répéta le commerçant.

— Qui est-ce ? Sûrement pas un Arabe. Un Kabyle, tu crois ?

— Il vaut mieux ne pas être curieux à Birmatou.

— Oh, Benamoun, je t'en prie. Pas de leçons ! Tu sais très bien qui est ce type.

— C'est un des instructeurs du camp des Zizous. On ne les voit pas beaucoup ici, les instructeurs. Il paraît que ce sont tous des étrangers. Delrue en connaît deux qui viennent de Paris, des durs du Parti. Il y a d'anciens légionnaires aussi, quelques Allemands. Mais celui-là, tu serais peut-être étonné de savoir qui c'est...

— Eh bien, étonne-moi !

— C'est un Américain. Paraît qu'il y en a une dizaine comme ça. Et plusieurs ont servi dans les Brigades Internationales. Celui-là était blond comme un Suédois quand il est arrivé. Il s'est teint les cheveux, mais ça ne trompe pas beaucoup... Maintenant, tu pourrais bien répondre à ma question.

— Non, dit Lucchino abandonnant la fenêtre. On n'en finirait plus si on se vengeait.

— Alors, pourquoi es-tu allé les voir ?

— C'est une idée à moi.

— On a bien failli tous y passer.

— Tahar me l'a raconté.

— Tu as revu Tahar ?

— Pourquoi pas ? Quand nous étions enfants, c'était un gosse comme les autres. Il jouait avec nous.

— Il n'y a plus grand rapport entre le petit Tahar et le caïd Tahar d'aujourd'hui. On ne m'ôtera jamais de l'idée que c'est lui qui a lancé ses hommes sur la vallée.

— Ils avaient faim, dit Lucchino.

— Ils ont toujours faim.

— Hier des miliciens de l'O.E. en manœuvre ont violé deux de leurs filles.

— Tant pis ! Ce sont des sauvages. Si tu avais vu le spectacle. Tes pauvres parents...

— Épargne-moi ça...

— Bien. Mais tu ne peux pas leur faire confiance... J'ai vu Delrue ce matin. Il dit que ça va marcher ici, mais qu'à l'O.E. ils ont paru très surpris qu'on leur parle de notre projet. Ils se retranchent derrière le maire et le remplaçant du sous-préfet... Mais comme il n'y a plus ni maire, ni remplaçant de sous-préfet, ça n'est que pour la forme. Cet après-midi, ils rassembleront place de la République une centaine de réfugiés valides. Tu pourras faire ton choix et, demain matin, je partirai de bonne heure pour Chirfa. J'ai juré que je ne reviendrai qu'avec un bulldozer et deux tracteurs.

— A quelle heure le rassemblement ?

— Attention Lucchino, tu parles toujours comme une brute galonnée ! A 5 heures.

— Parfait ! Maintenant, je rentre. Ton esclave a fini de décharger la camionnette ?

— Allons voir.

Ils trouvèrent le commis en train de servir les femmes qui se tenaient toujours humblement en file indienne sur le trottoir. La plupart semblaient arrivées au dernier degré de la misère. Elles avaient dû fuir en hâte leurs maisons sans rien emporter, et, l'exil se prolongeant, elles n'avaient plus que des loques rapiécées pour s'habiller. Avec les secours de l'O.E., elles venaient acheter de la semoule et des pommes de terre que Benamoun vendait bon prix, avec des lamentations, comme s'il se dépouillait chaque fois pour satisfaire leurs caprices. A ce régime-là, il était sur la voie de la fortune, et personne ne pouvait en douter à le voir derrière son comptoir, examinant à la lumière la transparence des billets crasseux qu'on lui tendait, soupçonnant chaque pauvresse d'avoir été sournoisement déléguée par un faux-monnayeur. Il s'était offert un rubis enchâssé dans une chevalière d'argent avec lequel il tapait impérieusement sur le comptoir de bois blanc pour obtenir un respectueux silence quand le troupeau des ménagères se lamentait trop fort dans la boutique. Après avoir envahi son corps, la graisse attaquait le visage encore très jeune, presque poupin, accusant les incidences sémitiques : le nez tombant, les oreilles décollées, la bouche large. A côté de lui, Lucchino Pietri, pourtant musclé et râblé, ne semblait pas peser lourd. Le contraste était d'autant plus frappant qu'entre eux ils parlaient arabe bien qu'avec des accents différents, celui de Benamoun sonnant dur et rocailleux, et celui de l'Italien plus chantant, comme teinté d'accent méridional. Lucchino n'était qu'un des exemples entre mille de l'assimilation par la terre africaine des Européens. Habitué dès son enfance à jouer avec les petits musulmans, il parlait leur langue avec autant de facilité que l'italien ou le français. On disait même que la vallée de Birmatou présentait un cas extrême d'intégration : les familles de colons vivaient comme les familles arabes. Dès qu'un étranger entrait dans une ferme, les épouses et les filles se cachaient. A pied dans la rue, en voiture sur la route, les Européennes dissimulaient leurs visages avec des châles noirs, ne laissant apparaître qu'un œil, jamais la bouche ou les joues, mornes statues de deuil refusant la dernière étape : le haïk blanc.

En quittant la boutique de Benamoun, Lucchino fit lentement le tour de la ville qui s'affaissait déjà sous le coup de chaleur de midi. Des grappes d'hommes somnolaient au bord des trottoirs, fumant à dix la même cigarette qu'ils se passaient entre le pouce et l'index après chaque bouffée longuement aspirée et lentement soufflée. Les enfants, à moitié nus, le crâne rasé, sauf le toupet de cheveux réservé à la main d'Allah, jouaient dans le ruisseau, se menaçant de bâtons, imitant le bruit de mitraillettes. A l'ombre du monument aux morts, un marabout peut-être centenaire parlait à un petit auditoire. Quand Lucchino passa tout près, à sa hauteur, le vieillard leva la tête et pointa sa canne en direction du jeune homme qui lui cria : « Dieu soit avec toi ! » La canne tomba et le marabout hocha la tête. On n'avait pas de peine à imaginer le bordel qui s'était installé derrière les volets clos, dans les maisons, les chaises cassées pour faire du petit bois, la marmite bouillant dans le salon sous le lustre modern style, et les pianos sur lesquels les filles de fonctionnaires tapotaient la *Marche turque*, transformés en garde-manger.

A la mairie, un groupe de voltigeurs attendait, l'arme au pied, la relève, une par une, des sentinelles de garde autour de la centrale-radio. A la sortie de la ville, Lucchino s'arrêta devant le portail, mangé par la rouille, d'une maison blanche aux volets verts. Le jardin à l'abandon n'était plus qu'une jungle de hautes herbes et de bambous d'où émergeaient deux platanes aux branches basses et arc-boutées, couvertes d'un épais feuillage. A leur ombre, sur la pelouse de kikouyou, un fonctionnaire français prenait encore le frais deux ans auparavant, avec sa femme et ses deux filles, Lucile et Josette. Lucchino descendit pour regarder par-dessus le portail. A la branche d'un platane, on voyait les anneaux de la balançoire. Au pied du perron, deux myrtes se desséchaient dans des vases de terre rouge. Entre ces quatre murs, sous ce toit avaient résonné des cris heureux. Lucchino ne l'oubliait pas. Il n'oubliait pas Josette, une petite fille blonde qui riait tout le temps, et qu'à douze ans il avait commencé d'aimer. A dix-huit il l'aimait encore, la veille de son départ pour l'armée. Il lui avait écrit, mais comment demanderait-on à une petite fille qui rit tout le temps de prendre une seule chose au sérieux ? Depuis son retour en France, Josette ne répondait plus. Lucchino ne le regrettait pas. On n'épouse pas ses amis d'enfance. Il y a des mythes qu'il faut préserver. En Italie, il avait rencontré des amours faciles, d'autres difficiles, suffisamment en tout cas pour n'avoir pas envie de courir après ses souvenirs. N'empêche que cette maison au jardin abandonné, à la peinture écaillée, au portail rouillé évoquait avec douceur un temps qui ne reviendrait plus. Un coup de vent avait tout balayé. Ce qui pousserait désormais sur cette terre n'aurait jamais la candeur et la douceur d'autrefois. On avait ignominieusement travesti cette épopée des Blancs en Afrique, et ceux qui avaient peiné ici dans la joie et le bonheur seraient à jamais confondus avec les rapaces qui n'étaient venus que pour piller. L'Histoire galopait. A vouloir la suivre, on s'essoufflait. La terre tremblait et de toutes parts s'ouvraient des crevasses dans lesquelles s'engouffraient les vestiges d'un passé encore frais. Les visages se fermaient, les poings se tendaient, le sang coulait pour un rien. La démocratie universelle dont on avait espéré qu'elle répandrait la bonté sur le monde, ranimait au contraire les plus sauvages instincts. Il suffisait de regarder autour de soi pour discerner sous la passivité et la veulerie du bled, les signes annonciateurs des grandes jacqueries, cette minute terrible où, comme deux mille ans auparavant sur le mont des Oliviers, le ciel se couvre de nuages, le vent tombe, où les oiseaux se taisent et les chiens hurlent à la mort dans un silence qui étreint les cœurs.

Lucchino allait remonter dans sa camionnette lorsqu'il vit un cycliste qui pédalait vers lui et levait le bras pour lui faire signe d'attendre. Arriva, essoufflé, un grand garçon maigre et souriant, aux joues rouges, Jacques Delrue l'instituteur français demeuré seul à Birmatou.

— Salut, Pietri ! dit-il. Benamoun m'a dit que vous étiez dans les parages et je voulais vous revoir.

— Je rentre à la ferme.

— Vous avez bien cinq minutes. Venez prendre une anisette à l'école, c'est à côté.

L'école était toute neuve, terminée six mois avant l'Indépendance. Delrue n'y enseignait plus qu'une douzaine de petits réfugiés au lieu des cinquante élèves prévus, mais les deux classes, la cour de récréation, la salle de gymnastique fraîchement repeintes à la chaux par l'instituteur lui-même, donnaient une impression de gaieté comme si l'école avait gardé toute sa vitalité. Delrue entraîna Lucchino dans le grand living-room qu'il s'était attribué au premier étage. Les jalousies fermées entretenaient l'ombre dans la pièce meublée d'un large sofa, de coussins de cuir. Tout un pan de mur était occupé par des livres étiquetés recouverts de papier bleu.

— Ma bibliothèque ! dit fièrement l'instituteur. Il n'y a pas que des livres politiques et des livres d'histoire, il y a aussi des romans. Vous lisez ?

— Très peu.

— Asseyez-vous, je vous apporte un verre... Vous connaissez bien Benamoun ?

— Nous étions à la communale ensemble. Après je l'ai perdu de vue quand je suis allé au lycée de Chirfa, mais à seize ans nous nous sommes retrouvés sur le stade, persuadés que nous étions des champions de cross. Ça n'a pas duré !

— C'est un drôle de type, ce Benamoun. Je me demande ce qu'il pense.

— Voilà un problème que vous pouvez vous poser à propos de tout le monde dans ce pays. Depuis combien de temps vivez-vous parmi les Arabes ?

— Trois ans. Je les connais bien.

— Alors, vous êtes un lion. Moi je suis né ici, je parle

leur langue et je les ai tous connus dans le bled ou en ville. Eh bien, je jurerais que je ne sais toujours pas ce qui se passe dans leur tête.

— Mais enfin, ce Benamoun est-il sincère ?

— Vous voulez dire : est-il communiste ?

Lucchino s'étonna, puis sourit : Delrue venait de rougir et la rougeur demeurait sur son visage, ne s'effaçant que lentement comme à regret.

— Pourquoi me dites-vous ça ? Je ne suis pas *que* communiste.

— Vous m'étonnez.

— Je croyais que vous l'étiez.

— Non, dit Lucchino. Très franchement, je ne le suis pas, et si vous voulez mon avis : Benamoun non plus.

— Je m'en doutais depuis le jour où je l'ai vu vendre aux miliciens des laissez-passer.

— Qu'est-ce que c'est que cette crapulerie ?

— Les Français parachutent des paquets de tracts dans le *no man's land*. Sur chacun, il y a écrit : « Celui qui remettra ce papier à la première autorité française qu'il rencontrera sera considéré comme rallié et amnistié sur-le-champ. » Naturellement, il est interdit aux miliciens de ramasser le tract, mais il s'en faisait un petit marché noir à mille francs pièce. Benamoun s'est débrouillé pour s'en faire envoyer un paquet par un de ses cousins de Bône. Il les vend trois cents francs l'un dans son arrière-boutique.

Lucchino éclata de rire. Benamoun serait vite millionnaire. Personne n'en doutait plus à Birmatou. D'ici peu, il rachèterait à bas prix les magasins abandonnés, et, le jour de la paix revenue, il arborerait une chaîne en or à son gilet.

— Vous voilà édifié sur ce que pense notre ami, dit l'Italien. Ce n'est pas difficile.

— Mais alors notre histoire de kolkhoze ?

— Là, Benamoun fait preuve d'audace. Ce qui lui

manque, ce sont les clients, et les clients argentés. En forçant les hommes à travailler, l'O.E. en fera des clients pour l'épicerie.

— Mais ce n'est pas l'O.E., c'est l'administration chirfanienne.

— Voyons, Delrue, soyez un peu franc. Qui commande dans le secteur ? Qui signe les autorisations de circuler pour les voitures ? Qui fait la police ? Qui expulse, refoule ou accueille les gens selon qu'ils sont inutiles, dangereux ou bons pour le service ? Vous croyez que personne ne le sait ? Il m'a fallu trois jours pour le comprendre. Alors ne me dites pas que vous qui êtes là depuis trois ans, vous ne savez à quelle autorité vous vouer.

— C'est vrai, mais l'important serait de savoir si nous pouvons réellement compter sur Benamoun.

— Oui, tant que ce sera son intérêt.

Le jeune homme paraissait sincèrement déçu. Lucchino l'aurait volontiers réconforté, mais il ne se sentait pas aussi doué que Benamoun pour l'art de feindre. C'était néanmoins amusant de rencontrer, isolé en Chirfanie, un Français qui n'avait pour toute force et pour toute expérience que sa foi dans l'homme communiste. Il aurait été curieux d'approfondir le problème, de voir comment la dialectique marxiste s'y prenait avec les Arabes, comment les grossières, les épaisses vérités des uns se heurtaient aux ruses instinctives et perverses des autres.

— Je crois, dit Lucchino, que nous nous revoyons cet après-midi. A 5 heures les hommes valides se rassemblent sur la place de la République. Nous pourrons faire notre choix. Après il ne s'agira plus que de trouver les moyens de les payer.

— L'O.E. leur verse des allocations.

— Je vous le dis : l'O.E. est une providence dans ce pays.

— Vous le prétendez avec ironie, mais c'est peut-être plus vrai que vous ne pensez.

— Tant mieux, dit Lucchino. Je vous quitte. Je rentre à la ferme. Mais je vous ferai observer une chose : ici, nous sommes les deux seuls Européens, et moi je ne suis pas communiste. C'est, cependant, à moi que vous vous confiez, alors qu'il y a des membres du parti à l'O.E. et dans la population. Il doit y avoir quelque chose qui cloche dans votre Internationale.

— C'était un réflexe amical. Je ne vois pas pourquoi vous en tirez argument contre le communisme.

— Je n'en tire pas argument, je constate.

Quand Lucchino regagna la ferme, il était près de 1 heure. Depuis le raid des Guigous, du bâtiment principal, il ne restait plus que quatre pans de murs noircis et un amas de poutrelles. Les Pietri avaient élu domicile dans l'ancien hangar aux récoltes. Des plaques de fibrociment cloisonnaient la grande pièce et une cheminée de fortune remplaçait la vaste cuisine d'autrefois. Sur le seuil de la porte, les deux Maria, la grand-mère et la petite-fille, épluchaient des légumes. Dans la resserre Urbano réparait le moteur de la pompe à eau. Les deux journaliers qu'on employait dans le verger, dormaient sous le figuier, un carré d'étoffe sur le visage pour se préserver des mouches. La petite Maria courut au-devant de son frère, mais s'arrêta à quelques mètres de lui, partagée entre l'envie et la crainte d'approcher cet homme qu'elle connaissait à peine. Lucchino s'avança et lui prit la main pour entrer dans le hangar. La table était mise. Il attendit son grand-père pour s'asseoir, et la vieille et l'enfant les servirent debout, sans un mot, mangeant près du fourneau. Après le repas, Lucchino, à bout de fatigue, dormit deux heures sur un lit de camp sans draps, dans la pièce où séchait le maïs. Quand il s'éveilla, le soleil avait déjà perdu de son poids. Les journaliers cassaient plus qu'ils ne bêchaient la terre du verger. On entendait le teuf-teuf de la pompe remise en état par Urbano. La vieille Maria somnolait sur une chaise de la cuisine, ses mains noires posées à plat sur la lustrine du tablier tendu par les jambes arquées. La jeune Maria, armée d'une pince et d'allumettes, arrachait et brûlait une par une les tiques agglutinées dans les oreilles d'un chien noir au flanc couvert de mouches. Dans la resserre, Lucchino trouva, cachées derrière une armoire, les deux armes de la ferme : un fusil de chasse à deux coups et une carabine Weston à répétition. Avec un écouvillon, il nettoya les canons graissés, puis fit jouer les mécanismes en parfait état. Des cartouches dans la poche droite, des balles dans la poche gauche de sa veste de toile, il alla placer les armes dans le fond de la camionnette. Urbano leva la tête en le voyant arriver et arrêta le moteur de la pompe.

— Tu t'en vas ? dit-il.

— Je reviendrai peut-être ce soir. Je vais en ville.

— Tu vas t'occuper de cette histoire d'irrigation ? Ce serait bien si ça remarchait. J'essaye d'y croire.

— Il faut essayer.

Urbano tira un mouchoir à carreaux de sa poche et s'épongea le front. Sur son visage tanné, les rides autour des yeux, du nez et dans les joues avaient l'air de cicatrices noires.

— Si ça ne marche pas, dit-il, ça ne vaudrait pas la peine que tu restes. J'y pense maintenant que tu es rentré. Tu es jeune, tu es un monsieur. Ça ne t'intéresse plus la ferme ?

— Si. Ça m'intéresse toujours, dit Lucchino. Il ne faut pas avoir peur de recommencer. Je n'ai pas peur.

— C'est à nous ici. On ne nous le prendra pas ?

— Non, je ne pense pas. C'est trop dur. Ils n'auraient pas le courage de travailler comme vous l'avez fait.

— Il faudrait que tu te maries.

— C'est difficile... Nous verrons...

— Je croyais que tu ramènerais une femme d'Italie, comme ton père.

— Ça n'a pas été possible. Les jeunes filles d'aujourd'hui n'aiment pas s'exiler comme celles d'autrefois.

— Il y a bien des choses de changées... Tu n'emmènes pas ta sœur à Birmatou ?

— Non, dit Lucchino. J'ai des gens à voir.

— Tu crois que ça peut s'arranger, cette chose, enfin ses yeux...

— Je ne vous promets rien, mais peut-être. Il me semble que de bons chirurgiens guérissent les strabismes.

— Ici, nous ne savions pas...

— Maria ! cria Lucchino.

Elle sursauta, abandonnant la tête du chien qui reposait sur ses genoux.

— Viens donc ! N'aie pas peur...

Maria fit quand même un détour avant d'arriver jusqu'à eux, paupières baissées. Lucchino se pencha et l'embrassa sur le front.

— C'est une bonne petite, dit Urbano. Mais ta grand-mère et moi nous ne savons pas nous occuper d'elle. Nous sommes trop vieux.

— Non, non, vous n'êtes pas trop vieux... c'est elle qui est trop jeune. Au revoir, grand-père.

— Mais tu reviens pour le dîner ?

— Oui, je pense...

— Tu disais « au revoir » comme pour longtemps...

— Sûrement pas.

— Eh bien, à tout à l'heure mon enfant.

Quelques minutes plus tard, Lucchino Pietri roulait en direction de Birmatou. Les troupeaux se blottissaient dans les flaques d'ombre des arganiers et de quelques oliviers, gardés par des vieillards immobiles ou des enfants. Pas un souffle d'air ne courait sur la vallée brûlée. Derrière la camionnette, le nuage de poussière retombait lentement sur la route. Lucchino aperçut les premiers hommes de la tribu des Guigous à plus d'un kilomètre sur la gauche. Ils avançaient, par petits groupes de cinq ou six, dans le lit de l'oued tari. De loin, on ne voyait que leurs minuscules silhouettes blanches qui marchaient du pas régulier et monotone des paysans arabes. L'aveuglante lumière de l'après-midi écrasait tout, mais un œil exercé pouvait discerner d'autres silhouettes éparses dans la nature et convergeant vers Birmatou à travers les champs et les vergers. Un peu plus loin, Lucchino dénombra, devant lui, un groupe plus important : une cinquantaine d'hommes qui suivaient la piste longeant la route. Un homme monté sur une mule les conduisait. Au moment de les dépasser, l'Italien ralentit et fit un signe de la main au cavalier qui lui répondit d'un hochement de tête. Du caïd Tahar, chef de la tribu des Guigous, comme de ses hommes, on ne voyait que les yeux noirs et brillants. La bouche et la moitié du visage voilées de blanc, ils avançaient nu-pieds, leurs jambes maigres émergeant de la courte tunique des montagnards, scandant leur marche avec les bâtons noueux et pointus qui servaient à piquer et conduire les troupeaux. Au mois d'octobre, ils étaient déjà sortis de leur douar, à deux cents environ, pour se répandre dans la plaine, piller et tuer ce qui leur résistait. On ne les croyait ni particulièrement cruels, ni particulièrement voleurs, mais la solitude des plateaux, la faim, la soif, les malheurs du bétail agissaient sur eux comme des drogues. Et ces hommes qu'aucune fatigue n'abattait, qui vivaient de galettes de seigle, de lait de brebis, étaient les idéales victimes des hallucinations que suscitait la vallée pourtant pauvre, mais dans laquelle ils voyaient une provocation à leur misère. De tous temps, les Guigous avaient résisté aux tentatives de l'administration pour les recenser. Quand venait le jour des impôts, le percepteur devait se faire accompagner d'une section de tirailleurs ou d'un peloton de gendarmes pour être compris. Les Guigous gardaient leur organisation tribale sous la férule des caïds Tahar, maîtres à la vie à la mort, depuis plusieurs générations, des quelque deux mille âmes des plateaux. Le dernier Tahar était un jeune homme de vingt-cinq ans à l'intelligence vive et qu'un bref séjour à l'école de Birmatou avait averti de l'évolution d'un monde moderne au pied du plateau, de l'existence de grandes villes comme Chirfa et Milla. On prétendait qu'en octobre, il n'était pas venu avec ses hommes dans la vallée. Personne, en tout cas, ne l'y avait vu, mais c'était sûrement lui qui les avait rassemblés au moment où ils allaient se jeter aveuglément contre une section de l'armée chirfanienne appelée en hâte. Grâce à son autorité, les Guigous s'étaient repliés en ordre dispersé, n'offrant qu'un minimum de prise aux représailles de la population qui reprenait courage. Lucchino et Tahar se connaissaient depuis l'enfance et l'Européen pouvait se vanter d'être le seul à se rendre sans armes sur les plateaux. La veille, il avait parlé toute la nuit avec le jeune caïd, et le douar entier, réuni à la lumière des feux de camp, avait demandé l'aman à Lucchino pour l'horrible assassinat de ses parents...

Quand la camionnette pénétra dans la ville, quelques Guigous s'y trouvaient déjà, flânant sur les trottoirs, peu faciles à distinguer de la masse hagarde et abrutie des réfugiés qui sortaient de leur sieste. Lucchino les reconnaissait à leurs bâtons de berger, à leurs teints cuits par l'alternance des nuits glacées et des journées torrides, à ces brusques lueurs qui passaient dans leurs yeux fiévreux. Chez Benamoun, il en trouva deux qui, à l'intérieur du magasin, manipulaient des couteaux de poche, indifférents, semblait-il, aux commentaires du jeune commis noir qui récitait la leçon enseignée par l'épicier. Dans l'arrière-boutique, l'Algérien, la chemise ouverte sur son aérophagie, lisait les journaux, le nez chaussé de lunettes à monture de fer.

— Te revoilà ! dit-il. On ne voit plus que toi. Tu laisses tes vieux tout seuls !

— J'ai besoin d'essence pour la camionnette et le moteur de la pompe, et de pétrole pour les lampes. Tu sais à quoi on s'éclaire là-bas ? A la bougie.

— Il n'y a plus d'essence ni de pétrole à Birmatou.

— Benamoun ! dit Lucchino comme s'il grondait un enfant menteur.

— Je te jure que c'est vrai. Le poste est fermé depuis six mois. Évidemment, j'en ai un peu pour les amis.

— C'est bien ce que je voulais dire. Et je ne te demande pas à qui tu l'achètes en sous-main.

Benamoun éclata de rire et posa ses lunettes sur la toile cirée.

— Tu as lu le journal ? demanda-t-il.

— Non.

— Dans l'édition du matin, pas une ligne sur les bombes de cette nuit à Chirfa.

— Alors comment le sais-tu ?

— Ici, on a *La Voix des Arabes*. Un peu brouillée depuis deux jours, mais audible quand même. Une bombe a fait sauter la centrale des trolleybus. Pas de transports en commun ce matin à Chirfa. Une autre a déboulonné la statue de Ben Akbir sur le port. Tu crois que ce sont les hommes de Salah Rouzi qui font ça ? Il en a gros sur le cœur de vivre en exil pour que le sauveur national parade seul sur l'estrade. Le parti Mouquawat est maintenant complètement doublé par le souterrain néo-Mouquawat. Ça va mal finir !

Il se frottait les mains de plaisir. Lucchino s'approcha de la fenêtre. A travers le mince réseau du grillage, on apercevait les abords de la mairie et deux miliciens l'arme au pied, à l'abri des guérites. Une jeep stationnait devant le perron, un chauffeur à son bord en train de lire une brochure.

— J'espère bien, dit Lucchino.

— Qu'est-ce que tu espères bien ?

— Que ça va mal finir.

— Eh bien, moi pas tellement ! Mais qu'est-ce qui t'a mis ces idées dans la tête ?

— Oh ! personne.

— Je ne sais pas si tu te rends compte qu'il y a une bande de types qui sont en train de foutre le pays en l'air. Si ça continue, si la police n'est pas capable de les arrêter, l'O.E. va s'en mêler. Qu'est-ce que tu regardes par la fenêtre ?

— L'Américain de ce matin sort de la mairie. Il y a deux autres instructeurs avec lui. On dirait des Allemands.

Benamoun s'approcha et jeta un coup d'œil.

— Oui, ce sont des Allemands, des anciens sous-officiers de la Légion. Je les connais. Ils étaient en Libye avec Rommel. On les a faits prisonniers et ils se sont engagés dans l'armée française. Ils ont déserté en Indochine. Les Russes les ont fait passer par une école de cadres en Crimée et maintenant les voilà ici. Ce sont de sacrées brutes. On dit même qu'ils étaient S.S.

— Et avec qui parlent-ils ?

— Avec le colonel K.

— K. ?

— C'est son nom de guerre. On ne le connaît que comme ça. Je crois qu'il est kabyle, mais qu'il a un nom allemand. Il est le fils d'un légionnaire et d'une Kabyle. C'est le chef du camp des Zizous. Pendant trois mois, il a commandé la Willaya IV. Un dur aussi.

Tiens, ils rentrent dans la mairie... Qu'est-ce qui se passe ? Voilà la sentinelle qui appelle le sous-officier de garde...

Par la fenêtre ils ne pouvaient voir que le perron de la mairie et un très petit espace de la place de la République.

— Si tu me donnais mon pétrole et mon essence, dit Lucchino.

— Combien en veux-tu ?

— Dix litres. Enfin deux bidons, si possible...

— Je n'en ai qu'un de chaque, en ce moment. Tu auras le reste demain. Mais tu sais, je le paye cher... Ça ne badine pas à l'intendance de l'O.E. Si on savait qu'un type me vend du pétrole et de l'essence, il serait fusillé demain matin.

Ils passèrent dans la boutique et Benamoun fronça les sourcils en découvrant les deux bergers guigous qui examinaient de nouveaux couteaux de poche sous la surveillance accablée du commis.

— On les fout dehors ? demanda-t-il à Lucchino en français.

— C'est dangereux. Ils sont armés de bâtons.

— Je ne peux pas les voir. Ce sont des chapardeurs.

Benamoun s'avança jusqu'au seuil de la boutique et revint en hâte, livide.

— Dehors, on ferme, cria-t-il. Emportez ça, je vous le donne.

Prenant les deux Guigous par le bras, il les poussa vers la sortie. Les montagnards avaient refermé la main chacun sur son couteau et se laissaient conduire sans résistance.

— Qu'est-ce qui te prend ? demanda Lucchino.

— Va voir dans la rue. En même temps tu ferais bien de planquer ta camionnette si tu ne veux pas la retrouver en morceaux tout à l'heure. Il y a des

Guigous partout. Moi je baisse le rideau. Tu restes ou tu t'en vas ?

— Je m'en vais. Donne-moi mes bidons.

— Les voilà ! Et maintenant gare à nos peaux !

Lucchino transporta les bidons dans la camionnette. Derrière lui, le commis baissait bruyamment le rideau de fer. En quelques minutes, la physionomie de la ville avait changé. De toutes parts, affluaient vers la place de la République, par groupes de quatre ou cinq, ces hommes que l'Italien avait repérés dans la vallée. Ils étaient maintenant une centaine en face de l'ancienne mairie, debout, assis sur les trottoirs, accotés aux arbres ou à demi allongés sur les pelouses jaunes du square. L'investissement s'opérait avec une telle discrétion que personne n'avait pu s'en émouvoir au début. Les guenilles des montagnards se mêlaient à celles des réfugiés, mais on repérait toujours les premiers à leurs bâtons de berger. Deux gendarmes chirfaniens occupés à rassembler sur la place les hommes valides qui allaient participer aux travaux d'irrigation suggérés par Benamoun et l'instituteur Delrue, venaient de se rendre compte que les hommes présents dépassaient de loin le chiffre prévu. Troublé, l'un d'eux, une liste dactylographiée à la main, avait appelé les noms un par un. Plusieurs voix avaient répondu, les quelques noms patronymiques de la région étant à peu près tous les mêmes. S'ensuivait un début de confusion, des cris, des réclamations, et même quelques bousculades qui avaient dû attirer l'attention des instructeurs américains et allemands au moment de leur sortie de la mairie. Lucchino vit les miliciens du poste de garde se disposer en éventail devant le perron de la mairie, sous les ordres d'un sergent-chef algérien. La jeep partit en trombe vers le camp. Elle mettrait dix minutes pour y arriver et autant pour revenir suivie d'un camion de troupe.

Quant aux gendarmes chirfaniens, ils étaient dix en tout dans la ville, armés seulement de carabines américaines à répétition. Lucchino regarda sa montre avec angoisse : tout allait maintenant se dérouler en très peu de temps et Tahar était en retard sur l'horaire méticuleusement prévu entre eux. Il eut un soupir de soulagement quand le caïd se montra enfin, sur sa mule, encadré par les dix plus grands bergers de la tribu armés de bâtons et probablement de couteaux à cran d'arrêt dans leurs poches ou tout au moins de pierres. Les gendarmes comprirent enfin et, ramassant leurs papiers, s'apprêtaient à une prudente retraite quand, sur un signe de Tahar, un petit groupe les entoura et leur arracha leurs armes avant qu'ils aient pu faire un geste. Il y eut un flottement parmi les réfugiés qui tentèrent de s'enfuir vers les issues déjà bloquées. Le sergent-chef du poste de garde n'avait pu que deviner la scène. Un ordre arma les mitraillettes des hommes alignés devant le perron. Mais déjà Tahar, entouré de ses gardes du corps, s'avançait au-devant d'eux, arrêtant sa mule à moins d'un mètre des canons braqués. Lucchino se glissa sous la bâche de sa camionnette arrêtée au coin de la place et de l'avenue Gambetta. Par une fente, il distinguait toute la scène et le sous-officier de la milice qui criait :

— Recule ou je fais tirer.

— Tais-toi chien, dit Tahar. Et va chercher ton chef.

— Recule d'abord.

— Ton chef !

Il devait y avoir 2 ou 300 Guigous massés sur la place, en arc de cercle face à la mairie. Des hommes grimpèrent dans les platanes et Lucchino les vit prendre des pierres dans leurs poches. Le sous-officier, blanc de colère, commençait à injurier Tahar, quand s'ouvrit une fenêtre au premier étage de la mairie. Le colonel K. apparut, nu-tête, le baudrier barrant la veste de toile kaki indiquant qu'il venait de s'armer. Son crâne rasé, sa moustache tombante, ses épais sourcils, son visage brûlé par le soleil disaient le chef atroce qui, six mois auparavant, terrorisait encore le territoire de la Willaya IV. Lucchino mit en marche le moteur de la camionnette et revint sur la plate-forme arrière où il retrouva la carabine et le fusil armés.

— Qui es-tu ? hurla le colonel K.

— Tahar, caïd des Guigous. Toi, je ne te demande pas qui tu es. Tout le monde te connaît toi et les tiens.

— Et qu'est-ce que tu veux ?

— Deux filles de notre douar ont été violées hier par tes tueurs.

— Mes miliciens ne sont pas des tueurs comme tes bergers.

— Je te dis que deux filles ont été violées par tes tueurs.

— Je le sais. Qu'est-ce que tu veux que ça me foute ?

— Il me faut les coupables.

— Viens les chercher.

— C'est ce que je suis venu faire.

Tahar montra les Guigous silencieusement groupés derrière lui, les bâtons à la main droite, chacun une pierre dans la main gauche. Lucchino regarda de nouveau sa montre. La jeep était partie depuis quinze minutes. Les renforts devaient être en route. A sa fenêtre, le colonel K. marqua un temps d'hésitation, puis se tourna un instant pour parler à quelqu'un derrière lui. On aperçut la tête de l'instructeur américain, puis Delrue discutant vivement avec K. qui s'effaça. L'instituteur se pencha sur la barre d'appui et commença un discours en français :

— Mes amis...

Les Guigous le regardaient, muets. Pas un seul d'entre eux ne parlait français et cet homme blond aux joues rouges les laissa indifférents. Tahar baissa la tête avec une expression d'indicible ennui.

— Mes amis... nous luttons tous pour la même cause, votre cause est la nôtre. Demain l'Algérie libre comme la Chirfanie vous tendra les bras. Il n'y aura plus que des frères dans toute l'Afrique du Nord, une grande nation arabe, alliée de l'U.R.S.S. pour la paix mondiale. Il est possible que des excès aient été commis hier par des miliciens de l'Organisation extérieure. Ce sont les tristes hasards de la guerre...

— Tu vas te taire, imbécile ! laissa tomber Tahar.

Complètement décontenancé, Delrue esquissa un haut-le-corps et disparut écarté par le bras ferme de K., qui s'appuya contre la rambarde :

— Les deux coupables ont déjà été punis, dit-il.

— Je les veux quand même, répondit Tahar.

— Ils ont été fusillés ce matin.

— Donne-moi leurs corps.

— Ils sont enterrés.

— Donne-moi leurs corps.

— Non.

— Alors c'est que tu mens.

— Va te faire enculer ailleurs !

— Tu me paieras cette injure, cria Tahar arrachant le voile qui lui couvrait la tête et la moitié du visage.

La pluie de pierres s'abattit sur le peloton de garde devant la mairie. Deux hommes tombèrent, frappés à la tête.

— Ne tirez pas ! hurla le colonel K. au poste de garde.

Lucchino épaula et par la fente de la bâche, tira trois fois, au hasard, dans la foule. Trois Guigous tombèrent dans les clameurs, aussitôt piétinés par les autres qui se ruaient sur les miliciens et les débordaient.

— Ne tirez pas ! hurlait toujours K.

Courbant le dos sous la grêle de pierres, les miliciens

remontaient en hâte les marches du perron pour se mettre à l'abri. Deux d'entre eux qui n'avaient pas été assez rapides furent saisis par les premiers Guigous qui commencèrent à les étriper. Lucchino tira encore deux fois, au jugé, avec la carabine de chasse dont les volées de plomb frappèrent des hommes dans le dos redoublant leur rage. Alors les mitraillettes crépitèrent parmi les cris stridents et le grondement furieux de cette foule que le sang affolait. Une rangée d'assaillants s'effondra et Tahar descendit de sa mule, brandissant un revolver avec lequel il visa et abattit le sous-officier. Une deuxième vague de Guigous s'empara du perron de la mairie dont la porte se referma sur les rescapés.

Lucchino posa le fusil de chasse et reprit place au volant. Les réfugiés qui, dans la pagaille générale, avaient réussi enfin à sortir de la place de la République, fuyaient devant la camionnette, perdant leurs babouches pour courir plus vite, s'aplatissant sur les pas de porte chaque fois qu'éclataient les rafales de mitraillettes, attrapant au vol les enfants qui continuaient de jouer dans le ruisseau sans comprendre. A la sortie de la ville, Lucchino se gara pour laisser passer le camion qui transportait une section de miliciens, précédé de la jeep armée d'une mitrailleuse antiaérienne. Pendant près de deux kilomètres, il entendit encore le tac-tac des armes automatiques, puis ce fut le silence coupé par les hoquets du vieux moteur, la vallée dénudée avec ses troupeaux rassemblés autour des puits, la terre d'un ocre terni par la poussière, le soleil qui baissait à l'horizon, et une lumière douce, presque orangée montant dans le ciel vide.

Il était plus de 8 heures quand Gauthier reçut l'appel téléphonique de Lucchino Pietri arrivé avec ses grands-parents et sa sœur à Milla. Le vieil Urbano et les deux Maria étaient descendus à l'*Hôtel Moderne*, d'où ils pourraient repartir le lendemain dès que les routes fermées la nuit se rouvriraient à la circulation. Lucchino se battait en vain depuis son arrivée pour obtenir un laissez-passer. La police semblait irréductible. L'interdiction émanait de Chirfa et aucune exception n'était prévue. Gauthier demanda une demi-heure pour trouver une solution, et, peu avant minuit, la Mercedes de von Brautschich qui avait abattu en trois heures les deux cent quatre-vingt-dix kilomètres de Chirfa à Milla, s'arrêtait devant l'*Hôtel Moderne*. Elle en repartait aussitôt avec Lucchino à bord, protégée par son immatriculation diplomatique. Le jeune Italien avait à peine eu le temps de voir l'homme qui conduisait. Dans l'ombre de la voiture, il ne distinguait que le profil net d'un visage glabre, planté sur un cou enveloppé et de larges épaules de lutteur. La lumière verte du tableau de bord éclairait indirectement cette silhouette passive et paisible.

— Je m'appelle Brautschich, dit le conducteur. Et vous Lucchino Pietri, n'est-ce pas ?

— Oui.

— Il y a des cigarettes dans le coffre à gants devant vous. L'allumeur est à portée de votre main gauche. Fumez ! Nous avons près de trois heures de route. Si des gendarmes nous arrêtent, laissez-moi parler. J'ai des papiers diplomatiques. On doit nous saluer bien bas.

Dès la sortie de Milla, la Mercedes fonça entre deux haies de platanes tremblants dans la lueur jaune des phares. Lucchino étendit ses jambes et s'appuya la tête en arrière contre le dossier de la banquette. Cet homme sûr de soi qui, dans la nuit, conduisait à toute allure, rompait enfin pour lui l'atroce tension de ces derniers jours. Il sentit un grand calme l'envahir, presque de la somnolence. Sans les cahots de la route, sans le ronronnement du moteur, il se serait probablement endormi. Mais les images étaient là et, encore présents à ses oreilles, les claquements secs des rafales de mitraillettes, les hurlements de douleur, de rage et de haine des Guigous. Il lui semblait avoir vécu depuis son arrivée en Chirfanie, dans une espèce de surréalité intense minutée au chronomètre, où la moindre faille aurait fini en catastrophe. Maintenant les grands-parents et Maria se trouvaient en sécurité. Demain le vieil Urbano conduirait la camionnette à Chirfa. En faisant le compte, Lucchino se marquait zéro faute. A la ferme, la paille et les charpentes imbibées de pétrole avaient pris feu avec une rapidité inouïe. En quelques secondes, ce qui restait des bâtiments n'était plus qu'un brasier dont les flammes et la fumée montaient en volutes. On croyait les Pietri sous ces décombres. On les y croirait au moins deux ou trois jours avant le retour à l'ordre. Les seuls qui pouvaient le suspecter étaient Delrue, Benamoum et Tahar. Mais que restait-il de Delrue enfermé dans la mairie avec l'état-major du colonel K. ? Il était peu probable que Benamoun parlerait sans avoir pris ses précautions et étudié une situation désormais tendue, pour ne pas dire sanglante entre les autorités chirfaniennes et le commandement de l'O.E. Quant à Tahar, il devait faire un assez beau cadavre. Si par miracle, il était encore vivant et si la police mettait la main sur lui, il aurait bien trop d'orgueil pour avouer que le plan d'investissement de Birmatou ne venait pas de lui, mais de cet Italien dont les Guigous avaient, dix mois auparavant, massacré les parents et brûlé la maison. Un chef de la trempe de Tahar n'admettait pas facilement de tomber dans un piège de cette taille. Lucchino était en mesure de peser exactement ses chances d'échapper aux conséquences de son acte. Même si elles devinaient la trame exacte de l'histoire, les autorités chirfaniennes ne pourraient faire jouer l'indignation universelle sans que l'on rappelât le précédent raid des Guigous sur la vallée.

Von Brautschich leva le pied droit. Dans le lointain, une lueur blanche dansait au-dessus de la route. La lueur s'élargit et devint une paire de phares suivie par beaucoup d'autres. Un convoi s'avançait dans la nuit en file indienne, précédé d'un gendarme à moto. La Mercedes roula sur le bas-côté, ralentit et s'arrêta quand le gendarme se mit en travers de la chaussée. Dans le grondement de ses moteurs, le convoi — une douzaine de camions bourrés de soldats chirfaniens casqués et alignés sur des banquettes — croisa la voiture. Le gendarme calant sa moto, s'approcha de la Mercedes et se baissa pour apercevoir le conducteur.

— Vous ne savez pas qu'il est interdit de circuler entre le coucher et le lever du soleil ? Vous avez des papiers ?

— Je suis allemand, dit von Brautschich. Et membre de la Légation à Chirfa. Voici mon passeport diplomatique. Vous pouvez voir les lettres CD sur le devant de ma voiture.

Le gendarme jeta un coup d'œil sur le passeport et le rendit aussitôt en saluant.

— Votre passager est également diplomate ?

— Également.

— Très bien, vous pouvez aller, mais je vous préviens que dans dix minutes, un quart d'heure, vous croiserez un autre convoi. Garez-vous bien. Ils ne vous laisseront pas beaucoup de place sur la route et ils ne sont pas de très bonne humeur. Deux de leurs camions étaient piégés. Ils ont sauté à la sortie de Chirfa. C'est un convoi de l'O.E.

— Merci, dit von Brautschich. Nous allons nous faire tout petits.

Le gendarme sauta sur sa moto et repartit dans la

nuit à la poursuite du bataillon qui filait vers Milla. La Mercedès, à son tour, démarra et prit le milieu de la route.

— Le conseil est bon, dit Lucchino sortant de son silence.

— Je m'arrête dans le premier chemin de traverse.

Ils en trouvèrent un au bout de deux kilomètres et von Brautschich dissimula sa voiture dans une pinède, éteignant aussitôt les phares. Quelques minutes plus tard, un grondement lointain les avertissait de l'approche du convoi.

— On va les voir de près ? demanda l'Allemand.

— Pourquoi pas ?

Se glissant hors de la voiture, ils coururent vers la haie de buissons et s'allongèrent à même la terre. Deux jeeps, marchant de front, barraient la route devant les lourds bulldogs Renault bourrés de miliciens armés. Tous les trois camions, s'intercalait un Land-Rover avec sa mitrailleuse antiaérienne pointée sur le bas-côté de la route. Les deux hommes comptèrent une vingtaine de véhicules chargés moitié de troupes, moitié de munitions. Trois estafettes motocyclistes balayaient la route en queue de colonne. Un long moment, le grondement des moteurs roula dans la plaine, accompagné par le halo des phares.

— La confiance ne règne plus, dit von Brautschich en se redressant et s'époussetant. Nous repartons ?

Lucchino fut surpris de la taille de son compagnon. Assis dans la Mercedes, il n'avait pas imaginé cette stature.

— Vous vous êtes tordu la cheville ? demanda-t-il.

L'Allemand boitillait et son grand corps semblait déséquilibré sur les longues jambes.

— Je n'ai plus mes deux pieds entiers, dit von Brautschich. Les chirurgiens n'ont eu aucun respect pour moi. A froid, j'ai une démarche de canard. La valse m'est interdite. Pour un Allemand de mère autrichienne, c'est grave. J'aurais aimé conserver mes orteils dans une petite bouteille d'alcool, mais vous savez ce que c'est dans les hôpitaux militaires, on ne pense à rien. Aucune poésie, aucun sentimentalisme. Allons, repartons... Nous venons de perdre un bon quart d'heure. Je crois que Gauthier a besoin de vous d'urgence.

— Gauthier ?

— Ah oui, c'est vrai... Tous ces mystères ! Gauthier est l'homme que vous avez appelé au téléphone à 8 heures. Peu importe que je vous le dise maintenant, il vous l'aurait appris lui-même à notre arrivée à Chirfa.

La Mercedes bondit de nouveau dans la nuit noire. Jusqu'au pied du djebel Hassouan, la route était rectiligne, semée tous les dix ou quinze kilomètres de villages endormis dont Lucchino récitait les anciens noms français au passage. Autrefois cela s'appelait Clairefontaine, Millevaches, Montmirail, Chateaubriand et maintenant les bourgades et les villes étaient devenues : Akroun, Youssef, Ouzou et Ben Akbir du nom des « héros » de l'Indépendance et des chefs du parti Mouquawat. Sous un nom ou sous un autre, elles n'en dormaient pas moins profondément, blotties dans l'ombre, pareilles à toutes les agglomérations du monde, cuvant dans la nuit fraîche leur chaleur, leur fatigue de la journée.

— Avez-vous remarqué ce qu'a d'imbécile un couvre-feu ? demanda von Brautschich.

— Pas tellement, j'avoue...

— Mais si, voyons... Un pays, une ville tremblent de frousse. Alors le premier soin des autorités est d'interdire aux honnêtes gens de mettre le nez dehors entre le coucher et le lever du soleil. C'est le moment rêvé pour les malfaiteurs qui veulent circuler. Plus personne pour les prendre en flagrant délit, à part de maigres patrouilles de police qui tissent un filet aux mailles si larges qu'il devient enfantin de passer au travers. Regardez-nous... Jusqu'à preuve du contraire, notre retour est trop facile.

— Attention, je suis superstitieux, dit Lucchino.

— C'est bien. Il faut l'être. La superstition est le commencement de la sagesse. Je ne sais pas encore quel coup vous avez réussi, mais à votre tête, je devine qu'il faut que vous le racontiez à quelqu'un.

— Après cela, je serai mieux.

— Gauthier va vous confesser.

— Je me demande si je pourrai fuir tout de suite ce pays.

— Y êtes-vous né ?

— Oui, et je l'ai adoré. Maintenant, je le hais d'autant plus.

— La haine est bonne conseillère.

Après Millevaches, la route commençant à monter, la Mercedes perdit de la vitesse pour aborder le djebel. Une série de lacets conduisait jusqu'au col du Berger, porte du plateau d'Hassouan. La crête franchie, ils découvrirent le mince croissant blanc de la lune qui se levait. Von Brautschich, attentif à ne pas trop baisser l'allure, s'était tu. De nouveau rectiligne, la route traversait le plateau en diagonale. A la faible lueur du clair de lune, on distinguait les prairies découpées en rectangles par des murettes de pierre grise et, de loin en loin, les dolmens solitaires alignés sud-nord. Autour des cahutes en branchage des bergers, dormaient les troupeaux de chèvres et de moutons que la lumière des phares, le chant du moteur réveillaient brusquement. Des chiens coururent après la voiture et von Brautschich faillit en écraser un.

— Je voudrais vous poser une question personnelle, dit l'Allemand. Votre réponse n'intéresse que moi. J'ai besoin de points de repère dans la vie et j'aime savoir pourquoi les gens décident un jour ou l'autre de s'engager dans une action où ils n'ont rien à gagner et où ils risquent le pire.

— Posez toujours votre question et je verrai si je peux y répondre.

— Eh bien — et sans savoir à quoi vous avez participé aujourd'hui — j'aimerais que vous me disiez si des motifs personnels vous ont poussé à entrer dans l'organisation dont nous faisons partie à des titres divers, vous depuis quelque temps, moi depuis hier. Ou bien si ce sont des motifs — comment dirai-je ? — théoriques, des motifs purs, un coup de foudre, un acte gratuit, la révélation d'une évidence.

— C'est difficile. Je crois qu'il y a beaucoup des deux... Mon père et ma mère ont été assassinés en octobre dernier à Birmatou.

— Sans cet assassinat, vous ne vous seriez pas engagé dans cette affaire ?

— Je ne sais pas, dit Lucchino. On ne m'en aurait probablement pas parlé. Ce que j'en ai appris, grâce à ma situation de famille, m'a séduit. Peut-être y ai-je vu une occasion de régler un compte. Je ne saurais pas vous l'affirmer exactement.

— Il faut que je réfléchisse à tout cela. Nous vivons une époque singulière. Nos gestes nous précèdent. Je pense toujours au mot de Cocteau : « Puisque ces événements nous dépassent, feignons d'en être les organisateurs. »

— Je ne le connaissais pas, mais c'est vrai de tout le monde.

La voiture dut ralentir. Des ornières barraient la route. Comblées avec des fascines, de la terre et des cailloux, elles avaient été rouvertes par le passage des deux convois. Von Brautschich roula sur le bas-côté, la tête penchée au-dessus de son volant, pour mieux voir à travers le pare-brise la chaussée défoncée. Le tremblement de terre s'était fait sentir jusqu'ici, creusant de profondes failles dans les abords nord du plateau d'Hassouan, engloutissant dans un glissement de terrain la petite ville de Beni-Amar qu'ils évitèrent par une déviation. Déjà s'ouvrait la vallée qui avait tant souffert du séisme. Elle descendait en pente douce vers la plaine et de la route à flanc de montagne on apercevait les lumières de Chirfa dessinant une aura rougeâtre au bord de la Méditerranée. La Mercedes reprit son souffle et fonça dans la campagne morte, traversant des hameaux silencieux aux gourbis effondrés, passant les oueds sur des ponts provisoires édifiés par le génie chirfanien avec du matériel américain, longeant des olivettes et des vergers aux arbres saccagés. La population avait fui vers le littoral pour y trouver un abri et du travail en attendant d'hypothétiques dommages aux victimes du tremblement de terre. Avant d'atteindre Chirfa, ils traversèrent le village de toile où le gouvernement s'efforçait de secourir 4 à 5 000 sinistrés du djebel livrés aux épidémies, à la faim, à la misère. Le typhus avait récemment réduit de moitié cette population flottante et désemparée. Dès les faubourgs, von Brautschich ralentit et roula ostensiblement au milieu de la rue comme le conseillaient les directives de la police aux quelques privilégiés autorisés à circuler. Une patrouille casquée fit mine de les arrêter, mais le brigadier apercevant les lettres CD à côté du numéro, les salua d'un geste large. A 3 heures juste, la Mercedes s'arrêtait avenue Ben Akbir devant l'immeuble de Pierre Gauthier. Lucchino sortit de son engourdissement. Au vent presque froid du plateau, succédait la nuit moite de la ville avec son écœurante odeur d'essence et de poussière. Gauthier les attendait avec Jack Gravereau et Madeleine van Dromme dans la grande pièce dont la porte-fenêtre s'ouvrait sur l'avenue. Derrière les immeubles d'en face se dressait la silhouette chevelue de la colline du Maure couronnée par la masse plus claire de l'hôpital Mustapha dont quelques lumières brillaient dans la nuit.

— Je vous connais, dit Pierre. Je vous ai vu arriver à l'aérogare de Chirfa, il y a trois jours. Nous parlerons de vous tout à l'heure. Il me faut un récit complet de la journée. A 5 heures, je dois remettre un tract que nous imprimerons ici.

— Je n'ai pas tout vu, dit Lucchino. Je suis parti avant la fin. Je ne pouvais pas risquer d'être pris dans le coup, mais je pense que les événements n'avaient plus besoin de moi pour se dérouler suivant le plan prévu. Dès mon arrivée, j'ai pris contact avec l'épicier Benamoun, l'instituteur Jacques Delrue, et Tahar, le caïd des Guigous...

Le jeune homme raconta, avec le maximum de précision, l'émeute de Birmatou et le soulèvement des montagnards contre l'O.E. Manquaient seuls les chiffres des victimes, le moment où l'ordre avait pu être rétabli et de quelle manière. Mais il était facile d'épiloguer et, à l'heure actuelle, l'étincelle avait dû allumer le feu dans le bled environnant. Le bataillon chirfanien dépêché de nuit dans le Sud, le laissait supposer. Il est vrai que l'O.E. avait également envoyé des renforts dans la région de Birmatou...

Tous l'écoutèrent passionnément, bien que chacun à sa manière : von Brautschich effondré dans un grand fauteuil de cuir, l'œil atone, Madeleine assise au bord d'une chaise, le menton dans les mains, Gravereau sur le canapé, allumant cigarette sur cigarette, et Gauthier marchant de long en large, un effort d'attention extrême peint sur son visage hâlé.

Quand Lucchino eut terminé, le Français sortit seul sur le balcon pour contempler la nuit lourde qui pesait sur la ville, l'avenue Ben Akbir déserte avec ses jeunes lauriers d'un vert macabre sous l'éclairage au néon.

Barricadés dans leurs maisons, les Chirfaniens rêvaient à des ombres sournoises parcourant les rues et déposant des bombes sous les monuments publics. Il fallait faire confiance à l'imagination d'une ville cruellement blessée deux jours plus tôt et qui, sans comprendre encore la provenance du danger, le flairait avec cette intuition aiguë que donne la peur. Et la peur était devenue le grand, presque le seul moteur de l'accélération de l'histoire. Manœuvrée avec une suprême habileté par le communisme ou le paracommunisme international, la peur jetait les nations dans l'un ou l'autre camp, ou étalait sur la carte ces zones neutres dont on ne savait que trop combien, chancelantes, elles chavireraient à la moindre attaque. Maintenant, la peur gagnait le bled chirfanien après avoir secoué la blanche et beige Chirfa au bord de la Méditerranée calme. Elle y régnerait d'autant plus longtemps que le pays abandonné à l'anarchie interne depuis la disparition de l'infrastructure administrative française, ne connaissait plus ses maîtres. Déclencher cette peur était un acte d'une assez grande lâcheté. Mais le monde entier était lâche. Lâche d'un côté et bête en face. Victime toujours de ses phobies et de ses incohérences. Ceux que l'on appelait les Occidentaux, restaient aveugles et sourds aux menaces les plus évidentes. Le sort de l'Europe se jouait en Afrique du Nord et les parlementaires anglais se réunissaient pour fonder un Comité d'aide à l'indépendance algérienne. La même Angleterre déclarait tout haut dans les conférences internationales qu'elle avait fait les deux dernières guerres pour empêcher l'unité européenne et qu'elle n'allait pas se laisser imposer même la solution boiteuse du Marché commun. Une semaine avant la chute de Diên Biên Phû qui sonnait le glas de l'Europe en Asie, les Américains, décidés à aider militairement la France, avaient voulu s'assurer sinon la participation du moins la neutralité de Churchill, et pendant huit jours on avait en vain cherché dans toute l'Angleterre, le vieux lion caché chez un ami, en train de peindre. Sorti de sa retraite avec une feinte naïveté, il n'avait pu que constater la chute du bastion tonkinois. L'Europe rassemblait avec le plus grand mal les quelques nations qui acceptaient le risque de faire échec à l'impérialisme soviétique, et depuis huit jours, la presse américaine animée par un mystérieux mot d'ordre, prenait feu et flamme contre l'Espagne franquiste et le Portugal salazariste. Ils finiraient par les démolir entraînant avec le Portugal un empire africain qui serait aussitôt dirigé contre eux, entraînant aussi le vieux continent car ils n'imaginaient pas un seul instant qu'une fois effondrés ces derniers bastions de l'anticommunisme total, la France, l'Italie et l'Allemagne seraient écrasées entre les mâchoires d'une tenaille. Acculé au mur, réduit à la défensive, le monde libre ne pensait qu'à s'entre-déchirer. Pour avoir le droit de mourir de la gangrène occidentale, pour être admis dans le club des condamnés à mort, il fallait encore montrer patte blanche et marcher au pas des vieilles démocraties lézardées, réduites par leur fatal manque d'imagination à une puérile politique d'autruche. Mais que se passait-il dans le monde latin et dans le monde anglo-saxon ? A la suite de quelle opération alchimique malheureuse, ces pays qui étaient autrefois des pépinières d'hommes d'État, qui semaient au vent les idées de la paix et du progrès, ne se laissaient plus conduire que par des politiciens sans volonté. Prétendre sinon se substituer à eux, du moins leur préparer un terrain sur lequel ils pourraient avancer de leur pas hésitant, était d'une présomption sans nom. S'il n'y avait qu'une chance sur mille, on se devait, cependant, de la risquer. Était-ce une folie criminelle que de vouloir arrêter cette chute et rendre l'œil pour l'œil, la dent pour la dent ? Ne serait-ce pas faire le jeu de l'adversaire que de buter sur un compte illusoire de vies humaines quand toute une civilisation, une manière de respirer et d'espérer, étaient le prix de la lutte ? Après 1870 Renan avait eu ce mot terrible pour la France. On le répétait aujourd'hui à l'échelle de l'Europe : « De grâce, monsieur, l'Europe se meurt, ne troublez pas son agonie. » Gauthier ne doutait pas qu'avant de se suicider, Renault s'était posé toutes ces questions pour y donner une réponse pessimiste et amère. Mais Renault n'avait pas été préparé à la guerre souterraine. Son caractère influençable, le désordre de sa vie conjugale révélé par la nuit de veille à Chirfa-plage, la séduction qu'exerçait sur lui, à chaque rencontre, le président Ben Akbir, l'ignorance où on le maintenait du but réellement poursuivi, avaient suffi à brouiller dans son esprit les données de l'éternel problème de la fin et des moyens. Périsse la fin pourvu que les moyens restent purs. C'est facile à dire quand on n'a pas charge d'âmes. On en discuterait éternellement tant qu'il y aurait des hommes, tant que le mot « politique » aurait un sens. Gauthier savait que Jean Renault avait montré là plus de courage que les autres membres de l'organisation qui se refusaient à mesurer les conséquences de leurs gestes. En dénonçant le complot — ou du moins ce qu'il en connaissait — le médecin allait au bout de ses convictions intimes. La lettre à Ben Akbir ne serait arrivée que le lendemain matin, et Gauthier, prévenu par l'autre lettre laissée sur la table, aurait eu toute la nuit pour se mettre à l'abri. Il est vrai, en revanche, que sans ou avec la trahison de Jean Renault, l'organisation n'en avait plus pour longtemps à vivre. L'ampleur et la rapidité de ses succès la condamnaient. En quelques jours, le monde arabe avait été violemment secoué : l'insurrection du Rif faisait trembler un autre État du Maghreb, le soulèvement d'une partie de l'armée irakienne bien que déjà écrasé par le « zaïm » Kassem, détachait ce pays de la tentation d'adhérer à la République arabe unie, la révolution rapide de Khartoum poussait dans le dos de l'Égypte une épée nouvelle, l'attentat contre Nasser avait été porté au compte de l'Arabie Séoudite, brouillant pour longtemps les rapports entre le Bigbachi et le potentat du pétrole, enfin le Yémen, à la veille des nationalisations, se retrouvait divisé en plusieurs factions, sans autorité, voué à l'anarchie...

Gauthier revint dans le salon pour remercier von Brautschich. Il était préférable qu'il ne s'éternisât pas avenue Ben Akbir avec sa voiture trop célèbre à Chirfa. Les grandes précautions ne semblaient plus de mise, mais un minimum restait indispensable. Jack Gravereau prendrait l'avion de midi et à la fin de la journée rencontrerait à Paris le personnage qui donnerait probablement le signal d'arrêt des opérations. A 6 heures du matin, quelqu'un viendrait chercher Lucchino Pietri pour le conduire clandestinement à bord du cargo italien *Ardito* qui levait l'ancre un peu plus tard. On prendrait soin de sa sœur et de ses grands-parents dès leur arrivée à Chirfa. En attendant, il fallait d'urgence composer et tirer sur Gestetner un tract dont Saïd Teleur et Abecassis passeraient prendre livraison dès le lever du couvre-feu. Selon toute vraisemblance, l'organisation n'avait plus que vingt-quatre heures à vivre. Von Brautschich une fois parti, Madeleine s'installa devant la machine à écrire.

Le Palais de la République

Pour donner l'impression que la peur ne régnait pas — au moins au siège du gouvernement — la compagnie de tirailleurs chirfaniens qui, depuis l'explosion du *Dobroudja,* veillait à la sécurité extérieure du palais, avait été renvoyée dans sa caserne. Tout se passait cependant comme si les tirailleurs étaient encore là, leurs fusils mitrailleurs en batterie, leurs mitraillettes à la hanche maintenant les curieux à distance, et la grande place nue bordée de palmiers et de vieilles caronades en bronze, restait déserte, à peine traversée de temps à autre par un chien honteux. Les promeneurs ne venaient plus, comme d'habitude, à midi pour admirer le spectacle de la relève des gardes noirs. La garde noire, célèbre dans le monde entier pour la taille de ses hommes, ses uniformes grenat et ses cimeterres flambants, ne se montrait plus. Enfermée dans le palais avec son maître, elle assurait la sécurité intérieure. La lourde porte de chêne verni bardée de fer avait été close, ne s'entrebâillant que pour l'auto du président (mais il n'était sorti qu'une fois en cinq jours), ou pour les estafettes motocyclistes dont les démarrages acrobatiques soulevaient un nuage de poussière sur la place sablée de blanc. Quand une voiture se présentait, une sentinelle casquée et enfermée dans une guérite de ciment, alertait le poste et, par une petite porte latérale, arrivaient deux inspecteurs qui examinaient le laissez-passer du visiteur qu'ensuite on introduisait dans la loge du concierge où, s'il n'était pas au moins ministre ou ambassadeur, on le fouillait des pieds à la tête sans ménagement. La porte de chêne fermait la cour dite d'honneur dans laquelle campait, depuis cinq jours et cinq nuits, un peloton de gendarmes. Hâves, mal rasés, les visages des gendarmes trahissaient la fatigue du terrible service qu'on leur demandait depuis qu'ils étaient là en renfort. Couchant dans les camions Dodge ou à même les bancs alignés contre le mur, ils ne prenaient que de brefs repos entre les multiples tours de garde, la surveillance des portes et la veille sur les toits en terrasse. Abrités par les créneaux et camouflés derrière des sacs de sable, ils restaient invisibles de l'extérieur, mais de la cour et des patios, on les apercevait, deux par deux, casqués, encadrant des fusils mitrailleurs braqués sur les quatre points cardinaux de la ville. A 8 heures, chaque matin, ils présentaient les armes pour le lever des couleurs, puis reformaient les faisceaux dans la cour d'honneur. Un homme de corvée passait parmi les groupes avec un bidon et versait le café dans les quarts. Alors quelque chose secouait le palais engourdi par la nuit d'attente. Des chaouchs apparaissaient en rasant les murs, trop discrets pour être honnêtes, et les hommes de la garde noire prenaient leur faction devant les portes des bureaux ou aux quatre coins des patios.

Les trois plus grands d'entre ces géants recrutés traditionnellement au Soudan, s'installaient en haut de l'escalier de marbre, sur le palier du cabinet de travail de Ben Akbir. Ce samedi matin, ils se mirent d'eux-mêmes au repos aussitôt après que le président du Conseil, ses fils Émile et Joseph, le ministre de l'Intérieur Omar Ouradine et Krim Sahel le secrétaire à l'Information se furent enfermés dans le bureau. L'un des gardes restait l'oreille collée à la porte, guettant moins les éclats de voix impossibles à entendre que les éventuels bruits de pas qui donneraient l'alerte, l'autre surveillait la cage de l'escalier et le vestibule de marbre du rez-de-chaussée, le troisième contemplait par la fenêtre ouverte le patio des orangers. Le soleil de 8 heures du matin n'éclairait que la façade, mordant à peine sur les parterres de godetias. Une ombre légère et fraîche protégeait les arbustes et la vasque de porphyre fleurie de nénuphars. Le palais semblait encore endormi, parcouru de silhouettes furtives qui en respectaient le lent réveil. Mme Ben Akbir s'activait plus tard et on pouvait s'en rendre compte dès que les fatmas commençaient à battre les tapis, à déverser des cataractes d'eau savonneuse dans les escaliers, à frotter les vitres avec du papier journal. L'imposante matrone commandait là, avec autorité, une armée à sa mesure dont l'activité ne pouvait être entravée par aucune visite officielle, aucune cérémonie.

Dans la grande pièce où Jean Renault avait recueilli ses confidences, le président du Conseil trônait derrière son bureau Louis XV, encadré par ses deux fils timidement assis sur des chaises, face à Krim Sahel et Omar Ouradine, chacun une serviette ouverte sur les genoux et des documents à la main. Les traits tirés, mais le regard perçant comme aiguisé par la fatigue, Ben Akbir dans sa robe de chambre en soie rouge, le cou enveloppé d'un foulard blanc, lisait le tract apporté par Omar Ouradine. Quelques exemplaires avaient été distribués à 6 heures dans la casbah, mais cette fois des inspecteurs en civil avaient pu arrêter deux jeunes gens qui en cachaient des paquets sous leur djellaba. Le tract apportait aux Chirfaniens « les informations que le gouvernement leur refusait ». Dans le Sud, à Birmatou, les exactions de l'O.E.

soulevaient les populations de la vallée et des djebels. Des miliciens avaient massacré une centaine de montagnards de la tribu des Guigous venus se plaindre, caïd en tête, du viol de deux de leurs filles, du saccage de leurs champs et des vols de bétail. Une scène effroyable s'était déroulée devant la mairie où s'étaient rassemblés les manifestants. Sans avertissement, l'O.E. avait tiré à bout portant dans la foule qui, en essayant de s'enfuir, s'était heurtée à un barrage de miliciens. Depuis la veille 7 heures du soir, la guerre était déclarée entre les montagnards du Sud et les troupes de l'O.E. cantonnées le long de la frontière ou enfermées dans les camps d'instruction. On risquait de sanglantes rencontres et surtout une guérilla interminable tant que les miliciens n'exerceraient pas ailleurs leurs talents. L'indécision du gouvernement contribuait à aggraver le désordre. Les Chirfaniens ne laisseraient pas leur pays devenir le carrefour du crime, le champ de bataille des Russes et des Occidentaux. Il était temps, après en avoir tellement parlé, de se montrer « indépendant », de faire preuve d'autorité. Le pays aspirait à la prospérité et à la liberté, et on le conduisait vers la guerre civile...

Ben Akbir reposa le tract sur la table et enfouit son visage dans ses mains pendant quelques instants avant de regarder en face Omar Ouradine.

— Alors ? demanda-t-il.

— Nous interrogeons les deux jeunes gens arrêtés à 6 heures du matin. Cet après-midi au plus tard, nous devrions avoir remonté la filière.

— A 16 heures, après avoir reporté trois fois cette entrevue, je reçois l'ambassadeur de France qui m'apporte la protestation « énergique » de son gouvernement contre les méthodes de ma police. Il exige de pouvoir rendre visite au téléphoniste algérien arrêté voilà deux jours par vos soins, Omar. Je vais avoir à digérer un certain nombre de propos désagréables : la menace de la rupture de nos accords céréaliers, le rappel d'une présence forte et décidée à notre frontière, parce que vos policiers sont des imbéciles et des maladroits qui laissent les inculpés se pencher un peu trop à la fenêtre. Avec de la chance, j'aurai également droit à une homélie parce que nous avons cédé à une compagnie américaine de pétrole le monopole de la prospection dans des territoires du Sud-Ouest qui sont en litige avec la France. Mes services d'information n'ont pas su retenir la nouvelle et un journal de Chicago vient de la publier avec une opportunité qui fait peur. Les uns et les autres vous lâchez des couleuvres sans réfléchir un instant que c'est moi qui les avale. Je n'en peux plus. Je suis sursaturé de couleuvres. Au début, je les goûtais avec un plaisir de masochiste, maintenant elles me restent sur l'estomac. Si vos deux prisonniers de ce matin sont des ressortissants français, je ferais mieux d'attendre l'ambassadeur avec la corde déjà au cou...

Il avait parlé de cette voix calme et sourde des mauvais jours que lui connaissaient seuls ses collaborateurs. Omar Ouradine détestait cette attitude et ce ton devant lesquels il perdait pied de seconde en seconde, cherchant inutilement à se raccrocher au regard gris-bleu du dictateur. Mais le regard restait volontairement neutre dans le visage fatigué, et Ouradine l'« incorruptible », Ouradine l'« homme noir » dont le seul nom faisait trembler le pays, avait peur, réellement peur des sèches remontrances de Ben Akbir qui le laissaient sans défense, au bord du bégaiement. Krim Sahel, plus paisible, écoutait avec une attention feinte. Sa formation et ses convictions politiques d'extrême gauche l'armaient contre les colères feintes et les séductions épaisses de Ben Akbir. Il connaissait ses ruses, ses lamentations comme ses éclats. Il avait, depuis le début, fait part des responsabilités des uns et des autres. Rien ne pouvait lui être reproché dans la divulgation de l'accord pétrolier. La fuite venait d'ailleurs, sans doute de l'entourage même du président. Mais puisqu'il fallait un coupable, Krim Sahel baisserait volontiers la tête. Ces platitudes ne lui coûtaient guère au regard de ses ambitions. Depuis qu'il détenait dans le gouvernement le secrétariat d'État à l'Information, le pays avait doucement, imperceptiblement viré à gauche. Il virerait encore plus loin, si on en abandonnait le soin à l'ancien professeur de lycée surnommé à Chirfa, Ben Goebbels.

— Les deux jeunes gens arrêtés ce matin, dit Omar Ouradine, sont des Chirfaniens. D'après leurs premières déclarations, ils appartiennent aux mouvements de jeunesse Mouquawat.

— Trahi par les miens ! C'est parfait.

— Au point où nous en sommes, autant avouer que le parti est en train de se liquéfier : à gauche avec les Amis du Moujahid, à droite avec une tendance nationaliste qui se réclame de vos propos officieux.

— Et qui les répète mes propos officieux ?

— Tous vos visiteurs étrangers, principalement les journalistes occidentaux. L'un des hommes qui a le plus fait pour maintenir votre prestige auprès des Européens de Chirfa, était certainement le docteur Renault à qui vous ne faisiez pas mystère de vos préférences.

— En somme, dit Ben Akbir souriant, ma police trouve que je parle trop. Qu'envisagez-vous, Omar ? Me laisser un ange gardien qui me donnera un coup de coude quand je me laisserai aller ? Des micros sous la table ? Il y en a peut-être déjà... Vous n'êtes pas sérieux. Tout cela n'est pas sérieux. Je voudrais plutôt savoir comment l'auteur de ce tract a été renseigné sur les événements d'hier que nous tenions secrets, que personne sauf nous n'est censé connaître à Chirfa. Oui, je sais... le téléphone arabe...

— Le téléphone tout court. Nous épluchons les communications d'hier entre Birmatou et Milla, Milla et Chirfa. Il n'a pas dû y en avoir tellement dans la soirée. Cet après-midi, j'en aurai le relevé exact.

— Les détails m'importent peu. Je veux aujourd'hui samedi un premier paquet d'inculpations. Nous n'avons pas eu d'attentat cette nuit...

— Nous pas... mais l'O.E. oui... Deux camions d'un convoi qui partait pour le Sud hier soir ont explosé à la sortie de la ville.

— Qu'est-ce que c'était que ce convoi ?

— Des renforts pour Birmatou, je crains. Un bataillon chirfanien les précédait.

— Ça tout de même, je le sais... Mais ce qu'il y a de certain c'est que dans le Sud, nous avons perdu toute autorité. Nos ordres tombent dans le désert.

— Ce serait peut-être le moment, dit doucereusement Omar Ouradine, de faire le point avec l'O.E.

— Oui, très bien. C'est une idée géniale. Il y a une fable comme ça. *Les souris et le chat.* Pour ne plus avoir peur du chat, elles décident de lui accrocher une sonnette à la queue. Ça aussi, c'était une idée géniale. Malheureusement, les volontaires manquaient... et les souris ont dû renoncer.

Le ministre de l'Intérieur détestait l'ironie. Sa peau foncée l'avait toujours rendu extrêmement susceptible. Seul de tous les membres du gouvernement, il était un homme du Sud, un descendant de ces nomades noirs du Sahara qui, peu à peu, se sédentarisaient et s'approchaient avec mille précautions des centres urbains. Orphelin élevé par des colons français, Ouradine avait échappé aux tabous de sa race. Il était allé à l'école, il avait suivi des cours de droit à la faculté d'Alger, et au retour, à vingt-cinq ans, il commandait un réseau de résistance antifrançaise à Tozour. Cinq cents fellaga morts de peur, armés de bâtons et de vieux fusils de chasse rouillés en avaient fait un collaborateur valable pour Ben Akbir qui, dans l'allégresse générale, cherchait à assurer l'ordre et l'union. Les méchantes langues disaient qu'on avait sacré Ouradine chef de la police à cause de son complexe négroïde, qu'il fallait à ce poste un homme dont la personne physique inspirât la crainte, voire l'horreur. Mais ce ministre de vingt-huit ans s'était, à l'usage, révélé un homme de fer, d'une intelligence dure et sèche sans imagination. Les événements des derniers jours le désarçonnaient brusquement et depuis cinq nuits, il ne dormait pas, acharné à trouver la solution du problème qui se posait à lui. Les deux arrestations de 6 heures du matin lui ouvraient enfin une porte sur l'inconnu. Il ne doutait plus de découvrir la vérité dans un délai très court. L'ironie de Ben Akbir ne lui en était que plus insupportable. Elle aggravait la tension entre les deux hommes, et là où le dictateur ne marquait que mépris pour le peu d'efficacité des services de son ministre de l'Intérieur, Ouradine croyait discerner une antipathie de peau blanche à peau noire qui le blessait dans sa vanité.

— Je ne pensais pas que nous étions à ce point désarmés devant eux, dit Krim Sahel.

— Vous ne le pensiez pas, répondit Ouradine, mais vous n'avez rien fait pour empêcher qu'il en soit ainsi.

— Ce n'est tout de même pas moi le chef du gouvernement ni le ministre de l'Intérieur.

— Non, heureusement... sinon la Chirfanie ne serait plus qu'une base de l'O.E., et demain l'armée française nous liquiderait avec trois automitrailleuses et deux hélicoptères.

— C'est à voir... Il est peu probable qu'ils s'amuseraient à courir un nouveau risque de ce genre. L'attaque de Suez a fait de Nasser un héros. Peut-être, mon cher Président, deviendriez-vous pour la seconde fois le Sauveur providentiel.

— Merci, Krim, merci ! Je compterai sur vous ce jour-là pour donner un nouveau départ à ma popularité qui décline. En attendant cette occasion unique de sauver le régime qui va s'effondrer, j'aimerais d'abord savoir le fin mot de l'histoire, ensuite décider de notre riposte. Là, voyez-vous, j'ai des illusions... Je ne crois pas que les attentats soient l'œuvre des Français, ou du moins pas uniquement des Français car ils ne sont pas les seuls à en profiter. La France est incapable de ces machinations-là. Elle a la sottise et le courage de combattre à visage découvert. Seule l'Angleterre est capable de monter des affaires de ce genre. Naturellement il n'est pas question de suspecter l'Angleterre. Nous sommes au mieux. Hier, ils nous ont consenti un crédit de trois milliards pour les livraisons d'armes légères. La semaine prochaine, nous signons un accord céréalier secret qui remplacera le vieux contrat passé avec la France. Alors, quelle est votre idée, Omar ?

— J'ai examiné toutes les possibilités, une par une, y compris celle d'une intervention soviétique mais Moscou a tout intérêt à ce que l'O.E. ait de solides bases chez nous et je ne pense pas qu'il faille chercher dans cette direction...

Krim Sahel eut un sourire qui n'échappa pas à Ben Akbir. Le dictateur repoussa son fauteuil et se leva. Son fils Émile voulut l'imiter, mais il posa la main sur l'épaule du jeune homme pour lui intimer de rester assis, et contourna sa table de travail pour venir s'y adosser, face à ses deux collaborateurs.

— Krim, vous avez souri, dit-il. Qu'est-ce que ça signifie ?

— Rien. Je ne suis pas ministre de l'Intérieur. Je suis secrétaire à l'Information, c'est tout.

— Eh bien, prenez ma place si vous l'enviez, dit Ouradine agacé.

— Il n'en est pas question, mais peut-être aurais-je une idée.

— Laquelle ?

— Nous nous trouvons en présence d'une organisation internationale privée qui est en train de flanquer la pagaille dans le Maghreb et au Moyen-Orient. Il y a tout de même parmi les Occidentaux des gens — qui ne sont pas des hommes politiques — assez intelligents pour s'inquiéter du réveil du panarabisme ? Je n'en voudrais pour preuve que la concordance des récents événements depuis le 18 juillet : flambée dans le Rif, attentat contre Nasser, tentative de pronunciamento en Irak contre Kassem, soulèvement de l'armée au Soudan, et enfin la Chirfanie où le désordre a été installé avec une précision savante. C'est chez nous que le coup a le mieux réussi. Sans doute le chef de l'organisation qui opère à Chirfa même est-il un homme supérieurement intelligent. Là où les autres ont travaillé dans le secret, il a choisi le plein jour. Il ne nous est plus possible d'accuser le hasard, les concours de circonstances. L'homme de la rue sait qu'un complot terroriste menace son pays, sa ville, son bled, ses amis, sa famille. Nous sommes arrivés en cinq jours à un point de tension tel que les Chirfaniens vivent maintenant dans la terreur. Le coup de Birmatou donne le signal de la rébellion dans le Sud. C'est un coup monté dans les règles. Il avait été tenté de façon exactement semblable en Algérie par un commissaire politique de l'O.E., Youssef Zighout à El-Arrouch, contre un poste de hussards parachutistes commandés par le colonel Ducourneau. Environ 2 à 300 paysans armés de bâtons et de pierres ont encerclé le poste en réclamant du blé et de la semoule. Les hussards avaient ordre de ne pas tirer. Ils n'ont pas bronché. Et ils ont continué de ne pas broncher quand trois fellaga dissimulés sur des toits ont mitraillé le poste. Les coups semblaient partir de la foule, blessant et tuant des soldats. Si les hussards avaient riposté, ils massacraient les émeutiers et les fellaga s'enfuyaient, laissant derrière eux un beau carnage. L'armée française aurait été responsable du massacre de 2 à 300 imbéciles armés seulement de gourdins. Le sang-froid du colonel Ducourneau a sauvé la situation. Sans cela les Français étaient bons pour une intervention de l'O.N.U., la réprobation de la conscience universelle et un manifeste signé Albert Bayet et Minou Drouet. Il faut croire qu'à Birmatou, le colonel K. n'avait ni la même autorité, ni la même maîtrise de soi. Mais que l'on cherche bien et on retrouvera celui ou ceux qui ont tiré sur les miliciens et dans la foule pour déclencher la mitraillade générale.

— En effet, Krim, c'est assez clair, dit Ben Akbir. Je n'y avais pas pensé. Mais moi je n'ai pas fait de séjour dans les écoles des cadres du Caire.

— Moi non plus ! assura Sahel en riant. Il me plaît seulement de le laisser murmurer. Pour les uns, c'est une bonne raison de se méfier de moi, pour les autres, c'est une gloire de plus.

Le dictateur regagna son fauteuil entre ses deux fils toujours muets. L'intervention du secrétaire à l'Information avait détendu son visage crispé au début de l'entretien. Reprenant en main le tract, il le lut de nouveau à voix haute avant de le rendre à Ouradine qui l'enfouit dans une serviette.

— Il ne reste plus, dit Ben Akbir, qu'à remonter la filière comme l'annonçait tout à l'heure notre ministre de l'Intérieur. Omar, si avant 4 heures cet après-midi, vous m'apportez les premières pièces du complot, M. l'ambassadeur de France ne pourra pas placer un mot avant que je lui aie vidé mon sac.

— Vous les aurez ! dit Ouradine en se levant.

— Autre chose encore, et puisque nous sommes sur un terrain précis. Les mesures de couvre-feu et d'interdiction de circuler ont contribué à augmenter la peur qui rôde dans le pays. Aux informations de 13 heures, vous annoncerez que ces mesures sont levées et que — les coupables arrêtés ou non — un complot a été découvert dont les instigateurs ont déjà payé de leur vie l'atteinte à la sûreté intérieure de l'État.

— Je ne suis pas d'accord, dit Ouradine. C'est laisser le champ libre aux terroristes. Vous en porterez la responsabilité, pas moi.

— Il faudrait, répondit Sahel, peut-être expliquer à notre collègue...

— Vous n'avez rien à m'expliquer. Je ne suis pas plus bête que vous. Je connais mon travail et je sais comment on enraye une épidémie...

— Eh bien moi, je vous expliquerai, coupa sèchement Ben Akbir. Dans cette affaire dont je précise que nous ne savons encore *rien,* sur laquelle nous ne pouvons bâtir que des hypothèses dont nous rirons peut-être demain, dans cette affaire de complot on ne cherche pas à tuer. On cherche à semer la peur. C'est une petite guerre psychologique que l'on nous fait. Si nous ne voulons pas être dépassés, il faut répondre par des moyens semblables. Il faut donner l'illusion de la sécurité, de la confiance retrouvées. Croyez-moi, j'ai raison. Tout ce que je demande à vos services, c'est de m'apporter avant 16 heures les premiers éléments qui me permettront de répondre à l'ambassadeur de France. Et maintenant, je vous rends à votre travail.

Omar Ouradine se leva. Il cachait mal sa susceptibilité blessée. Ses yeux flambaient et son teint tournait au gris ambré. Krim Sahel le prit par le bras en un geste amical. Ben Akbir s'était déjà tourné vers son fils Émile qui lui tendit un dossier ouvert.

— A 10 heures ce matin, ajouta le dictateur, je signe l'accord définitif du gouvernement pour une concession pétrolière à une société américaine. Mon fils vous remettra, Krim, la note destinée à vos informations de 13 heures. Nous avons été grillés par le *Chicago Tribune,* mais il importe de faire comme si nous ne le savions pas.

— Puis-je dire un mot à ce sujet ? demanda Ouradine.

— Pourquoi pas ?

— Avant-hier, l'O.E. qui avait fait pression sur vous pour que vous signiez avec cette compagnie, a reçu en remerciement de ce service, une somme de 400 000 dollars qui ont été versés à Bouhieddine, commissaire à l'Intendance de l'O.E. et Hamid, secrétaire chargé des Finances. Cinq minutes après avoir touché l'argent, ils en ont été dépouillés en pleine rue par deux hommes armés au courant de l'affaire. Je ne sais pas si c'est en relation avec le coup dont nous parlions, mais ce dont je suis certain, c'est que l'A.M.R. ne devrait pas avoir confiance dans tout son personnel. A plus forte raison, nous ne devrions avoir qu'une confiance modérée dans cette société.

— Je vous remercie, Omar, je sais ce que j'ai à faire.

— Avez-vous entendu parler de la Jaimir ?

— J'en ai entendu parler, dit Ben Akbir excédé. Depuis cinq jours, je n'entends plus parler que de la Jaimir.

— Alors je pense que vous savez qu'elle est derrière l'A.M.R. ?

— Vos informations sont exactes ? Figurez-vous que j'en doute. La Jaimir — si Jaimir il y a vraiment — ne soutiendrait pas une société de ce genre. Elle a des intérêts dans le monde arabe, mais pas ceux-là.

— Je regrette... la Jaimir a misé sur l'O.E., ouvertement et clandestinement. L'an dernier, elle a versé

65 000 dollars au sénateur Griffith-Jones qui est intervenu bruyamment et violemment devant le Congrès américain en réclamant l'indépendance de l'Algérie. Au Comité directeur de l'O.E. elle s'est assuré pour 80 000 dollars le concours de Ferda Amine — qui restait sentimentalement partisan de négociations avec la France — pour le faire entrer dans le clan des jusqu'au-boutistes qui axent leur politique sur celle du Caire. Il est probable qu'on vous trouve un peu... tiède sur le chapitre de la renaissance de la nation arabe.

— Tiède n'est pas le mot, Omar. Réservé serait mieux. Il est dommage que la Jaimir ne s'intéresse pas de la même façon à moi... Nous avons des trous dans le budget que je comblerais volontiers avec l'argent américain. Il serait, cependant, préférable que vous ne répétiez pas partout que l'O.E. est capable de faire pression sur moi.

— Je ne le répète pas, je le lis dans les journaux...

— C'est l'affaire de Krim Sahel d'arrêter ces bobards.

— Cela m'est facile ici, mais délicat à l'étranger, dit le secrétaire à l'Information. Nous vivons dans un palais de verre. Tout le monde sait que vous avez accordé une concession à l'A.M.R. parce que l'O.E. vous a mis le couteau sous la gorge. C'était ça ou un nouvel incident avec la France, incident qui vous aurait entraîné beaucoup plus loin que celui de Kietsa. Depuis les États-Unis, la Jaimir tire les fils et les marionnettes s'agitent. Elle entend contrôler tout le pétrole arabe et elle paiera ce qu'il faut pour cela. Jusqu'ici, seule l'Angleterre lui a fait échec, en Irak avec Noury Saïd, puis avec Kassem qui est à moitié dans leur main, à moitié dans la main des Russes. Si vous en doutez encore, demandez quels sont les actionnaires de l'A.M.R., société à majorité musulmane... Mais ils sont prudents et l'homme qu'ils ont choisi d'envoyer ici pour remettre à l'O.E. le prix de son appui, est un Américain chrétien qui joue leur jeu ou, tout au moins, fait semblant. C'est un certain Gravereau. Il a payé rubis sur l'ongle à l'annonce du protocole hier matin 400 000 dollars, ce n'est pas une paille. L'O.E. ne décolère pas de se les être fait saisir par deux hommes curieusement au courant... Mais le coup a réussi : la Jaimir s'adjuge des terrains dont on ne sait pas encore ce qu'ils valent, mais aussi elle crée entre la France et vous un incident de plus. D'une pierre deux coups... Quand nous serons totalement brouillés avec la France et qu'elle refusera de nous faire nos échéances, que vous aurez nationalisé tous les biens français de Chirfanie, alors il ne nous restera plus qu'à nous joindre au concert de la République arabe unie. On nous y accueillera comme des enfants prodigues. Nasser liquidera Salah Rouzi au lieu de flatter ses espoirs de retour triomphal en Chirfanie, et vous serez assuré, sous la protection du Bigbachi, d'un long, d'un heureux règne... Comment voulez-vous étouffer ce que tout le monde sait ? Il m'a été impossible d'étouffer aussi l'histoire de l'attentat contre Bouhirane, à Rome.

— Qui est encore ce Bouhirane ?

— Un citoyen algérien auquel un décret spécial de la présidence du Conseil a accordé la nationalité chirfanienne, moyennant quoi il représente impunément dans l'Europe occidentale le commissariat aux armements de l'O.E.

— Et alors ?

— Avant-hier matin, cinq minutes avant qu'il prenne sa voiture devant son domicile à Rome, une bombe a explosé sous le châssis. La police italienne enquête et la presse hurle parce que Rome est devenue une nouvelle médina. On nous accuse de donner des passeports à tous les tueurs de l'O.E. En fait, Bouhirane était visé par des trafiquants d'armes avec lesquels il n'a pas été régulier. Mais l'imagination de la presse travaille vite...

— Nous reparlerons de cela à 3 heures, dit Ben Akbir. Je tiens à vous voir avant de rencontrer l'ambassadeur.

Son fils Émile se tenait debout à côté de lui. Le dictateur baissa la tête et se plongea dans la lecture de la convention qui allait être définitivement signée avec l'A.M.R. Omar Ouradine et Krim Sahel sortirent sans un mot, traversant la grande pièce sur le tapis d'Orient qui étouffait leurs pas. Ils trouvèrent les trois Soudanais au garde-à-vous sur le palier et un valet de chambre qui montait l'escalier en portant devant lui sur un cintre, avec un respect sacro-saint, le veston bordé noir avec lequel Ben Akbir recevait les visiteurs moins intimes. Dans le patio, ils évitèrent de justesse une équipe de balayeurs menaçants qui s'avançaient avec des brosses, des serpillières et des seaux d'eau, commandés du premier étage par Mme Ben Akbir en peignoir de pilou.

Tandis qu'Omar Ouradine avait son ministère au centre de Chirfa, Krim Sahel occupait une suite de bureaux dans l'aile droite du palais. Il y concentrait la direction de la radio, les services de la censure et de la presse internationale. Ces bureaux donnaient sur un autre patio moins célèbre que celui des orangers, mais embaumé par des parterres de jeunes myrtes.

— Quand me donnerez-vous des informations pour l'émission de 13 heures ? demanda Sahel.

— Il faudrait que j'appelle tout de suite mon chef de Cabinet. Peut-être sait-il déjà quelque chose...

— Alors venez dans mon bureau.

Le chef de Cabinet avait déjà des nouvelles. Les jeunes gens arrêtés à 6 heures parlaient facilement. Bien inscrits au parti Mouquawat, ils étaient les amis de Mustapha Alaoui qui rêvait de fonder une dissidence avec des éléments neufs. Dix hommes fouillaient la maison d'Alaoui depuis une demi-heure. On ne trouvait pas de tracts, mais deux domestiques étaient interrogés et on attendait, au ministère même, l'arrivée d'Alaoui et de sa fille Assia.

C'était maigre, trop maigre pour assurer un premier bulletin d'information. Ouradine raccrocha et resta songeur en face de Sahel qui se balançait sur son fauteuil à pivot, le dos à la fenêtre voilée à l'extérieur par un store orangé. On entendait le chuintement du jet d'eau et au-dessus, le va-et-vient martelé d'un gendarme en faction sur le toit. Commençait une autre de ces journées d'été qui écrasaient le pays jusqu'aux premières pluies d'automne. La végétation des patios ne résistait que grâce à une armée de jardiniers également commandés par Mme Ben Akbir. Serrée dans un tablier bleu, gantée de caoutchouc, la matrone ne dédaignait pas de travailler avec eux. De leurs fenêtres, les jeunes fonctionnaires du palais se la signalaient avec des fous rires quand, penchée sur la terre, elle offrait à leurs regards amusés le spectacle d'un fessier de percheron braqué vers le ciel. De la main, Sahel écarta légèrement le store et respira l'odeur encore faible des myrtes. A la tombée de la nuit, c'était un parfum presque étouffant qui montait jusqu'au premier étage.

— Croyez-vous tenir un bon fil ? demanda le secrétaire à l'Information.

— Je ne crois pas, j'en suis certain. Mais comment voulez-vous résoudre un problème pareil en un jour ? De son trône Ben Akbir dispose de la politique intérieure comme si elle était aux ordres de sa politique extérieure. Malheureusement, c'est le contraire. Qu'un pétard éclate dans la rue aujourd'hui et le monde entier croira que Chirfa est une poudrière.

— Ce que je puis vous certifier en tout cas, c'est que

Le Caire en est persuadé. Notre ambassadeur est intervenu hier auprès de Nasser lui-même pour que les informations de *La Voix des Arabes* concernant la Chirfanie lui soient soumises avant l'émission.

— Et Nasser l'a envoyé promener ?

— Exactement.

Ouradine reprit sa serviette posée à même le bureau de Sahel et tapa sur le cuir.

— J'avais ce matin un dossier concernant les exactions de l'O.E. dans le Sud, je comptais l'ouvrir mais autant flanquer un coup d'épée dans l'eau. Ben Akbir ne veut pas le savoir.

— Et à quoi bon le lui dire ? Il le sait. L'O.E. est sa Xanthippe, toujours prête à l'humilier et le cajoler, le battre et le flatter. Mais, comme Xanthippe a pleuré Socrate, l'O.E. pleurera Ben Akbir le jour où il disparaîtra. Sans la présence des miliciens sur le territoire, nous nous serions de nouveau jetés dans les bras de la France.

— Avec l'O.E. nous nous jetons dans les bras du Caire... même pas d'ailleurs, dans ceux de Moscou plutôt.

— N'est-ce pas notre sort, tôt ou tard ? Ne vaudrait-il pas mieux y aller de plein gré que de force ? Voilà des questions qu'on pourrait se poser...

Le téléphone sonnait. Krim Sahel décrocha et joua la surprise :

— Déjà réveillé, cher Coffignac ! Ah ! oui, les matinées sont lourdes. Il vaut mieux ne pas passer les nuits à boire si l'on veut être frais le matin. Tout à fait d'accord, le *Charlie's* est une boîte très sympathique. Bien sûr, je vous attends... J'ai vu le président ce matin...

Sahel fit un signe désinvolte de la main à Ouradine qui s'en allait.

— ... Oui, je l'ai vu, mais je n'ai pas encore pu lui

parler de vous. A 11 heures, je le retrouve et lui lirai votre projet, mais je crois qu'il serait préférable que vous passiez par ici... Le plus tôt possible même... Nous avons à parler...

Ouradine traversa le patio des myrtes que l'ombre matinale ne couvrait plus qu'à demi. Un jardinier taillait à coups de sécateur le fragile rosier qui enlaçait la vasque de marbre blanc. Sans la silhouette des deux gendarmes postés sur la tour orientale, on se serait cru en temps de paix dans ce palais que les guides touristiques baptisaient le palais de la mille et deuxième nuit, construit au XVIIe siècle par la dynastie Hamite, originaire de Turquie. Les fines colonnades des patios avaient été dessinées par deux architectes français faits prisonniers par des pirates mauresques et libérés par Abdul le Splendide pour les garder auprès de lui. Les plafonds de bois sculptés étaient l'œuvre de trois Tourangeaux également prisonniers du sultan qui les avait renvoyés dans leur pays après quinze ans de captivité. Bien que situé en plein Chirfa, le palais semblait, aux jours les plus torrides, un havre de fraîcheur. Fragile et trapu à la fois, ses murailles ocre ne laissaient rien deviner du subtil labyrinthe de couloirs et de passerelles aériennes qui reliaient entre eux les quatre patios. La grâce du palais dans lequel il habitait et recevait aussi bien des caïds chirfaniens arrivant de leurs demi-déserts, que les hôtes étrangers habitués à une Europe grise et sévère, n'était pas une des moindres séductions de Ben Akbir. Aux chefs d'État, il offrait les somptueux appartements du patio des roses, autrefois l'ancien harem. Pour les ambassadeurs, il s'improvisait lui-même guide et promenait ses hôtes avec une érudition charmante, de salle en salle. Quant aux caïds, ils se voyaient offrir dans la cour d'honneur de somptueux méchouis qui se terminaient par de la musique et des danses dans l'ancienne salle d'armes tapissée de trophées mauresques. Mais un homme comme Ouradine était moins sensible à cet apparat que les naïfs caïds et les étrangers. Les rancœurs qu'il traînait depuis son enfance s'adressaient aussi bien à l'occupant français qu'à la riche bourgeoisie chirfanienne qui lui semblait avoir mis la main sur le dictateur. D'humble soldat de l'indépendance, Ben Akbir était passé un peu trop vite à la situation de potentat. Il aurait volontiers relevé le flambeau d'Abdul le Splendide si son épouse que rien n'éblouissait, n'avait pas mis le holà en lui rappelant les vertus d'une certaine économie bien française, et le président du Conseil chef de l'État se promenait dans son palais de milliardaire avec des chaussettes reprisées.

Dès qu'il fut seul, Krim Sahel rappela Ahmed Beninou : le chef de Cabinet d'Ouradine qu'il considérait à raison comme une de ses créatures. Le jeune instituteur qui avait reçu von Brautschich le jour du vol de la Mercedes, avait été l'élève de l'ancien professeur au lycée de Chirfa. C'est Sahel qui, en l'appelant du poste où il se morfondait à Milla, avait réussi au lieu de le prendre à son service, à le faire entrer au ministère de l'Intérieur, bastion avancé du mouquawatisme pur dont Ouradine se prétendait le champion alors que Sahel ne cachait guère ses sympathies à l'exilé Salah Rouzi, chef du néo-mouquawatisme de gauche. Par Beninou, Krim Sahel était au courant de tout ce qui se tramait à l'Intérieur, de tout ce qu'Ouradine gardait pour Ben Akbir. Il n'était pas le seul à opérer ainsi, et les ministres s'espionnaient avec une joie féroce, entretenant chacun des partisans dans les bureaux de leurs collègues, volant des documents, préparant des dossiers pour le jour J où le gouvernement s'effondrerait, où la Haute Cour menacerait ceux qui entretenaient des relations secrètes et parfois payantes avec l'O.E., Le Caire, Paris, New York, ou l'une quelconque des grandes compagnies pétrolières installées en observatrices à Chirfa. De tout le lot, seul Ouradine gardait une réputation d'incorruptibilité que rien n'entachait. Si les circonstances semblaient l'avoir imposé à Ben Akbir, il n'en restait pas moins le seul véritable fidèle du « Sauveur suprême ». Il l'aurait probablement montré beaucoup plus si le caractère quasi féminin de Ben Akbir pressentant cet attachement n'en avait pas profité pour humilier publiquement Ouradine, le blesser par de continuelles petites piques.

Ahmed Beninou avait déjà préparé une brassée de renseignements pour Krim Sahel qui apprit ainsi avant même la présidence du Conseil que, d'heure en heure, la situation s'aggravait dans le Sud. Après les Guigous, cinq autres tribus des djebels environnant Birmatou se déclaraient en état de rébellion contre l'O.E. et le gouvernement de Chirfa dont elles ne reconnaissaient plus l'autorité. Rassemblant leurs troupeaux, leurs femmes, leurs enfants, les rebelles se réfugiaient dans les vallées inaccessibles et déterraient les armes cachées depuis la proclamation de l'Indépendance. Toute la nuit des feux d'alerte avaient brillé de piton en piton, annonçant l'insurrection. A Birmatou même, il était interdit de circuler dans les rues de 6 heures du soir au lendemain midi. Mais le pire paraissait être la situation en porte à faux du bataillon chirfanien envoyé dans le Sud pour rétablir l'ordre et qui avait été arrêté à vingt kilomètres au nord du camp d'instruction des Zizous, par un barrage de miliciens de l'O.E. D'après les premiers renseignements, ce barrage tenait la vallée sous le feu de puissantes mitrailleuses antiaériennes, de quatre canons antichars servis par une katiba de choc du type de celles qui faisaient des diversions sur la ligne fortifiée pour permettre aux commandos de saboteurs de passer en d'autres points. Arrivé un quart d'heure après, le convoi de l'O.E. en provenance de Chirfa avait dépassé le bataillon de réguliers chirfaniens, pendant que dans toute la région des mouvements de troupes importants avaient lieu en direction de la frontière algérienne, laissant prévoir une vaste opération restée secrète. Il apparaissait maintenant de façon certaine que le gouvernement perdait toute possibilité de se faire obéir dans la région de Birmatou et le long de la frontière. De plus, certains éléments du bataillon chirfanien arrêté par le barrage de l'O.E. faisaient cause commune avec les miliciens, tandis que les officiers, la majorité des sous-officiers et quelques soldats arrachaient leurs insignes et menaçaient de déserter et de passer en Algérie pour s'engager dans l'armée française.

Krim Sahel avait à peine raccroché qu'on lui annonçait Prudent Coffignac. L'ancien député à la Constituante de 1944 gardait sur son visage des traces de la chaude nuit qu'il venait de passer, un peu après tout le monde, avec Mlle Pierrette. Bouffi, les yeux pochés, le ventre avantageux, Coffignac affichait l'air confiant et satisfait de soi d'un homme qu'une femme a comblé. Krim Sahel réprima difficilement un sourire en découvrant sous ce jour gaillard l'homme qu'il avait choisi et qui, à partir de cette semaine, allait diriger les émissions de Chirfa à destination de la France et de l'Algérie. Comme beaucoup d'Arabes, Sahel était trop intelligent pour n'avoir de l'Européen qu'une image d'Épinal représentant un garde-chiourme, un colon faisant suer le burnous, un avide profiteur sans scrupules, un tyranneau de petit fonctionnaire. De culture purement française, de goûts français, de mœurs françaises (il était marié à une Marseillaise, ancienne institutrice à Tozour), il savait au contraire tout ce que les hommes de son espèce, tout ce que la Chirfanie en particulier et le Maghreb en général, devaient à l'Europe occidentale. Sa rancune n'en était que plus profonde et il aimait humilier symboliquement la France dans la personne d'une crapule assez sordide du genre de Prudent Coffignac. Cette basse autodéfense ne le leurrait pas, mais il lui plaisait d'imaginer qu'elle en trompait d'autres moins avertis.

— Alors cette gourme est jetée ? demanda le secrétaire à l'Information.

— Jetée ! Ah ! ça, jamais ! Il m'en restera toujours. A soixante ans, je me sens encore un jeune homme. Le secret, c'est le célibat ! Toujours disponible, le Coffignac. Toujours prêt et pavillon haut. Mais trêve de plaisanterie... Qu'avez-vous pensé de mon plan, mon cher ministre ?

— C'est bien. Mais nous ne pouvons vous donner qu'une heure d'antenne par soirée, en tout ! Il y a donc des compressions et des suppressions à envisager.

— Pas commode, vous savez ! Si nous voulons vraiment informer les Français de ce qui se passe ici, de ce que la presse leur cache, il nous faut un programme un peu sérieux.

Krim Sahel se demanda jusqu'à quel point Coffignac se dupait, se laissait duper et pensait le duper. Que se passerait-il s'il demandait cyniquement à l'ancien député d'organiser les émissions antifrançaises de *Radio-Chirfa ?* Le biais par lequel on avait abordé la question à Paris, les hypocrites prétextes invoqués pour décider Coffignac à rejoindre l'Afrique du Nord (« la France et la Chirfanie ont besoin de se connaître pour se comprendre. Avec ces émissions d'information vous allez contribuer au rapprochement de nos deux peuples ») n'auraient pas trompé le premier imbécile venu. Il est vrai qu'avec ces hommes on ne comptait jamais assez sur leur vanité, sur leur soif d'importance.

Pendant deux ou trois ans, avant de sombrer dans des affaires louches, Coffignac avait joué les augures politiques en France, fondé un hebdomadaire éphémère, tenu table ouverte dans un grand restaurant des Champs-Élysées avec les fonds secrets du ministère de l'Intérieur. Quand il avait paru d'une inutilité parfaite, on l'avait encore remercié en lui payant un voyage d'information aux États-Unis d'où il était passé en Amérique du Sud, semant derrière lui des additions dans les ambassades. Le personnage s'en croyait toujours et les derniers désastres de sa vie d'escroc lui semblaient loin maintenant qu'il se trouvait à l'étranger. Il redevenait un politicien dans la peau de son rôle, ayant soin de ne montrer aucune condescendance blessante à cette bande de sauvages auxquels il consentait à offrir son talent, son bagout, sa science politique pour les tirer d'un mauvais pas, leur faire grimper un barreau de plus dans l'échelle de la civilisation. Plus Sahel regardait Coffignac, plus il lui trouvait une tête de crapule intégrale. Encore mal réveillé, l'esprit pas très vif, l'ancien député frottait ses yeux lourds enchâssés dans les paupières gonflées. Sur ce visage veule et engraissé par des années de bonne chère, se lisait cependant une certitude : la constance dans la trahison. Un jour Coffignac lâcherait Chirfa et rentrerait en France avec une poignée de renseignements ou, tout au moins, la main sur le cœur, jurant qu'il ne pouvait pas continuer ce métier-là sans renier son pays. On l'absoudrait et il retrouverait sa virginité politique pour partir vers de nouvelles escroqueries.

— Je crois, dit Sahel, que le président aimerait aussi lire quelques noms. Vous annoncez une série de causeries par des écrivains français et chirfaniens, mais vous ne donnez que des noms chirfaniens. Il faudrait des Français, des titres si possible. Qui voyez-vous ?

Coffignac resta un instant la bouche ouverte. Son

programme de causeries entre écrivains français et chirfaniens était du pur bluff. Sur le moment, il ne trouvait personne, malgré la tendance évidente de l'intelligentsia française à trahir son pays. Deux ou trois noms venaient bien tout de suite aux lèvres, mais ils seraient peu appréciés par Ben Akbir, et d'aucun crédit auprès des auditeurs. L'un de ces écrivains avait même été arrêté une semaine auparavant pour détournement de mineur. Les deux autres commençaient à être haïs par les Français. Coffignac referma sa bouche et resta songeur en caressant son menton.

— Quelques personnalités suffiraient, reprit Sahel.

— Oh ! Nous n'avons que l'embarras du choix. C'est facile... très facile... Mais je voudrais ne proposer que des personnes sûres.

— ... Et un peu courageuses tout de même.

Coffignac étouffa un rire de convenance, mais ne releva pas l'allusion. Le regard noir et pétillant de malice contenue du secrétaire à l'Information commençait à le troubler.

— Vous comprenez bien, ajouta Sahel, que c'est surtout pour améliorer nos échanges culturels et créer des courants de sympathies politiques que nous avons besoin de vous. Sans cela, évidemment, nous avons nos techniciens de radio qui sont de premier ordre et mettraient aisément sur pied un programme comme le vôtre. Mais pour que l'entreprise soit efficace, il faut un responsable de votre importance, un homme dont le capital de relations soit utilisé à des fins absolument désintéressées, puisque, je le répète, il s'agit de consolider la paix entre nos deux pays en leur apprenant à se connaître. A qui songez-vous ?

Krim Sahel s'illusionnait peu sur les relations parisiennes de Coffignac. Il savait que même les amis des beaux jours de la Libération seraient prudents et ne s'engageraient pas facilement dans cette aventure. Il n'en gardait pas moins l'intention de gonfler le personnage de Prudent Coffignac, d'en faire une sorte de paravent. Des Français viendraient à Chirfa et seraient reçus d'abord par ce Français, ensuite par les autorités officielles. Cette nuance — il n'en doutait pas — sauverait la face de la petite opération subversive qu'il entendait monter contre la France. Le téléphone sonna, tirant de son embarras Coffignac qui se grattait énergiquement le menton. Au bout du fil, Sahel reconnut Beninou :

— Un petit renseignement nouveau... Assia Alaoui ne parlait pas mais on a décidé son père à lâcher le morceau de la façon que vous supposez... Il reçoit ses tracts d'un réfugié algérien, kabyle je crois, qui les lui apporte à l'aube. Ce n'est pas Alaoui qui les rédige, mais un super-comité avec lequel il se déclare en plein accord. Il prétend ne connaître personne de ce comité. La teneur de ces tracts lui ayant paru correspondre exactement à ses propres idées sur la situation intérieure, il a prêté ses hommes pour la diffusion. Impossible de savoir encore où finit la vérité et où commence la fable. On recherche l'Algérien. Alaoui ne sait pas son adresse, mais croit qu'il travaille au *Journal de Chirfa*... Je vous rappellerai tout à l'heure...

— Merci, dit simplement Sahel. Rappelez-moi dès que vous aurez du nouveau.

Prudent Coffignac avait repris de l'assurance. Calé dans le fauteuil, il attendait la fin de la conversation téléphonique pour avancer audacieusement quelques noms passe-partout d'écrivains, de conférenciers et de journalistes qui ne résisteraient pas à un bon cachet de *Radio-Chirfa*.

— C'est un commencement, dit le secrétaire à l'Information. Je pense que le président les approuvera. La meilleure chose à faire est de les joindre par téléphone ce matin. Je vais vous conduire dans le bureau de mon chef de Cabinet d'où vous pourrez les appeler. Si nous avions déjà trois « oui » avant ce matin 11 heures, nous aurions fait un grand pas...

Sahel se leva, imité par Coffignac qui jeta un coup d'œil dans le patio dont on apercevait par l'entrebâillement du store, une allée où s'avançait, conduit par un chaouch, un petit groupe de six personnes.

— C'est drôle, dit l'ancien député. Il me semble que je connais un de ces types-là.

Sahel s'approcha et, à son tour, regarda.

— Je ne les connais pas. Je suppose que ce sont les techniciens et les délégués de l'Association for Mineral Research qui viennent signer le contrat d'exploitation des pétroles dans le Sud-Ouest chirfanien.

— Des Anglais ?

— Non, des Américains. Mais vous devez confondre. Ce ne sont pas des gens que vous avez connus à Paris. Deux d'entre eux dînaient avant-hier soir au *Grand Maure* à une table voisine de la nôtre. Je me les rappelle.

— C'est quand même curieux... je jurerais que j'en ai connu un dans des circonstances désagréables.

— Il n'y a qu'à demander leurs noms au poste de garde. Avant d'entrer, chacun d'eux avait un laissez-passer et a dû décliner son identité.

Sahel appela le poste et le sergent de garde lui lut la liste des derniers arrivants.

— Jack Gravereau, répéta le secrétaire à l'Information.

Coffignac fit non de la tête.

— Peter Browning, Samuel Lowenstein, John Affiz, Pierre Gauthier.

Coffignac sursauta :

— Pierre Gauthier ? Vous êtes sûr ?

Sahel remercia le sergent et raccrocha.

— Vous le connaissez ? C'est peut-être une homonymie. Il doit y avoir deux ou trois mille Pierre Gauthier en France...

— Non, celui-là, c'est le fils d'un avocat que j'ai un peu connu... Un collaborationniste dangereux... Je me demande ce que son fils fait ici !

— Un père « collaborationniste » ça n'a plus grand sens, une fois passée la frontière de France, monsieur Coffignac. Le président Ben Akbir ne l'aime pas beaucoup, je vous préviens. Il a été très ami de certaines personnalités allemandes pendant la guerre. On le lui a assez reproché à Paris pour qu'il soit préférable d'éviter ce sujet. Mais si cette personne vous inquiète...

— Oh non ! Rien ne m'inquiète. D'ailleurs, je ne le connais pratiquement pas.

— Voulez-vous que je demande à la police des renseignements sur lui ?

— N'en faites rien ! dit Coffignac inquiet à l'idée de déclencher des forces obscures qui risquaient de se retourner contre lui.

— Comme vous voudrez ! Suivez-moi, je vous conduis chez mon chef de Cabinet...

Quand Sahel regagna son bureau, la forte voix de Mme Ben Akbir, penchée à une fenêtre en face, troublait la sérénité du patio des myrtes. Une équipe armée de balais-brosses frottait avec l'énergie d'un désespoir qui aurait mérité un meilleur objet, le couloir que venait d'emprunter la délégation de l'A.M.R. Sahel resta un moment à observer l'opulente première dame de Chirfanie. Il pensa à sa propre femme, si discrète, si effacée qui, dans leur maison de la banlieue, traversait les pièces comme une ombre furtive et, avec une intelligence très sûre, lui préparait ses discours, ses articles, refusant de paraître dans les cérémonies officielles, épouse attentive, esclave fidèle d'un homme qu'elle admirait. Il était difficile d'imaginer aujourd'hui ce qui avait pu séduire Ben Akbir dans cette maritorne habillée d'un peignoir de pilou, coiffée d'une serviette-éponge nouée sur la tête comme un madras. Sahel n'y voyait qu'une des preuves du manque d'imagination du dictateur. A son retour d'exil, Ben Akbir avait couché avec une Chirfanie qui sortait étouffée de l'enfance, et affichait les grâces de la jeunesse. Un matin, il se réveillerait avec, sur l'oreiller voisin, une autre maritorne à l'humeur aussi aigre que la sienne et que l'enthousiasme ne parant plus d'aucun charme, il trouverait hideuse. Ne s'en dégoûterait-il pas cette fois ? S'il quittait le pouvoir pour fuir l'image vieillie et hargneuse d'un pays déçu, qui le remplacerait ? Ouradine, son dauphin, était trop jeune. Le ministre des Forces armées, le général Kemal, ne commandait qu'à 4 ou 5 000 soldats prêts à la débandade. Des autres, on ne donnerait pas cher. Restait lui, Sahel, l'homme dont on connaissait la voix, qui ralliait les suffrages du centre et de la gauche du parti Mouquawat. Il y aurait sûrement un instant critique à passer, mais les 15 000 miliciens de l'Organisation extérieure pouvaient facilement sortir de leur attentisme et assurer l'ordre jusqu'à la prise de pouvoir effective du nouveau président du Conseil. Le seul danger était Ouradine qui, malgré ses vingt-huit ans, restait un des pivots du régime. Sahel pensa qu'il faudrait le gagner de vitesse, qu'il serait peut-être même important de le gagner de vitesse dès aujourd'hui. Reprenant son téléphone, il demanda le numéro personnel de Georges Abecassis. Au bout d'une minute il entendit la voix traînante et endormie du journaliste :

— Allô ! C'est toi, Georges ?

— Allô, oui. Qui est à l'appareil ? Je n'ai rien compris...

— C'est Krim Sahel.

— Tu es une belle vache de me réveiller en pleine nuit...

— Il est plus de 10 heures.

— Oui, mais moi je me couche au petit jour. Le matin, c'est ma nuit. Et je suis en train de passer de jolies heures avec les imbéciles que tu m'as foutus pour censurer le journal. D'où les sors-tu, ces *minus habens ?* Fallait les garder comme balayeurs pour la municipalité !

— Ça, je t'accorde que ce ne sont pas des génies ! Mais un bon censeur est toujours, par principe, un imbécile.

— Pas à ce point-là, tout de même.

— Écoute, Georges, je te téléphone pour autre chose que pour entendre tes plaintes légitimes ou non. J'ai besoin d'un renseignement.

— Chic alors, je vais enfin émarger aux fonds secrets.

— Ne fais pas l'idiot, c'est très important... Connais-tu à la rédaction ou à l'imprimerie du journal un réfugié algérien, d'origine kabyle, que la police serait susceptible d'inquiéter en ce moment ?

Un silence de quelques secondes précéda la réponse d'Abecassis qui reprit, pour gagner encore du temps, la dernière phrase de Sahel :

— Que la police serait susceptible d'inquiéter ? Je ne vois personne à la rédaction. Peut-être parmi les typographes... mais je ne les connais pas tous. Comment serait ce gars-là ?

— Intelligent sûrement, mais manœuvré de l'extérieur. La police débarquera tout à l'heure au journal pour essayer de le repérer, mais j'aurais voulu savoir le nom avant et l'adresse si possible.

— Tu me prends de court. Je crois qu'il y a bien un Kabyle, mais il me semble qu'il n'habite pas Chirfa même. La plupart des types qui travaillent à l'imprimerie ont eu droit à des logements dans les H.L.M. de Ducour. Il faudrait voir au quartier Babek.

— Et comment s'appelle-t-il ? Je voudrais le joindre avant la police.

— Teleur, je crois. Saïd Teleur. Mais je ne te garantis rien. C'est le prote du journal, et il m'a toujours paru un père tranquille. On le dit messaliste.

— Merci, vieux. Je vais voir de ce côté-là. Si tu as une autre idée, sois gentil de me rappeler.

— Je n'aurai sûrement pas d'autre idée, car je vais me rendormir aussi sec que je m'appelle Jules.

— Bonne nuit !

— Oui, bonne nuit. Et puis dis donc, Krim, puisque tu y es, pense à mes deux censeurs. Tâche de m'en trouver qui ne soient pas des illettrés...

— D'accord, je vais voir cela.

Mme Ben Akbir refermait la fenêtre après d'ultimes conseils aux balayeurs qui achevaient le nettoyage du couloir. Sahel appuya sur un bouton électrique et un de ses plus jeunes collaborateurs apparut.

— Tobbal, je vous ai demandé pour qu'avec un gendarme vous filiez à l'instant au quartier Babek. Cherchez l'immeuble H.L.M. construit par Ducour pour ses employés et ramenez-moi en douceur, avec persuasion, un Algérien d'origine kabyle nommé Saïd Teleur.

— Il sait que je dois venir ?

— Ne soyez pas bête... Il ne sait rien, mais j'ai besoin de lui parler avant que la police vienne le coffrer.

— Et s'il refuse de me suivre ?

— Je laisse la solution de cette hypothèse à votre intelligente initiative.

— Bien, bien.

— Le plus vite sera le mieux. La police le cherche déjà depuis un quart d'heure, vingt minutes.

Tobbal disparut et Krim Sahel resté seul marcha de long en large dans son bureau, une pièce oblongue meublée de bric et de broc, encombrée de brochures, de livres, de collections de journaux et de piles de photos de presse. Au mur, derrière le fauteuil du secrétaire à l'Information, était accroché un portrait grandeur nature de Ben Akbir, debout dans une voiture découverte, répondant des deux bras levés aux acclamations de la foule. L'image rappelait des temps de ferveur et de dévotion dont le souvenir s'affadissait. Qui les ressusciterait ?

Le fossé qui venait brutalement de se creuser entre les Chirfaniens et la puissante organisation de l'O.E. changeait les données du problème. La grève de protestation sollicitée par le deuxième tract distribué dans la casbah, avait remporté un succès qui était plus qu'un avertissement. Les services d'information s'acharnaient encore à la minimiser, mais l'effet restait le même dans la classe ouvrière. A la prochaine occasion, on ne verrait plus 35 ou 40 % des travailleurs se mettre en grève, mais 90 % encouragés par le premier succès et l'impunité des meneurs. Ouradine ne materait pas ce genre de sabotage de l'opinion et Sahel estimait, à juste titre, que toute la politique de Ben Akbir risquait de basculer ce jour-là. Il était trop tard pour s'en entretenir avec Alaoui, mais peut-être ce Saïd Teleur, ce messaliste inconnu qui imprimait les tracts, pourrait-il, avant son arrestation, tendre une perche secourable à un haut fonctionnaire qui se flattait de n'avoir pas de préjugés.

Par l'entrebâillement du store, Krim Sahel aperçut la délégation de l'A.M.R. qui, précédée d'un chaouch, parcourait en sens inverse le chemin de tout à l'heure. L'accord était signé. Une société américaine et Matteoti se partageaient les concessions pétrolières de Chirfanie. La presse mondiale allait s'agiter. La France était encore un peu plus isolée en plein Maghreb et elle n'accuserait pas plus cette gifle que les précédentes. De source sûre, on savait même qu'elle demanderait dans les jours à venir l'autorisation de construire un pipeline traversant la Chirfanie. L'imprévoyance des hommes politiques français inspirait une confiance illimitée à leurs adversaires. Sahel regarda sa montre. Dans quelques minutes, Ben Akbir le recevrait de nouveau. Sahel fit appeler Prudent Coffignac qui se présenta la mine déconfite. Des cinq coups de téléphone à Paris, deux seulement avaient donné un résultat. Acceptaient de venir à Chirfa, un journaliste émargeant notoirement aux fonds secrets de la présidence et un écrivain sur le toboggan.

— Ça ne fait rien, c'est déjà un début, assura le secrétaire à l'Information soudain encourageant.

Il s'était retenu de demander à Coffignac en l'honneur de quoi les traditions de trahison se perdaient chez les intellectuels français. Mais puisqu'on jouait le jeu avec cet utile paravent, autant le jouer jusqu'au bout. Quelques minutes après, Sahel entrait chez Ben Akbir après avoir croisé dans l'escalier le valet de chambre qui repartait en portant devant lui le veston religieusement posé sur un cintre. Le président semblait déjà épuisé par les travaux et les réceptions de la matinée. Depuis une semaine, il se soutenait avec des cachets qui le remontaient, mais brisaient ses nerfs. Le suicide de Jean Renault le laissait sans médecin. Mme Ben Akbir ne poussait pas le patriotisme jusqu'à autoriser des Chirfaniens diplômés à ausculter son mari. Quant à trouver un nouveau Français en qui elle pût avoir confiance, cela nécessitait de longues enquêtes de police.

— Ouradine m'a téléphoné pour m'annoncer qu'il est sur une bonne piste, dit tout de suite Ben Akbir. Une opération est en cours pour retrouver l'auteur des tracts. Que nous en pincions un seul et toute l'affaire est dans le sac. Ce que je vois de plus grave, c'est la trahison installée partout dans le pays.

— La trahison ce ne serait rien. Ce sont *les* trahisons qui brouillent tout. D'une nous viendrions à bout, de plusieurs je n'en dirais pas autant...

— Il n'y en a qu'une, celle qui vise à ramener ici les Français.

— Alors ce ne serait pas grave.

— Je sais ce que je dis, Krim. La France, il y a cent ans, n'a occupé la Chirfanie que pour garantir sa frontière algérienne. Aujourd'hui elle s'aperçoit, un peu tard, que nous sommes un couteau planté dans son flanc.

— C'est vrai, mais ce n'est pas tout.

Après le départ de la délégation de l'Association for Mineral Research, on avait tiré les rideaux et l'ombre baignait le bureau dans lequel on respirait le lourd parfum personnel de Ben Akbir, un parfum baptisé « patchouli du riche » par l'irrespectueux interviewer de *Time*. Seule une lampe basse éclairait des feuillets de papier blanc posés sur la table face au dictateur. Les yeux de Krim fixaient avec intensité l'homme assis en face de lui. En quelques instants, il venait de percevoir la fragilité de Ben Akbir, la première fêlure dans le socle de ce personnage qui symbolisait l'indépendance de la Chirfanie. Le voilà qui s'aveuglait. La vieille haine remontait et menaçait de tout obscurcir au moment où il fallait prouver sa lucidité. Au temps de la lutte pour l'indépendance, Ben Akbir avait accepté l'aide ouverte ou secrète de l'anti-France. Pendant la guerre d'Afrique et l'avance foudroyante de Rommel vers Le Caire, il s'était aventuré assez loin dans ses négociations souterraines avec le docteur Fruchs. Il était encore dans le rôle du personnage de jouer le magnanime à la proclamation de l'Indépendance et de passer pour le plus francophile des membres de son gouvernement. Mais le vieux fond réapparaissait. A la mégalomanie, il fallait un point d'appui : la francophobie. Les masses populaires y trouveraient un excellent dérivatif à leur misère et leur fatigue.

— Ce n'est pas tout, c'est l'essentiel, dit Ben Akbir. Et j'entends sur ce chapitre aller jusqu'à l'extrême limite de la cassure.

— Alors, réclamons le départ de la flotte française stationnée à Tozour !

— J'y ai pensé. Mais je ne sais pas s'il faut précipiter le mouvement. C'est au programme de l'année prochaine.

— Rien ne vous empêche de mettre cela au programme de cette année. Annoncez dans un discours que les habitants de Tozour sont prêts à mourir pour l'honneur et la liberté, que si la flotte française n'a pas levé l'ancre dans les quinze jours, la Chirfanie entière se dressera pour libérer cette dernière parcelle de son territoire. Il est à supposer que l'on ne vous répondra pas par le mépris et qu'on proposera des négociations. Moi, je me charge de tirer de ces négociations une vraie victoire morale qui nous redonnera la confiance du pays, la paix avec l'O.E. et la considération de Nasser.

— Le moment psychologique serait mal choisi, Krim. Très mal. L'actuel gouvernement français est faible. En lui lançant des bâtons dans les roues, nous risquons de le braquer. Tous les Français se rallieront à lui. Il deviendra un gouvernement fort. Voyez les socialistes et Suez... Non, je suis persuadé qu'il vaut mieux attendre un gouvernement qui se croira fort de l'appui du Parlement et des électeurs. Il hésitera moins à se montrer faible, par condescendance ou par bêtise. Il lâchera Tozour pour nous amadouer, par vanité. Ce n'est pas le bon moment. Attendons, je préfère savoir où en est votre programme d'émission à destination de la France.

Sahel posa sur la table la synthèse des propositions de Prudent Coffignac. Le dictateur lut attentivement les trois feuillets au bas desquels on avait inscrit le nom du journaliste et de l'écrivain qui acceptaient d'y participer. Il fit la moue :

— C'est tout ?

— Pour l'instant. Il est évident que si, en dehors de ces « causeries amicales et culturelles », nos informations et nos polémiques avec la France sont très violentes, nous aurons beaucoup de mal à trouver des intellectuels qui acceptent de se compromettre.

— Essayons quand même. Il faut que nous arrivions à exaspérer l'opinion publique française.

— Elle s'exaspérera aisément. Elle est déjà droguée par la moitié de sa presse, persuadée que le gouvernement défend une mauvaise cause en Algérie. Rarement travail nous aura été aussi facilité.

— Ce n'est pas assez ! dit Ben Akbir, et sa main retomba à plat sur les papiers devant lui.

Il se renversa en arrière, fermant les yeux. Il avait de plus en plus fréquemment, des éblouissements suivis de lancinantes douleurs dans la tête et de sueurs froides qui mouillaient son front et sa lèvre supérieure.

— Je vais mourir, dit-il d'un ton dramatique.

Sahel se leva précipitamment et s'approcha. Ben Akbir soulevait ses paupières et laissait filtrer un regard si las que le secrétaire à l'Information pourtant habitué à la comédie, crut un instant que le dictateur allait vraiment mourir sur-le-champ. La peur le saisit et il appuya sur le bouton électrique marqué « privé ». Quelques secondes suffirent à Mme Ben Akbir pour apparaître non plus en peignoir de pilou, mais en robe de shantung noire, encore coiffée d'un madras de couleur lui donnant l'air d'un déménageur, les pieds nus chaussés de sandales à lanières qui laissaient passer ses gros orteils aux ongles jaunes. Aidée de Sahel, elle empoigna son mari et le porta sur un divan proche. Il se débattait faiblement et grommelait des mots incompréhensibles. Dans le tiroir du bureau, Mme Ben Akbir pêcha une seringue hypodermique, une ampoule. Précise et sûre d'elle-même, elle commençait de déculotter le dictateur quand il se raidit et la repoussa :

— Non, non, la paix ! Je veux la paix. Qu'on me laisse seul.

Krim Sahel sortit sur la pointe des pieds. Dans l'escalier, il rencontra Émile Ben Akbir :

— Votre père n'est pas bien, dit-il. Vous devriez aller voir.

Le jeune homme grimpa quatre à quatre et disparut dans le bureau. Le soleil inondait le patio des orangers dont le parfum léger flottait dans les couloirs. Des hirondelles avaient établi leurs nids contre la corniche du toit en terrasse où se dressait la silhouette casquée d'un gendarme. Le rectangle du ciel coiffait d'un bleu pâle et infini les murs ocrés du patio. Krim Sahel se répéta le proverbe arabe : « Chacun a une plage au ciel vers laquelle il se tourne en priant. » Mais qui priait aujourd'hui dans ce monde de chiens où tout n'était que comédies et mensonges ? Devant lui, Ben Akbir s'était laissé aller à une répétition de la crise qu'il aurait l'après-midi avec l'ambassadeur de France. Comparée à son prestige, à l'autorité suprême dont il jouissait sur le pays, la faiblesse réelle de Ben Akbir était pitoyable : un caractère de femelle dans une enveloppe de César. Un jour tout cela s'écroulerait et derrière la façade muette, il n'y aurait plus que les vestiges du pouvoir. Le monde nouveau n'avait que faire de ces crises de nerfs, de ces ballets hystériques. On ne cacherait plus longtemps à l'Occident et au Moyen-Orient que Ben Akbir jouait les pantins dans son cabinet de travail tapissé de tentures persanes, ouaté d'ombre.

De retour dans son bureau, Krim Sahel rencontra

Tobbal, le jeune attaché envoyé à la recherche de Saïd Teleur et revenu bredouille.

— Il n'habite pas l'H.L.M. de Ducour, dit-il. J'ai pensé aller au journal pour me renseigner, mais j'ai craint de tomber sur la police qui le cherche aussi.

— Abecassis m'a pourtant assuré qu'il habitait là.

— Je suis certain que non.

— Alors nous sommes gagnés de vitesse. Demandez qu'on m'appelle Ahmed Beninou, au ministère de l'Intérieur.

Mais Beninou en était au même point que lui. La police cherchait toujours Saïd Teleur. Les inspecteurs avaient obtenu son adresse au *Journal de Chirfa* et s'étaient aussitôt rendus dans un hôtel de la basse casbah que le Kabyle avait quitté quelques minutes auparavant, prévenu par quelqu'un que l'on cherchait à identifier.

— Croyez-vous que je pourrai voir Alaoui ? demanda Sahel.

Au bout du fil, Beninou marqua un instant de silence :

— Je ne crois pas, dit-il. C'est délicat. Sa fille n'est pas très bien.

— C'est-à-dire ?

— Ils ont été un peu brutaux avec elle.

— Vous êtes fous, complètement fous ! Nous allons avoir des histoires sans nom.

— Je le sais, dit Beninou. Il y a des excès de zèle. Il nous fallait très vite les renseignements.

— Mais qu'a-t-elle ?

— Je ne sais pas au juste.

— Si, si vous le savez...

— Un œil crevé, je crois...

— Autant dire qu'il vaut mieux ne pas s'arrêter là.

— Je le crains.

Sahel raccrocha avec humeur. La police d'Ouradine

se révélait au-dessous de tout. Une partie de la presse française de droite — bien que timidement et sans le talent de la presse de gauche — s'était déjà emparée de l'affaire des postiers. Le supplice d'Assia Alaoui risquait de bouleverser l'opinion publique occidentale comme les imbéciles massacres de Melouzza et de Wagram. Si la nouvelle en transpirait, il faudrait courber la tête et inventer de toutes pièces une affaire dix fois plus horrible à mettre sur le compte des Français. Sahel allait appeler le général Salah Kemal commissaire aux Forces armées, quand sa porte s'entrouvrit : Prudent Coffignac passait la tête.

— Je vous dérange ?

— Oui... enfin non... entrez. Je suis très occupé... je viens de voir le président. Vous avez son accord de principe. J'informe nos services radio que ce soir à 19 heures, vous prenez la parole pour inaugurer une série de causeries intitulée : La Chirfanie dit la vérité aux Français... Le mieux serait que vous prépariez votre texte dès maintenant, que vous me le fassiez parvenir après déjeuner et que vous enregistriez cela sur bande cet après-midi.

— Tout à fait d'accord, cher ami, je me mets au travail.

Après une pirouette aussi légère que pouvait le lui autoriser sa corpulence, Coffignac disparut et Sahel obtint Kemal au téléphone.

— Salah ! J'ai à te parler. C'est urgent. Si tu ne peux pas venir, je vais jusqu'à toi, mais je préférerais rester au palais. Ben Akbir a eu tout à l'heure une petite crise et je crains qu'il me rappelle.

— C'est... personnel ou... officiel ?...

— Les deux.

— J'arrive !

Par la fente du store, Sahel vit passer le docteur Ben Madhi sa trousse à la main, précédé, presque au pas de course, par un chaouch qui le conduisait vers l'appartement du dictateur. Mme Ben Akbir s'était décidée à faire appel à un médecin musulman comme le confirma, quelques minutes plus tard, Émile Ben Akbir. Le président allait tout à fait bien. Il lui fallait cependant envisager du repos, peut-être une cure. Autrefois, il se soignait à Aix-les-Bains, mais il semblait évident que les rapports franco-chirfaniens ne lui permettaient plus de se promener en simple touriste dans une ville d'eaux de la Savoie. Il allait probablement partir pour Montecatini où Matteoti, le roi du pétrole italien, lui prêtait sa somptueuse villa... Il était près de midi quand le général Kemal arriva au palais. Ancien chef de bataillon dans l'armée française, Salah Kemal promu général d'une armée fantôme à la Libération avait perdu des soldats et gagné des étoiles. Blessé à Cassino, blessé en Alsace, médiocre officier sans initiative, il s'était singulièrement poussé du col depuis sa nomination au commissariat des Forces armées, le ministère le plus squelettique de la Chirfanie. Un peu moins de cinq mille hommes manœuvraient sous ses ordres, la plupart cantonnés dans des villes frontières où ils occupaient les anciens postes français, face à la ligne de défense algérienne. Affligé d'un tic qui lui tirait la bouche vers l'oreille gauche, Kemal ne détestait pas les conversations politiques auxquelles il entendait peu mais faisait semblant de comprendre beaucoup. Avec Ouradine, c'était probablement le seul honnête homme du gouvernement, et un esprit clair, sans calcul, entièrement dévoué à Ben Akbir qui lui faisait, de temps à autre, l'aumône d'une bonne parole.

— Comment va le président ?

— Bien et mal, dit Sahel. Une petite crise de rien. La répétition du spectacle qu'il offrira cet après-midi à l'ambassadeur de France. Le coup est bien joué. J'y ai cru !

— Tu es sûr ?

— J'en mets la main au feu : un comédien qui se joue la comédie... Salah, nous avons un accident... Enfin, nous... je veux dire la police... Un petit drame comme celui des postiers. Personne n'en sait encore rien. Peut-être même pas Ouradine... Mais c'est à moi de prévoir les contrecoups de la propagande. La presse française risque de s'emparer d'une nouvelle histoire d'interrogatoire un peu serré... Il faut, avant qu'ils attaquent, leur lancer dans les gencives une offensive qui les désarçonne et les préoccupe. Il y a quinze jours, tu as remis à Ben Akbir un dossier concernant l'assaut par des bandes inconnues aux uniformes vaguement français, de deux de nos postes frontières. Personne n'en a parlé.

— Ben Akbir a enterré le rapport dès qu'il a su que c'était l'O.E. qui cherchait à provoquer un incident diplomatique avec des miliciens qu'on fait passer pour des commandos français.

— Salah, j'ai besoin de cette histoire.

— Mais tu vas t'attirer des ennuis avec l'O.E. !

— Au contraire, car je vais approuver leur version des faits. Ce soir par la radio et demain par la presse française « qui nous veut du bien » tout le monde saura que des corps francs de tueurs et de renégats encadrés par des officiers de la Légion attaquent les postes tunisiens.

— Mais les Français n'auront aucun mal à prouver que c'est faux.

— Mon général, tu es trop candide. Cette histoire trompera des millions d'imbéciles. Il n'y aura pas cinq cents personnes pour avoir le réflexe d'en douter. Et je me fous de ces cinq cents personnes, puisque j'ai le million pour moi.

— C'est un piège si grossier que l'O.E. n'a même pas insisté et que son auteur, le colonel Bardouf, a été envoyé en Grande Kabylie pour y jouer au stratège avec les chasseurs alpins.

— Salah, tu oublies toujours la puissance d'ingurgitement des millions d'imbéciles.

— Et puis enfin, ce n'est pas vrai !

— Et alors ?

Kemal le contemplait avec étonnement. Conscient de n'être que la cinquième roue du carrosse dans un gouvernement qui se débattait au milieu des intrigues politiques et du marasme économique, il flottait d'un parti à l'autre, arguant de son uniforme pour ne s'engager avec personne. Il n'en restait pas moins une proie facile pour Krim Sahel aussi prompt à le désarçonner qu'à le remettre en selle. Sorti de Saint-Cyr à titre étranger, il avait gardé à l'égard de ses ex-compagnons d'armes, la rancune tenace de sa trop lente ascension. On ne reste pas sans aigreur chef de bataillon à cinquante ans quand les camarades sont généraux de brigade, voire de division au même âge. Il en demeure quelque chose d'obscur au fond de l'âme la plus droite. Mais se venger était quand même au-dessus de ses forces. Le patriotisme seul pouvait l'y inciter. Les arguments de Sahel frappaient juste. La campagne antichirfanienne qui risquait de s'amorcer en France, justifiait une réplique. Qu'importaient donc les moyens ! En quittant le Palais de la République, le général avait remis au secrétaire à l'Information tous les éléments qui lui permettraient de soulever l'indignation naïve de la presse française et d'entamer à *Radio-Chirfa* une violente polémique. Certes, il lui en coûtait. Ses cadres n'accepteraient pas facilement le mensonge, mais les troupes seraient fouettées. Et elles avaient besoin de l'être en un moment où chancelait leur moral atteint par les affronts des miliciens de l'O.E. Les dernières nouvelles annonçaient qu'une cinquantaine de tirailleurs appartenant au bataillon envoyé à Birmatou pour rétablir l'ordre et arrêté sur la route par le barrage de l'O.E., s'étaient dirigés vers la frontière avec l'intention ferme de se rendre en Algérie pour y être incorporés dans les unités régulières de l'armée française où la paye était élevée et tombait chaque fin de mois.

Il était plus de 13 heures quand Krim Sahel reçut la visite d'Émile Ben Akbir. Le président allait mieux, mais se reposait dans sa chambre. Il recevrait ses collaborateurs au début de l'après-midi, juste avant l'ambassadeur de France. Le jeune homme apportait au secrétaire à l'Information le dossier que Ben Akbir voulait montrer à Sahel quand le malaise l'avait surpris. Il s'agissait de coupures de la presse internationale relatives à la nuit dramatique passée au club de Chirfa-plage par la cinquantaine de diplomates, de représentants des compagnies pétrolières et d'observateurs étrangers qui s'étaient barricadés dans le bar pendant toute la nuit. Faute de documents photographiques, des dessinateurs avaient reconstitué la scène avec un beau sens du romanesque. Les journaux populaires italiens avec leurs couvertures en couleurs s'étaient dépassés. *France-Dimanche, Picture Post,* le *Berliner-Tageblatt,* la *Gazette de Zurich* publiaient des récits hallucinants pleins de sang et de fureur. Cette liasse de coupures rassemblées par les soins des ambassades chirfaniennes, présentaient le pays sombrant dans l'anarchie, retournant au banditisme. En feuilletant le dossier, Sahel eut la certitude que l'orchestration venait de haut, de très haut. Les indices de complot recueillis par la police chirfanienne n'étaient que de risibles preuves comparés à ce déferlement. Pour la seconde fois, Krim Sahel éprouva des craintes.

[illegible] Des réunions pour les [illegible] cinquantaine de [illegible] [illegible] dans les [illegible] [illegible]

TROISIÈME PARTIE

Un instinct dépravé

La réverbération aveugla les six hommes qui sortaient du palais. Sous le soleil à la verticale, la grande place nue grésillait comme une poêle à frire. La voiture de l'A.M.R. et la Chevrolet de Gauthier, un moment abritées par l'ombre courte du mur crénelé, recevaient maintenant la lumière sur les chromes et les peintures chauffés à blanc. Les quatre techniciens prirent place dans la Citroën et Gauthier emmena son beau-père. Sous l'œil attentif de la sentinelle, les voitures virèrent dans le gravier crissant sous les pneus, et s'éloignèrent suivies d'un panache de poussière. Les techniciens se dirigeaient vers les bureaux de l'avenue Abd el-Krim tandis que la Chevrolet gagnait la résidence privée de Gauthier, avenue Ben Akbir. La ville était calme, un peu amorphe avec sa foule circulant à pas lents sous les arcades, ses consommateurs en bras de chemise massés à l'abri des stores tendus sur les terrasses de café. La chaleur dégageait de l'asphalte mou les odeurs d'essence et de goudron qui annonçaient les journées les plus écœurantes.

— Vous ne serez en tout cas pas venu pour rien, dit Pierre. Je commençais à désespérer. Quelques jours de plus et nous ne remportions pas cette dernière satisfaction. Peut-être saurons-nous dans quelque temps pourquoi Ben Akbir retardait sans raison apparente la signature des protocoles et de l'accord définitif. Je me dis souvent que les hommes politiques ont de mystérieuses raisons qui n'ont rien de mystérieux : tout simplement ils n'ont pas de suite dans les idées.

— L'intervention de l'O.E. a été décisive. Et puis il a été ravi de jeter un peu d'huile sur le feu dans ses relations avec la France.

— Paris ne semble pas encore avoir réagi à l'article du *Chicago-Tribune*.

— Pas encore, mais cela ne saurait tarder. Je ne serais d'ailleurs pas surpris que *Radio-Chirfa* prenant les devants l'annonçât à midi.

— Il y a des chances.

Ils longèrent un marché en plein air dont les étalages débordaient du trottoir. Sur les charrettes protégées par des bâches délavées ou des toits de bambous, s'entassaient les couffins remplis de tomates, de piments, de pois chiches que les marchands vantaient avec des onomatopées monocordes qui perçaient les oreilles. Musulmanes et Européennes palpaient les fruits, humaient les melons et passaient lentement d'un étal à l'autre, suivies d'enfants agrippés à leurs jupes. Généralement, ces marchés empestaient le poisson, mais le poisson ayant disparu avec l'invasion des méduses, les vendeurs à la criée n'offraient que du hareng fumé et de la morue salée.

— L'homme souriant, affable, détendu, heureux de montrer sa culture, sa connaissance de l'Amérique, n'est pas le Ben Akbir que j'attendais, dit Gravereau.

— Gageons que cet après-midi l'ambassadeur de France n'aura pas le même homme en face de lui.

— Sûrement pas, mais je comprends mieux la séduction qu'il a exercée sur les journalistes venus l'interviewer.

— Et la séduction qu'il exerçait sur Jean Renault. Le malheureux y a cru...

— Nous n'avons pas eu beaucoup de nouvelles de sa femme.

— A l'hôpital. On la désintoxique. Elle était imbibée jusqu'à la moelle. Une vieille habitude prise en Afrique noire. C'est le cas de beaucoup de coloniaux. Généralement, ils choisissent plutôt l'alcool que la drogue. Le secret de ce couple heureux qui intriguait tout le monde était trop simple. Je me demande si pour paraître s'aimer autant, ils ne se détestaient pas franchement... Elle avait tout le temps besoin de lui... C'était pour la petite piqûre. Triste...

La Chevrolet ralentit derrière un trolleybus qui gravissait péniblement la rue. Une douzaine d'enfants en loques s'agrippaient aux pare-chocs arrière et se retournaient pour regarder avec envie la voiture jaune qui roulait sans bruit sur le pavé. Quand le trolleybus s'arrêta, ils sautèrent sur le trottoir et la chaussée pour échapper au receveur menaçant. La Chevrolet doubla. On arriva dans les quartiers résidentiels.

— Votre avion part à 13 h 30, dit Pierre. Je suppose qu'il faut être à l'aérodrome une demi-heure avant pour enregistrer votre valise. Nous ne sommes pas pressés, mais il est plus sûr d'être un peu en avance, et puis nous parlerons sans danger dans le hall de l'aérogare, tandis que chez moi je ne jure de rien.

— L'ère des précautions me semble dépassée. Votre domestique a remarqué la machine Gestetner installée dans votre chambre.

— Il ne sait pas ce que c'est.

— La police doit être en train de recenser toutes les Gestetner de la ville.

— Je me donne encore vingt-quatre heures.

Ils s'arrêtèrent à hauteur de l'appartement de l'avenue Ben Akbir, devant une Citroën noire que Gauthier reconnut aussitôt pour être celle de Georges Abecassis.

Madeleine van Dromme apparut au balcon et leur fit un signe discret de la main.

— Il y a du nouveau, dit Pierre.

Le nouveau, c'était Saïd Teleur en costume de toile grise du dimanche, assis au bord d'une chaise dans un angle du living-room, et Abecassis, verdâtre, marchant de long en large. Dès l'appel de Krim Sahel, le journaliste s'était rendu dans la basse casbah pour tirer le prote de son sommeil. Teleur ne disait mot et, à part Gauthier, les autres le contemplaient avec angoisse. Il était le premier homme en danger de l'organisation. Certes, il échappait aux policiers d'Ouradine, mais sans le coup de téléphone du secrétaire à l'Information, et la manière dont Abecassis avait égaré les premières recherches, Teleur se serait déjà trouvé au « septième ciel » entre les mains des questionneurs. Sauvé, il n'en était pas moins une sorte de bombe ou plutôt d'appât dont la piste reniflée par la police dans tout Chirfa compromettait la sécurité des autres. Gauthier et Teleur se dévisageaient sans curiosité. L'exécutant voyait brusquement tomber les cloisons étanches de l'organisation, et découvrait la silhouette mince et calme de celui dans lequel, dès son entrée avec Gravereau, il avait deviné le responsable.

— Où est Djilali ? demanda Pierre.

— Dans la cuisine, dit Madeleine.

— Il a vu entrer Teleur ?

— Je n'avais pas le choix, répondit Abecassis. Au point où nous en sommes, l'indiscrétion de votre domestique n'aggravera guère les choses.

— Peut-être, mais elle les précipite ! Enfin, la question n'est pas là... Par qui croyez-vous avoir été dénoncé ?

— Dénoncé est un gros mot, dit Saïd. J'ai déposé les tracts comme d'habitude chez Alaoui, ce matin à l'aube. La police a dû arrêter un des distributeurs, remonter jusqu'à la maison d'Alaoui et faire parler ce dernier ou sa fille.

— Alaoui vous avait promis de diffuser tous les tracts que vous lui remettriez ?

— Non ! Seulement ceux dont, après lecture, il estimait qu'ils servaient sa cause, enfin celle de cette dissidence néo-Mouquawat qu'il veut fonder. Il faut croire que pendant ces cinq jours tout concordait avec ses visées.

— Il ne savait rien d'autre ?

— Rien. Il ne connaissait que moi et je lui avais donné ma parole que je ne travaillais pas contre l'indépendance de son pays. En fait, il était complètement dépourvu de moyens techniques et d'expérience psychologique. Il ne possédait qu'une équipe de jeunes gens de bonne volonté avec lui.

— Vous avez été particulièrement efficace. Je tenais à vous le dire. Sans votre connivence avec Alaoui, nous n'aurions jamais trouvé le moyen de distribuer ces tracts et de provoquer une première grève. Maintenant, il s'agit de vous mettre à l'abri. Je pense vous embarquer à 13 h 30 dans le *Chirfa-Rome*. De là, vous irez en France.

Teleur ferma les yeux et resta un moment immobile. Seules frémissaient lentement les narines de son nez épaté. Privé de regard, ce visage n'était plus le même. Les yeux froids et perçants, petits et rapprochés du nez, quand ils fixaient un interlocuteur, détournaient l'attention du reste des traits, du sourcil arqué et touffu coupé par une cicatrice, d'une oreille en choufleur abîmée par les coups de poing, de la bouche mince et légèrement de travers, du menton creusé d'une fossette. Teleur rouvrit les yeux.

— Je ferai ce que l'on voudra, dit-il. Mais si c'est possible, je préfère ne pas aller en France, je préfère retourner en Algérie. A Paris, je ne serai pas en sécurité. Je ne connais personne. Ils me repéreront vite et vous n'aurez aucun moyen de les en empêcher. Dans mon pays, je sais ce que je dois faire pour me protéger et pour travailler.

— Je vous comprends. Nous allons nous arranger pour que, dès cet après-midi, vous soyez hors de Chirfa. Là, on viendra vous chercher pour passer la frontière.

— Ce sera très bien comme ça, puisqu'il le faut.

— Pourquoi dites-vous « puisqu'il le faut » ?

— C'est difficile à expliquer.

— Je ne le crois pas. Je suis même certain que vous avez une idée précise.

— Eh bien oui, et j'ai envie de la dire à vous tous.

— Dites-la.

Saïd prit sa respiration. Il était visiblement gêné par ce living-room trop confortable, ces Européens inconnus debout devant lui. Il chercha le regard d'Abecassis et le journaliste s'approcha, posant une main sur l'épaule du prote.

— Voilà, dit le Kabyle. S'il ne tenait qu'à moi, je n'aurais pas fui la police. Je l'aurais attendue dans ma chambre, très tranquillement. Je m'étais préparé à cette minute-là. Ils m'auraient trouvé. On m'aurait torturé et j'aurais peut-être parlé. De toute façon, je serais mort. Et ç'aurait été justice. Il faut payer. Nous avons tué. Indirectement, c'est vrai, mais nous avons tué. On n'échappe pas à ça. Il faut payer. Le jour du discours de Ben Akbir sur la place de l'Indépendance, c'est moi qui ai rendu le courant aux haut-parleurs. Je voyais la peur des manifestants, leur lâcheté, les vieillards piétinés, les têtes ensanglantées. C'était trop. Il ne fallait pas aller plus loin. Dans mon cœur, je savais qu'il fallait arrêter ça...

— Je vous comprends, dit Gauthier. Vous avez bien fait.

— Je suis content que vous m'approuviez. Ce n'est

pas que je sois superstitieux, mais vraiment je crois qu'il faut payer. J'ai suivi Abecassis parce que je n'étais pas sûr que si on me torturait, je ne parlerais pas. Et alors, vos vies à tous étaient perdues.

— Je comprends, je comprends. Maintenant, il faut que vous restiez chez moi. Je vais à l'aérodrome. Je reviendrai dans une heure. Je m'occupe de vous. Quant à vous Abecassis, vous avez un répit. Il me reste une affaire à régler. L'article est prêt, Madeleine ?

— Il est prêt, dit-elle.

— Mlle van Dromme vous le remettra. Arrangez-le comme vous voudrez. L'essentiel est qu'il passe dans l'édition de 5 heures de *Chirfa-Soir*.

— Il passera, promit Abecassis. Et une heure après, je serai dans une situation voisine de celle de Teleur.

— J'y ai pensé... Autre chose, Madeleine... Vous voudrez bien veiller à ce que Djilali ne sorte pas de l'appartement.

— J'y veillerai.

— Bien. Votre valise est bouclée, Jack ? Nous partons.

Déjà les rues se vidaient. Le soleil écrasait la ville et le port muet dont les eaux maculées de gasoil avaient des reflets roux. Ils firent un détour pour éviter le Quartier général de l'O.E. L'avenue du *Méditerranée Palace* restait barrée par des chevaux de frise et des miliciens l'arme à l'épaule. Dès qu'ils atteignirent les faubourgs, les voitures se raréfièrent. Le tronçon d'autoroute était désert.

— Je n'ai rien vu comme les gens des pays chauds pour avoir peur de la chaleur, dit Pierre. Passé midi, ils ne pensent plus qu'à se terrer. La vie s'arrête. Je me demande ce qui se passe pendant les révolutions. Il doit y avoir trêve. Une sieste-trêve et on échange des canettes de bière... Tiens, la couleur du ciel a viré... Vous voyez ces craquelures à l'est ? Elles annoncent le retour du chergui. Cette nuit nous étoufferons. Les habitants de la casbah dormiront sur les toits en terrasse et les Européens moisiront sur leurs balcons faute de pouvoir se promener librement dans les rues. Avec le chergui, le régime du couvre-feu paraîtra particulièrement intolérable. Encore deux ou trois nuits de claustration et la population n'y tiendra plus. Ils ne savent pas combien ils nous aident. Vous faites escale à Rome, n'est-ce pas ?

— Oui, dit Gravereau.

Depuis un moment, il écoutait à peine Gauthier. Ses pensées allaient à ce petit groupe d'hommes qu'il laissait derrière lui. Une idée de lâcheté le poursuivait. Il en éprouvait un sentiment désagréable qui le nouait intérieurement à la minute où Pierre semblait le plus détaché, le plus maître de soi. Mais rester était plus bête encore...

— J'aurais aimé vivre ces dernières heures avec vous, dit-il enfin.

— Vous avez lu Tacite ?

— Euh... oui...

— Il y a une phrase admirable : « Les soldats combattent pour les chefs et les chefs combattent pour la victoire. » Autrement dit il me paraîtrait ridicule que vous risquiez votre peau par amour-propre. En revanche, il m'est venu une idée tout à l'heure et peut-être pourriez-vous l'exploiter lors de votre passage à Rome.

— Quelle idée ?

— Vous avez vu dans les journaux l'histoire de ce trafiquant-espion dont on a fait sauter la voiture à Rome ? Un certain Bouhirane.

— Oui.

— La police cherche les coupables dans les milieux nord-africains. Elle a raison, mais si Marcello Mondini connaît un journaliste doué d'un peu d'imagination, il pourrait l'aider à inventer de toutes pièces une histoire qui fera peur ici. Il suffirait de faire croire que *nous* sommes responsables de cet attentat et de nous désigner comme une association secrète antiterroriste. Les poseurs de bombes serreront un peu les fesses à leur tour. Qu'on nous donne même un nom. Il y a eu la « main noire ». La presse italienne, puis la presse internationale se jetteront avec délectation sur l'idée d'une « main blanche ».

— Je le lui dirai.

De loin en loin, ils apercevaient la Méditerranée qui scintillait. Un pétrolier longeait la côte, s'apprêtant à pénétrer dans le port de Chirfa.

— C'est fou ce qu'avec un peu plus de temps nous aurions pu faire, dit Pierre. Je pense à cette histoire de méduses et aux bateaux russes qui devaient en purger les eaux territoriales. Ils n'arrivent toujours pas. Nous pouvions en rejeter la faute sur l'O.E...

Ils approchaient de la pinède qui masquait en partie l'aérogare. La voiture ralentit et s'engagea sur la déviation. Quelques minutes après, la valise une fois enregistrée, les deux hommes firent les derniers cent pas dans le hall où tournoyait un ventilateur géant.

— Vous aurez juste le temps de faire votre rapport à Berger, dit Pierre. Si je m'en sors, je lui donnerai les détails. Mais dans l'ensemble, il devrait être satisfait. Les nouvelles extérieures m'ont manqué. C'est le seul point ennuyeux. Si j'avais pu obtenir à temps des informations sur les mouvements contre-révolutionnaires dans le Moyen-Orient et dans le Rif, je les aurais exploitées ici. Les liaisons étaient défectueuses.

— Vous avez réussi trop vite.

— Réussi ! Réussi ! Comme vous y allez ! Tout le pays est dressé contre l'O.E., mais nous n'apprendrons pas à Ben Akbir comment il faut grimacer. En ce moment, sa popularité est tombée à néant. Mais laissons-le reprendre du souffle. Si les Français lui parlent « intelligemment », il va humer le vent. La question reste de savoir si on saura lui parler intelligemment... j'en doute... j'en doute terriblement.

Pierre se tut. Il se souvenait de l'image qui l'avait poursuivi pendant longtemps lors de ses aventures aux États-Unis, l'image d'une corrida. Enfermé dans l'arène, il avait si bien lutté qu'il pouvait espérer sa grâce du public. Et il l'avait obtenue, en fin de compte, malgré le terrible coup de corne récolté à Málaga. Au moment où il s'était cru le plus perdu, au moment où la police et Ève Page sapaient ses dernières défenses, un hasard, une force méconnue le sauvaient. Est-ce pour cela qu'il aimait tant les taureaux, qu'il traversait la moitié de l'Europe pour voir Ordoñez toréer dans une petite plaza espagnole, qu'il avait accumulé à Chexbres dans son bureau une bibliothèque tauromachique qu'enviaient des spécialistes, qu'à Paris ses amis s'appelaient Claude Popelin et Paco Tolosa, à Lisbonne Manuel Vinhas et José Rosa Rodrigues, et qu'en Espagne il avait suivi pendant un mois la cuadrilla de Dominguin ? Dans une époque morne et triste comme celle que nous vivons, où on lâche du napalm sur un village pour un oui ou pour un non, la tauromachie, dernier grand art du courage et de l'élégance, était menacée par l'hypocrisie générale. En France, ceux-là mêmes qui avaient fermé les bordels privant de foyer, du jour au lendemain, une nuée de solitaires, s'attaquaient aux corridas au nom du droit à vivre des animaux. Oui, il y avait là quelque chose d'absurde et de risible, de dérisoire même. En tuant la corrida, on allait éteindre un mythe, tarir une source d'images...

— A quoi pensez-vous, Pierre ?

— Vous seriez étonné..., je pensais à la tauromachie. Je pensais que nous avons travaillé Ben Akbir comme les péons travaillent un taureau brave, mais un peu fourbe. Avec nos capes, nous l'avons sorti de son terrain, en restant chaque fois dans le nôtre. Il est là, maintenant, bon pour la pique, pour les *suertes* de muleta, pour l'estocade. Notre travail ingrat a servi à révéler ses vices, ses défauts, ses faiblesses.

— Il nous reste à espérer que l'Occident qui reprend ainsi l'initiative saura en profiter. Peut-être ne se rendent-ils même pas compte...

— C'est probable. Aussi aimerais-je être là quand le colonel Berger en gants beurre frais ira raconter sa petite histoire au président du Conseil français, quand vous monterez les marches de la Maison-Blanche à Washington, quand le colonel Gomez de la Serra informera le général Franco, et quand tous les autres mettront leurs gouvernements devant le fait accompli.

— Sans doute finirons-nous tous en prison.

— Alors, je vous ferai parvenir à chacun une petite citation magique qui vous consolera. Pardonnez-moi, c'est ma deuxième citation de la journée, mais je ne résiste pas... Elle est de François Suleau, un contre-révolutionnaire que vous êtes bien excusable de ne pas connaître parce que l'Histoire officielle à force d'ignorer les quelques hommes courageux qui luttèrent contre la vague d'imbécillité débordante de 1789, a réussi à les rejeter dans l'oubli complet. Suleau a fini pendu haut et court dans la rue, les yeux crevés par la populace, couvert de crachats. J'aime assez l'élégance de son destin et j'ai appris par cœur les quelques lignes de lui que vous ruminerez dans l'avion : « J'ai mis ma conscience aux prises avec ma raison, et la réflexion m'a convaincu autant que l'expérience que tout individu qui se sacrifie sans nécessité pour des intérêts vagues et collectifs n'est qu'un animal d'un *instinct dépravé* qui, tôt ou tard, sera corrigé par la double épreuve de l'injustice et de l'ingratitude. » Je vous assure, Jack, que c'est à méditer.

L'autocar de la Swissair débarquait devant l'entrée du hall une vingtaine de passagers, dans un état de décomposition avancée. La fraîcheur relative de l'aérogare leur rendit une contenance, malgré la bousculade des porteurs qui basculaient les bagages sur les diables et couraient vers la douane. Dans leur cabine vitrée, les inspecteurs de la police chirfanienne s'apprêtaient à examiner les premiers passeports.

— Il y a quelque chose dont j'aurais voulu vous parler plus tard, dit Jack. Mais il est peut-être plus simple d'en dire deux mots tout de suite. C'est au sujet de l'A.M.R. Je crois qu'il serait assez... assez élégant de céder maintenant les parts de Cornelia au docteur Malké et à ses associés.

— Cela ne regarde que Cornelia et vous, mais je pense qu'en effet à nos propres yeux ce serait plus élégant de ne pas profiter de ce que, par voie détournée, nous avons extorqué à Ben Akbir. J'ai déjà fait parvenir à la Croix-Rouge, anonymement, la somme récupérée par nos soins sur Lamine et Amrouche au moment où ils sortaient de la banque avec les 400 000 dollars de la Jaimir. Voilà de quoi soulager quelques misères dans les camps de regroupement algériens.

— Cornelia sera d'accord. Je vais la voir ce soir à Genève. Je lui ai télégraphié l'heure d'arrivée à Cointrin.

— Maintenant, j'espère qu'une fois à New York, vous serez en mesure d'actionner quelques journaux américains pour qu'ils déplorent l'intrusion d'une société privée dans un conflit territorial entre la France et la Chirfanie. Je connais assez Malké et ses représentants pour savoir qu'ils auront peur dès qu'on leur tapera légèrement sur les doigts. Un mot de

Washington, et ils lâcheront la concession. Il n'y aura plus qu'un trou de 400 000 dollars dans leurs fonds secrets. J'imagine que ce n'est pas beaucoup pour eux.

— Je pense y parvenir, dit Jack. C'était dans mon intention. Moi aussi, j'essaye de penser à tout...

— Pardon ! Je ne me permets d'ajouter ça que parce que je suis au cœur du problème, que je m'efforce depuis six mois de calculer les exactes conséquences de chacun de nos gestes..

— Vous avez raison. Je ne vous reproche pas de me le dire. Mais, c'est que nous n'avons pas tout à fait les mêmes réflexes. Vous pensez en Français et malgré moi je pense en Américain. Malgré tout nous avons été bien d'accord... Vous n'avez rien à dire à Cornelia ?

— Si, dit Pierre en souriant. Il faudrait lui dire que je l'aime, que j'ai beaucoup pensé à elle, qu'elle me pardonne mes silences, mon absence. Si Dieu le veut, dans deux ou trois jours, je serai auprès d'elle et je ne la quitterai plus. Sa voix et sa faiblesse me manquent. C'est un être brûlant. Je crois que j'ai supporté cet infect été chirfanien, parce que loin d'elle j'avais froid... Jack, il faut nous quitter. J'ai l'affaire Saïd Teleur à régler.

Gravereau sortit de sa poche son passeport et son billet, serra la main de Pierre et, sans plus se retourner, prit la queue devant le guichet de la police.

A 13 heures, la radio de la Chevrolet annonça les informations de *Radio-Chirfa.* La voiture parcourait en sens inverse l'autoroute déserte. Les premières bouffées de chergui asséchaient déjà l'air. Gauthier ralentit pour prêter plus d'attention à la voix du speaker. Le ministère de l'Intérieur annonçait la levée des mesures de couvre-feu. Un complot terroriste avait été démasqué. Les principaux responsables étaient arrêtés. Des adversaires de la politique de Ben Akbir n'avaient pas hésité à solliciter l'aide de l'étranger. Le ministre Omar Ouradine se réservait d'informer lui-même le pays ce soir à 7 heures de tout ce qui s'était tramé. Dans la nuit, deux nouveaux incidents de frontière avaient éclaté. Des bandes armées venues d'Algérie avaient essayé de s'emparer de postes tenus par des tirailleurs chirfaniens. Elles avaient été repoussées avec de lourdes pertes. A Birmatou, des agitateurs professionnels avaient cherché à semer le trouble parmi les réfugiés algériens. L'ordre était rétabli après un moment de confusion. A 10 h 30 ce matin, le président Ben Akbir avait signé avec une compagnie américaine un contrat autorisant la prospection du pétrole dans le Sud-Ouest chirfanien. La prospection s'étendait à des territoires que la France gardait indûment, après un tracé de frontière contre lequel la Chirfanie n'avait pas eu le droit de protester. Les informations se terminèrent par l'annonce de la rencontre à 16 heures de l'ambassadeur de France et du président Ben Akbir... Gauthier arrêta sa voiture devant l'entrée du *Grand Palace* où il était à peu près sûr de rencontrer Yves Le Bihan. Le jeune ingénieur s'y trouvait effectivement, en compagnie de ses deux habituels camarades. Ils quittaient leur table quand entra Gauthier. De violacé, le cerne autour des yeux de Le Bihan passait au jaune et au vert. Il portait cette décoration avec une plaisante absence de complexe. Toute la puissance de sa silhouette tenait à la largeur du cou. Sa démarche, ses gestes semblaient embarrassés par une musculature épaisse et lourde. En face de lui, Gauthier que le climat avait fait fondre, et dont le masque osseux saillait sous la peau des joues, paraissait presque frêle.

— J'ai à vous parler trois minutes, dit Pierre.

Les deux hommes qui accompagnaient Le Bihan s'écartèrent discrètement.

— Je retarde votre déjeuner, continua-t-il, mais, plus tôt que je ne pensais, j'ai un service à vous demander.

— Je vous ai dit avant-hier que dans la mesure de mes moyens, et si je ne contreviens à la mission qui m'a été confiée par le gouvernement français, je suis prêt à vous aider.

— Je ne peux pas vous révéler les raisons de cette affaire.

— Il est, sans doute, mieux que je ne les sache pas.

Ils se tenaient debout, face à face, au milieu de la pièce où ne stagnaient plus qu'un couple et trois journalistes étrangers plongés respectivement dans le *Daily Herald, Newsweek,* et *L'Express.* Le barman, incliné contre le comptoir, faisait semblant de crayonner sur un calepin. Gauthier jugea que même doué d'une oreille très fine, il ne pouvait pas les entendre.

— Pouvez-vous engager dans l'heure parmi vos équipes qui travaillent au barrage, un homme recherché par la police chirfanienne ?

— Ça oui, je peux, dit Le Bihan. Personne n'ira le trouver parmi les deux mille manœuvres de Boussou. Nous embauchons tous les jours, et tous les jours nous avons des défections.

— Je ne pense pas qu'il restera là très longtemps. Mais quand on viendra le prendre, c'est à vous qu'on s'adressera en vous le demandant sous son vrai nom, Saïd Teleur.

— Saïd Teleur... je me souviendrai. Et le nom sous lequel il va vivre ?

— Il vous le dira.

Un des journalistes sortit de sa lecture et appela le barman qui traversa la pièce en zigzaguant entre les tables.

— Combien je vous dois ?

— Dix-huit francs.

— Vous acceptez les dollars ?

— Bien sûr, monsieur... merci.

— Vous venez, les gars ?

La chevelure carotte de Fred Polarski émergea du *Daily Herald* largement déployé.

— Pas faim dehors, dit-il. Je préfère manger un sandwich ici que de crever de chaud dans un de leurs maudits bistrots qui puent l'huile rance.

Le barman indifférent regagnait son comptoir et rangeait ses dollars dans le tiroir-caisse.

— Je pars à 3 heures, ajouta Le Bihan. Votre homme peut-il me rejoindre quelque part en ville ?

— En ville, c'est dangereux, mais vous le rencontrerez sur la corniche, marchant en direction de Boussou. Partant à 2 heures, il aura le temps de faire trois ou quatre kilomètres. Il vous demandera de vous arrêter en levant les deux bras.

— Cela suffit.

— Je vous remercie. A combien de kilomètres de la frontière se trouve Boussou ?

— Quatre kilomètres. Un poste tunisien surveille les abords, mais l'O.E. est loin, plus au sud. Le dénommé Teleur n'aura pas de mal à passer de l'autre côté de la barricade.

— D'autres s'en occuperont. Je regrette de ne pas pouvoir vous dire le pourquoi de tout cela, mais ce n'est pas le moment.

— Je vous le répète, je préfère ne pas savoir.

Le Bihan sortit suivi de ses camarades et de deux des journalistes. Fred Polarski s'était levé et approché du comptoir. Gauthier le rejoignit.

— Vous êtes Fred Polarski ? lui dit-il.

— Oui. Ah, je vous reconnais. Vous êtes un ami de Jack Gravereau. Est-ce qu'il est toujours à Chirfa ?

— Je viens de le conduire à l'avion de Rome. Que prenez-vous ?

— Une bière. J'aurais aussi aimé un sandwich.

Ils se hissèrent sur les hauts tabourets face au barman qui versait lentement la bière dans les verres inclinés.

— Jack m'a passé un tuyau du tonnerre, dit Polarski. Il paraît que l'accord définitif a été signé ce matin.

— C'est exact.

— L'ambassadeur de France a rendez-vous cet après-midi avec Ben Akbir. Je voudrais être sous la table.

— Vous devriez vous mettre bien avec Krim Sahel. C'est un homme qui a l'air conciliant. Il mène sa politique personnelle. En ce moment, il aimerait savoir d'où vient le vent.

— Je l'ai vu... Rien à en tirer.

— Revoyez-le. Il a changé. L'atmosphère de ces derniers jours lui rend les Occidentaux moins antipathiques. Ce matin, il a même cherché à entrer en contact avec l'organisation qui flanque le bordel dans le pays. Une carte à jouer...

— Vous êtes certain ?

— De quoi est-on certain ici ? Après tout, je prendrais bien un sandwich moi-même.

— Au jambon ? demanda le barman qui écoutait, la main dans le menton.

— Qu'avez-vous d'autre ?

— Rien que du jambon.

— Alors votre question était absurde. Donnez-moi un sandwich au jambon.

Armé d'un couteau, le journaliste découpait son sandwich de pain-mie en petits morceaux qu'il portait à sa bouche et avalait avec une vélocité stupéfiante. Il avait posé à côté de son assiette un paquet de cigarettes et un briquet de fabrication antédiluvienne, avec une mèche d'amadou. Pierre se souvint d'en avoir possédé un pareil au début de la guerre de 39-40. Moins voyant la nuit que le briquet à essence il s'allumait avec une étincelle et donnait aux premières bouffées de fumée un arrière-goût de caoutchouc brûlé.

— Je ne pensais pas, dit Gauthier, qu'un Américain pouvait encore se servir d'un objet pareil.

— Il vient de mon grand-père. C'est un talisman. Je l'ai trimballé dans le monde entier, en Chine, en Corée, au Sahara. Faudrait passer sur mon corps pour me le voler... Dites-moi... Qu'est-ce que vous pensez, vous, de toutes ces histoires, je veux dire l'explosion du *Dobroudja,* l'attaque de Chirfa-plage, les émeutes de Birmatou, les bombes, enfin tout ce qui casse...

— Moi ? Rien ! La politique ne m'amuse pas.

— Pourtant, il y a quelque chose. Je ne sais pas quoi, mais il y a quelque chose. Je le subodore. J'ai un grand nez, vous savez.

Il caressait, en effet, son nez très long et courbe, semé de taches de rousseur. Le barman apporta le sandwich, puis se replongea dans ses comptes.

— A mon avis, continua Polarski, tout ça est très bien monté. Mais pourquoi ? Brouiller les Chirfaniens avec l'O.E. ? Faire sauter la baraque ? Pour la remplacer par quoi ?

— On commence à raconter qu'il s'agit d'un complot antiterroriste. Vous n'avez pas entendu parler de « la main blanche » ?

— « La main blanche » ? Non. Qu'est-ce que c'est ?

— Il paraît que c'est « la main blanche » qui a fait sauter à Rome, Bouhirane, l'acheteur numéro 1 des armes de l'O.E. C'est probablement du roman.

— Peut-être pas tant que ça !

Polarski repoussa son assiette vide, prit une cigarette et l'alluma avec son amadou. Pierre retrouva l'odeur de brûlé dont il cherchait le souvenir.

— Il y a peut-être, en effet, reprit le journaliste, des

types qui en ont marre de recevoir des coups de pied dans les fesses.

— Ce doit être ça.

— Si j'en étais certain, je câblerais là-dessus à Chicago.

— Vous ne risquez pas grand-chose.

— Sinon d'être expulsé d'ici. De toute façon, je ne devrais pas me trouver à Chirfa. Sans Jack, je serais déjà reparti. Il m'a mis la puce à l'oreille. Drôle de type ? Vous le connaissez bien ?

— C'est un peu mon beau-père et beaucoup mon patron, un des administrateurs de l'A.M.R.

— Et qu'est-ce que vous faites à l'A.M.R. ?

— Depuis six mois, je préparais les négociations avec le gouvernement. Maintenant que c'est signé, je retourne en Europe.

— Sacrée Europe ! dit Polarski en tapant sur le comptoir. Mettra le feu aux poudres à la fin.

— Vous devriez vraiment voir Krim Sahel. Je suis certain que cet homme astucieux a des prémonitions sur la manière dont on mettra le feu aux poudres.

— Croyez vraiment ?

— Et parlez-lui de la Jaimir. Il vous racontera sûrement des choses passionnantes.

— Non, la Jaimir je n'y crois pas. Des inventions de feuilletoniste...

— A votre place, je vérifierais. « Main blanche » contre « Jaimir »... Voilà un bon papier.

L'air méditatif, Polarski écrasa sa cigarette dans le cendrier. Gauthier avait terminé son sandwich et payait. Dans le bar silencieux, on n'entendait que le ronronnement des appareils à air conditionné. Des rais de soleil, filtrés par les claires-voies, zébraient la moquette brune, les fauteuils et les tables de galalithe noire. Le journaliste glissa de son tabouret et donna une grande tape sur l'épaule du Français qui sourit.

— A bientôt, dit Polarski. Vous venez de temps à autre à Chicago ?

— Pas souvent.

— Demandez si je suis là, par hasard. Polarski, Fred Polarski, vous vous souviendrez ?

— Certainement.

Du *Grand Palace* à l'avenue Ben Akbir, Pierre ne rencontra pas une âme dans les rues écrasées de chaleur. Aux carrefours, les agents avaient replié leurs parasols et démonté les socles de bois. Les premières bouffées de chergui apportaient l'odeur rance du port figé dans le silence. De loin on apercevait la carcasse brisée du *Dobroudja* à demi immergé dans l'eau noire. A côté des caves de la Shell, étincelaient les superstructures d'un pétrolier bleu pâle et rouge vif. La ville cuisait dans sa torpeur molle d'après déjeuner. Il n'était pas besoin de beaucoup d'imagination pour deviner derrière les persiennes closes, les corps nus allongés à même les dalles fraîches et cette mauvaise fatigue, amère et molle qui ruine les visages et boursoufle les traits des dormeurs abandonnés à la sieste. Gauthier nota que, même devant les commissariats de police, les sentinelles se tenaient en retrait et ne surveillaient la rue que d'un regard amorphe. Dans cette étuve, les nerfs se détendaient, la distraction, l'inattention revenaient. Saïd Teleur traverserait en parfaite sécurité, les mains dans les poches, une ville où la police le traquait.

Gauthier trouva le prote assis dans un fauteuil, lisant un magazine en face de Madeleine. Il lui expliqua comment il lui faudrait lever les bras pour être reconnu par Yves Le Bihan qui circulait dans une voiture de sport anglaise.

— Nous nous reverrons, dit Pierre.

— Vous croyez ?

— Je l'espère. Je veux dire que j'espère des temps moins troublés. D'Algérie, vous demanderez mon adresse en Suisse.

— Oui, la Suisse... Vous êtes suisse ?

— Non, je suis français, mais cela importe peu.

— Ah, bien !

Du balcon du living-room, ils le virent traverser la rue et remonter l'avenue Ben Akbir d'un pas tranquille. Quand il disparut, Pierre resta un moment immobile, la main posée sur la pierre brûlante. Entre les deux immeubles d'en face, un étroit couloir permettait d'apercevoir la Méditerranée d'un bleu vaporeux.

— Votre domestique est toujours là, dit Madeleine derrière lui.

— Je vais m'en occuper.

Elle pâlit légèrement et serra les lèvres.

— Je devine à quoi vous avez pensé, dit-il. Mais ne craignez rien. Djilali est un pauvre type, un peu indicateur comme tous les domestiques d'ici. Cela m'ennuierait de le tuer. Il m'a bien servi pendant six mois. Il fouillait mes papiers. C'était sans danger. Voulez-vous lui demander de venir et me laisser ensuite seul avec lui ?

Quand elle eut disparu, il se retourna vers le balcon. La rue était toujours déserte. Plus loin, Saïd devait approcher de la place de l'Indépendance. Il la traverserait en diagonale pour descendre vers les quais. Cet homme seul à l'allure paisible qui avançait dans la fournaise, portait pour une heure encore sur ses épaules le poids d'une responsabilité terrible. L'heure était venue où chacun des membres de l'organisation allait, à son tour, se fondre dans la foule et rompre le lien. Pour chacun, il y aurait ce même passage à vide, cette même zone de mort à traverser la gorge serrée, le cœur battant, sous la menace imprécise et pourtant certaine de la torture à l'étage du « septième ciel ». La crainte de la mort était une douce attraction comparée aux promesses des policiers. La sécurité de tous dépendait de chacun. Qu'un seul fût arrêté et parlât, et le château de cartes s'écroulait. Lucchino Pietri embarqué la veille au matin sur un cargo italien, était cet après-midi en vue des côtes de Sicile. Jean Renault avait résolu seul le problème de sa disparition définitive. Pour Gauthier, il s'agissait maintenant d'effacer avec méthode les traces laissées par l'organisation, de la dissoudre en silence pour que son ombre continuât de planer sur les esprits. Longtemps encore, la police et le gouvernement se battraient contre des fantômes, chercheraient à Birmatou et à Chirfa les coupables envolés. Dans la faille, entre les deux immeubles d'en face, il aperçut un cargo qui longeait la côte en direction du Moyen-Orient. Son sillage rayait la mer d'huile aux reflets ternis par le ciel blanc. La porte s'ouvrit et Djilali entra.

— Comment va ta femme ? demanda Pierre.

L'homme ouvrit des yeux ronds. Deux ou trois fois, il avait essayé sans succès de parler de sa femme et de ses enfants, mais le maître lui coupait aussitôt la parole avec un tel agacement qu'il se rendait bien compte que le sujet était mauvais. D'instinct, Djilali se mit au garde-à-vous.

— Ma femme ? Tu veux dire ma femme ?

— Quoi ? Tu as divorcé ?

— Non, non, mais elle ne m'écrit pas.

— Est-ce qu'elle sait écrire, au moins ?

— Elle, non, mais la voisine oui.

— Depuis combien de temps ne sais-tu rien d'elle ?

— Depuis trois mois.

— Qu'est-ce que tu dirais si je te payais un billet de chemin de fer pour aller la voir ? Il y a un train à 3 heures, je te conduirai à la gare. Tu resteras deux jours à Tozour, et lundi après-midi, je te revois ici.

— Tu me racontes un rêve, M'sieur.

— Non, Djilali. Va t'habiller en vitesse.

— Il faut que j'apporte des cadeaux à ma femme !

— Je te donnerai de l'argent et tu lui en achèteras à Tozour.

— Et qui est-ce qui va faire ta cuisine et ton lit ?

— Ne t'inquiète pas. Il y a une dame qui reste ici avec moi.

Pierre souligna sa phrase d'un grossier clin d'œil et Djilali amorça un énorme sourire de complicité qui dévoila ses dents gâtées. Il croyait comprendre.

— Allons, dépêche-toi. Il est 2 h 1/2. Nous avons à peine le temps.

A 3 h 1, le direct de Tozour emmenait un Djilali riant jusqu'aux oreilles et agitant un mouchoir à l'intention de Gauthier qui restait sur le quai, pour s'assurer de son départ.

— Je préfère ça, dit Madeleine. Mais ce n'est qu'un répit.

— A mon avis, tout ce que nous pouvons espérer ce sont des répits. Nous allons passer à votre hôtel, vous prendrez vos papiers, un maillot de bain, un sweater et une brosse à dents. Nous aurons de la route à faire cette nuit...

L'Italien dormait dans sa loge, le tue-mouches posé sur ses cuisses. Au bruit que fit la jeune femme en décrochant sa clé du tableau, il sursauta, ouvrant les paupières sur deux yeux globuleux et humides.

— Vous quittez l'hôtel ? demanda-t-il.

— Non.

— Ah ! je croyais...

Depuis la fouille du troisième jour, l'hôtelier semblait respecter la chambre de Madeleine. A d'imperceptibles marques, elle vérifiait chaque soir que l'ordre de ses vêtements n'avait pas été troublé. Dans un sac, elle fourra quelques effets et le cadre de cuir avec la photo de son père, jeune homme au visage barré d'une grosse moustache blonde taillée en brosse, debout à côté d'une jeune femme à la taille mince et au chignon noir. Dans toutes ses fuites, elle n'avait jamais sauvé que ce cadre, et, les meilleurs jours, une brosse à dents. Il lui en venait, avec les années, un détachement qui n'avait rien d'héroïque, qui inclinait plus à la mélancolie qu'à l'indifférence. Elle revêtit le tailleur de toile grise dans lequel elle était arrivée cinq jours auparavant, sauva encore de la débâcle un flacon d'eau de Cologne et descendit sans un regard pour la chambre sordide qu'elle rendait à son silence. L'Italien attendait sur le pas de sa loge. Quand Madeleine s'approcha pour lui rendre la clé, il porta la main à la zébrure rose de sa joue mal rasée. Elle haussa les épaules, traversa la zone d'ail qui entourait l'homme, et rejoignit Pierre. En se retournant, dès que la voiture eut roulé quelques mètres, elle vit l'hôtelier la tête penchée en avant, les yeux plissés qui lisait le numéro arrière. La Chevrolet se dirigeait sans autre bruit que le crissement de ses pneus sur l'asphalte brûlant, vers l'avenue Abd el-Krim et le siège de l'A.M.R. Les rues retrouvaient après la torpeur écrasante du déjeuner, une animation encore terne, comme prudente. Les mendiants reprenaient leurs places à l'ombre des arcades, tas de chiffons que les promeneurs enjambaient. Des hommes passaient en traînant les pieds et les trolleybus au ventre lourd embarquaient les premiers employés qui repartaient pour les bureaux. Un petit cireur de chaussures dormait, allongé, la tête sur sa boîte. Pierre chercha l'ombre maigre de deux lauriers-roses pour arrêter sa voiture devant l'immeuble de la société.

— Montez avec moi, dit-il. Ce n'est pas la peine que vous cuisiez ici toute seule pendant que je règle les derniers détails. Vous attendrez dans le bureau de ma secrétaire. Je n'en ai pas pour très longtemps.

— Et ensuite ?

— Ensuite, nous irons à Chirfa-plage prendre un bon bain. Nous l'aurons mérité.

— Vous ne faites jamais d'erreurs dans vos pronostics ?

— Dans les pronostics immédiats, jamais. Les pronostics à longue portée me paraissent moins sûrs. Pour tout vous dire, je ne sais pas encore comment nous allons nous en tirer. Il n'y a qu'un moyen garanti, ce serait de gagner Tozour et de se faire recueillir à bord d'un bâtiment de l'escadre qui stationne encore dans la rade en attendant que M. Ben Akbir déchire la dernière clause du traité franco-chirfanien. Là, nous nous expliquerons et je ne pense pas qu'on nous rejettera dans la gueule du lion.

— Et l'interdiction de circuler sur les routes après le coucher du soleil ?

— Elle est levée. Le gouvernement court ce risque pour ramener la confiance dans la population. En principe, nous ne serions pas inquiétés.

L'ascenseur monte-charge les conduisit jusqu'au cinquième. Les bureaux de l'A.M.R. n'avaient pas encore pu remplacer leurs vitres brisées. Du papier huilé collé aux fenêtres tamisait la violente poussée du soleil sur la façade sud de l'immeuble, et l'air conditionné luttait mal contre l'étouffement de l'extérieur. Madeleine s'assit dans le bureau de la secrétaire, une jeune Chirfanienne en blouse blanche, coiffée d'une vaporeuse chevelure crépue. Trois hommes traversèrent la pièce à tour de rôle pour entrer et ressortir de chez Pierre Gauthier. Sur la table, à côté de la machine, la secrétaire tripotait d'une main distraite un bâtonnet de désodorisant. Au passage, Madeleine scruta les visiteurs de Pierre. Deux au moins, elle l'aurait juré, étaient américains. Un seul lui parut être français, un homme d'une trentaine d'années dont le visage lui rappelait quelqu'un de lointain, de vague, un souvenir assez frais. Occupée de retrouver l'image perdue, elle n'entendit qu'à la deuxième fois la question de la secrétaire :

— Vous ne voulez pas une revue ?... Je n'ai pas grand-chose. La maison n'aime pas les journaux techniques.

— Merci.

Elle prit un magazine américain et le parcourut distraitement. Le bâton de désodorisant roula par terre et la jeune fille le ramassa en rougissant pour le glisser dans son tiroir. Le dernier visiteur sortit du bureau de Pierre qui le raccompagna en lui serrant la main.

— Aïcha, je parie que vous mourez d'envie d'aller à la plage ?

— Oh oui, monsieur.

— Alors, filez... M. Lowenstein est libre comme l'air. Il se fera une joie de vous emmener.

La jeune fille couvrit aussitôt sa machine d'une housse, récupéra son bâton rose dans le tiroir et sortit en tortillant de la croupe.

— Ça c'est mon côté constructeur, dit Pierre. D'un côté, je torpille, de l'autre je favorise des idylles entre des races traditionnellement opposées. Voulez-vous venir une seconde dans mon bureau ? J'ai quelque chose pour vous.

Le quelque chose était un 6,35 avec un chargeur que Madeleine glissa dans son sac.

— Je suppose que vous savez tirer.

— Oui.

— L'important a toujours été non pas de tirer très bien, mais de tirer très vite, et, dans les cas extrêmes, de garder une balle pour soi.

Pierre prit un autre pistolet, un colt au canon scié, et le cacha dans une gaine sous son aisselle, puis il jeta un dernier coup d'œil à la table où ne traînait aucun papier. Le regard de Madeleine suivit le sien et rencontra un cadre de cuir avec les photos de Cornelia et d'Émery.

— Ne les oubliez pas, dit-elle. C'est peut-être un talisman. Moi, j'en ai un pareil. Si je le perdais, il ne me resterait plus rien.

Il prit le cadre et avant de refermer les volets, le mit sous les yeux de la jeune femme :

— Cornelia et Émery. Ma femme, mon fils. Ils habitent Chexbres, en Suisse. Je n'ai pas assez pensé à eux ces derniers mois.

Le cadre disparut dans la poche de sa veste, puis Pierre ouvrit quelques portes, dit au revoir à la cantonade. Madeleine aperçut des hommes en bras de chemise, un atelier vide avec des tables à dessin, une pièce avec un coffre-fort béant. Elle revit, de dos, le Français dont le visage l'avait intriguée et elle se souvint cette fois de l'avoir vu un après-midi avec un autre homme, au cabinet du docteur Renault... Dans la voiture, Pierre brancha la radio sur de la musique légère.

— Je sais ce que ça me rappelle, dit-il. Le jour de la dernière classe, une sorte d'excitation fébrile. Les cartes au mur, la tête du professeur, les pupitres barbouillés d'encre que j'avais haïs neuf mois durant, m'apparaissaient soudain comme de joyeuses reliques. Voilà ce que me rappelle le départ de l'A.M.R.

— Vous n'y retournerez plus ?

— Probablement pas. La police brûle. Si elle est servie par un minimum de chance, elle arrivera jusque-là.

— C'est drôle, il y a un homme que j'ai eu l'impression de reconnaître...

— Nous en reparlerons plus tard, voulez-vous ? Le principe de la répartition des tâches a été respecté jusqu'ici. L'arrivée de Saïd Teleur chez moi était une infraction grave à la règle que nous observions, et risque de précipiter les événements. Le Bihan doit me téléphoner à Chirfa-plage pour m'annoncer qu'il est bien arrivé à Boussou. Alors, nous pourrons respirer un moment.

Il conduisait beaucoup plus vite que d'habitude, sifflotant pour accompagner la musique. Madeleine l'observa de profil. Ce n'était plus tout à fait le même homme. Le regard perdait sa concentration, les gestes leur sobriété, les mots leur dureté. La Chevrolet atteignit le 160 à l'heure sur l'autoroute, ralentit pour aborder les virages de la Corniche, et dérapa dans le sable devant la barrière du club; le gardien courut pour la soulever et les laisser passer. Ils se garèrent sous un hangar de palmes sèches.

— La Mercedes de von Brautschich n'est pas encore là, dit Pierre. Il m'avait pourtant promis... Venez et ne laissez pas votre arme dans la cabine. Les garçons de bain fouillent tout chaque fois. Enveloppez-la dans un mouchoir et apportez-la sur la plage.

Ils passèrent par la salle du bar où Ali contemplait la grève à peu près déserte. Sur le conseil de leur ambassade, les familles américaines avaient déserté le club. Manquait aussi la silhouette lourde et désabusée de Solange penchée sur un livre qu'elle ne lisait pas. Un cotre blanc, sans personne à bord, était ancré à quelques encablures de la plage, ses voiles entassées en désordre sur le pont, roof et cockpit ouverts.

— Tiens, mais il est quand même là, dit Pierre.

On ne pouvait douter, même de loin, que ce fût lui, ce bouddha couleur de brique mûre, qui, sous un parasol, assis à la turque contemplait la mer sans bouger. A côté de lui, un seau à glace laissait émerger le col d'une bouteille de champagne. Sans détourner la tête, le bouddha allongea une main aveugle vers le champagne, se servit une coupe et la but d'un trait.

— Prosit ! murmura Pierre. C'est bien lui. On ne nous l'a pas changé.

Les trois autres parasols étaient occupés par l'Anglais cramoisi et son jeune ami chirfanien, un ménage anglais arborant d'extraordinaires chapeaux de paille, et l'attaché culturel français que Pierrette, la peau rose et les cheveux blond-blanc sous le soleil, écoutait parler, bouche bée.

— C'est le désert, Ali !

Le barman sourit.

— Bonjour, monsieur Gauthier. C'est le désert. Ils n'osent plus venir même en plein jour... Comme d'habitude ?

— Comme d'habitude. Que voulez-vous prendre, Madeleine ?

— Je ne sais pas. Que buvez-vous ?

— Du jus d'orange, accompagné secrètement par Ali d'une larme de gin.

— J'ai peur de l'alcool à cette heure de la journée.

— Franchement, je vous le conseille. Regardez von Brautschich, comme ça lui réussit !

Dès qu'il les aperçut, s'approchant de lui en costume de bain, l'Allemand commanda au barman d'apporter des verres.

— Vous chassez ? demanda Madeleine en apercevant le masque, le fusil et les palmes éparpillés dans le sable.

— Impossible ! Toujours impossible ! Les méduses sont à cinquante mètres. J'ai arrêté le bateau à la limite des eaux pourries et suis venu à la nage. L'encerclement est presque complet. Encore un ou deux jours, et les méduses auront trouvé un courant qui les amènera jusqu'à la plage. J'aimerais connaître la vie des méduses. J'ai cherché, mais il n'y a rien de sérieux. Pourtant, j'aurais très bien imaginé un stupide savant qui raconterait cela en quatre cents pages. Mais non. D'habitude, les Allemands s'amusent assez à ce genre d'observations. Tout se perd... Voilà des coupes.

— Merci, dit Pierre. Ali nous apporte nos médicaments. Votre champagne sur la plage m'écœure.

Abritée du chergui, protégée par l'avancée d'une pointe rocheuse, bordée de pins parasols, la plage appartenait à un autre monde que celui, étouffant et mortel, de la ville baignée de vapeur et du long corridor de l'autoroute fouettée par le vent brûlant.

— Vous êtes infiniment blanche, dit von Brautschich à Madeleine qui s'asseyait, avec précaution, à l'ombre.

En quelques jours, le visage et les mains de la jeune femme s'étaient hâlés, tandis que le corps gardait sa pâleur naturelle. Pierre eut l'impression de voir Madeleine pour la première fois. En quittant son banal tailleur, en revêtant ce maillot sans fantaisie, elle dépouillait l'enveloppe grise, perdant, tout d'un coup, cet effacement qui la rendait presque transparente dès qu'on la mêlait à un groupe de gens parlant plus haut qu'elle. Ce n'était pas non plus un corps très remarquable, mais il était sain et harmonieux et la chair en était pure, très lisse, et probablement douce. Seules les épaules et les jambes pouvaient passer pour belles, avec des articulations simples, des muscles invisibles sous la peau. Pierre pensa à ce qu'était devenue la longue silhouette de Cornelia, à cet équilibre gracieux de muscles et de nerfs qui se desséchait avec les années, avec la maladie. Plus rien ne restait paisible auprès de Cornelia : la parole elle-même se trahissait, les sentiments brûlaient, l'amour rageait, défigurait. Il fallait, la nuit pour dormir, qu'elle tînt la main de son mari, et Pierre était souvent réveillé par de brusques crispations, des ongles qui lui meurtrissaient les poignets, la paume. Au printemps, Cornelia avait toujours peur de mourir. Chaque matin radieux qui se levait sur le lac la frappait de panique. L'approche de l'automne ramenait le calme, et, au cours de l'hiver, radieuse, presque rose, elle partait pour de longues marches dans la neige ensoleillée. Les choses étaient ainsi. On ne les changerait pas. Pierre n'avait jamais envie d'autres femmes. Il s'en trouvait sur sa route de plus tentantes, armées de tous ces biens qui donnent faim et soif, mais il ne s'en trouvait jamais de plus émouvante que Cornelia. En sa femme, il respectait, il admirait la passion, cette consumation intérieure qui, seule, semblait maintenir la vie.

— Je n'ai pas vu votre voiture, dit Pierre.

— Je suis venu sur ce bateau, le bateau du docteur Fruchs.

— Sans vent ?

— Après une demi-heure d'attente très patiente devant le port, j'ai mis le moteur en marche. J'aime encore ces plaisirs-là. Pas vous ?

— Le goût m'en vient rarement. Je suis peut-être quelqu'un qui s'ennuie très vite. Au fond, seuls les êtres humains m'intéressent. Le reste, je n'y pense pas, je ne le vois pas.

— Ça se devine facilement, dit Madeleine.

Les deux hommes la regardèrent avec surprise. Elle n'avait encore donné à aucun des deux, l'impression d'être capable d'une remarque aussi personnelle. Von Brautschich parut également s'apercevoir qu'elle possédait un corps. Il baissa ses lunettes de soleil et la regarda des chevilles — les pieds étaient enfouis dans le sable — jusqu'à la tête.

— Pourquoi cachez-vous vos pieds ? dit-il.

— Ils ne sont pas laids, répondit-elle sans pourtant les retirer du sable. Mais je ne peins pas mes ongles et je suppose que vous ne sortez qu'avec des femmes aux ongles peints.

Von Brautschich se versa un verre de champagne et prit un air soucieux. Le cotre se balançait sur la houle longue qui mourait au bord de la plage. A leur droite, Pierrette et sa nouvelle conquête quittaient leur parasol pour marcher en sautillant vers la mer. Le maillot de l'entraîneuse n'était là que pour la forme, oscillant plus bas que les reins au rythme de la croupe large qui écrasait deux jambes assez fortes.

— Évidemment, cette personne a les doigts de pieds fardés, dit Pierre. Mais est-ce un exemple à suivre ?

— On finit par douter de tout, dit l'Allemand. Par moments, d'ailleurs, je ne crois à rien...

— Par moments, oui... ce ne sont que des moments. Il y a des éclairs et on retrouve la vie, quelquefois même, naïvement, une morale, une puissance d'indignation...

Pierrette ne savait pas nager... Elle faisait trempette pendant que son amant d'un jour, désireux de l'éblouir, crawlait autour d'elle avec la grâce d'un phoque. Mais on n'éblouissait pas Pierrette aussi facilement. En se retournant, elle adressa un grimaçant clin d'œil à Gauthier et à von Brautschich qui dit :

— La morale — pas celle dont vous parliez, l'autre, la frivole — la morale se perd. Dans ma jeunesse une grue en main dans un restaurant, ou sur une plage, ignorait le reste du monde. Je crois que Pierrette ne réussira jamais.

— Pourquoi ne lui enseignez-vous pas cela ? demanda Madeleine.

— Je suis un amateur, mademoiselle, un simple amateur. Le spécialiste de l'amateurisme. Je me suis mêlé de votre petite histoire en curieux, en bénévole. Il semble que dans ce pays je sois à court de distraction.

Ce ne doit pas être le cas de Pierre Gauthier et si j'osais je lui poserais bien une question.

— Posez-la.

— D'après ce que j'ai cru comprendre, vous étiez il y a quelques mois encore un homme tranquille. Vous aviez renoncé très jeune à la politique par dégoût autant que par mépris. Vous aimez votre femme et vous regardez avec intérêt votre fils grandir. Je crois même que votre métier vous passionne, que les affaires vous ennuient, que l'atmosphère d'un bureau est une prison pour vous. Est-ce que je me trompe ?

— Pas du tout.

— Vous aimez la peinture, les objets d'art, vous êtes passionné de tauromachie, vous plongez des nuits entières dans des livres et on a du mal à vous tirer des rêves qu'ils éveillent en vous. Tout cela, remarquez, je l'invente... je brode sur des observations hâtives...

— Vous êtes très proche de la vérité.

— Alors pourquoi vous êtes-vous jeté dans cette affaire ?

Pierrette sortait de l'eau à quatre pattes en poussant de petits cris, poursuivie par l'attaché culturel qui aboyait, également à quatre pattes. Ils roulèrent dans le sable sous le regard méprisant de l'Anglais et de son mignon.

— Le hasard, dit Pierre. Le hasard a voulu que je sois témoin d'une trahison comme je ne pensais pas qu'il pouvait y en avoir. Vous savez que ma femme possède à Chexbres une maison qui domine le Léman. Chexbres est un village vaudois, à flanc de colline, au milieu de ses vignes. Le bruit du monde n'y parvient pas. C'est la paix suisse. Les paysans n'y parlent toute l'année que du vin qu'ils vont récolter, qu'ils ont récolté, qu'ils ont vendu, qu'ils vont vendre. Et tout le monde reste sur sa terrasse, de longues heures à regarder tomber la nuit sur le lac. Cette vie au ralenti, c'est ma vie quand je reviens d'une tournée quelque part en Europe et que je retrouve ma femme et mon fils. L'an dernier, après un voyage, j'ai appris que la maison voisine de la nôtre était louée à des Arabes : une grand-mère toujours voilée, un ménage dont la femme discrète s'habillait à l'européenne pour faire ses courses à Lausanne et un homme très important que d'autres Arabes venaient voir souvent, qui prenait l'avion et disparaissait pour huit jours, des enfants qui jouaient avec mon fils sur la placette devant notre maison. L'homme c'est Ferda Amine, ancien vétérinaire à Blida, promu par la grâce des événements, ministre des Affaires étrangères de l'O.E. Il vit la plupart du temps en Suisse avec un passeport de la République arabe unie. Un soir d'automne, j'étais seul dans le jardin et j'ai entendu Ferda Amine à quelques mètres de moi, derrière la clôture qui nous sépare, parler français avec un Français. Il n'y avait pas de doute. Ça ne pouvait être qu'un Français : une voix juste, bien timbrée, pleine d'assurance. Je distinguais mal ce qu'ils se disaient, mais ils échangeaient des noms, des dates. Je vous dirai franchement que je n'ai pas prêté une grande attention à leurs propos. Ils ne m'intéressaient pas. Depuis plus de dix ans, je vivais hors de la politique, hors de l'histoire. Je voyais, sans révolte intérieure, se rétrécir de jour en jour notre peau de chagrin. Le monde libre crevait, mais assez lentement pour que je ne m'en préoccupe pas outre mesure... Le soir de cette conversation, j'allais jouer au casino d'Évian sur la rive d'en face. Je crois que j'ai bien joué ce soir-là, que je suivais bien la boule. Derrière moi, un homme observait, puis il s'est mis à jouer mes numéros et comme la chance ne me quittait pas il a gagné. Quand je me suis levé, il a ramassé ses jetons et les a portés au banquier de l'entrée qui les lui a échangés contre de l'argent liquide en l'appelant monsieur le Ministre. Le ministre était un homme de quarante-cinq cinquante ans au plus, avec une assez belle tête aux cheveux blancs, des yeux sombres. Il est parti, et j'ai demandé au croupier le nom du personnage. C'était un certain Barboton. Il n'était plus ministre depuis deux ans, bien que l'on continuât de lui en donner le titre. Il avait fait partie d'un gouvernement dont on avait beaucoup parlé. Le lendemain après-midi, je retournai jouer à Évian. Barboton ne se montra pas au casino, mais je le rencontrai sur le bateau qui me ramenait à Lausanne. Il se tenait un peu à l'écart comme s'il craignait toujours d'être reconnu. Au débarcadère, il héla un taxi et sa voix me dit quelque chose. J'avais entendu ce timbre, peut-être la veille au casino, peut-être ailleurs... Cet ailleurs fut facile à retrouver dans mon jardin. Par-dessus la clôture, me parvinrent les voix de Ferda Amine et de Barboton... Je vous l'ai dit : tout est hasard. Car le lendemain, au casino, je revis l'ancien ministre qui jouait à la table de baccara et perdit des sommes hors de proportion avec son traitement de député et ses honoraires de conseiller économique. J'abrège sur la curiosité qui m'intéressa à cet homme, sur les journaux qui reproduisirent ses déclarations dans les semaines suivantes, sur la réunion de la salle Wagram à Paris, où, en octobre dernier, avec un courage certain devant une assemblée houleuse, il se déclara partisan de l'indépendance de l'Algérie, de l'Association pour l'Algérie libre qu'il fonda vers la fin de l'année. Cet homme a du talent, de la force. Son action est de celles qui troublent les consciences. En le regardant agir, on se demande : « Qu'a-t-il à gagner dans cette histoire ? Rien. C'est un sincère. » Dans un pays où la politique finit toujours dans la main des vieillards, il a le crédit que l'on peut accorder à un homme jeune et courageux. L'affaire d'Algérie, le monde arabe, le bouillonnement africain ne m'intéressaient pas. Je me mis à étudier le cas de Barboton et le cas de quelques autres. Il y avait là un curieux mélange de sincères et de vendus. Et les vendus se révélaient beaucoup plus nombreux qu'on le croyait. Par des amis suisses, j'obtins des renseignements sur les comptes en banque des vendus. Des fellaga et des soldats français mouraient tous les jours dans le bled et les djebels, pour le seul bénéfice d'une vaste opération d'encerclement de l'Occident. Il n'y avait plus de marchands de canons, mais il y avait — bien pis — des marchands d'indépendance, des courtiers en révolution, et ce mouchoir de poche dans lequel nous vivons allait être mis en pièces plus vite que nous ne pensions. On nous saccageait notre vieillesse et des garçons de vingt ans mouraient parce que l'Occident se révélait d'une désarmante bêtise. Empêtré dans ses droits de l'homme, dans sa logique libérale, il sacrifiait son capital civilisateur par manque d'imagination et peut-être par sénilité. Dans le monde possédé par le fanatisme qui nous attend demain, la vieille Europe pouvait encore jouer un rôle, le rôle amer et désabusé de peuples qui sont revenus de tout. A notre contact, les enthousiasmes jaunes et musulmans se refroidiraient. Il suffisait de les comprendre, de leur parler un langage qui ne fût ni celui de la haine ni celui de la servilité. Encore faut-il pour cela que l'Europe montre dans son scepticisme une vitalité, une violence qui obligent au respect. Sans quoi, rasée, il ne lui reste à apprendre que le B, A, BA de la vie communautaire, le retour au servage, le grand, l'effroyable nivellement. Voilà ce que j'ai découvert derrière la trahison de Barboton et de ses pareils. C'est une pensée qui n'est pas si simpliste que je le croyais au début. Elle a pris forme et vie quand j'ai rencontré le colonel Berger à Paris, quand j'ai amené Jack Gravereau chez Berger et que peu à peu nous avons trouvé en Europe et en Amérique une poignée d'hommes qui ont accepté de risquer l'affaire.

Pierre avait parlé les yeux baissés, la main droite posée à plat sur le sable qu'elle nivelait de la paume. Quand il eut fini, de l'index il dessina un point d'interrogation sur cet espace lisse, l'effaça et le recommença plusieurs fois.

— Je vais me baigner, dit Madeleine.

— Nous vous accompagnons, répondit von Brautschich en se dressant de toute sa taille.

Alors seulement, elle s'aperçut qu'il avait les pieds calés dans des chaussettes de laine blanche qui montaient jusqu'à la cheville et qu'en marchant sur la plage brûlante, il boitait assez fort, les lèvres crispées. Près de l'eau il retira ses chaussettes et elle évita de regarder les doigts atrophiés en se jetant dans la mer. Nageant de conserve, ils se dirigèrent vers le bateau qui tournait autour de son ancre. Une échelle de corde leur permit de grimper sur le pont. Le petit cotre ne devait pas mesurer plus de neuf à dix mètres de bout en bout. Du cockpit, on apercevait l'intérieur aménagé pour la croisière, avec deux couchettes parallèles, une cuisinette, des placards et dans la proue une sorte de poste d'équipage avec un hamac et des sacs pour les voiles de rechange. A la poupe flottait le pavillon de l'Allemagne fédérale.

— Le docteur Fruchs ne doit pas s'en servir souvent, dit Pierre. Tout est trop neuf.

— Il a fait construire ce bateau pour son fils. Des marins l'ont amené à grands frais de Hambourg, mais c'est moi qui m'en sers. Le fils a le mal de mer. C'est malheureux, c'est exactement le type de bateau avec lequel on peut s'amuser en Méditerranée. Il a un bon diesel pour les heures de calme plat, et à la voile c'est un champion.

— N'est-ce pas Abecassis qui est là-bas, à l'entrée du bar ? demanda Madeleine.

Pierre se retourna et aperçut effectivement le journaliste qui scrutait la plage et, derrière lui, Ali qui désignait le bateau. Abecassis leva le bras. Au bout du bras, il y avait un journal.

— Rejoignons-le, dit Pierre. *Chirfa-Soir* est sorti. Je lui avais demandé de l'apporter.

Ils regagnèrent le rivage en quelques brasses. Von Brautschich chaussa ses socquettes blanches et les rejoignit à l'ombre du parasol sous lequel Pierre déployait la première édition de *Chirfa-Soir*. En première page, le journal annonçait le début d'une grande série de reportages, achetée à une agence française : « Que sont-ils devenus ? » Des héros de la guerre étaient rentrés dans l'ombre après avoir connu la gloire. On avait retrouvé leurs traces, on les avait interviewés. Léon Degrelle, Westerling, Otto Skorzeny, etc... Le premier de ces héros disparus de la scène était Prudent Coffignac, chef du réseau Liberté et Fraternité, ancien député à la Constituante et maintenant... La dernière page du journal lui était consacrée ; grâce aux souvenirs de Madeleine, aux renseignements de Pierre, Abecassis avait écrit lui-même la biographie de Coffignac. Si, dans la première colonne, on faisait état des services réels rendus à la Résistance, tout le reste racontait sa déchéance, ses escroqueries et sa fuite vers un pays inconnu où on lui payait cher le prix de sa trahison.

— Il y a vingt mille papiers en circulation à Chirfa en ce moment, dit Abecassis regardant sa montre. Ils tireront dix mille de plus à 7 heures si le secrétariat à l'Information n'a pas réagi tout de suite.

— Et les censeurs ?

— Ils n'avaient aucune consigne concernant Coffignac et n'y ont vu que du feu. Pour eux, c'est une banale série d'articles, semblable à toutes les séries que nous achetons à Paris. En principe, les nouvelles fonctions de Coffignac n'étaient annoncées que ce soir à la radio. Cette série d'articles ne touche pas à la politique chirfanienne. Il y aura un retour de flamme auquel je préfère ne pas assister, d'autant plus que Ducour arrive ce soir par la T.W.A.

— M. Prudent Coffignac est scié ! laissa tomber von Brautschich. Tant mieux. Sa tête me déplaisait. C'était une vengeance personnelle ?

— Oui et non, dit Gauthier. Je lui en voulais pour une affaire ancienne et il s'est trouvé que cela servait en même temps nos desseins. C'est un bon pavé dans les intentions marécageuses de Krim Sahel. Ce soir, Coffignac aura son billet d'avion pour Paris. Il ne lui restera plus qu'à offrir ses services ailleurs. Je lui fais confiance. Il retombera sur ses pieds. Vous ne vous baignez pas, Abecassis ?

— Non, je n'ai pas pensé à apporter mon maillot. Je n'ai pris que l'essentiel. Est-ce que nous n'allons pas partir tout de suite pour Tozour ?

— Si, mais ce serait dommage de ne pas profiter de cette dernière fin d'après-midi.

— Ali ! appela von Brautschich en tirant du seau la bouteille vide.

Ali apparut sur le seuil du bar et courut vers le petit groupe.

— On vous demande au téléphone, monsieur le comte... Je vous en apporte une autre.

— Deux autres. Nous fêtons des départs. Qui me demande ?

— L'ambassade, je crois.

Il se leva et suivit le barman. Le téléphone se trouvait sur le comptoir du bar et tandis qu'Ali plongeait à demi dans son grand réfrigérateur, von Brautschich prit l'écouteur. « On vous passe le docteur

Fruchs », dit la téléphoniste allemande. Il attendit quelques secondes avant de reconnaître la voix du ministre.

— Vous êtes seul, Hans ?

— Non.

— La police court après vous. Vous êtes allé avant-hier à Milla chercher un homme sur lequel elle veut mettre la main. On vous a repéré sur la route la nuit. Ils sont venus très courtoisement vous demander ici. Je leur ai dit que vous rentriez à 8 heures. Ce ne sera qu'une formalité si vous pouvez vous justifier, n'est-ce pas, Hans ?

— Certainement.

— Je vous préviens qu'un nommé Pierre Gauthier avec lequel on vous a beaucoup vu ces derniers jours, est aussi recherché par la police.

— Je vous remercie, docteur.

— Bonne chance, Hans.

Le docteur Fruchs raccrocha et von Brautschich garda quelques secondes l'écouteur en main jusqu'à ce qu'il entendît un deuxième déclic. Ali déposait sur le comptoir deux nouvelles bouteilles de champagne.

— J'ai réfléchi, dit l'Allemand. Il m'en faudrait une caisse pour le bateau.

— Une caisse ? Mais il ne sera pas frais !

— Avec deux seaux de glace. Et mettez-moi donc un peu de Perrier, de whisky et de jus de fruits. Nous allons rentrer en bateau à Chirfa et je ne tiens pas à mourir de soif en mer.

— Vous ne mourrez certainement pas de soif avec tout ça ! dit Ali en riant. Mais vous me dévalisez.

— Vous serez gentil de les monter à bord avec le canot du maître nageur.

— Bien, monsieur le comte.

Von Brautschich emprunta le couloir qui conduisait aux douches et aux toilettes. Sur une des portes latérales se lisaient les mots : Direction du Club. Il entra sans frapper. Un homme était là, courbé sur le bureau et chargeant un pistolet. L'Allemand referma la porte derrière lui et s'avança d'un pas. L'homme tenait son pistolet des deux mains. Le chargeur n'était qu'à demi engagé. Von Brautschich n'eut pas de mal à frapper le premier, mais l'autre avait jeté la tête en arrière et le coup l'atteignit sur la pomme d'Adam. L'Allemand frappa une deuxième fois et l'homme s'écroula, le regard vitreux.

— Il ne faut jamais écouter mes communications téléphoniques. C'est une question de principe. Je sais bien que les principes vous vous en foutez.

L'homme esquissa un mouvement et von Brautschich visa le menton. La tête partit à la renverse. Un mince filet de sang coula entre les lèvres décolorées.

— Jamais, jamais, répéta von Brautschich. C'est très mauvais. Ça porte malheur.

Il arracha les fils du téléphone et s'en servit pour lier les pieds et les poings de l'homme évanoui, puis s'empara du revolver qu'il enveloppa dans un journal. Le couloir était vide. L'Allemand verrouilla la porte de l'extérieur et jeta la clé par une lucarne ouverte. Dans le bar, Ali aidé d'un garçon de bain emmenait la caisse sur la plage. Von Brautschich rejoignit l'ombre du parasol et, sans s'asseoir, laissa tomber avec le plus pur accent de Paris :

— Ça merde !

Gauthier leva la tête et aperçut Ali qui embarquait le champagne et les boissons dans le canot.

— Il est temps de filer, dit l'Allemand en ramassant son briquet et ses cigarettes. La police m'attend de pied ferme à la porte de l'ambassade. Et elle vous a repéré, Gauthier, je ne sais pas comment, mais elle vous a repéré.

Abecassis devint livide. Il aurait voulu parler, mais

sa gorge se serrait et il eut l'impression d'étouffer. D'un geste sec, il fit sauter son bouton de col et dénoua sa cravate. Madeleine observa Pierre qui restait les yeux fixés droit devant lui, vers la mer dont l'horizon se fardait de bleu pastel.

— Bien, dit-il. J'attendais cette minute-là. Tout est en ordre. Nous partons pour Tozour.

— Vous ne pouvez plus, dit von Brautschich. C'est le docteur Fruchs qui me téléphonait. Et notre conversation était écoutée dans le bureau du club par un policier. Je pense que c'est le courageux M. Saddok qui n'est pas apparu pendant notre nuit tragi-comique.

— Il faut le liquider, le liquider... parvint à dire Abecassis dont le front se perlait de sueur.

— Sans aller jusque-là, c'est fait. Mais nous n'avons pas tellement de temps devant nous.

Ali abordait le cotre et déposait la caisse dans le cockpit. Sous le parasol voisin, Pierrette bêtifiait avec l'attaché culturel. La plage était calme, incroyablement calme. Arrivait l'heure où le soleil exténué glissait vers l'ouest. Dans un instant, la Méditerranée couleur de plomb s'iriserait. La pinède que la chaleur pétrifiait se secouerait dans la brise du soir et son parfum descendrait par bouffées jusqu'à la mer. Le canot revenait à vide avec Ali et son aide.

— Il ne reste plus que le bateau, dit Pierre.

— J'allais vous le proposer, répondit l'Allemand. Je viens de faire monter quelques provisions à bord. Il y a un peu de gasoil, pas beaucoup, juste de quoi parcourir une trentaine de milles, pour sortir des eaux territoriales et du calme plat. Après, c'est la voile.

— Madeleine, vous pouvez prendre vos affaires dans la cabine.

— Très bien. Je prends aussi les vôtres ?

— Si vous voulez.

Elle disparut et Pierre se mit debout, imité par Abecassis.

— Vous m'emmenez ? dit ce dernier.

— Naturellement, Georges, mais je ne pense pas que ce sera très amusant. Nous n'avons pas tant de chances de nous en sortir.

— Amusant... amusant ! Vous avez des mots drôles.

— Ne vous fâchez pas, Georges, mais j'ai eu l'impression que vous craigniez plus encore l'arrivée de Ducour que les interrogatoires de la police.

— De toute façon, je suis grillé.

— Voilà Madeleine.

Ils embarquèrent dans le canot et Pierre rama vers le cotre, puis fit signe au maître nageur de venir chercher son bateau.

— Le mieux, dit von Brautschich en appuyant sur le démarreur du diesel qui grinça, toussa puis s'enhardit et atteignit son régime régulier de 1 500 tours, le mieux est de dépasser la pointe comme si nous retournions à Chirfa. Après nous gagnerons le large.

Sur la plage, Ali les regardait partir. Pierre amena l'ancre et le cotre, moteur embrayé, face à la houle, se dirigea vers la pointe. En quelques minutes, Pierre eut fait l'inventaire du bateau : deux boîtes de biscuits de mer, douze bouteilles de champagne, un flacon de whisky, six fiasques d'eau gazeuse, trois heures de gas-oil si l'on ne dépassait pas 1 500 à 2 000 tours, deux heures si l'on mettait pleins gaz, un litre de pétrole pour les feux de position, une boussole, pas de cartes, un poste de radio à transistor. En revanche, chacun des passagers était armé et il restait encore le revolver de Saddok, un Luger avec un seul chargeur, le harpon de l'Allemand. Hors de vue de Chirfa-plage, ils piquèrent en direction du large.

— A vue de nez, la Sicile est devant nous, dit von Brautschich. Peut-être Pantelleria avec un maximum de chances, si le vent souffle d'ouest, mais il ne faut guère y compter.

A 7 heures, ils étaient déjà à quinze milles de la côte que l'on apercevait dans un nuage de vapeur blanche. Le moteur tournait à régime moyen et sans heurts, sans secousse, le cotre taillait dans la houle au milieu des méduses. Abecassis s'était assis sur le pont avec Madeleine, Pierre et von Brautschich se partageaient le cockpit. Il était inutile de songer à hisser la voile. Pas un souffle d'air ne courait sur la Méditerranée. A l'horizon qui commençait à rougeoyer, des taches plus sombres annonçaient des risées que l'on atteindrait dans une heure. Avec dépit, von Brautschich alluma sa dernière cigarette.

— Voilà ce que j'ai oublié, dit-il. Toujours quelque chose ! Je me fais l'effet d'un homme prévoyant et, dans la réalité, je me trouve chaque fois attrapé comme un imbécile.

— J'en ai encore un paquet, et Madeleine et Abecassis probablement aussi.

— Ce ne sera qu'un répit.

— Nous aurons peut-être la chance de tomber sur un cargo.

— Je ne crois pas. Leur route habituelle longe la côte chirfanienne. Mais la mer est rarement déserte un jour entier.

Pierre apporta dans le cockpit le petit poste de radio à transistor. Ils eurent quelque mal à le régler sur *Radio-Chirfa* que gênait la radio italienne, mais la voix du speaker annonçant les informations s'éleva claire et nette. L'ambassadeur de France avait été reçu pendant une heure dans l'après-midi par S. E. le président Ben Akbir. Il avait sollicité de la Chirfanie l'autorisation de construire un pipe-line traversant le pays pour aboutir à Tozour où des bateaux français viendraient le recueillir. La demande serait examinée dans la soirée même par le Conseil des ministres. Au cours du même entretien, le président Ben Akbir avait dénoncé le traité céréalier avec la France. Un nouveau traité serait conclu d'ici peu avec la Grande-Bretagne dont le représentant avait été reçu par M. Cherif Taïeb, ministre du Commerce et de l'Agriculture...

— Parfait, dit von Brautschich. Et pas un mot sur les ressortissants français torturés. Votre ambassadeur venait en quémandeur... Tout ceci me réjouit...

Les informations suivantes concernaient la découverte d'un complot contre la sécurité intérieure de l'État. Les meneurs avaient été arrêtés dans la journée. Quelques complices couraient encore, mais ne sauraient échapper longtemps à la Justice. Sur les origines de ce complot, le ministre Omar Ouradine entendait faire à 21 heures une déclaration personnelle à la radio. Les Chirfaniens pouvaient dormir tranquilles : la police et l'armée veillaient. L'ordre ne risquait plus d'être troublé au profit des puissances étrangères qui cherchaient à maintenir la Chirfanie en servitude. Le speaker précisa que contrairement à ce que prétendaient des semeurs de fausses nouvelles le calme le plus parfait régnait dans le sud du pays. Quelques incidents sans gravité avaient éclaté à Birmatou, ville frontière, mais une simple intervention de la gendarmerie suffisait pour rétablir le calme dans une région où les difficultés économiques se faisaient durement sentir. Les fauteurs de désordre s'en prenaient aussi à l'économie chirfanienne, et dans l'après-midi la police avait dû arrêter des meneurs syndicalistes qui voulaient obliger à débrayer les mineurs d'El Bouif et les ouvriers d'Atar et de Bourimane. Le gouvernement ne tolérerait pas qu'en ces heures cruciales, les saboteurs vinssent ruiner les efforts d'un pays qui n'aspirait qu'à la liberté dans la dignité...

Puis le speaker annonça qu'un incident technique

privait les auditeurs d'une causerie qui serait reportée à une date ultérieure.

— Adieu Prudent Coffignac ! dit Abecassis. Et meilleur voyage pour nous.

Pierre obtint *La Voix des Arabes*. Cette fois le ton n'était plus le même. Ben Akbir devenait un traître à la cause du panarabisme. Sa valse-hésitation entre l'Occident et l'Orient allait finir en catastrophe. L'O.E. suppléant une armée nationale et une gendarmerie défaillantes maintenait l'ordre dans le Sud, mais à Chirfa des barricades se dressaient et la police tirait dans la foule. On fusillait au coin des rues les ouvriers qui réclamaient du pain et protestaient contre le pipe-line que les Français voulaient construire à travers le pays pour écouler le pétrole volé à la nation arabe... A 19 h 15, France V donnait, depuis Alger, une troisième version des événements. S'il n'était, prudemment, pas question de pipe-line, en revanche des informations permettaient d'affirmer que la région de Birmatou se trouvait en état de siège. Les commandos spéciaux de l'O.E. poursuivaient les montagnards révoltés. Des T-6 en observation avaient pris les photos de trois mechtas en flammes autour du camp des Zizous. Toutes les opérations contre la frontière algérienne étaient suspendues, et les miliciens s'occupaient à semer la terreur dans le pays. Un millier de réfugiés dans un état d'extrême misère avait réussi à regagner le territoire français, et, plus au nord, l'armée donnait asile à une centaine de tirailleurs chirfaniens, qui désertaient pour n'être pas prisonniers de l'O.E. De source sûre on annonçait des arrêts de travail dans les usines de la banlieue de Chirfa. La IIIe escadre stationnée dans le port militaire de Tozour se tenait prête à protéger les ressortissants français de Chirfanie...

Madeleine, la première, l'aperçut. Ce n'était encore dans la clarté d'une fin de journée qu'un point gris à mi-chemin du bateau et de la côte. Ce point gris se dandinait sur l'eau à quelques milles, et plus qu'on ne les voyait on devinait les gerbes d'écume sous l'étrave qui piquait dans la longue houle verte. Au loin, Chirfa se dégageait de son voile de brumes, appuyée à la silhouette massive et sombre du djebel Hassouan. Les rayons obliques du soleil caressaient d'une lumière tiède et dorée ce lambeau de terre. Vue de cette mer calme qui ondulait lentement, la côte perdant sa sécheresse, ne gardait que l'opposition du blanc vif de la ville arabe accrochée à la colline Mustapha et du vert puissant des pinèdes. S'effaçaient les hideuses maisons de banlieue, la grisaille du complexe sidérurgique d'Atar et les hangars délabrés du port ceinturé d'une digue à ras de l'eau.

— Voilà pour nous, dit Pierre. C'eût été trop beau.

— C'est une vedette de la douane, dit Abecassis. Je la connais. Ils n'en ont qu'une. Elle n'est pas aussi rapide qu'elle en a l'air. Je crois qu'elle fait seize à dix-sept nœuds.

— Nous n'en faisons pas la moitié, répondit von Brautschich. Peut-être sept avec le moteur à fond. Il poussa la manette des gaz et le cotre se cabra, fendit l'eau un peu plus vite. Avant d'atteindre les premières risées, il fallait compter quatre à cinq milles marins. Jusque-là, il était inutile de hisser la voile qui ralentirait la marche.

— La rencontre est inévitable, dit Pierre. Je crois qu'il faut nous préparer. Je crois aussi que ça se passera bien parce que aucun de nous n'a peur. N'est-ce pas ?

— Si, moi. Un peu ! dit Abecassis. Pas très peur. Un peu seulement. D'ailleurs, je tremble.

— Le whisky est là pour ça, dit von Brautschich. Pour moi ce sera une bouteille de champagne. J'aimerais l'avoir dans un seau à côté de moi. Il vaut mieux que je garde la barre.

Pierre fit sauter le bouchon, mais Ali avait oublié les verres. Il ne restait plus qu'à boire au goulot. Madeleine faillit s'étrangler à la première rasade d'alcool, mais rebut fermement une gorgée, les yeux clos, le cou tendu avant de passer le whisky au journaliste qui opéra avec moins de grâce, mais plus longtemps.

— Quelle heure est-il ? demanda von Brautschich.

— 7 h 30.

— Dans quarante à cinquante minutes, ils nous auront rejoints. Que proposez-vous, Gauthier ?

— D'abord que nous nous habillions un peu. Il est ridicule de se faire descendre en maillot de bain. J'ai vu des chandails de marin dans le poste d'équipage. Abecassis, au contraire, avec un veston et une cravate même dénouée, vous n'êtes pas dans le ton. Allégez-vous !

Madeleine rapporta les chandails, d'épais tricots bleus à col roulé qu'ils endossèrent.

— Un peu étroit pour moi, dit von Brautschich. A la vérité, aucun chandail ne me va. Je suis obligé de les commander spécialement dans un magasin anglais de Regent's Street. Ils ont de merveilleux cachemires. Vous connaissez : Peter Bond's ? Non. Faites-moi penser à vous donner l'adresse. Vous ne pourrez plus vous en passer.

— Je n'oublierai pas. Maintenant, j'ai idée que l'on doit commencer à nous observer dans des jumelles. Georges et Madeleine resteront dans la cabine. Nous ne serons que deux dans le cockpit et nous ne nous gênerons pas.

— Je tire bien, dit-elle.

— Je n'en doute pas. Et d'ailleurs, je vais vous fixer une tâche extrêmement précise... enfin si vous le permettez, von Brautschich, car c'est votre bateau.

— Je vous en prie. L'unité de commandement m'a toujours paru un excellent principe, au restaurant devant un menu compliqué comme sur le front de l'Est.

Ils éclatèrent de rire tous les quatre en s'apercevant du ton involontaire de cérémonie sur lequel ils se parlaient.

— Nous sommes comiques ! dit Pierre. Je crains que les policiers montés à bord de la vedette de la douane n'aient rien lu sur la guerre en dentelles.

Dans la cabine, où, entre la couchette de tribord et le pont, s'ouvrait un petit hublot voilé d'un rideau, il expliqua à Madeleine comment elle devait l'ouvrir à son signal et vider son chargeur dans la coque de la vedette juste en dessous de la ligne de flottaison. Il fallait que les points d'impact fussent espacés de quelques centimètres. Avec un chargeur de huit balles elle pouvait couler le canot à moteur. Abecassis se casa dans le poste d'équipage, séparé de la cabine par les ceintures de sauvetage que l'on pendit au plafond pour en faire une sorte de rideau protecteur. Au-dessus de sa tête, s'ouvrait le couvercle en acajou du poste. C'est en le soulevant qu'il tirerait par surprise au premier signal, mais cette fois sur les policiers les plus proches de lui.

— Vous avez un chargeur plein, dit Pierre. Je vous en laisse un autre bien qu'il y ait peu de chances que vous puissiez vous en servir. Gardez plutôt une balle pour vous. Je suis désolé, Georges... Je ne pensais pas que nous en arriverions là.

— Non, c'est très bien ainsi. Tout à l'heure, je n'étais pas bien à mon aise. L'alcool m'a remis d'aplomb. Je préfère avoir vécu cela qu'une vie de petit journaliste local, écrasé par son patron. C'est très bête, n'est-ce pas ?

— Je ne crois pas. Je crois même que tout homme

qui n'a pas connu ces minutes-là dans son existence n'a rien connu.

— J'ai un curieux goût dans la bouche, et ce n'est pas le goût du whisky.

— Ne l'oubliez pas, ce goût. On ne le découvre qu'à l'approche de la mort, quand elle rôde. C'est d'une saveur inestimable. Quand on en sort vivant, on n'est jamais le même.

— Je m'en doute, Pierre. Mais au cas où j'y resterais, je garderais un remords. La famille de Fredo... Cette nuit-là, je n'ai pas eu le choix.

— Je m'en suis occupé. J'ai chargé des gens de veiller matériellement sur eux. C'est une maigre compensation, mais comme vous dites nous n'avions pas le choix.

— Vous avez fait cela ?

— Oui.

— Cela m'ôte un peu du poids qui m'écrasait.

— Vous le portiez bien ce poids. Je vous ai observé...

— C'est horrible à dire, mais de tuer un homme m'a donné confiance en moi.

— Nous reparlerons de ça, voulez-vous ?

— Non, nous n'en reparlerons plus.

Ils se serrèrent la main et Pierre passa par la cabine où Madeleine était assise sur la couchette, les mains posées sur ses cuisses nues. Le chandail de marin trop grand pour elle flottait autour de son buste et le col roulé avait l'air de lui soulever le menton. Pierre sourit :

— A vous non plus, ce chandail ne va pas. La prochaine fois nous penserons à vous en commander un sur mesure.

— Vous croyez qu'il y aura une prochaine fois ?

— Une chance sur dix.

— C'est peu.

Elle retourna ses mains pour contempler ses paumes à peine ridées.

— On m'avait dit qu'à trente-cinq ans j'aurais un mauvais moment à passer, mais que si je le passais, je finirais septuagénaire. Vous savez où se trouve la ligne de vie ?

— Oui, c'est celle-là.

Il appuya de l'index sur la paume gauche et les doigts de Madeleine se refermèrent sur sa main, sans presser, avec une sorte de tendresse, de douceur qui le surprit et lui donna un bref frisson. Le regard de la jeune femme rencontra le sien et ne le quitta pas de quelques secondes.

— Je suis très heureuse de vous avoir connu, dit-elle. Êtes-vous certain qu'ils nous aborderont par tribord ?

— J'allais vous le dire : il est possible que ce soit par bâbord. Dévissez aussi l'autre hublot pour pouvoir l'entrouvrir sans difficulté.

Madeleine desserra ses doigts et il retira sa main.

— Je vais enfin servir à quelque chose.

— Vous avez été immensément utile.

— Votre femme vous aime beaucoup ?

— Beaucoup.

— Je comprends. Comment est-ce Chexbres ?

— C'est la paix du monde.

— Ce doit être merveilleux.

— Vous y viendrez.

— Combien de chances avez-vous dit que nous avions de nous en sortir ?

— Très peu. Une sur dix avec beaucoup d'optimisme.

— En effet, c'est peu, dit-elle. Merci, je vais attendre. Je suis bien.

Pierre referma la porte de la cabine et tira vers lui la glissière du roof, emprisonnant ainsi Madeleine et Abecassis. Von Brautschich tenait la barre avec son genou et buvait au goulot de sa bouteille de champagne. A l'horizon, s'élargissaient à moins de deux milles les premières taches des risées de vent. Derrière eux la vedette grise avait doublé de volume. Elle était aussi à moins de deux milles. On distinguait maintenant la ceinture rouge de ses plats-bords et un homme debout sur la proue.

— Le vent aurait été plus proche que nous leur échappions, dit l'Allemand. Il s'en faut d'un mille. Avec la voile et le moteur, nous devrions tenir sept à huit nœuds. Et dans la nuit, ils auraient abandonné. Avez-vous vu les méduses ? Elles pullulent jusqu'ici. On dirait qu'elles nous guettent, qu'elles ont faim. Y a-t-il quelque chose de plus immonde que ces corps flasques, ces ectoplasmes aquatiques ?

Le disque orangé du soleil approchait de l'horizon ouest et le ciel craquelé de rose retrouvait des couleurs tendres après l'épais matelas blanchâtre qui avait étouffé l'après-midi. Il leur sembla que, tout d'un coup à cette minute triste du soir, le décor, le monde s'élargissaient pour eux comme au cinéma se déroule le grand écran pour la scène finale. Le cotre fendait une eau d'un bleu plus terne où flottaient des algues à la dérive.

— Avez-vous déjà vu le rayon vert ? demanda Pierre.

— Non, mais ce soir nous avions une chance. Pas de vent, la mer plate. Auriez-vous un vœu à faire exaucer ?

— Peut-être bien.

Depuis quelques minutes une fraîcheur nouvelle tombait et comme si leurs corps s'étaient mis soudain à respirer, ils sortaient d'un lent engourdissement. Pierre but une gorgée de whisky qui lui brûla la gorge. Son sang battait déjà plus vite. Il vérifia son revolver et celui de von Brautschich. Ils avaient huit balles chacun et deux chargeurs de rechange.

— J'ai un vague plan, dit-il. Je crois que si nous

tirons les premiers à quelque distance, nous serons immédiatement coulés par une rafale de mitraillette dans la coque. Il me semble important de préserver d'abord le bateau, donc d'obtempérer à leur premier signal et de débrayer, puis de les laisser accoster. De la cabine, par le hublot, Madeleine tirera sous leur ligne de flottaison, un chargeur entier. Huit trous d'un centimètre de diamètre doivent les couler. Nous aurons les bras en l'air et je ne pense pas qu'ils nous massacreront pour autant. Ils doivent avoir consigne de nous prendre vivants. Du poste d'équipage, avec un peu de chance et sans pratiquement se découvrir, Abecassis en descendra deux. Ce sera notre tour de jouer. Je ne sais pas si vous tirez bien, mais j'espère que vous tirez vite.

— Je tire vite.

— Moi aussi. Alors nous avons une chance.

Ils glissèrent les pistolets entre leur peau et la ceinture des maillots. Pierre repoussa dans un angle du cockpit la caisse de champagne, rangea les drisses qui traînaient et resserra la voile autour de la bôme maintenue par un X.

— Voilà, dit-il. Le champ est libre. Il nous reste à tuer le temps. Combien croyez-vous ?

— Un quart d'heure, vingt minutes. Ils approchent.

— J'aurais mauvaise grâce à me montrer impatient... Tout à l'heure, vous m'avez posé une question : pourquoi je m'étais engagé dans cette aventure ? Je ne sais pas si j'ai bien répondu. Je vous ai parlé d'un homme que j'ai vu se vendre. C'est vrai, ça m'a soulevé le cœur que des garçons de vingt ans meurent pour qu'une poignée de fripouilles se préparent un avenir. L'absence d'imagination et la stérilité de la politique occidentale étaient d'autres raisons non moins valables. J'ai pensé que quelques hommes pouvaient décider de donner au « sens de l'histoire » ce coup de pouce qui le ferait basculer. Nous retournons à grands pas vers le moyen âge. Les empires s'effondrent et les petits pays se multiplient, plus faciles à digérer un par un par la Russie. Nous ne savons pas rendre œil pour œil, dent pour dent. La Chirfanie poignarde l'Algérie dans le flanc. Nous l'avons poignardée à notre tour. Demain ou après-demain nous saurons ce que les autres organisations ont réussi à l'ouest et au Moyen-Orient. Mais je me demande si le colonel Berger, si Gravereau, si les autres ne se trompent pas.

— J'allais vous le dire.

— L'avenir est rouge.

— Il a, en effet, toutes les chances de l'être.

— En le retardant, est-ce que nous ne risquons pas de le rendre plus cruel, plus atroce ? Ne vaudrait-il pas mieux courber le dos dès aujourd'hui, accepter de vivre vingt, trente ans dans les ténèbres avec l'espoir que les instincts profonds de l'homme, son goût de la propriété, son sens de l'inégalité l'aideront peu à peu à sortir de la nuit où on a voulu le plonger. En quelques mots, je me demande si en retardant le mal nous ne risquons pas de le rendre pire et, au moment où nous les subirons, épuisés, exsangues, de ne plus avoir la force de le gangrener avec notre appétit de liberté et notre conception étroite du bonheur immédiat. Ces peuples rouges croient travailler pour l'avenir et nous nous travaillons pour le présent. Si nous réglions notre montre sur la leur, tout pourrait, peut-être, se dérouler dans le calme. Comme il n'y a aucun espoir qu'ils se mettent à notre heure, c'est, sans doute, à nous de faire le premier pas. Je dis cela sans y croire. C'est pour moi, comme une faible vérité qui se fait jour. Et de toute façon, les jeux sont faits : la guerre éclatera, atroce, impitoyable, monstrueuse, à la minute où les États-Unis privés des Alliés dont on les aura dépouillés pièce par pièce, seront encerclés et n'auront plus qu'à vaincre ou mourir. Ce qui suivra ne sera même plus le moyen âge, mais l'âge de pierre. Quelques tribus survivront au cœur de l'Afrique, en Patagonie, au Tibet. L'Église espère qu'il y aura un chrétien parmi ces hommes... S'il n'y en a pas, il faudra des siècles de plus pour reconstruire un monde possible.

— Vous êtes sinistre, dit von Brautschich. Mais vous avez raison, ce qui ne nous empêchera pas d'agir autrement.

Le soleil rouge-orangé plongeait dans la mer. Muets, ils épièrent sa lente disparition jusqu'à la seconde où l'on pouvait encore espérer le rayon vert. Mais il n'y eut pas de rayon vert et le jour resta immense, vide, silencieux, troué seulement par le teuf-teuf du diesel et, dans le lointain, déjà, le ronronnement du canot de la douane dont on distinguait maintenant l'équipage : quatre hommes en uniforme noir. A l'avant, l'un d'eux debout les observait dans des jumelles. Cette disparition du soleil, ce ciel soudain désert et blanc, le levant qui bleuissait, la Méditerranée dont la houle se creusait et l'approche du vent devenaient tout à coup les limites à la fois trop vastes et trop étroites d'un monde inhumain.

— Nous en avons encore pour dix minutes ! estima von Brautschich.

— C'est bien assez pour que je vous pose à mon tour une question : pourquoi vous êtes-vous joint à nous ?

— Pourquoi ? Je me le demandais encore tout à l'heure... C'est peut-être pour ça...

Et du plat de la main il tapa sur la barre qu'il tenait à pleine poigne. Une mèche de ses cheveux gris frisés sur les tempes flottait au-dessus du front et tout le visage en était changé. La morgue disparue laissait place à l'amorce d'une certaine allégresse.

— Pourquoi ? reprit-il. La nuit passée dans le club à guetter un adversaire invisible, j'ai trouvé que vous jouiez bien la comédie. En découvrant les fils du téléphone arrachés, j'ai tout de suite pensé à vous. Mon imagination a travaillé seule. L'immense dégoût qui m'étouffe s'est soudain éclairci. Je pense qu'en amour le même phénomène doit se produire. Un homme de cinquante ans rencontre une femme qui lui plaît et il rajeunit de vingt ans. C'est un réflexe imbécile, mais agréable en soi. Ce que vous m'avez dit le lendemain a suffi à me décider. Ne cherchez pas une adhésion à vos conceptions politico-philosophiques sur la vie et la mort de l'Occident. Je ne suis pas allé si loin. Il me fallait participer même de loin à votre action. Agir c'était déjà ne plus penser, moins mépriser. Il y a des moments où mon propre mépris m'accable. Ce monde il faut le supporter, même jusqu'à la nausée. Il y avait de tout cela dans ma décision. Et puis, autre chose aussi qui est personnel. Vous me plaisiez. Je ne trouve pas d'autre mot. Vous étiez un homme. On en rencontre peu. Vous étiez sombre, précis, insensible, exact. Pendant les quelques jours que nous avons vécus ensemble, je ne vous ai pas vu commettre d'erreur. Vous avanciez les yeux bien ouverts. Je suis certain que vous n'avez rien laissé en désordre derrière vous, que toute votre organisation est à l'abri.

— Les cinq équipes de deux ont pris l'avion cet après-midi à 16 heures.

— En êtes-vous certain ?

— Certain. Nous étions très peu. C'était la condition du succès.

— Alors votre réussite est encore plus extraordinaire.

— Non, elle est normale. Je ne m'inquiète que de son utilisation sur le plan occidental : Ben Akbir n'est plus une idole, les Chirfaniens sont dressés à mort contre l'Organisation extérieure. La France et l'Amérique sauront-elles jouer leur rôle ? C'est la question.

— C'est la question... Mais si je comprends bien, il vaut mieux que nous ne soyons pas pris.

— Non, et je compte sur vous pour moi, comme vous pouvez compter sur moi.

— Naturellement... Le moment du saut dans le vide est arrivé. Ces messieurs approchent. Dans 5 minutes, il fera nuit.

La chaloupe de la douane n'était plus qu'à deux cents mètres. L'homme debout à l'avant leur fit un grand signe du bras.

Pierre et von Brautschich se levèrent et répondirent.

— Je ne vois que deux mitraillettes, dit l'Allemand. J'espère qu'Abecassis aura la bonne idée de descendre ces deux-là en premier.

— Je l'espère aussi. Il n'est plus temps de le lui dire.

La chaloupe arrivait à leur hauteur.

— Arrêtez ! cria l'homme de proue.

Von Brautschich débraya et le cotre courut sur son erre au moment où ils reçurent en plein visage la première rafale de vent qui aurait permis de hisser la voile. Le canot les dépassa, vira sous leur nez, et, après un tour complet, accosta à tribord.

— Haut les mains ! hurlèrent les deux hommes à la mitraillette sautant sur le pont.

Les deux autres restaient à bord les pistolets à la main.

— Georges ! appela Pierre en tombant sur les genoux dans le creux du cockpit.

Frappés dans le dos, les deux hommes plongèrent dans l'eau après une ridicule hésitation.

— Madeleine ! hurla-t-il encore...

La grande nuit s'était levée, marquée d'étoiles encore indécises. L'étrave du cotre fendait l'eau en chuintant. Les méduses avaient disparu et la Méditerranée avait retrouvé sa pureté d'encre. A chaque ressaut de houle, la bôme grinçait et la grand-voile gonflée dessinait dans l'ombre un triangle blanc au balancement régulier. Pierre tenait la barre, les yeux fixés sur le foc. Abecassis et Madeleine assis à ses pieds dans le cockpit, se tassaient frileusement l'un contre l'autre.

— J'ai peur qu'il tombe, dit-elle.

— Non, je l'ai bien attaché sur la couchette, répondit Pierre.

— Son bras a glissé. Vous ne l'entendez pas qui bat contre la cloison ?

— Je ne l'entends pas.

— Ah bien, dit-elle.

Elle se tut et enfouit son visage brûlant dans ses mains glacées. Abecassis chercha en tâtonnant la bouteille de whisky, la trouva et la porta à ses lèvres. Une gorgée ne suffit pas à effacer ce goût, ce goût horrible qui le poursuivait.

Sintra, 1er mai — 1er août 1959.

DU MÊME AUTEUR

Aux Éditions Gallimard

LE BALCON DE SPETSAI, *récit.*

UN PARFUM DE JASMIN, *nouvelles.*

LES PONEYS SAUVAGES, *roman.*

UN TAXI MAUVE, *roman.*

LE JEUNE HOMME VERT, *roman.*

THOMAS ET L'INFINI (illustré par Étienne Delessert).

LES VINGT ANS DU JEUNE HOMME VERT, *roman.*

DISCOURS DE RÉCEPTION DE MICHEL DÉON À L'ACADÉMIE FRANÇAISE ET RÉPONSE DE FÉLICIEN MARCEAU.

UN DÉJEUNER DE SOLEIL, *roman.*

Aux Éditions de la Table Ronde

JE NE VEUX JAMAIS L'OUBLIER, *roman.*

LA CORRIDA, *roman,* nouvelle édition.

LES TROMPEUSES ESPÉRANCES, *roman.*

LES GENS DE LA NUIT, *roman.*

LE RENDEZ-VOUS DE PATMOS, *récits.*

MÉGALONOSE, *pamphlet.*

TOUT L'AMOUR DU MONDE, *récits.*

MES ARCHES DE NOÉ, *récits.*

Aux Éditions de La Palatine

LE RENDEZ-VOUS DE PATMOS, *album,* photographies d'Olivier Garros.

Aux Éditions Fasquelle

LETTRE À UN JEUNE RASTIGNAC, *libelle.*

FLEUR DE COLCHIQUE, avec des eaux-fortes de Jean-Paul Vroom.

Aux Éditions Jean-Cyrille Godefroy

LOUIS XIV PAR LUI-MÊME.

A La Librairie Nicaise

HISTOIRE DE MINNIE, illustré par Baltazar.

BALINBADOUR, illustré par Willy Mucha.

COLLECTION FOLIO

Dernières parutions

1391.	Raymond Radiguet	*Le Diable au corps.*
1392.	Ivan Gontcharov	*Oblomov.*
1393.	Réjean Ducharme	*L'avalée des avalées.*
1394.	Giorgio Bassani	*Les lunettes d'or et autres histoires de Ferrare.*
1395.	Anita Loos	*Les hommes préfèrent les blondes.*
1396.	Anita Loos	*Mais ils épousent les brunes.*
1397.	Claude Brami	*Le garçon sur la colline.*
1398.	Horace Mac Coy	*J'aurais dû rester chez nous.*
1399.	Nicolas Leskov	*Lady Macbeth au village, L'Ange scellé, Le Vagabond enchanté, Le Chasse-Diable.*
1400.	Elio Vittorini	*Le Simplon fait un clin d'œil au Fréjus.*
1401.	Michel Henry	*L'amour les yeux fermés.*
1402.	François-Régis Bastide	*L'enchanteur et nous.*
1403.	Joseph Conrad	*Lord Jim.*
1404.	Jean de La Fontaine	*Contes et Nouvelles en vers.*
1405.	Claude Roy	*Somme toute.*
1406.	René Barjavel	*La charrette bleue.*
1407.	Peter Handke	*L'angoisse du gardien de but au moment du penalty.*
1408.	Émile Zola	*Pot-Bouille.*

1409. Michel de Saint Pierre — *Monsieur de Charette, chevalier du Roi.*
1410. Luigi Pirandello — *Vêtir ceux qui sont nus,* suivi de *Comme avant, mieux qu'avant.*
1411. Karen Blixen — *Contes d'hiver.*
1412. Jean Racine — *Théâtre complet,* tome I.
1413. Georges Perec — *Quel petit vélo à guidon chromé au fond de la cour ?*
1414. Guy de Maupassant — *Pierre et Jean.*
1415. Michel Tournier — *Gaspard, Melchior & Balthazar.*
1416. Ismaïl Kadaré — *Chronique de la ville de pierre.*
1417. Catherine Paysan — *L'empire du taureau.*
1418. Max Frisch — *Homo faber.*
1419. Alphonse Boudard — *Le banquet des Léopards.*
1420. Charles Nodier — *La Fée aux Miettes,* précédé de *Smarra* et de *Trilby.*
1421. Claire et Roger Quilliot — *L'homme sur le pavois.*
1422. Philip Roth — *Professeur de désir.*
1423. Michel Huriet — *La fiancée du roi.*
1424. Lanza del Vasto — *Vinôbâ ou Le nouveau pèlerinage.*
1425. William Styron — *Les confessions de Nat Turner.*
1426. Jean Anouilh — *Monsieur Barnett* suivi de *L'orchestre.*
1427. Paul Gadenne — *L'invitation chez les Stirl.*
1428. Georges Simenon — *Les sept minutes.*
1429. D. H. Lawrence — *Les filles du pasteur.*
1430. Stendhal — *Souvenirs d'égotisme.*
1431. Yachar Kemal — *Terre de fer, ciel de cuivre.*
1432. James Cain — *Assurance sur la mort.*
1433. Anton Tchékhov — *Le Duel.*
1434. Henri Bosco — *Le jardin d'Hyacinthe.*
1435. Nathalie Sarraute — *L'usage de la parole.*
1436. Joseph Conrad — *Un paria des îles.*
1437. Émile Zola — *L'Œuvre.*
1438. Georges Duhamel — *Le voyage de Patrice Périot.*
1439. Jean Giraudoux — *Les contes d'un matin.*
1440. Isaac Babel — *Cavalerie rouge.*

1441.	Honoré de Balzac	*La Maison du Chat-qui-pelote.*
1442.	Guy de Pourtalès	*La vie de Franz Liszt.*
1443.	***	*Moi, Christiane F., 13 ans, droguée, prostituée...*
1444.	Robert Merle	*Malevil.*
1445.	Marcel Aymé	*Aller retour.*
1446.	Henry de Montherlant	*Celles qu'on prend dans ses bras.*
1447.	Panaït Istrati	*Présentation des haïdoucs.*
1448.	Catherine Hermary-Vieille	*Le grand vizir de la nuit.*
1449.	William Saroyan	*Papa, tu es fou !*
1450.	Guy de Maupassant	*Fort comme la mort.*
1451.	Jean Sulivan	*Devance tout adieu.*
1452.	Mary McCarthy	*Le Groupe.*
1453.	Ernest Renan	*Souvenirs d'enfance et de jeunesse*
1454.	Jacques Perret	*Le vent dans les voiles.*
1455.	Yukio Mishima	*Confession d'un masque.*
1456.	Villiers de l'Isle-Adam	*Contes cruels.*
1457.	Jean Giono	*Angelo.*
1458.	Henry de Montherlant	*Le Songe.*
1459.	Heinrich Böll	*Le train était à l'heure* suivi de quatorze nouvelles.
1460.	Claude Michel Cluny	*Un jeune homme de Venise.*
1461.	Jorge Luis Borges	*Le livre de sable.*
1462.	Stendhal	*Lamiel.*

Impression Bussière à Saint-Amand (Cher).
le 16 mai 1983.
Dépôt légal : mai 1983.
Numéro d'imprimeur : 023.

ISBN 2-07-037471-8. Imprimé en France.
Précédemment publié par les éditions de La Table Ronde.
ISBN 2-7103-0148-2.

31829